辽宁省教育厅 2019 年度科学研究经费项目"明代陕西家族文人群体及其著述研究"(项目批准号：W2019603)

《周雅续》研究

赵金丹 ◎ 著

中国社会科学出版社

图书在版编目(CIP)数据

《周雅续》研究 / 赵金丹著. —北京：中国社会科学出版社，2021.9
ISBN 978-7-5203-9212-9

Ⅰ.①周… Ⅱ.①赵… Ⅲ.①古典诗歌—诗歌研究—中国—明代
Ⅳ.①I207.22

中国版本图书馆 CIP 数据核字（2021）第 193087 号

出 版 人	赵剑英
责任编辑	宫京蕾　许　琳
责任校对	秦　婵
责任印制	郝美娜
出　　版	中国社会科学出版社
社　　址	北京鼓楼西大街甲 158 号
邮　　编	100720
网　　址	http://www.csspw.cn
发 行 部	010-84083685
门 市 部	010-84029450
经　　销	新华书店及其他书店
印刷装订	北京君升印刷有限公司
版　　次	2021 年 9 月第 1 版
印　　次	2021 年 9 月第 1 次印刷
开　　本	710×1000　1/16
印　　张	18
插　　页	2
字　　数	295 千字
定　　价	85.00 元

凡购买中国社会科学出版社图书，如有质量问题请与本社营销中心联系调换
电话：010-84083683
版权所有　侵权必究

目　次

绪　论 ……………………………………………………（1）
　　一　研究意义 …………………………………………（1）
　　二　研究现状 …………………………………………（6）
　　三　研究的思路、方法及创新点 ……………………（12）

上编　《周雅续》的文学文献价值研究

第一章　成书与版本 ……………………………………（17）
　第一节　《周雅续》成书 ………………………………（17）
　　一　书名释义 …………………………………………（17）
　　二　成书过程 …………………………………………（19）
　　三　成书时间 …………………………………………（21）
　第二节　《周雅续》版本 ………………………………（21）

第二章　编纂者 …………………………………………（25）
　第一节　贾鸿洙 …………………………………………（25）
　　一　家世 ………………………………………………（25）
　　二　生平 ………………………………………………（29）
　　三　著述及交游 ………………………………………（30）
　第二节　文翔凤 …………………………………………（34）
　　一　家世 ………………………………………………（34）
　　二　生平 ………………………………………………（40）
　　三　著述 ………………………………………………（43）
　　四　交游 ………………………………………………（45）

　　第三节　孙三杰 (55)
　　　　一　家世 (55)
　　　　二　生平 (57)
　　　　三　著述及交游 (60)
　　第四节　其他参编者 (61)
　　　　一　同纂者 (62)
　　　　二　同编者 (62)
　　　　三　同订者 (62)

第三章　编纂特色 (64)
　　第一节　《周雅续》的编纂宗旨 (64)
　　　　一　选录作家的标准 (64)
　　　　二　选录作品的特点 (68)
　　第二节　《周雅续》的编纂体例 (71)
　　　　一　正文编排 (71)
　　　　二　附件编排 (77)

第四章　文学史料价值 (79)
　　第一节　明代陕西诗歌创作发展述略 (79)
　　第二节　多方面呈现明代陕西诗人整体特征 (81)
　　　　一　活动时期 (82)
　　　　二　籍贯地区 (83)
　　　　三　社会身份 (85)
　　　　四　家族成员 (86)
　　第三节　明代陕西诗人资料宝库 (87)
　　　　一　保存了"隐蔽"作者的字号信息 (87)
　　　　二　特别记录了科考优异者及少年中式者的信息 (91)

第五章　文献辑佚价值 (93)
　　第一节　可为传世别集辑补集外作品 (93)
　　第二节　可为失传别集的作者整理出辑佚本 (94)
　　第三节　可为无别集的作者编辑诗文集 (99)

第六章　文字校勘价值
第一节　有校勘别集异文的价值 …………………………（102）
　　一　通过比较版本异文而有助于了解诗意 ……………（103）
　　二　据《周雅续》可知四库馆臣以违碍字而更改的
　　　　文字 ……………………………………………………（108）
第二节　有纠正古今人著述中相关误解的价值 ……………（109）

第七章　历史文化内涵 …………………………………………（115）
第一节　文人士大夫阶层个体的社会生活观 ………………（115）
　　一　渴望功名、积极仕进的人生态度 …………………（115）
　　二　胸怀天下、忧国忧民的政治抱负 …………………（118）
　　三　功成身退、归隐山林的美好愿望 …………………（120）
第二节　艺术化地展现独特的风土人情 ……………………（122）
　　一　吟咏西岳华山 ………………………………………（122）
　　二　凭吊陵阙遗迹 ………………………………………（126）

第八章　思想性艺术性述评 ……………………………………（129）
第一节　质美蕴丰的思想内容 ………………………………（129）
　　一　政治时事诗 …………………………………………（129）
　　二　个体生活诗 …………………………………………（133）
第二节　文约体茂的艺术特色 ………………………………（141）
　　一　古学渐兴，士彬彬乎盛矣 …………………………（141）
　　二　形式多样，内容丰富 ………………………………（143）
　　三　对结构、语言和韵律的审美追求 …………………（145）

下编　《周雅续》收录的作者研究

第一章　作者考 …………………………………………………（153）
例　言 ……………………………………………………………（153）
第一节　士大夫的理想人格——张问仁 ……………………（154）
　　一　祖生有志终扶晋，宰嚭无情酷间吴——赤心报国
　　　　无奈中道遭谗 …………………………………………（155）

二　莫把凄凉当绝塞，风光犹是在皇州——去官还乡
　　却也得偿夙愿 …………………………………………（158）
三　今日天朝咨上策，谁收干羽赞皇猷——身处江湖
　　不忘匹夫之责 …………………………………………（161）
四　可得凌风因羽化，思君愁复向尘埃——欲为高蹈
　　难抛恩义尘缘 …………………………………………（163）

第二节　器识老成，治郡有声——吕颙 ……………………（168）
　　一　家世考 …………………………………………………（168）
　　二　生平及著述考 …………………………………………（169）
　　三　交游考 …………………………………………………（171）

第三节　廉洁耿介的外交使臣——王鹤 ……………………（175）
　　一　生平考 …………………………………………………（175）
　　二　著述考 …………………………………………………（178）
　　三　交游考 …………………………………………………（181）
　　四　思想考 …………………………………………………（183）

第四节　郡牧之楷模——南宪仲 ……………………………（186）
　　一　家世考 …………………………………………………（186）
　　二　生平考 …………………………………………………（189）
　　三　著述考 …………………………………………………（191）
　　四　交游考 …………………………………………………（194）

第五节　正色立朝的翰林官——王图 ………………………（197）
　　一　家世考 …………………………………………………（198）
　　二　生平考 …………………………………………………（200）
　　三　著述及交游考 …………………………………………（203）

第六节　英年早逝的才子——刘绍基 ………………………（207）
　　一　欲了人间事，刚才十九年——生平考 ………………（208）
　　二　应知闻道早，讵以著书传——著述及交游考 ………（210）
　　三　人生贵适意，不为身后名——思想考 ………………（214）

第二章　作者小传考 ……………………………………………（218）
　例　言 …………………………………………………………（218）
　第一节　别集存世作者的小传考 ……………………………（218）

第二节　别集已佚作者的小传考 …………………………（237）

第三节　无别集作者的小传考 ……………………………（255）

结　语 ……………………………………………………（260）

主要参考书目 ……………………………………………（262）

后　记 ……………………………………………………（278）

绪　论

一　研究意义

近些年来，地域文学的研究一直颇受重视，建立在各地域自然地理、人文地理巨大不同基础上的文学创作，往往有着独特的色彩和光芒，是构成中国古代文学丰富性和多样性不可或缺的一面。地域文学的研究离不开历代整理保存下来的乡邦文献。从现存的文献资料来看，宋代就已呈现出编辑乡邦文献的繁荣局面，就其中以文学作品为主的乡邦文献而言，编辑的类型多样，篇幅的大小兼具。颇具代表性的如《会稽掇英总集》二十卷，乃宋人总汇自汉迄宋之人所作之涉及今浙江绍兴地区之诗文；《严陵集》九卷，乃宋人总汇南朝宋至南宋初之人所作之涉及今浙江建德地区之诗文赋；《成都文类》五十卷，乃宋人总汇上起西汉、下迄南宋初之人所作之涉及今四川地区之诗文赋；《吴都文粹》九卷乃宋人总汇从古至南宋末之人所作之涉及今江苏苏州地区之文；《天台前集》三卷、《前集别编》一卷、《续集》三卷、《续集别编》六卷，乃宋人陆续汇集宋代及以前各代诗人题咏今浙江天台山之诗。此仅就其显著者而举千百之一二而已。自宋之后，直至今日，重视和保存乡邦文献的传统方兴未艾。

本书所要研究的明代陕西籍作者的诗赋总集《周雅续》亦是保存乡邦文献的代表之作。此集刻于明崇祯初年，由曾任陕西提学的贾鸿洙组织编纂，全书分编十六卷，收录明代 82 位陕西籍作者的诗赋作品达 2709 篇之多[①]，属于今陕西及周边地区的先贤们创作的颇具规模的一部传统文体诗赋作品的乡邦文献集。

据笔者所见，除《周雅续》外，今存世的以载录陕西籍作者诗赋作

[①] 按：文翔凤《周雅续序》谓此集所收诗人"八十有一家"，今人所编《陕西省志·文化艺术志》也称此集收录"关中 81 人的代表诗作"。（陕西省地方志编纂委员会编，陕西人民出版社 2005 年版，第 165 页）今统计书中实际所收诗人为 82 位。详见本书上编第三章第二节考辨。

品为主的地方性总集还有这样几种：明胡缵宗编辑《雍音》四卷。按雍为古九州之一，地域大致包括今陕西、甘肃省及青海部分地区。此集收录上自周秦，下至宋元的雍籍作家150多人的作品，分体编排，每位作者名下收录诗歌两三首。收录唐代诗人诗作较多，宋元仅收录数人之作。清严如煜编辑《山南诗选》四卷。按"山南"指今陕西秦岭以南的汉中及安康地区。此集收录"山南"地区自唐至清约200余位诗人的诗作1000余首，每位诗人均有小传。卷一选录诗人从唐代权德舆始，宋代选张知退、雍冲，元代选林东，明代选王昱、张羽、李嘉宾、刘宇等十人，第二、三、四卷所选皆清人之诗。分县编排，而以南郑人被选录者最多。清李元春编选《关中两朝诗钞》十二卷，收录明清时期陕西关中69位具有代表性诗人的作品2000余首。始于明李梦阳、王九思，终于清吴镇、杨鸾等。此集还有补编，即《关中两朝诗钞补》四卷，《关中两朝诗钞又补》一卷。清李元春编选《关中两朝赋钞》二卷，收录明清两代关中地区作家的赋。卷一为明代，卷二为清代，共收录8位作家的赋14篇。清任温编、严炘重刊《关中文献略》，不分卷，收录宋、明、清三朝陕西45位文人的诗文80篇，其中宋代仅张载一人，清代收录任嘉贞、吕梓生、罗魁共三人，明代收录41人。清刘绍攽编辑《二南遗音》四卷、《续集》一卷。《二南遗音》共收清初至乾隆初陕西关中籍及外来寓居关中地区诗人139位[①]，始于孙枝蔚，终于郭岱。《续集》辑录诗人27位。

　　上述几种古代陕西籍作者的诗赋总集，《雍音》收录陕西籍诗人止于元代；《二南遗音》仅录清代的陕西籍诗人；《山南诗选》仅收录明代的陕西籍诗人十位，且仅限陕南地区；《关中两朝诗钞》《关中两朝赋钞》虽为明清两代陕西籍作家的诗赋汇编，但以清代居多；《关中文献略》收录的作者虽以明代为主，共收录明代陕西籍作者41人，但诗文总量不多，仅存明代诗45首，文29篇；而《周雅续》专收有明一代陕西籍作家之诗赋，从收录作者籍贯看，除有大部分为今陕西省境内的人外，尚有今甘肃宁县、平凉、天水、庆阳等地及今青海西宁的人，地域分布比较广泛，基本涵盖了今新疆以外的西北地区。从作者的身份看，有士大夫、处士、僧道、宗室、女性等，颇具当时社会阶层的代表性。因此，无论从收录诗

[①] 《四库全书总目》卷一九四总集类存目四云此书收录的作者是140人，但经仔细统计实际为139人。

人及诗作的数量，还是从地域涵盖范围及作者身份复杂等角度来衡量，《周雅续》都堪称是规模最大的陕西地域性诗歌总集。而其中保存的大量今已失传别集作者的作品，更是具有很高的文学文献价值，故而是明代陕西地域文学乃至明代诗歌史研究不可或缺的资料。具体来说，《周雅续》一书在今天的意义和价值主要表现在以下几方面。

首先，具有较高的文学史料价值。《周雅续》收录的作者既有鼎盛时期之名家，又有沉寂时期名不甚显的普通诗人。裁定者文翔凤效仿《唐诗品汇》中分类唐诗的做法，将所收录的诗人按时代顺序及创作成就比附唐之"正宗""大家""名家""羽翼""接武"等，由此可见，《周雅续》的选辑与裁定过程即是编纂者对明代陕西诗歌发展史的梳理和总结。且所录作品，涵盖了明初至崇祯前期陕西诗坛各个发展阶段的创作成果，尤其是鼎盛时期的代表诗人都囊括在内。换言之，书中收录的一部分诗歌，可以说在某个时间段内，代表了明代陕西诗歌创作的最高水平，是全面研究和准确评价明代陕西诗歌发展史不可或缺的诗学资料。因此，《周雅续》既可供普通读者较为便捷地了解明代陕西诗歌创作概貌，又可为专业研究者系统探讨陕西诗歌史提供有价值的参考。《周雅续》作为一部全省性质的诗歌总集，除核心部分的作品外，它还提供了一份非常具有参考价值的诗人名单，此为切入点，从时期、地区分布、身份、家族等不同角度对明代陕西诗人群体进行量化分析，进而来考察陕西诗人群体情况，可起到事半功倍的效果。此外，此集每位作者名下皆附一小传，提供了字号、科第、官职等信息，对考察史书未载的"隐蔽"作者之生平、编写地方艺文志、梳理文学史有着无可替代的资料价值。

其次，保存了大量的诗学文献。目前可知，《周雅续》收录的82位作者中，无诗文别集问世或别集失传者39人，《周雅续》共载录这些作者的诗赋作品多达931首。如三水（今陕西旬邑）诗人文在中，雍正《陕西通志》卷七五著录有《观宇》《观宙》《天经》《天雅》《天引》《天朔》《天极》等八部理学及诗文著作，然未见于今人所编的《明别集版本志》《中国古籍总目》《中国古籍善本书目》等书目著录，当佚。一些大型明诗总集如《列朝诗集》《明诗综》《明诗纪事》等均未收录其诗作。今所见仅康熙《三水县志》、雍正《陕西通志》等存其诗赋作品2首。而《周雅续》收录其诗赋作品达三卷之多，其中七言律诗五题366首计两万余字，赋三万余字，多未见于其他传世资料。耀州（今陕西耀县）诗人王图，雍正《陕西通志》卷七五著录有《醉绿馆集》，惜未见传本。乾隆《续耀州志》存其诗4首，万历《兰溪县志》存其诗2首，而《周雅续》收录其诗121首，颇具史料价值。长安（今陕西西安市西）诗人王鹤，雍正《陕西通志》卷九六著录有《皇华集》《见薇堂集》。《见薇堂集》今不存，《周雅续》存其诗69首，其中52首未见于《皇华集》及地方艺文志等文献。咸宁（今陕西西安市东）诗人管楫，《四库全书总目》《续文献通考》著录有《平田诗集》二卷，《千顷堂书目》著录为《平田稿》二卷，今皆不见，雍正《陕西通志》卷九二录其诗1首，康熙七年《咸宁县志》卷八录其诗3首，而《周雅续》录其诗14首。西宁诗人张问仁，《陇右著作录》卷五著录其有《闷子集》《河右集》，今散佚不传。乾隆《西宁府新志》卷四十存其诗11首，多为其去官归里后的作品。《周雅续》存其诗15首，多与其仕宦生涯的经历有关，与《西宁府新志》所载之诗构成互补，是考查诗人生平的重要资料。文翔凤妻武氏，钱谦益《列朝诗集》闰集第四《文太青妻武氏》云"太青所著事略，称其妻武恭人之能诗也"[①]，《陇右著作录》著录有《交爱轩集》，今不存，《周雅续》存其诗20首，其中12首未见载于《列朝诗集》及其他文献。收录于《周雅续》中的不少作品，在传世的其他文献中多未载录，即使有重复载录的，也是很少一部分，遂使得《周雅续》在保存地域诗学文献方面的价值极为显著突出。这些作品是我们今天多多少少还能够了解诗人创作情况的主要资料甚至是唯一的文本。

第三，为校勘部分陕西诗人存世别集和订正古今人相关著述中的疏失提供参考。《周雅续》收录的82位作者中，43人至今有诗文集存世，其中一些创作成就较高者如李梦阳、康海、王九思、孙一元等，则有多种版本的诗文集传世。在流传过程中，不同版本多有异文产生。《周雅续》作为本朝人编辑的总集，编纂者与其中的一些作者及其后人，或很熟知，或有交往，甚或能亲眼看见在当时还存在的手稿，故而对于上述诗人别集的整理研究而言，《周雅续》是文献价值较高的校勘资料。通过比较版本异文可有助于了解诗意，如《皇华集》收录王鹤《渡大同江》一诗，读者对"大同江"或有陌生之感，而《周雅续》卷十亦收录此诗，诗题作

[①] （清）钱谦益撰集，许逸民等点校：《列朝诗集》闰集第四，中华书局2007年版，第6599页。

《渡鸭绿江》，可知大同江即鸭绿江。此外，对于相关著作中的疏失或误解，《周雅续》有时可起辅助匡误之作用。如张廷玉等《明史》卷二一六及万斯同《明史》卷三三六《王图传》皆云王图为万历十一年进士，而《周雅续》卷十四王图小传云其为万历丙戌即万历十四年进士。进一步查阅钱谦益《故礼部尚书兼翰林院学士协理詹事府事赠太子太保谥文肃王公行状》《明清进士题名碑录索引》《皇明三元考》等资料，可知王图乃万历十四年进士，《周雅续》小传记载准确，而两部《明史》的记载则有误。

最后，《周雅续》这一总集的编纂，主观上虽不以展现社会生活和记述时事政治为主要目的，但在客观上，其所收录的诗赋之作则蕴含着深厚的文化内涵，涉及有明一代的当代史事及文人士大夫的价值追求，也反映出明代陕西一地的风土人情等。因此，从这一角度可将《周雅续》视作一面形象化地反映明代社会历史与文化生活的明镜。如王九峰《壬申除夕闻王师平山东诸盗》一诗，叙写正德七年（1512）明军镇压山东地区刘六、刘七领导的农民起义。温纯《溆浦道中见风土多异又会兵征苗即事感述》一诗，乃叙写嘉靖时期朝廷派兵镇压苗民起事。金銮《闻倭夷复寇扬州烽戍接境忆昔嬉游乐土半成丘墟歌酒故人悉罹丧乱望风增怆挥涕寄言》一诗，从侧面叙写倭寇给百姓生活带来的灾难。王鹤《王京迎诏》《游汉江》等诗叙写出使朝鲜的经历，反映了明代对藩属国的外交政策。李梦阳《内教场歌》《去妇词》等诗，深刻揭示明武宗时期的朝政。韩邦靖《谷太监出军歌》是痛斥宦官权势之作。来复《梦登第》、南大吉《登进士第》、何栋《甲戌下第秋兴》等诗，以不同角度反映出追求科举功名的心路历程。张问仁《早朝》、王图《恭读宣宗皇帝论庶吉士诗感而有述》反映出士大夫积极仕进、建功立业的价值追求。张问仁《广陵怀古》、许宗鲁《边事》等诗作流露出忧国忧民的感伤。南大吉《望华岳》、乔因阜《游华岳》、温纯《游青柯坪》、乔世宁《经始皇墓》、张治道《望未央宫》、王庭譔《华清宫》、赵崡《将登昭陵阻大风雨率尔短歌》等诗，则是对陕西风景名胜和历史遗迹的吟咏。

由此可见，《周雅续》堪称一部集文学、文献、文化价值于一体的古代诗歌总集，是研究明代陕西地域文学乃至明代诗歌史的不可或缺的资料。

二 研究现状

（一）《周雅续》一书的研究现状

与《周雅续》一书所具备学术价值不协调的是，此书迄今为止并未引起学界足够的关注与利用。从古代书目等文献的记载来看，《周雅续》成书后似未得到广泛流传。

《周雅续》一书，在古人编辑的《千顷堂书目》《明史·艺文志》及《四库全书总目》等书目中均无著录，仅在地方志的艺文志或人物传中有简单提及，如光绪《保定府志》卷四四《艺文录一·著述》、光绪《保定府志》五四、民国《清苑县志》卷四《贾鸿洙传》。书目之外的文献中对《周雅续》一书的记载亦很少，仅能在参编者或与参编者有所交往者的别集中偶然发现一二。

如参编者温自知《黄花诗选序》云："公旧刻有《黄花》诸集，久行于世。……岁己巳，同梁子君旭奉督学贾公檄搜辑西京名贤著作，首录公诗一帙。太青文子见而慕之，即镌诸《雅续》矣。"① 按：公，指张原，著有《黄花集》传世。己巳，即崇祯二年。梁子君旭，即梁尔升。督学贾公，即贾鸿洙。太青文子，即文翔凤。《雅续》，即《周雅续》一书。作者温自知与梁君旭、贾鸿洙、文翔凤皆参与《周雅续》编纂，此段文字记录了选张原之诗入集一事，也言及《周雅续》编纂人员的分工，均与编书事实相符。《周雅续》卷六收录张原诗歌17首。

裁定者文翔凤《温恭毅公文集序》云："近定《周雅续》，特奉以为接武之前茅。"② 按：此乃文翔凤为其师温纯文集所作的序文，提及其裁定《周雅续》时选温纯诗作入集一事。《周雅续》卷十载温纯诗53首。

文翔凤的同年钱谦益《列朝诗集》闰集第四《葛高行文》小传云："葛节妇文氏，三水人。少白先生之女，光禄天瑞之姊也。……天瑞撰《续周雅》，别载诗三十余首，盖有赋家之心，未娴声律者也。"③ 按：光禄天瑞，即《周雅续》的裁定者文翔凤，葛节妇之弟。此处所言之《续

---

① （清）温自知：《海印楼集》卷二，民国二十五年《温氏丛书》铅印本，第13页b。
② （明）温纯：《温恭毅公文集》卷首《序》，《明别集丛刊》，黄山书社2015年影印本，第3辑，第79册，第165页上栏。
③ （清）钱谦益撰集，许逸民等点校：《列朝诗集》闰集第四，中华书局2007年版，第6504页。

周雅》,即指《周雅续》一书,书中收录葛节妇之作 37 首。钱谦益与文翔凤为同年进士,且素有交往,但他对《周雅续》一书的了解尚不确切,将书名误作《续周雅》,可知该书的流传并不广泛。

今人对该书的关注亦甚少,专题研究则近乎空白。《中国古籍善本书目》卷二八集部总集类著录此书今有两部,一部收藏于北京大学图书馆,另一部收藏于西北大学图书馆。而在《中国古籍总目》总集类郡邑之属仅著录北京大学图书馆所藏的一部。2013 年以前,对《周雅续》一书的关注和利用极少,仅能在介绍明代陕西著述出版、收藏情况或与编纂者事迹相关的论述中偶有提及,寥寥数语而已。如王永莉《有效保护利用古籍文献,推进文化强省建设》称《周雅续》是"非常珍贵的古籍善本"①。吴敏霞《陕西古籍存藏的问题与对策研究》一文称此书对"修纂陕西地方志颇有参考价值"②。李波《明代陕西历任提学简考》(下)一文云贾鸿洙督学陕西期间"因仰慕秦地文化"而编辑《周雅续》一书。③ 较为集中的介绍要数今人所编的《陕西省志·文化艺术志》,但只有四百余字,属一般性介绍而非专门研究,且其中存在一些失误之处,如称此书选录明代关中 81 人的代表诗作共 2300 余首,④ 而实际收录作者为 82 人,收录作品为 2709 首。一些专门针对明代陕西作家群体进行研究的论著中亦未提及此书。

2012 年底,贾三强教授主持的陕西省"十二五"规划古籍整理重大项目"陕西古代文献集成(初编)"将《周雅续》的整理确定为子课题之一,笔者承担了此书的点校整理工作。2014 年完成点校初稿,并在此基础上展开对此书的系统研究,撰写发表《明崇祯刻本〈周雅续〉三考》⑤,首次对《周雅续》的成书、命名、收录作者及其学术价值等做以专文考论,并订正了相关著作中的一些疏漏之处。2015 年出版的《关学

---

① 王永莉:《有效保护利用古籍文献,推进文化强省建设》,《陕西日报》2013 年 10 月 29 日第 5 版。
② 吴敏霞:《陕西古籍存藏的问题与对策研究》,《文博》2008 年 3 期。
③ 李波:《明代陕西历任提学简考》(下),《渭南师范学院学报》2013 年第 11 期。
④ 参见陕西省地方志编纂委员会编《陕西省志·文化艺术志》,陕西人民出版社 2005 年版,第 165 页。
⑤ 赵金丹:《明崇祯刻本〈周雅续〉三考》,《汕头大学学报》2016 年第 2 期。

文库》文献整理系列丛书之《南大吉集》①，依据西北大学图书馆所藏《周雅续》对存世《瑞泉南伯子集》中的部分佚诗进行了辑补，此为笔者所见最早出版的利用《周雅续》来为作者存世别集进行辑佚的著作。

综上可知，学界目前对《周雅续》的关注和研究还甚少，这与《周雅续》所具备学术价值很不协调。笔者认为，导致这种现象出现的原因有二：一是该书传世版本甚为稀少，目前尚无整理本出版，在一定程度上影响了传播和利用；二是仅仅从书名来看，很难推断出此书的实际内容，容易被从事陕西地域文学或相关研究的学者忽略。

（二）《周雅续》收录作者的研究现状

《周雅续》是收录专门明代陕西籍作者诗作的地方性总集，对其进行研究，自然绕不开明代陕西地域文学研究的大背景。在当代学者孜孜不倦的耕耘下，明代陕西地域文学研究已经取得了不少成果，现对《周雅续》收录作者的相关研究资料进行整理，从作家群体研究及个案研究两方面予以介绍。

1. 作家群体研究

明代陕西作家群体研究的成果如伏漫戈《明代陕西籍诗人简论》②，简述明代各时期37位陕西籍诗人的生平事迹及明清著名文人的评价，并分析原因。杨挺《明代陕西作家研究》③，以朝代为序对明代不同时期的陕西文学发展概貌做以描述，重点论述的作家有22位，虽不能代表明代陕西文人创作的全貌，但各阶段成就突出的文学名家多有涉及，附录初步统计出明代陕西作家429位并附列简要生平。从现有成果来看，弘治、正德、嘉靖等鼎盛时期的作家群体及其文学创作是研究关注的热点，如魏强、马卫中《明中期秦陇文人集团及其诗学观》④、师海军《明中期关陇作家群研究》⑤等论文。明代陕西作家著述研究的成果如贾三强《清·雍正〈陕西通志·经籍志〉著录文集研究》⑥，以雍正《陕西通志》为切入点，对所录历代陕西文集的作者、存佚及版本情况进行了细致考察，涉及

---

① （明）南大吉著，李似珍点校：《南大吉集》，西北大学出版社2015年版。
② 伏漫戈：《明代陕西籍诗人简论》，《唐都学刊》2011年第2期。
③ 杨挺：《明代陕西作家研究》，硕士学位论文，上海师范大学，2007年。
④ 魏强、马卫中：《明中期秦陇文人集团及其诗学观》，《深圳大学学报》2009年第4期。
⑤ 师海军：《明中期关陇作家群研究》，博士学位论文，西北大学，2010年。
⑥ 贾三强：《清·雍正〈陕西通志·经籍志〉著录文集研究》，三秦出版社2011年版。

明代陕西作家凡147位，对陕西地域文献研究大有裨益。此外，还有从单个家族群体或特定区域内作家群体入手进行研究者，如梁新奇《家族建构与地方社会的互动——明清同州马氏家族的个案研究》①，周喜存《明清陕西三原温氏家族著述考论》②，王成芳《明清关西回族马氏家族作家考论》③，周喜存《明清陕西三原文人群体及其著述研究》④，许勇强《明清方志所见陕西文学家族著述考》⑤ 等，为从陕西作家的群体研究开辟了新的视角。

2. 作家个案研究

（1）今有别集存世的作家

个案研究的成果远远高于群体研究，几位文学名家如李梦阳、康海、王九思、赵时春、胡缵宗等，历来受学界关注较多，研究起步较早，研究的角度也较为全面，除专题论著的成果较为丰富外，作家的诗文别集皆有整理本出版，如郝润华《李梦阳集校笺》⑥，金宁芬点校《对山集》⑦，余春柯点校《康对山先生集》⑧，[新加坡] 陈靝沅编校、孙崇涛审订《康海散曲集校笺》⑨，沈广仁点校《碧山乐府》⑩，姜妮点校《渼陂集》⑪

---

① 梁新奇：《家族建构与地方社会的互动——明清同州马氏家族的个案研究》，硕士学位论文，江西师范大学，2012 年。

② 周喜存：《明清陕西三原温氏家族著述考论》，《西安电子科技大学学报》（社会科学版）2016 年第 6 期。

③ 王成芳：《明清关西回族马氏家族作家考论》，《回族研究》2018 年第 4 期。

④ 周喜存：《明清陕西三原文人群体及其著述研究》，博士学位论文，陕西师范大学，2007 年。

⑤ 许勇强：《明清方志所见陕西文学家族著述考》，《唐都学刊》2020 年第 4 期。

⑥ （明）李梦阳著，郝润华校笺：《李梦阳集校笺》，中华书局 2019 年版。

⑦ （明）康海著，金宁芬校点：《对山集》，社会科学文献出版社 2016 年版。

⑧ （明）康海著，余春柯点校，贾三强审校：《康对山先生集》，《陕西古代文献集成》，陕西人民出版社 2017 年版，第 8 辑。

⑨ （明）康海著，[新加坡] 陈靝沅编校，孙崇涛审订：《康海散曲集校笺》，浙江古籍出版社 2011 年版。

⑩ （明）王九思著，沈广仁点校：《碧山乐府》，上海古籍出版社 1989 年版。

⑪ （明）王九思著，姜妮点校，贾三强审校：《渼陂集》，《陕西古代文献集成》，陕西人民出版社 2017 年版，第 9 辑。

《渼陂续集》①，杜志强整理《赵时春文集校笺》②，杜志强校注《赵时春诗词校注》③，李天舒选注《鸟鼠山人胡缵宗诗选》④ 等。

值得注意的是，一些明代陕西作家，其文学成就虽未产生全国性影响力，但也曾享誉当地，且有别集存世，如金銮、张治道、韩邦奇、杨爵、王庭䕫、胡侍、许宗鲁、王维桢、韩邦靖、温纯、张原、刘储秀、孙一元、乔世宁、马理等，这类作者虽然受学界关注不及那些名家，但随着地域文学研究越来越受重视和电子资源的普及利用，近年来日益走入研究者的视野，也取得了较为可观的成果。期刊论文如：周军《金銮生卒年新考》⑤，贾三强《张治道嘉靖二十四、二十五年诗作考》⑥，周喜存《论韩邦奇的散曲艺术》⑦，高璐《明代关中文学士人对杜诗的传承——以晚明文学家王庭䕫及其诗文为中心的考察》⑧，张世宏《明代作家胡侍生平及著述考辨》⑨，田富军《明代宁夏籍作家胡侍四考》⑩ 等。学位论文如：周喜存《韩邦奇及〈苑洛集〉研究》⑪，李锋《杨爵年谱》⑫，周军《金銮及其著述研究》⑬，苏丽华《胡侍及其文言小说研究》⑭，耿李元《胡侍生平、家世及著述考释》⑮，袁萍《许宗鲁家世生平及著述考释》⑯，夏明媚

---

① （明）王九思著，姜妮点校，贾三强审校：《渼陂续集》，《陕西古代文献集成》，陕西人民出版社2017年版，第9辑。
② （明）赵时春著，杜志强整理：《赵时春文集校笺》，天津古籍出版社2012年版。
③ （明）赵时春著，杜志强校注：《赵时春诗词校注》，巴蜀书社2012年版。
④ （明）胡缵宗著，李天舒选注：《鸟鼠山人胡缵宗诗选》，书目文献出版社1993年版。
⑤ 周军：《金銮生卒年新考》，《现代语文》2009年第10期。
⑥ 贾三强：《张治道嘉靖二十四、二十五年诗作考》，《东亚汉学研究》2013年特别号。
⑦ 周喜存：《论韩邦奇的散曲艺术》，《延安大学学报》2014年第3期。
⑧ 高璐：《明代关中文学士人对杜诗的传承——以晚明文学家王庭䕫及其诗文为中心的考察》，《内蒙古大学学报》2013年第5期。
⑨ 张世宏：《明代作家胡侍生平及著述考辨》，《文学遗产》2007年第3期。
⑩ 田富军：《明代宁夏籍作家胡侍四考》，《宁夏社会科学》2014年第6期。
⑪ 周喜存：《韩邦奇及〈苑洛集〉研究》，硕士学位论文，西北大学，2007年。
⑫ 李锋：《杨爵年谱》，硕士学位论文，西北大学，2009年。
⑬ 周军：《金銮及其著述研究》，硕士学位论文，西北师范大学，2009年。
⑭ 苏丽华：《胡侍及其文言小说研究》，硕士学位论文，宁夏大学，2003年。
⑮ 耿李元：《胡侍生平、家世及著述考释》，硕士学位论文，西北大学，2010年。
⑯ 袁萍：《许宗鲁家世生平及著述考释》，硕士学位论文，西北大学，2010年。

《王维桢生平及其〈存笥稿〉版本研究》[1]，李凤霞《韩邦靖、屈淑及〈韩五泉诗〉〈韩安人遗诗〉研究》[2]，王超《温纯家世与生平研究》[3]，李灵芝《王维桢文学研究》[4]，王小芳《张原世系生平交游研究》[5]，张肖云《刘储秀年谱》[6]，李炳鑫《太白山人漫稿考论》[7]，李芸《孙一元研究》[8]，郝晶《乔世宁及其诗歌研究》[9]，李月辰《马理诗歌研究》[10]等。

此外，近年来出版的《陕西古代文献集成》、《关学文库》文献整理及学术研究系列丛书，对明代陕西文献的点校整理及研究，丰富了明代陕西文人文学、思想等领域的研究。在已出版的成果中，与《周雅续》收录作者相关的文集整理及研究著作如：《陕西古代文献集成》系列丛书之魏耕原点校《张伎陵集》，李凤霞点校《韩五泉诗》，王小芳点校《玉坡张先生黄花集》，孙武军点校《王彭衙诗》，潘晓玲点校《西玄集》，高璐点校《松门稿》，李月辰点校《溪田文集》，吴敏霞等点校《槐野先生存笥稿》，敬晓庆点校《来阳伯诗集》、丁俊丽点校《来阳伯文集》等；《关学文库》系列丛书之张建辉等点校《王恕集》，许宁等点校《马理集》，米文科点校《吕柟集·泾野先生文集》，魏冬点校《韩邦奇集》，李似珍点校《南大吉集》，陈战峰点校《杨爵集》，刘学智等点校《冯从吾集》，米文科《吕柟评传》，魏冬《韩邦奇评传》，何睿洁《冯从吾评传》等。

上述作者的个案研究，或考察作家生平著述交游等基本情况，或专为作家编写年谱及著述系年，或对存世诗文别集进行点校整理，或就作家的文学创作及思想展开分析，为明代陕西地域文学的研究奠定了良好的基础。

---

[1] 夏明媚：《王维桢生平及其〈存笥稿〉版本研究》，硕士学位论文，西北大学，2010年。
[2] 李凤霞：《韩邦靖、屈淑及〈韩五泉诗〉〈韩安人遗诗〉研究》，硕士学位论文，西北大学，2010年。
[3] 王超：《温纯家世与生平研究》，硕士学位论文，西北大学，2010年。
[4] 李灵芝：《王维桢文学研究》，硕士学位论文，暨南大学，2011年。
[5] 王小芳：《张原世系生平交游研究》，硕士学位论文，西北大学，2011年。
[6] 张肖云：《刘储秀年谱》，硕士学位论文，西北大学，2013年。
[7] 李炳鑫：《太白山人漫稿考论》，硕士学位论文，陕西师范大学，2014年。
[8] 李芸：《孙一元研究》，硕士学位论文，湘潭大学，2014年。
[9] 郝晶：《乔世宁及其诗歌研究》，硕士学位论文，西北大学，2014年。
[10] 李月辰：《马理诗歌研究》，硕士学位论文，陕西师范大学，2016年。

(2) 今无别集存世的作家

《周雅续》收录的一部分作者，别集今已散佚，如王九峰、管楫、左思忠、李一元、来聘、罗廷绅、盛讷、吕颙、南宪仲、王图、周传诵、刘绍基、韩期维、张我英、武恭人等，前人限于资料难觅，对此类作者关注甚少，其中个别作者在陕西诗人总体研究及今人编辑的地方志中虽略有提及，但仅为篇幅短小的生平简介。在生平、思想、创作的考察及作品的辑佚与整理方面，研究的深度和专门程度上还远远不够。然而这些诗人在明代陕西诗坛都曾占据一席之地，且有作品流传下来，理应受到关注。此类作家中的部分人物，正是本文研究的重点之一。对这些已淹没在文献深处的"隐蔽"作家进行逐个突破的研究，是梳理陕西古代文学史的必经途径。

三 研究的思路、方法及创新点

本书选取《周雅续》作为研究对象，对其进行系统深入的研究，并将专书研究与作家作品研究相结合，旨在为学界更好地了解利用此书提供帮助，同时也为明代陕西作家的整体性研究提供有价值的资料信息，进而为明代陕西诗歌史的编写奠定基础。具体的研究思路如下：

首先，在全面整理点校的基础上，系统而深入地对《周雅续》进行研究。探讨成书的背景及版本情况，本着"知人论世"的原则，详细考察本书编纂者尤其是三位主纂者的家世生平著述思想等情况，在此基础上对全书的编纂宗旨、编纂体例、文学与文献价值进行探讨，并对该书的历史文化内涵、思想艺术性进行述评。这些探索研究都具有开创性，旨在为学界更好地利用此书提供帮助，使这部优秀的传世文献能充分发挥其应有价值。

其次，在全面考察82位作者著述及存佚情况的基础上，对重点作家的家世生平情况进行专门研究。本书所谓"重点作家"，主要是指那些曾在当时以诗文、学识等享誉一时，曾有诗文别集问世，却因著述散佚而在今天鲜为关注、以致湮没在文献深处的那些"隐蔽"作者，或今人虽有关注、但研究远远不够，甚至存在疏失的作者。以《周雅续》收录的作品为内证，以史传志书记载为外证，详考这些诗人家世、生平、著述及交游等情况，可填补此类"隐蔽"作者研究之空白，为明代陕西作家基础资料的积累和明代陕西诗歌史的梳理做出具体的贡献。

第三，在搜集考辨大量相关文献记载的基础上，对《周雅续》作者小传进行校考笺证订补，涉及作者字号、籍贯、科考及仕宦等基本信息。原传信息缺失或讹误者予以补正；原传仕履信息不详之处予以发明，并附列记载诗人生平事迹之文献；原传多未涉及作者著述情况，凡可考者均作补充。力图以《周雅续》小传为切入点，全面考察82位作者的生平信息，为读者提供一份准确可靠的明代陕西诗人基本生平资料。

本书的主要创新之处在于首次系统全面地对《周雅续》一书进行深入研究，对其中的作者进行细致考察，同时又筛选出具有代表性的作者和具有特殊文献价值的作品进行重点突出的个案性研究。点面结合，考论结合，从而为今后的明代陕西作家及作品的整体性研究进一步深入奠定基础。本书的研究建立在扎实的文献整理基础之上，并结合史学、文学、文献学等学科的相关知识进行交叉互证式的综合性研究，使结论具有更强的说服力，最终有力地支持着其在本研究领域所具有的开拓创新的积极意义。

上 编

《周雅续》的文学文献价值研究

第一章

成书与版本

第一节 《周雅续》成书

一 书名释义

1. 周雅——称名所体现的复古情结

《周雅续》刻于明崇祯初年,由曾任陕西提学的贾鸿洙组织编纂,收录的作品皆为明代陕西即今陕西及周边地区作家诗赋创作。作者的籍贯大部分在今陕西境内,小部分在今甘肃、宁夏及青海境内,地域分布比较广泛,基本涵盖了今新疆以外的西北地区,属明代陕西承宣布政使司地方行政区所辖地域。[①] 先秦时期,秦国是周王朝的诸侯国之一。最初,周孝王封伯翳之后非子为附庸,予以秦邑。秦襄公始立国,至秦孝公,日益富强,为战国七雄之一,国土相当于今陕西地区,故习称陕西为"秦"。公元前221年秦始皇统一中原,建立中国历史上第一个统一的封建王朝,定都咸阳,故而后世对陕西地区的一些名物在称谓上往往冠以"秦"字。如"秦中"指今陕西中部平原地区,"秦头"指今陕西汉中地区,"秦川"则泛指今陕西、甘肃的秦岭以北平原地带,"秦腔"指流行于陕西以及邻近地区的戏曲剧种,等等。然而,《周雅续》的选辑者贾鸿洙和裁定者文翔凤对后世的人们将陕西与先秦的秦国及秦朝关联起来这种情况却不以为然。文翔凤称:"而世诗人止知有唐,似弗知有周也,似止知关中之

---

① 据《明史》卷四二《地理志》,明代陕西承宣布政使司地方行政区,所辖地域除今陕西省全境外,北边辖有今内蒙古河套及宁夏东南等部分地区,西边辖有今甘肃嘉峪关以东及青海青海湖以东部分地区。

为秦，弗谙其为周之旧也，久矣！"① 显然，他对后人只知关中为"秦地"，却忽略其为"周之故地"的事实颇为遗憾，大有欲为其正名之意。所以接下来又说："夫秦之诬周于天下，莫之代雪也！"② 而贾鸿洙则称："……大之至也，其周之旧。汉都关中，王猛以为汉承秦盛，而不知秦、汉总承周盛。六王并，两君死，识者尚欲虚秦年为周年，而断秦有本纪之非。盖嬴世西戎，以周赐厕诸侯，则言秦必本诸周也，言秦本周统也，匪翅地也。"③ 显然，二人的"思周"情结是一致的。那么，何以二人如此强调陕西当属"周之故地"？

从生平经历看，此二人与陕西均颇有渊源。文翔凤，字天瑞，号太青，西安府三水县（今陕西旬邑）人，万历三十八年（1610）考中进士。历任莱阳、伊阳、洛阳县令，升任南京礼部主事，迁吏部。天启元年（1621）以副使提学山西，后擢升南京光禄寺少卿。不久，辞官归里，埋头著书。《周雅续》的裁定工作便完成于其回乡闲居期间。贾鸿洙，字孔澜，清苑（今河北保定）人。万历四十四年（1616）考中进士，授户部主事。天启二年（1622），升任陕西布政使司右参议。后历任河南副使、陕西提学、河南布政使。贾鸿洙虽不是陕西人，但曾在陕西任职多年。《周雅续》的编纂工作便是在其提督陕西学政的崇祯初年开始的。陕西是明代文学复古思潮发起的重镇，前七子中的三位重要人物李梦阳、康海、王九思都是陕西人，在正德、嘉靖年间的文坛上独领风骚。此后，其文学复古思想一直深深地根植于这块土地中，不仅影响着陕西籍作家的文学创作，也影响外来作家的文学主张。文翔凤、贾鸿洙在选编陕西籍作家作品活动上所反映出的"思周"情结，就是明显的例证。

梁启超谈及伪书发展的原因时曾对人们的好古心理做以分析："'好古'为中国人特性之一，什么事都觉得今人不及古人，因此出口动笔，都喜欢借古人以自重。"④ 孔子亦曾感慨自己所处的时代是礼崩乐坏，今不如昔，故曰"郁郁乎文哉！吾从周。"又曾云："述而不作，信而好古。"古人还存在托古传道的心理，梁启超指出："战国之末，百家各自立说，

---

① （明）贾鸿洙辑：《周雅续》卷首《周雅续序》，明崇祯刻本。按：本书所引用《周雅续》一书中内容，除特别标注之处外，皆依据北京大学图书馆藏本。

② （明）贾鸿洙辑：《周雅续》卷首《周雅续序》，明崇祯刻本。

③ （明）贾鸿洙辑：《周雅续》卷首《周雅续自序》，西北大学图书馆藏明崇祯刻本。

④ 梁启超：《中国近三百年学术史》，江西教育出版社2014年版，第252页。

而托之于古以为重。"① 著书立说，唯恐自己的心血之作得不到世人的重视，于是假借古代名人以引起世人关注，使其书得以流传。战国时的一些著作，有时喜欢托名周公，如《周礼》。尽管明代诗文复古运动的口号是"文必秦汉，诗必盛唐"，但古代诗歌的源头要追溯到《诗经》，较之秦汉盛唐，则周代更为古。在奉行复古主义的编纂者看来，只有周代所产生的诗歌，才最能代表纯正之道和雅正之音，故书名中用"周雅"二字。编纂者强调陕西为周之故地，希望达到借古扬今之目的，即突出当时陕西籍诗人的历史地位，从而突显编纂此集的价值。

2. 曰"雅续"，不曰"续雅"

至于何谓之"续"，文翔凤和贾鸿洙分别在序言中做了特别说明。文翔凤云："睹上林之巨丽者，其求之是，而目其编曰《周雅续》。曩文中子之续《诗》，具六代而世不传，不雅也。兹不曰'续雅'，曰'雅续'，盖云其诗之为周之旧，若雅音之自续云尔，匪我也。"② 按：文中子即隋代人王通，强调其续《诗》而后世不传，原因是"不雅"，而本书则是"雅音之自续"。贾鸿洙曰："若太庙设器，明堂序官，格格宾宾，杀夭曼而升大雅，道不蹶地，文不丧天。是可谓一续而贯千圣之绝乎，是不可谓非一续而贯千圣之绝者也。……删后岂无诗，诗在《周雅续》矣。"③ 仍是强调此集所收之诗，是周代故地的诗人们自然而然地延续着周人诗歌雅正的精神、内涵、意蕴、风格而创作的，并非从形式上续写周时的《大雅》《小雅》等四言诗。这完全符合文翔凤、贾鸿洙等既推崇明代复古文学，又倾向宋明理学思想的创作观。

二 成书过程

此集每卷首页第一行至第三行下方由右向左依次题署编辑者的籍贯、姓名等："北圻贾鸿洙宪仲选辑"，"西极文翔凤天瑞裁定"，"北海孙三杰淑房参阅"。据此知贾鸿洙、文翔凤、孙三杰三人各负责一个方面的工作。又，书前文翔凤作于明崇祯三年（1630）的《周雅续序》详细交代了三人的分工及成书经过，序文曰：

---

① 梁启超：《中国近三百年学术史》，江西教育出版社 2014 年版，第 252 页。
② （明）贾鸿洙辑：《周雅续》卷首《周雅续序》，明崇祯刻本。
③ （明）贾鸿洙辑：《周雅续》卷首《周雅续自序》，西北大学图书馆藏明崇祯刻本。

贾子《齐》《鲁》《毛》《韩》之学以世丞，其教我邦士，既以《鹤鸣诗意》翼《三百》，而又欲以关中之诗教教之，搜二百六十年往者之文献，为之表学编一，政编一，诗、文编各一，此其知道者之教与。欲全而出之，而先有事于诗、文，命门人探百三十国之书，得六十五家以观余。盖二三子以其识力之所至自为汰，或过汰，或又不无情面时辈，其巨公长编，至或脱姓氏，又太申韩于唐宋之辨，而理学主讲座者之诗，遂汰不与，即先君子之撰著，未之获也。盖其郡县所上集半不备。而贾子方以新命观察汴，又游李子振大雅之乡矣，惜其教之不卒其行，又感殒珠之痛，仓皇驾厥雅志之不获申。余奉教于启行之濒，其所汰之什既不暇复求散帙，其所遗又不可立得之郡县，且病慵，遂经岁阁置几阙典。而庚午秋冬之交，贾子勒书汴，督之再。其勒书赤令孙淑房氏，督之者亦再。盖其嗜古太同调，借以畀太青子之所不逮。雅哉！贾子之不忘我关中之旧也。而淑房又将以计北，则大迫，遂缮以十手，梓手又六倍之而待工。于三旬之间，文编不及理，独理诗，余为汰去七家，又为他收二十三家，其过汰而庚补著者又十家。……贾子以文章之主，展镜千春，即搜岐阳之鼓，不兹勤矣。其观察汴，实类周南之东被，删诗定骚之权不自收，而以聘余，孙氏又追琢其章而布之。[①]

按："贾子"即贾鸿洙，据此段文字可知卷首题署与实际相符，三人各负责一个方面的工作。从仕宦经历来看，三人都是进士，为官清正，注重文教。前文已考，崇祯初年，贾鸿洙提督陕西学政，开始组织门人整理有明以来的关中文献，原计划从"学""政""诗""文"四个方面各编一书，但由于时间所限，仅完成了"诗""文"部分的选辑工作便调任河南。此时，文翔凤已辞官居里，孙三杰正担任治所和西安府同在一城的长安县知县，兼管咸宁县事。贾鸿洙便请他们分别担任"裁定"与"参阅"工作。由于文翔凤生病耽搁、孙三杰即将北上参加考核、贾鸿洙催促较急等原因，最终仅完成了"诗"这一部分的编定，即《周雅续》一书，而"文"的部分则未及编纂成书。

[①] （明）贾鸿洙辑：《周雅续》卷首《周雅续序》，明崇祯刻本。

三　成书时间

此书的前后均无刻印时间的明确信息，现仅能依据两篇序文的写作时间略作推测。文翔凤《周雅续序》所署写作时间为"崇祯庚午日"。序文中说："庚午秋冬之交，……繕以十手，梓手又六倍之而待工，于三旬之间，文编不及理，独理诗。"按："庚午"为崇祯三年。可知文翔凤在崇祯三年的秋冬之际，用三十天时间"裁定"了诗歌作品，并雇请十位抄书人进行誊写，还雇用六十位刻书工匠待命开雕，则刻书时间似在崇祯三年之冬。但是，贾鸿洙《周雅续自序》所署写作时间却为"崇祯五年岁在壬申季春望日"。则又显然是在崇祯五年后刻印的。此书虽非巨编，但亦非小帙，印刻成书当需时日，非短时间内所能办，何况文翔凤审阅编订书稿时身在陕西关中，而贾鸿洙等待刻印书稿时却是身在河南开封，在较远的两地之间仅凭书信往来以沟通信息，自然需用较长的时间。故从时间上看崇祯三年冬编成稿本，崇祯五年春后刻成印本，完全在合理的范围内。综合考察，揆之情理，《周雅续》的刻印成书应在崇祯五年。

第二节　《周雅续》版本

《周雅续》一书，在古人编辑的《明史·艺文志》《千顷堂书目》及《四库全书总目》等书目中均无著录，仅在光绪《保定府志》五四、民国《清苑县志》卷四贾鸿洙小传中有简略记载："纂辑《周雅续》一部"，光绪《保定府志》卷四四《艺文录一·著述》有一个简单的条目"《鸣鹤堂四书圣谛测》三十八卷，贾鸿洙。……《周雅续》纂，同上。"在今人编辑的《中国古籍善本书目》卷二八集部总集类中著录有两部："《周雅续》十六卷，明贾鸿洙辑，明崇祯刻本。"一部收藏于北京大学图书馆，另一部收藏于西北大学图书馆。而在《中国古籍总目》总集类郡邑之属中仅著录北京大学图书馆所藏的一部："《周雅续》十六卷，明贾鸿洙辑。明崇祯间刻本。北大。"据赵长海《哈佛燕京图书馆藏中文善本来源考》一文介绍，知哈佛燕京学社曾于1939年在中国以当时货币56元的价格购得《周雅续》16册，而哈佛燕京学社购买的图书多由北平运至美国，收藏于今哈佛燕京图书馆。① 然据今人沈津先生著《美国哈佛大学哈佛燕京图书馆藏中文善本书志》，并未著录此书。按其书《序言》曰："……撰就馆藏自南宋至明末之刻本书志。"② 其书《凡例》亦曰："书志所收之书，为本馆所藏宋元明清刻本之全部。"③ 而《周雅续》为明崇祯间刻本，如若此本今仍收藏于哈佛燕京图书馆，绝无理由不见于此种著录"馆藏""明刻本之全部"的《书志》中。因此，颇疑当年曾为哈佛燕京学社所购的那部《周雅续》是否真运至美国而收藏于哈佛燕京图书馆？且今北京大学图书馆收藏的《周雅续》每卷首页印有"燕京大学图书馆珍藏"字样的藏书章，故而颇疑收藏于今北京大学图书馆的这部《周雅续》是否就是当年那部虽为哈佛燕京学社所得而又未被运走的《周雅续》？俟考。

存世的两部《周雅续》的版式一致，仅正文外所收附件的完整性略有差异。西北大学图书馆藏本结构完整，按编排先后顺序依次为周雅续序、门人姓氏、周雅续自序、纲目、正文。北京大学图书馆藏本的结构顺序依次为周雅续序、门人姓氏、正文，缺少周雅续自序和纲目。现将全书的版式介绍如下：

正文均为每半页九行，一行二十字，版心白口，单黑鱼尾，鱼尾之上有书名，之下有卷数，再下有页数，字体是明末刻书通行的规范方体字，即今人所谓的仿宋体。卷与卷之间页数不等，差别较大，如卷十有六十二页之多，而卷一仅有三十七页。正文前依次为"序""门人姓氏""自序""纲目"，与正文页面的版式略有差异。

周雅续序，以手写行书体上版，每半页七行，一行十八字，仅在版心上方标有"序一""序二"至"序十三"字样。文末依次题署序文撰写时间、撰写者及书写者姓名，并附印章。撰写者的题署为"崇祯庚午日南极前卿士摄太学师视晋学使者右西极文翔凤序言"，后附方形印章两枚，上枚刻有"文翔凤印"四字，篆书，阴文；下枚刻"太青"二字④，

---

① 赵长海：《哈佛燕京图书馆藏中文善本来源考》，《图书情报知识》2005年第4期。
② 沈津：《美国哈佛大学哈佛燕京图书馆藏中文善本书志·序言》，上海辞书出版社1999年版。
③ 沈津：《美国哈佛大学哈佛燕京图书馆藏中文善本书志·凡例》，上海辞书出版社1999年版。
④ 据清人邹漪《启祯野乘一集》卷七《文光禄传》，文翔凤号"太青"。

篆书，阳文。书写人题署为"咸宁举人门人韩文镜书"①，亦附印章两枚，上枚刻"韩文镜印"四字，篆书，阴文；下枚刻"亮孺"二字②，篆书，阴文。

门人姓氏，每半页六行，没有满行的，只因所列人名有单名与双名之别，而有或八字或九字之异。版心上方仅有"序十四""序十五"字样，与前一篇序文的页码相接。

周雅续自序，以手写楷书体上版，每半页六行，一行十六字，仅在版心下方标有页数，由"一"至"十一"。文末依次题署序文撰写时间、撰写者及书写者姓名，并附印章。时间为"崇祯五年岁在壬申季春望日"，撰写者题署为"赐进士第河南布政使司左布政使前奉敕提督陕西学政右参政北圻贾鸿洙谨序"，后附方形印章两枚，上枚刻有"品藻西京"四字，篆书，阳文；下枚刻"丙辰廷对第五人"七字③，篆书，阳文。书写人题署为"丁卯乡贡士西京韩文铨书"，亦附印章两枚，上枚刻有"文铨"二字，篆书，阴文；下枚刻"光孺"二字④，篆书，阳文。

总目，即简单列举此集所收诗人之姓名及其作品之文体的作者目录，共有八十一位，一行多则五个字，少则三个字。值得注意的是其中有一位诗人不知是何人以笔补写的，若合此人计之，则有八十二位。此盖原本遗漏一人，而某位曾收藏过此书的人在阅读中发现此问题后，便依据正文，将那位被漏了的诗人补插在作者目录的相应位置中。

此外，此本已为明光宗、熹宗及崇祯皇帝避讳，如"洛"改为"雒"，"由"改为"繇"等，又文中凡遇到涉及明代皇帝乃至传说之天神上帝的字辞，为表示尊敬，都在其下有空格。

两部存世的《周雅续》，均为笔者所目验。从对校的结果来看，尚未发现二者有文字上的差异。但书本从外形上看，存在一些差异：一是上文所言北大藏本缺少贾鸿洙所撰《周雅续自序》和全书的纲目；二是北大

---

① 韩文镜，咸宁人，崇祯四年（1631）年进士，历官杭严道兼榷税务。革弊政，商民交口称颂。在官尤重礼教，尝捐俸设义学，薪水膏火之资纤悉俱备，俾就业者得专志诵读，营兵亦来习礼，一时风尚彬彬如也。以亲老告归。事迹见雍正《陕西通志》卷五七下。
② 据明人胡正言《印存玄览》卷一，韩文镜字"亮孺"。
③ 据朱保炯、谢沛霖编《明清进士题名碑录索引》，贾鸿洙为万历丙辰科二甲第三名进士，故曰"丙辰廷对第五人"。上海古籍出版社1980年版，第2593页。
④ 按："光孺"当为韩文铨字。

藏本文翔凤所撰《周雅续序》第九页与第十页出现倒装；三是西大藏本"门人姓氏"最后无字的半页已撕掉了一角；四是西大藏本的书眉上偶有不知何人所作的批语；五是西大藏本书衣与正文纸张颜色一致，均已成淡黄色，而北大藏本正文纸张为淡黄色，书衣纸张颜色则较新，略呈淡粉色。

从书衣颜色、《周雅续序》倒装及缺少一篇序文等现象来看，北大藏本可能是重新装订时所致，即此书首册曾散开过，致使正文前的贾序和作者纲目散佚。另外，笔者猜测，致使贾序缺失或许还有这样一种可能：贾序的书写人署名为韩文铨，咸宁人，崇祯七年（1634）进士。此人明亡后曾归顺李自成，在抗击清军战役中战死，故明末清初的一些史书将其归入"逆贼""奸臣"之列。如《甲申纪事》卷二载："韩文铨，陕西咸宁人，甲戌进士，官河南道。"①《明季北略》卷二二云："韩文铨，陕西咸宁人。崇祯甲戌进士，官河南道。伪谏议。"②《甲申传信录》卷五《槐国衣冠》载："山西太原节度使韩文铨，陕西咸宁人，甲戌进士。李闯西遁，踉跄还陕，委以晋事。与伪权将军陈永福守太原，拒清兵，甚力，城陷而死之。"③《崇祯遗录·逆贼奸臣录》"城陷降贼"条载："御史熊世懿、韩文铨、陈羽白、蔡鹏霄……。"④《皇明四朝成仁录》卷四云："时咸宁人有韩文铨者，前河南道监察御史也，贼使为太原节度。文铨大捕宗室以为功，得晋府宗室四百余，械送西安，一日杀之立尽。"⑤综上可知，韩文铨崇祯年间官至河南道监察御史，后归顺李自成，任大顺政权的太原节度使。李自成还陕后，令其留守太原拒抗清兵，城陷而死。或许正是受此种背景经历影响，由他所书写的序文在清初是不受欢迎的，所以此书流传过程中，有人特意将贾序抽出重新装订，形成了今天北大藏本的面貌。

---

① （明）冯梦龙辑：《甲申纪事》卷二《绅志略·从逆诸臣·御史》，《四库禁毁书丛刊》，北京出版社2000年影印本，史部，第33册，第391页下栏。

② （清）计六奇撰，魏得道等点校：《明季北略》卷二二《从逆诸臣·御史》，中华书局1984年版，第633页。

③ （明）钱𫗪：《甲申传信录》卷五，北京古籍出版社2002年版，第96页。

④ （明）王世德：《崇祯遗录·逆贼奸臣录》，《四库禁毁书丛刊》，北京出版社2000年影印本，史部，第72册，第38页上栏。

⑤ （清）屈大均：《皇明四朝成仁录》卷四《秦宗人死节者传》，《四库禁毁书丛刊》，北京出版社2000年影印本，史部，第50册，第530页下栏。

第二章

编纂者

《周雅续》共十六卷，每卷首页第一行至第三行下方由右向左依次题署三位编纂者的籍贯、姓名等："北圻贾鸿洙宪仲选辑"，"西极文翔凤天瑞裁定"，"北海孙三杰淑房参阅"。而在卷前"门人姓氏"一栏中，则又列出十三位协助编纂的参与者的籍贯姓名。古人云：知人论世。要准确把握《周雅续》的选编特点，须对三位编纂者的生平事迹及文学主张、学术思想有所了解。故本着知人论世、以意逆志的原则，以相关史料为依据，考察三位编纂者的家世、生平、交游、著述及其思想等，分三节予以介绍。其他协助编纂的参与者亦专列一节，逐一考述。

第一节 贾鸿洙

一 家世

六世祖贾彦明

明陈仁锡《奉政大夫贾公妣赵氏墓表》云："辛未之秋，册封周府事竣，方伯孔澜贾公手孙师志若翁文索余表……。表世系：清苑之有贾隐士，自小兴州来，始祖彦明，阅资斌义，进，进官温州知事。"[1]

按：方伯孔澜贾公，即贾鸿洙，字孔澜。此墓表为贾鸿洙请陈仁锡为其父母所作，墓表开头交代了清苑贾氏之家世。清苑贾氏之始祖为贾彦明，迁自小兴州，官温州知事。

五世祖贾良佑

明陈仁锡《奉政大夫贾公妣赵氏墓表》："始祖彦明，阅资斌义，

---

[1] （明）陈仁锡：《陈太史无梦园初集》驻集二，《四库禁毁书丛刊》，北京出版社2000年影印本，集部，第60册，第107页下栏。

进，进官温州知事。良佑其子，与兄良佐随宦学，兄录明经，弟传笃行。"①

按：据此知彦明有二子，长曰良佑，次曰良佐。良佑即贾鸿洙之五世祖，明经。

曾祖贾文卿

明陈仁锡《奉政大夫贾公妣赵氏墓表》："良佑生文卿，簿商河，洁于小官而乐为之，声与温州等。起家文学，高太保志焉。"②

按：文卿为良佑之子，即贾鸿洙之曾祖，曾任商河簿，以文学起家。

祖父贾允中、祖母郭氏

明陈仁锡《奉政大夫贾公妣赵氏墓表》："（文卿）生允中为翁父，延庆治粟，大使虽文，无害自好。娶郭氏八载，生翁，大发祥。方伯既多令子，贡于廷，凤有毛、鸿且渐矣。表王言翁父赠奉政大夫，母初封太孺人，累赠宜人。"③

按：此表乃为贾鸿洙之父母而作，此处"翁"指贾鸿洙之父。据此知允中为文卿之子，贾鸿洙之祖也。允中之妻为郭氏，即贾鸿洙之祖母。允中以其孙贾鸿洙封为奉政大夫，妻郭氏则累封为宜人。郭宜人教育子孙以严格而闻名，与贾鸿洙同年考中进士的三原诗人来复曾做《寿贾太母》一诗，诗中有云："常人弄孙常含饴，大母爱孙课文词。血汗之毛五色羽，旁观尚怜况阿祖。贾氏之虎伟彪怒，昂藏赖汝挥门户。堂上耋年意栩栩，君不见，承明阶前试居五。"④"承明阶前试居五"，指贾鸿洙为万历四十四年殿试廷对第五名进士。从来复的诗中可以看出，贾鸿洙科第成绩优异，离不开其祖母的严格培养。又，明鹿善继《祭贾太夫人文》赞郭氏云："既母衔怙翁，而复母孔澜子，无惭桂孙，何愧兰煌。"⑤衔怙翁，

---

① （明）陈仁锡：《陈太史无梦园初集》驻集二，《四库禁毁书丛刊》，北京出版社2000年影印本，集部，第60册，第107页下栏。

② （明）陈仁锡：《陈太史无梦园初集》驻集二，《四库禁毁书丛刊》，北京出版社2000年影印本，集部，第60册，第107页下栏。

③ （明）陈仁锡：《陈太史无梦园初集》驻集二，《四库禁毁书丛刊》，北京出版社2000年影印本，集部，第60册，第107—108页。

④ （明）来复：《来阳伯先生诗集》卷六，《明别集丛刊》，黄山书社2015年影印本，第5辑，第50册，第404页上栏。

⑤ （明）鹿善继：《鹿忠节公集》卷十二，《续修四库全书》，上海古籍出版社2002年影印本，第1373册，第248页下栏。

即贾鸿洙之父贾钶，字衔怗，又作衔岵。

父贾钶、母赵氏

光绪《保定府志》卷四四："贾鸿洙，钶子，万历丙辰进士，官至河南布政使。"①

按：贾鸿洙之父名贾钶，字太承，一字衔怗。万历二十五年丁酉科举人，历任山西猗氏知县、大理寺正卿、官至户部郎中。为官廉能，有政声。治猗，平徭息民，尤甚加意学宫；任大理寺卿时尽力平反，要人每撼以危语，屹如也；任户部郎中，题覆汰诸冗官议，岁省万余金。生性孝友，临终前叮嘱其子贾鸿洙要善待弟侄族党。博涉经史，著有《左粹》一编，《鸣鹤堂诗意》四十卷。事迹见光绪《保定府志》卷五四。贾鸿洙对其父的才学，尤为推重，其《周雅续自序》云："北极贾子续《诗》，而其先大夫所著之《诗意》亦因以翼飞。"这里的"先大夫所著之《诗意》"，即指其父所著之《鸣鹤堂诗意》。明刘荣嗣有《贾献仲宁我篇跋》一文，亦盛赞贾钶之才，曰"人知献仲（按：指贾鸿洙）才，不知其大人衔（衔）怗先生，先生笔花剑气横绝当时。先达如北海冯宗伯、梁门郑襄敏、交河余文恪，无不为先生别悬一榻。其响悦而气应者，则今田民部平野、孙太史恺阳、刘大参茂成诸公。诸公岂易得当者耶！丁酉贤书，以先生庆得人。构堂讲读，扁曰'鸣鹤'。……丙辰之捷，余甚奇献仲文，献仲曰：'顾何足言，是父书之糟粕，百不一当者也。'"②

《奉政大夫贾公妣赵氏墓表》记载："……先生（按：指贾鸿洙父）初配赵淑人，父本邑省祭官，武魁；母刘氏，新庄之东刘家口人。结褵之后十年而逝。端重去华饰，洁酒浆。王母赵孺人严，为解颐合炊数年。客满主簿公席，郭宜人病，则代之治肴具，又代事赵王母。十八举方伯。高王母、于孺人白首在堂，五世翟袆，女宗母师。初，淑人之宽翁于读也：'小捷勿矜，小挫勿挫，终身佩之。'将逝矣，公掩泣曰：'益友不误我，我误子噫。'有子无忝，是谓齐德。齐德故可表也。"③

---

① 光绪《保定府志》卷四四《艺文录一·著述》，《中国地方志集成·河北府县志辑》，上海书店 2006 年影印本，第 31 册，第 74 页上栏。

② （明）刘荣嗣：《简斋先生集·文选》卷四，《四库禁毁书丛刊》，北京出版社 2000 年影印本，集部，第 46 册，第 447 页上栏。

③ （明）陈仁锡：《陈太史无梦园初集》驻集二，《四库禁毁书丛刊》，北京出版社 2000 年影印本，集部，第 60 册，第 109 页。

按：据此知贾鸿洙之母为赵氏，勤俭孝顺，持家稳重，且极有见识。

妻刘氏

民国《清苑县志》卷一："世膺常宠坊，……为赠户部郎中贾允中、宜人郭氏，……陕西布政司参议贾鸿洙、恭人刘氏立。"①

按：据此知贾鸿洙妻为刘氏，封恭人。

子贾尔霖、贾尔梅、贾尔棨

据民国《清苑县志》卷四记载，贾鸿洙之子有贾尔霖、贾尔梅、贾尔棨，"三人俱负才名，人比三凤，而尔霖尤敏妙，博读古书。"②

贾尔霖字用汝，明万历四十四年受学于孙奇逢，四十六年应京兆试，拟中解首，以策语触时忌，置副卷第一。曾从父宦秦、豫间，与文翔凤诸名士游，诗文益进，下笔千言立就，秦、豫大吏皆延礼之，为镂其诗于石。壮岁感病，卒。著有《笔眺集》《澹宁轩诗集》数十卷。事迹见民国《清苑县志》卷四《人物下·文学》。据《周雅续》"门人姓氏"知贾尔霖参与编纂《周雅续》。

贾尔梅字羹署，博学工诗、古文辞，顺治三年举人，以事母不仕，年七十二卒。著有《若庵诗集》《玉立山房文集》《世纶堂杂著》共二十卷。事迹见民国《清苑县志》卷四《人物下·文学》。

贾尔棨字幼临，生平事迹不详。据《周雅续》"门人姓氏"知贾尔棨参与编纂《周雅续》。

女贾氏

康熙《畿辅通志》卷三五："刘兆元妻贾氏，保定府人，河南布政使孔澜之女，归同邑刘兆元。兆元素羸弱，以苦读致沈疴。氏煎汤药，伺卧起，不解衣合睫者两月余。夫卒，遂绝粒。舅姑泣劝曰：'曷不少延治后事，宽吾老人力耶？'乃稍沾勺水。迨治丧毕，泣谓舅姑曰：'儿已许良人矣，以孙辈累舅姑，可也？'临穴一恸，遂不起。"③

按：据此知贾鸿洙有一女，嫁于同乡人刘兆元。

---

① 民国《清苑县志》卷一《建置·坊表》，《中国地方志集成·河北府县志辑》，上海书店2006年影印本，第29册，第377页下栏。

② 民国《清苑县志》卷四《人物下·文学》，《中国地方志集成·河北府县志辑》，上海书店2006年影印本，第29册，第472页下栏。

③ 康熙《畿辅通志》卷三五《人物·列女》，《文渊阁四库全书》，商务印书馆（台北）1986年影印本，第506册，第45页下栏。

综上，清苑贾氏家族之兴盛始于贾钶，至贾鸿洙享"关西夫子"之誉，后又有"三凤"为继，亦堪称一时一地之盛事。根据上文考述，兹将贾鸿洙家世列为图表如下：

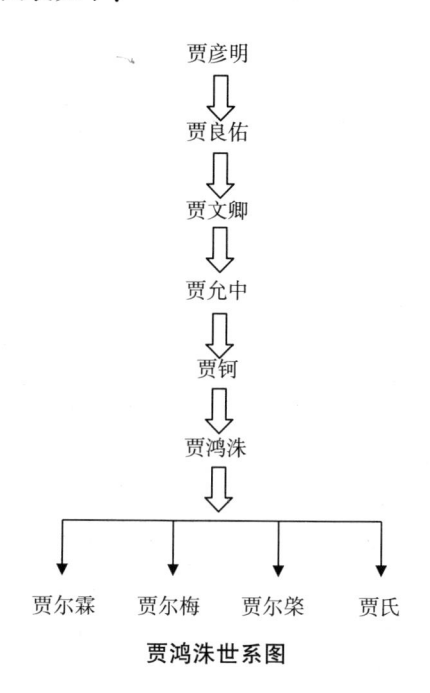

```
            贾彦明
              ↓
            贾良佑
              ↓
            贾文卿
              ↓
            贾允中
              ↓
             贾钶
              ↓
            贾鸿洙
              ↓
    ┌─────┬─────┬─────┐
  贾尔霖  贾尔梅  贾尔榮   贾氏
```

贾鸿洙世系图

二 生平

贾鸿洙，字孔澜，一字曰"宪仲"，又作"献仲"，北直清苑（今河北保定）人。万历四十四年（1616）丙辰科进士第五名，授予户部主事，历任陕西布政使司右参议、河南副使、陕西提学，最后官职为河南布政使，因病卒于官。贾鸿洙为官清正，为政颇优，曾被皇帝"召见赐宴"。以河南副使分守怀庆府（今河南沁阳）时，因没有及时为大宦官魏忠贤建立生祠，险遭陷害。而在提督陕西学政的几年间，主持学校教育工作出色，赢得"关西夫子"之称誉。为人子则甚孝，其父逝世后，在坟墓旁建"思成堂"，"居其中者三年"。事迹见清雍正《陕西通志》卷五二、光绪《保定府志》卷五四、民国《清苑县志》卷四。

《周雅续》一书的纂辑工作是在贾鸿洙任陕西提学期间进行的，其任陕西提学的具体时间，史料中未见明确记载。据《明实录》《明史纪事本末》可知，贾鸿洙在天启二年（1622）由户部郎中升为陕西右参议分守关内道，七年（1627）为河南副使分守怀庆。而文翔凤《周雅续序》云："贾子方新命观察汴……。而庚午秋冬之交，贾子勒书汴……。"按："贾子"即对贾鸿洙的敬称，"观察"为唐代观察使之省称，此处借以代指明代布政使之职，"汴"为唐代"汴州"之省称，此处借以代指明代开封府。据《明史》卷四二《地理志》知，明代承宣河南布政使司治所在开封。又按："庚午"为崇祯三年（1630）。综上可知，贾鸿洙从崇祯三年已开始担任河南布政使，则其任陕西提学的时间约为崇祯元年至三年，即1628年至1630年之间。

贾鸿洙之生卒年，现存史料未见记载，兹据《周雅续自序》末之题署等资料可约略推知其卒年。光绪《保定府志》卷五四云："历任至河南布政使，以疾卒于官。"① 可知，贾鸿洙卒于河南布政使之任上。《周雅续自序》末题署有"时崇祯五年岁在壬申季春望日赐进士第河南布政使司右布政使"，又毕自严《度支奏议·新饷司》卷三十六《覆总理议罚解银挂欠司府各官疏》云"合将河南左布政使贾鸿洙挂欠原少者罚俸二月，镇江府王秉鉴挂欠颇多者罚俸四月……请恭候命下臣部移咨吏部并各该抚按司府遵奉施行。崇祯六年二月十五日具题，本月十七日奉圣旨是钦此"②，可知贾鸿洙于崇祯五年、六年皆在河南布政使之任上，则其病逝当在崇祯六年以后或七年之间。

三 著述及交游

1. 著述

贾鸿洙学识深邃，颇有才情，光绪《保定府志》卷四四著录其撰有《鹤鸣堂四书圣谛测》三十八卷，纂辑《周雅续》一部，校定《太微经》一部。《鹤鸣堂四书圣谛测》今未见传，《周雅续》及其校订的《太微经》（文翔凤著）今有传本，《太微经》卷首有其所撰写的序文一篇③。此外，吉林大学图书馆藏有明崇祯间刻本《经济录》二卷，题"武功张

---

① 光绪《保定府志》卷五四《列传八·仕绩》，《中国地方志集成·河北府县志辑》，上海书店2006年影印本，第31册，第244页上栏。
② （明）毕自严：《度支奏议》，《续修四库全书》，上海古籍出版社1996年影印本，第486册，第680页。
③ 文翔凤《太微经》今存明万历年间刻九卷本和明崇祯年间刻二十卷本两种，而由贾鸿洙校订并撰写序文的是二十卷本。

炼伯纯甫著，上谷贾鸿洙宪仲选"，前有崇祯二年（1629）贾鸿洙所撰序文及其为张炼所作的墓志铭，《四库全书存目丛书》据以影印。

2. 交游

贾鸿洙为北直保定府清苑人，宦历秦、豫，官至二品，定交游广泛。惜未见其别集传世，故只能从他人别集及相关总集中推知一二。从现存资料来看，其交游对象主要涉及同乡、姻亲、同年、世交、任职当地之名士等。

孙奇逢（1585—1675），字启泰，号钟元，容城（今属河北）人。理学家。经历明清两朝，先后十一次被征聘授官，均辞不就，人尊之为"征君"。万历二十九年（1601）举人，后屡试不第，遂绝意仕途，以传授宋明理学为己任。康熙十四年（1675）卒于夏峰，年九十二。著有《四书近指》《理学宗传》《岁寒集》《岁寒堂续集》，其后人收编为《夏峰先生集》十四卷。其学术思想调和朱熹、王守仁之学说，认为朱的穷理、王的良知，皆殊途而同归，百虑而一致。诗作不事铺张，直抒胸臆，较有气魄。事迹见《清史稿》卷四八〇《孙奇逢传》。孙奇逢与贾鸿洙为同乡兼儿女姻亲。万历四十四年，贾鸿洙遣其子贾尔霖受学于孙奇逢，奇逢以女妻之。据光绪《保定府志》卷六八载，其女出嫁之日，奇逢制布衣一袭，戒女曰："汝家渐贵盛，当服此，勿忘寒素。"[1] 贾尔霖早卒，孙氏守节抚孤，年八十余，临终告其子以嫁时布衣殓之。孙奇逢《夏峰先生集》有《复贾孔澜》《与贾孔澜》等书启五篇及为贾鸿洙祖母所作《祭贾太宜人文》。

鹿善继，字伯顺，定兴（今属河北）人。万历四十一年（1613）进士，授户部主事，改任兵部职方主事。孙承宗理兵部事，推心委任，出督师，以为左右手，升郎中。崇祯初，官太常少卿，请归。清兵破定兴城，死。赠大理卿，谥忠节。《明史》卷二六七有传。又据魏大中《留别贾孔澜》诗前小序云："鹿伯顺以借金花镌秩归卧江村，念之不置，道出定兴，将就访焉，孔澜其姻家也，故及。"[2] 则鹿善继与贾鸿洙亦为同乡兼姻亲。清人汤斌《征君孙先生年谱》"四十七年己未三十六岁"条载："（征君）为苏汤宇与王坦山太守书略云：雄县廪生苏汤宇，苦心砥行学古之士也，生平孝友，雅重乡评，两举行优，荷蒙褒赏，食廪近三十年，

---

[1] 光绪《保定府志》卷六八《列传二十二·列女》，《中国地方志集成·河北府县志辑》，上海书店2006年影印本，第31册，第396页上栏。

[2] （明）魏大中：《藏密斋集》卷十，《四库禁毁书丛刊》，北京出版社2000年影印本，集部，第45册，第116页上栏。

毫无分外一事。某等结社于二十年之前,不独文义相长,实以行谊共推。鹿职方伯顺、贾宪副孔润,俱同声味。"① 又,《孙征君日谱录存》卷二十载:"初二日,(征君)与二三子曰:'人每致慨于交道之难也。忆予与伯顺四十年,予不知伯顺之非予,亦不知予之非伯顺。贾孔澜尝向人云:彼二人之交,真古人也。伯顺曰:子何不说我三人之交真古人也。孔澜曰:予自揣未能如二君之相忘于无言,故不敢窃附耳。'"② 此外,《鹿忠节公集》卷一二存其为贾鸿洙祖母所作《祭贾太夫人文》,中有"某等孔澜莫逆,休戚攸关,闻讣之情,不胜悼怛"等语③。《鹿忠节公集》卷一七存其《与贾孔澜书》四篇。

刘荣嗣,字敬仲,号简斋,别号半舫。曲周(今属河北)人。万历四十四年进士,除户部主事,调吏部,历郎中,累官至工部尚书,总督河道。刘荣嗣在朝二十年,政声卓著,反阉党,兴水利,德被民生。能诗,擅长书画。著有《半舫集》,诗与钱谦益齐名;书学王羲之,晚仿苏东坡,造诣颇深;画有云林笔致,与童文敏齐名。从现存诗文看,刘荣嗣与贾鸿洙二人交往较为密切,不仅是同年,亦为文友。刘荣嗣曾作《题扇头竹为贾宪仲》,诗曰:"庭前有修竹,静对匪朝夕。旁有高槐阴,下有盈尺石。长安尘土市,暂向此中辟。我有同心友,去此岁初易。但闻竹间响,宛然见履屐。愁与我友笑,闲与我友适。嗜与我友淡,貌与我友泽。离则日相思,一日亦可惜。谁写竹箧上,领此情脉脉。置子怀袖间,莫问来与昔。"④《简斋先生集》中还有《花朝魏仲雪招同丘毛伯贾宪仲集玉峰老人宅分赋》(《诗选》卷三)《与贾孔澜》(《文选》卷二)《贾献仲宁我篇跋》(《文选》卷四)等诗文。

魏大中(1575—1625),字孔时,号廓园,嘉善(今属浙江)人。少家酷贫,读书砥行,尝从高攀龙受业。中万历四十四年(1616)进士。

---

① (清)汤斌编:《征君孙先生年谱》卷上,《北京图书馆藏珍本年谱丛刊》,北京图书馆出版社1999年影印本,第65册,第622—623页。

② (清)孙奇逢:《孙征君日谱录存》卷二十,《续修四库全书》,上海古籍出版社1996年影印本,第559册,第128页下栏。

③ (明)鹿善继:《鹿忠节公集》卷一二,《续修四库全书》,上海古籍出版社2002年影印本,第1373册,第249页上栏。

④ (明)刘荣嗣:《简斋先生集·诗选》卷一,《四库禁毁书丛刊》,北京出版社2000年影印本,集部,第46册,第500页下栏。

授行人，迁工科给事中，历礼科右给事中，进吏科都给事中。死于珰祸。崇祯初赠太常卿，谥"忠节"。著有《藏密斋集》二十四卷。《明史》卷二四四有传。魏大中与贾鸿洙亦为同年，其《藏密斋集》中有《留别贾孔澜》诗曰："衮衮红尘里，逢君独古心。交慵嬴道合，官冷得几沉。楚国浮查远，江村卧雪深。不堪当此隔，乘兴欲招寻。"①

阮大铖（约1587—约1646），字集之，号圆海、石巢、百子山樵，怀宁（今属安徽）人。万历四十四年（1616）进士。天启时依附魏忠贤阉党，崇祯初罢斥为民。福王立，因马士英援引，官兵部尚书、右副都御史，竭力报复打击正派士大夫，并排挤以史可法为代表的抗清派，后降清。《明史》将其列入《奸臣传》。著有《咏怀堂诗集》及《燕子笺》《春灯谜》《双金榜》《牟尼合》等四种传奇。生平事迹详见《明史》卷三〇八《马士英传》附《阮大铖传》。阮大铖与贾鸿洙虽为同年，但阮因依附阉党为士林所不齿，而贾为官正直，分守怀庆府时，曾因未及时建魏忠贤生祠而险遭陷害，二人似非同道中人。但阮大铖现存诗作中确有与贾鸿洙交往之证明。如《咏怀堂诗集》卷三有《春暮得贾方伯孔澜中州书》诗曰："千里夷门草，青青直到淮。晤言殊有托，搴采复何乖。隐几河流静，开帷岳色佳。知君为政暇，于此寄高怀。"②《咏怀堂诗集》诗外集乙部有《答贾方伯孔澜》："涕笑何途是，时清事逾危。民生那可道，真宰甚难窥。松阁无凡籁，烟江有旧丝。余心诚匪石，持以慰相思。"③

陈仁锡（1581—1636），字明卿，号芝台，谥号文庄，长洲（今江苏苏州）人，明代经学家。天启二年进士，授编修，典诰敕。曾因不肯写魏忠贤铁卷文而被罢官。崇祯初年官复原职，旋进右中允，升国子祭酒。敏而好学，学贯经史，讲求经济，尤喜撰书。《明史》卷二八八有传。著有《无梦园初集》《遗集》等。陈仁锡曾作《奉政大夫贾公妣赵氏墓表》，称贾鸿洙之父贾钶与其父"作令同，祀名宦同，祀乡贤又同"④，则

---

① （明）魏大中：《藏密斋集》卷十，《四库禁毁书丛刊》，北京出版社2000年影印本，集部，第45册，第116页上栏。

② （明）阮大铖撰，胡金望等校点：《咏怀堂诗集》卷三，黄山书社2006年版，第70页。

③ （明）阮大铖撰，胡金望等校点：《咏怀堂诗集·诗外集》乙部，黄山书社2006年版，第239页。

④ （明）陈仁锡：《陈太史无梦园初集》驻集二，《四库禁毁书丛刊》，北京出版社2000年影印本，集部，第60册，第107页下栏。

贾鸿洙与陈仁锡可谓世交。

第二节 文翔凤

一 家世

康熙《三水县志》云三水文氏为北宋文彦博之后①，然文翔凤《谒文潞公祠并墓》一诗云："父老传予出介休，支离远胄不堪求。潞公遗糸垂华氏，天地苍茫万古丘。"②按：介休、潞公，指文彦博，汾州介休（今属山西）人，封潞国公。可见，三水文氏为文彦博之后的说法，因其"支离远胄不堪求"，并无确凿证据。明代三水文氏公认的始祖为明初文振。兹根据相关史料，将文翔凤的家世情况考述如下。

始祖文振

雍正《陕西通志》卷六三："文在中，字少白，御史振之八世孙也。"③

文在中《巨赋》："盖我高祖侍御公之垂枝旄乎来兹也，实一叶而百绽。三日不食，土壅厥面。长孺过而太息，朱云望之流汗。故其遗泽流乎后代，夫既九世而不胜其餐啖。"④

按：文在中为文翔凤之父。高祖侍御公，即御史文振。洪武初贡士，秉性刚直，不畏权贵。曾任监察御史，执法公正，人称"铁面"。明太祖命其督修文华、武英诸殿，因直言进谏被贬。然其志不改，三日后复谏。太祖怒而欲杀之，他毫无畏惧，面不改色，太祖奇而释之。不久升任河南按察司佥事，以廉洁奉公而著称，后又升为云南交趾廉使。康熙《三水县志》卷三云，"凡邠文族缙绅之流，悉振裔也。"⑤

---

① 康熙《三水县志》，《咸阳经典旧志稽注》，三秦出版社 2010 年版，第 86 页。
② （明）文翔凤：《皇极篇》卷一，《四库禁毁书丛刊》，北京出版社 2000 年影印本，集部，第 49 册，第 249 页上栏。
③ 雍正《陕西通志》卷六三《人物九·儒林》，《文渊阁四库全书》，商务印书馆（台北）1986 年影印本，第 554 册，第 821 页下栏。
④ 康熙《三水县志》，《咸阳经典旧志稽注》，三秦出版社 2010 年版，第 212 页。
⑤ 康熙《三水县志》，《咸阳经典旧志稽注》，三秦出版社 2010 年版，第 86 页。

中祖文朝锦

文在中《巨赋》:"邃我中祖东山公之耕石门也,一布衣而万钟,初无瓦之一片,寿八秩而儿五,如玉树之麟烂,鸿基爰创于白丁。拂髯不负于载弁,天仓决而不涸,来云颂其青盼。"①

民国《续纂栒邑县志》卷十一:"文朝锦,夫妇持耒耕于东山,积粟万斛。予五子各二千石,遇荒尽施。有司上其事,赐寿官。"②

按:文在中所言"中祖东山公",即文朝锦,务农积粟,乐善好施,恩赐寿官。

曾祖文官

康熙《三水县志》卷三:"文官,字君右,运开、运盛、运际、运熙之父,在中之祖也。嘉靖中贡,倜傥不群,躬自课农,诸子暨孙俱业儒,科第翩联。"③

按:据此知文翔凤曾祖名文官,嘉靖年间贡生。文官有子四人,依次为文运开、文运盛、文运际、文运熙。文运开即文翔凤祖父,文运盛、文运际、文运熙为文翔凤叔祖。文运盛,万历中贡,授四川大竹知县。文运际,字时会,万历贡,试国子监,授山西壶关知县。文运熙,字和一,万历十一年进士,初授中书舍人,升工部员外郎,迁浙江绍台兵备道。参见康熙《三水县志》卷三。

祖父文运开

乾隆《三水县志》卷九:"文运开,字时泰,在中、在兹之父。隆庆中贡。"④

雍正《陕西通志》卷六三:"文运开,字时泰,三水人,少有才思,博雅为一时之冠,数奇不第。万历中授汉中训道,课士有方,升冀州学正。以疾归,所至吟咏盈箧。著《江汉集》《京野集》。以诗学世其家,三水多习诗,皆其传也。"⑤

按:据此知文翔凤祖父为文运开,曾任汉中训导、冀州学正,善诗。

---

① 康熙《三水县志》,《咸阳经典旧志稽注》,三秦出版社2010年版,第212页。
② 《旬邑文库》编委会编:《旬邑文库·旧志稽注卷(下)》,三秦出版社2016年版,第351页。
③ 康熙《三水县志》,《咸阳经典旧志稽注》,三秦出版社2010年版,第96页。
④ 乾隆《三水县志》,《咸阳经典旧志稽注》,三秦出版社2010年版,第424页。
⑤ 雍正《陕西通志》卷六三《人物九·文学》,《文渊阁四库全书》,商务印书馆(台北)1986年影印本,第554册,第851页下栏。

父文在中、母赵氏

明张弘道《皇明三元考》卷十二："文在中，三水人，字德充，号弘斋。治诗，年十九，甲戌进士十九名。[①] 累官长沙府通判。父运开，举人，学正，封礼部主事。叔运熙，癸未进士，参议。弟在兹，辛丑进士，庶吉士。子翔凤，庚戌进士，礼部主事。"[②]

孙承宗所撰制词《南京吏部稽勋清吏司郎中文翔凤》云："尔封安人赵氏，乃南京吏部稽勋清吏司郎中文翔凤之母，赋以慈和，娴于静让，处贵显而躬修甘旨，当华温而力却绮纨，……封尔为宜人。"[③]

按：据此知文翔凤之父为文在中，万历二年进士，仕终长沙通判。文翔凤之母赵氏，先封宜人，后又封恭人。

叔父文在兹

康熙《三水县志》卷三："文在兹，字少玄，在中胞弟。万历辛丑进士，聪颖过人，目数行下。长古文辞，常作八分楷字，有银钩铁画之妙，一时咸推为衡山伯仲。"[④]

同治《三水县志》卷七："文在兹，……万历辛丑科登许科榜进士，初授翰林院庶吉士。不二载，以终养归，卒。"[⑤]

按：据此知文在兹为文翔凤叔父，万历二十九年进士，选庶吉士。

姊葛文氏

《静志居诗话》卷二三："邠州三水人，长沙通判在中之女，嫁葛氏，早寡，守节力学，有《君子亭集》。"[⑥]"节妇为光禄太青之姊，寡居，作

---

① 据《皇明贡举考》《明清进士题名碑录索引》等，文在中为万历二年甲戌科三甲第二〇二名进士，此处云"甲戌进士十九名"，误。
② （明）张弘道等辑：《皇明三元考》卷十二"隆庆四年庚午科解元"，《四库全书存目丛书》，齐鲁书社1996年影印本，史部，第271册，第183页下栏。
③ （明）孙承宗：《高阳集》卷十六《制词下》，《四库禁毁书丛刊》，北京出版社2000年影印本，集部，第164册，第355页下栏。
④ 康熙《三水县志》，《咸阳经典旧志稽注》，三秦出版社2010年版，第87页。
⑤ 同治《三水县志》卷七《科名》，《中国地方志集成·陕西府县志辑》，凤凰出版社2007年影印本，第10册，第582页下栏。
⑥ （清）朱彝尊著，黄君坦点校：《静志居诗话》卷二三，人民文学出版社1990年版，第723页。

《九骚》以见志。"①

按：据此知文翔凤之姊葛文氏，早寡守节，善诗。

弟文毓凤

康熙《三水县志》卷三："文毓凤，字太彤，在中仲子，壬子乡荐。初授山左武城令，心慕弦歌，广敷道化。未几，奉母西归，结庐于终南之麓，宿川隐焉。笑傲山水，日与诸弟子讲论勿辍。所著有《森园集》《琳园学》《水园草》。"②

按：据此知文毓凤为文翔凤弟，文在中次子，万历四十年举人，曾任山东武城知县。

妻武氏，继室邓氏

《列朝诗集》闰集第四《文太青妻武氏》："太青所著事略，称其妻武恭人之能诗也。余撰制词，以秦风之女子为比。太青书报余，恭人读之而喜可知也。崇祯初，太青以太仆少卿家居，恭人没，继室邓氏，故宁河武顺王之裔也。太青鳏居，谋续娶，家园有并头莲之瑞，作《嘉莲诗》七言今体四百余首。邓之父才其女而告之曰：'此真可以婿汝矣。'太青喜，遂委禽焉。既归于文太青，以谢蕴、徐淑视邓，而邓则以孔、孟、伊、周、庄事太青，交相得也。……壬午春，（太青）病剧，遂不起。邓为文以祭，叙致婉悉，关中文士争传写之。逾二年，关陕蹦。又逾年，宫阙毁。邓老矣，以才华为寇盗所知，沦于闯，遁于秦，流离于幽冀，迄不知其所终。"③

《明季北略》卷十九《邓太妙赋诗》："邓太妙，故宁河武顺王之裔，三水文翔凤太青之继室也。"④

按：据上知文翔凤妻武氏，封恭人，能诗。继室邓氏，宁河武顺王邓愈之后，亦善诗文。

子文明冠、文明会

乾隆《三水县志》卷十："文明冠，字昊钦，翔凤长子，崇祯中授功

---

① （清）朱彝尊著，黄君坦点校：《静志居诗话》卷二三，人民文学出版社1990年版，第724页。

② 康熙《三水县志》，《咸阳经典旧志稽注》，三秦出版社2010年版，第88页。

③ （清）钱谦益撰集，许逸民等点校：《列朝诗集》闰集第四，中华书局2007年版，第6599页。

④ （清）计六奇撰，魏得道等点校：《明季北略》卷十九，中华书局1984年版，第373页。

贡，署宁夏教谕。所著有《雪诗》五千首，《豳谷跋阪歌》。"①

乾隆《三水县志》卷十："文明会，字昊华，翔凤次子，丙子副榜，顺治十二年贡，授汉中府西乡县教谕。"②

按：文翔凤长子文明冠，次子文明会，二人均参与编纂《周雅续》。另据《万历三十八年庚戌科序齿录》载，文翔凤有子文明会、文明晋、文明晔，明晋、明晔之生平今不可考。

侄文涛、甥葛天俊

乾隆《三水县志》卷八："文涛，字雪崖，毓凤仲子，少有骏才，戊子廷试通判，改授河南布政司理问，委署襄城。厘弊剔奸，课士劝农，饶有政声。历二载，以疾卒于官。"③

按：据此知文涛为文翔凤之侄，文毓凤次子。清代顺治戊子（1648）副榜，恩贡，为官有政声。

康熙《三水县志》卷三："节妇文氏，少白女，幼聪明，喜读书，长适甘泉葛大受。年二十二夫死，子在襁褓，守节母家。"④

《周雅续》卷十六葛节妇《戒子天俊》一诗云："不知世事小儿郎，孤子从来衣破裳。谁问学书少纸笔，舅氏为汝言文章。"

按：据此知葛文氏之子名葛天俊，即文翔凤外甥。又据《周雅续》卷首"门人姓氏"知葛天俊，字皇人，参编《周雅续》。

孙文龙轩

同治《三水县志》卷七："字黄庭，翔凤孙，康熙十七年贡。康熙间贾中丞檄调赴省参订通志。"⑤

按：文翔凤之孙文龙轩，贡生，康熙年间受邀参订省志。

综上可以看出，明代中后期乃至清初三水文氏家族文化繁盛，人才辈出。文在中、文翔凤、文毓凤父子更是以学问文章成为当地的文化领军人物，时人以"三苏""二程"比喻文氏父子兄弟。清代文昭的外甥温仪曾作《赠文自修舅氏荣选三首》，诗中言及文氏之盛云："渊源潞国旧家声，

---

① 康熙《三水县志》，《咸阳经典旧志稽注》，三秦出版社 2010 年版，第 425 页。
② 康熙《三水县志》，《咸阳经典旧志稽注》，三秦出版社 2010 年版，第 426 页。
③ 康熙《三水县志》，《咸阳经典旧志稽注》，三秦出版社 2010 年版，第 405 页。
④ 康熙《三水县志》，《咸阳经典旧志稽注》，三秦出版社 2010 年版，第 107 页。
⑤ 同治《三水县志》卷七《科名》，《中国地方志集成·陕西府县志辑》，凤凰出版社 2007 年影印本，第 10 册，第 587 页上栏。

舅氏诸昆早有名。策就南宫联六叶,经传西极迈双旌。燕台红叶开新酝,淼水青松忆旧盟。却喜相逢游宦日,高瞻凫影慰离情。"① 按:文昭,字自修,一作子修,号云峰,雍正癸卯科联捷进士,授河南渑池县知县,升汝州直隶州知州。"策就南宫联六叶"句,诗中自注云:"外祖自绍台副使公以来,至舅氏六世,六登黄甲。"绍台副使公,即文翔凤叔祖文运熙,万历十一年进士,官至浙江绍台兵备道。自文运熙至文昭,三水文氏六世共出六位进士,即文运熙、文在中、文在兹、文翔凤、文倬天及文昭。②

根据上文考述,兹将文翔凤家世列为图表如下:

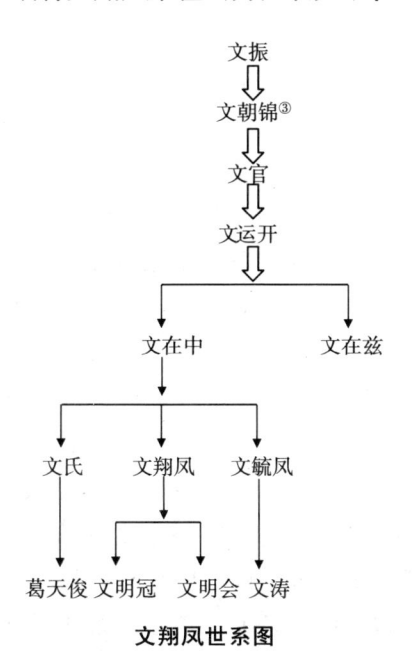

文振
⇓
文朝锦③
⇓
文官
⇓
文运开
⇓
文在中　　　　　文在兹
　　
文氏　文翔凤　文毓凤
　　
葛天俊　文明冠　文明会　文涛

文翔凤世系图

---

① (清)温仪著,孙亚男点校,赵望秦审校:《纪堂遗稿》,《陕西古代文献集成》,陕西人民出版社2018年版,第20辑,第43页。

② 文倬天,文运熙曾孙,顺治己亥科进士,授湖广衡州府推官,康熙丁巳受邀纂修县志。事迹见同治《三水县志》卷七。

③ 文翔凤九世祖文振以下、曾祖文官以上,还有八世祖、七世祖、六世祖、五世祖四人。而目前有文献记载者仅"中祖东山公文朝宗"一人,根据现有文献,尚不能判断文朝锦为文翔凤几世祖先,姑且列于此处。

二 生平

(一) 仕履

1. 三仕为令，两曹于南

文翔凤，字天瑞，号太青，一作太清，西安府三水县（今陕西旬邑）人，万历三十八年进士。《万历三十八年庚戌科序齿录》记录了其科考信息及一些仕宦经历："庚子乡试五十二名，会试四十名，廷试三甲二百十名。兵部观政，授山东登州府莱阳知县，癸丑调河南伊阳县，乙卯调繁洛阳县，丙辰升南京礼部主事，戊午调南吏部。"①

由此可知，文翔凤为万历二十八年举人，万历三十八考中进士，兵部观政后曾历任莱阳、伊阳、洛阳知县。查相关方志记载，亦与此吻合。如民国《莱阳县志》卷三云："文翔凤，号太青……三十九年任。"② 道光《重修伊阳县志》卷三云："文翔凤，字天瑞，号太青，……万历四十一年为伊阳令。"③ 雍正《河南通志》卷三四"河南府属知州知县·洛阳县"条云："文翔凤，陕西三水人，进士，万历乙卯年（万历四十三年）任。"可见，从万历三十九年至万历四十四年升任南京礼部主事之前，文翔凤一直任县令之职，正如其《丙辰渡江诗十八首》序文中所云"六年为令"④。据《万历三十八年庚戌科序齿录》知，文翔凤于丙辰即万历四十四年升任南京礼部主事，戊午即万历四十六年调任南吏部。

从方志记载来看，文翔凤为官有弹琴而治之风，治理地方，尤重文教。民国《莱阳县志》称其"高才博学，为世大儒。慈惠爱民，善作士类。游览山水，动辄旬日不返，而县中积案一目辄了，都无废事"⑤。任伊阳令时，"政事之暇，课士校文，筑小书院于城东北隅，又筑讲院三

---

① 《万历三十八年庚戌科序齿录》，《原国立北平图书馆甲库善本丛书》，国家图书馆出版社 2013 年影印本，第 261 册，第 15 页。

② 民国《莱阳县志》卷三《人事志一·人物上》，《中国地方志集成·山东府县志辑》，凤凰出版社 2004 年影印本，第 53 册，第 348 页下栏。

③ 道光《重修伊阳县志》卷三《官职志》，《中国地方志集成·河南府县志辑》，上海书店 2013 年影印本，第 64 册，第 590 页上栏。

④ （明）文翔凤：《南极篇》卷一，《四库禁毁书丛刊》，北京出版社 2000 年影印本，子部，第 11 册，第 389 页上栏。

⑤ 民国《莱阳县志》卷三《人事志一·人物上》，《中国地方志集成·山东府县志辑》，凤凰出版社 2004 年影印本，第 53 册，第 348 页下栏。

处，捐置学田三百亩，著《云梦药溪谈》，造士甚众"①。

2. 督学三晋，施教河汾

《万历三十八年庚戌科序齿录》对文翔凤南吏部之后的仕履未做记载，据《静志居诗话》卷十七、《列朝诗集》丁集第十六，文翔凤由南吏部擢任提督山西学政副使，其擢任山西提学副使的册封诏书《山西布政使司提学右参议兼按察司佥事文翔凤授朝议大夫》由钱谦益起草，制词曰："风操端严，学问渊博。登高能赋，有大夫之才；发愤遗经，有圣贤之志。三为县令，两简留曹，皆有贤声，溢于官次。乃命尔往督晋学。夫晋，唐之都也，河汾之乡也。以尔有忧深思远之风，故命尔于晋；以尔有六经七制之学，故命尔以河汾。"②文翔凤所撰《册府元龟叙》云："庚申视晋学，以石公黄子同西。余眼光十丈，惟日注经生尺幅中。"③按：庚申即昌泰元年，由此可知，文翔凤任山西提学副使的时间是昌泰元年，即1620年。

文翔凤任山西提学期间不负众望，"以七十二日了九十三庠"④，著《河汾教》以教诸生，选拔优秀人才，"晋之人文一变"⑤。丁宝铨《傅青主先生年谱》云："天启元年辛酉，……先生应童子试，提学文公翔凤拔补弟子员。"后有注文云："文翔凤，字天瑞，陕西三水人，万历庚戌进士，天启间以副使提学山西。力振晋人萎靡之习。……诗离奇矞兀，可与刘叉、马异斗险。今三晋士振奇者，犹多祖其习云。"⑥

3. 擢列卿士，忤时归里

文翔凤擢升为南光禄少卿的时间未见明确记载，但可从其亲友的相关诗作中推知。文翔凤妻武氏《壬戌外擢卿士使迓寄晋三首》诗中有"东

---

① 道光《重修伊阳县志》卷三《官职志》，《中国地方志集成·河南府县志辑》，上海书店2013年影印本，第64册，第590页上栏。

② （清）钱谦益著，钱曾笺注，钱仲联标校：《牧斋初学集》卷九八，上海古籍出版社1985年版，第2053页。

③ （宋）王钦若等编纂，周勋初等校订：《册府元龟·附录》，凤凰出版社2006年版，第6页。

④ （清）温自知：《海印楼集》卷六《隆万名臣尺牍题跋二十七首·光禄少卿文公翔凤》，民国二十五年《温氏丛书》铅印本，第28页b。

⑤ 康熙《三水县志》，《咸阳经典旧志稽注》，三秦出版社2010年版，第87页。

⑥ （民国）丁宝铨辑：《傅青主先生年谱》，《北京图书馆藏珍本年谱丛刊》，北京图书馆出版社1999年影印本，第69册，第22—23页。

晋西秦梦不闲，夫君新入帝台班""骏马雕鞍辞晋士，八风飞送玉为人"之语。按：壬戌即天启二年，由此知文翔凤天启二年已擢为卿士。

三原诗人温日知《文太青自晋学陟南光禄过里休沐作此以讯》一诗曰：

> 船槩辚轩独鉴文，使君两岁亦横汾。品题神骏无留顾，构述盈箱尽秘闻。真宰何功天五色，雄姿绝世阵千军。长干故是并州望，殊宠新承光禄勋。①

由诗题知，文翔凤乃由山西提学副使之任直接擢任南光禄。则上文文翔凤妻武氏《壬戌外擢卿士使迓寄晋三首》诗中所言"壬戌外擢卿士"一事，即指文翔凤于天启二年擢升为南京光禄寺少卿，距其于昌泰元年赴任山西提学副使约二载有余，故温日知诗中云"使君两岁亦横汾"。又据温日知诗题中"自晋学陟南光禄过里休沐"，可知文翔凤赴任南京前，曾回家乡休假，这与武氏诗中"骏马雕鞍辞晋士""东晋西秦梦不闲"之语亦吻合。

对于文翔凤是否赴任南光禄一事，文献记载不一，《列朝诗集》丁集第十六小传云："人为光禄少卿，不赴，卒于家。"《石匮书》《启祯野乘一集》、雍正《陕西通志》等记载皆承袭钱谦益之说。然而，从一些与文翔凤交往密切者的文集等文献资料来看，文翔凤曾赴任南光禄之职，请看下面几处记载。

温日知《送太青之南光禄卿》一诗云：

> 钟阜栖霞余卧陟，风流济胜快君偏。文章江海无辜望，义气云霄独远天。珍食大官调定鼐，鹓行卿月笑貂蝉。无才翻借沉沦惬，相送长林思暗然。②

按：从诗意来看，此为送别文翔凤赴任南光禄之作。

---

① （明）温日知：《屿浮阁诗赋集》卷七，《明别集丛刊》，黄山书社2015年影印本，第5辑，第2册，第304页。
② （明）温日知：《屿浮阁诗赋集》卷七，《明别集丛刊》，黄山书社2015年影印本，第5辑，第2册，第304页下栏。

高出《镜山庵集》卷二二《拘幽稿》卷一载《文太青学宪自晋中使问见慰且录一律为深知余冤敬赋报答时公已迁南光禄》诗一首，乃高出赠答文翔凤之作。按：《镜山庵集》刻于天启年间，从诗题看，高出作此诗时，文翔凤已不在山西提学任上，而是赴任南光禄。

温自知《海印楼集》卷六云："（太青公）晋光禄少卿，忤时归里。"①

丁宝铨《傅青主先生年谱》引《山西通志·名宦录四》云："（文翔凤）以劾魏珰回籍，卒。"②

按：由以上资料可知，文翔凤天启二年擢升南光禄，曾赴任，后因忤时归里。钱谦益等所言"入为光禄少卿，不赴，卒于家"之语不确切。

综上，文翔凤的科第及仕宦经历可概括为：万历三十八年考中进士，万历三十九年授山东登州府莱阳知县，四十一年调任河南伊阳知县，四十三年调任洛阳知县。万历四十四年升迁南京礼部主事，四十六年再迁吏部。昌泰元年，改任提督山西学政副使。天启二年，擢升南京光禄寺少卿。后以忤时归里，不复出仕。

（二）生卒年

文翔凤归里后每日"惟闭门著述，潜心皇极经世之学"，以致达官贵人经年不见其面。"甲戌，丧太夫人过哀，遂得风疾。……自丁丑历辛巳，用左手作字，著作益烦。壬午春，病剧，遂不起，邓为文以祭。"据此可知，即崇祯七年甲戌（1634），文翔凤因母亲去世，哀痛过甚，遂得风疾。崇祯十五年壬午（1642），病情加剧，遂不治而逝。又据《万历三十八年庚戌科序齿录》所云"丁丑七月初六日生"，知文翔凤生于万历五年丁丑（1577），则推算而知其享年为66岁。

三 著述

文翔凤自幼缵承家学，在文学创作和理学研究方面都有成就，著作甚丰，"世人咸以为尧夫（按：北宋理学家邵雍，字尧夫）之后，一人而

---

① （清）温自知：《海印楼集》卷六《隆万名臣尺牍题跋二十七首·光禄少卿文公翔凤》，民国二十五年《温氏丛书》铅印本，第28页b。

② （民国）丁宝铨辑：《傅青主先生年谱》，《北京图书馆藏珍本年谱丛刊》，北京图书馆出版社1999年影印本，第69册，第23页。

已"①。存世著述有《文太青先生全集》五十三卷，包括《皇极篇》二十七卷、《南极篇》二十二卷、《东极篇》四卷。《文太青文集》二卷、《紫庭草》一卷、《竹圣斋吟草》一卷、《南都新赋》、《河汾教》十六卷、《太微经》九卷本、《太微经》二十卷本等。

除上述诸集外，文翔凤还撰有未见于上述诸集的散篇著述，如《司台衡墓志铭》（拓片收藏于北京大学图书馆、国家图书馆），《关学碑》（拓片收藏于北京大学图书馆），《温恭毅集序》《册府元龟叙》《周雅续序》等。此外，温自知《海印楼集》卷六云："（太清公）《续集》百卷散佚不传。"②《列朝诗集》丁集第十六载："（太青）晚作《嘉莲诗》七言近体至四百余首。"③ 今散佚不存。同治《三水县志》卷四著录《九极篇》之《西极篇》《北极篇》《天极篇》《地极篇》《人极篇》《物极篇》诸集，今未见传本。

需要注意的是上述文翔凤诸集中所收录之子书，也有单独为其他文献著录或收录者，如道光《重修伊阳县志》卷六著录："《云梦药溪谈》，文翔凤撰。"④《明史》卷九六《志》第七二著录："文翔凤《邵窝易诂》一卷。"⑤ 清顺治三年（1646）宛委山堂本《续说郛》卷三八收录其《朝京打马格》，卷四十收录其《云梦药溪谈》。上述诸子书，《云梦药溪谈》载于《皇极篇》卷十三，《邵窝易诂》载于《皇极篇》卷二一，《朝京打马格》载于《皇极篇》卷七。今人由于未厘清文翔凤诸集所包括的具体子目，在论及文翔凤著述时，往往误将子书与所属之集并提。例如：

《明清安徽妇女文学著述辑考》卷一："（文翔凤）著有《东极篇》《南极篇》《皇极篇》《伊川集》《海日集》《云门集》及《太微经》等多种，辑有《文太青文集》。"⑥ 按：《伊川集》，即《皇极篇》卷一至四所载之《伊川草》，将其与《皇极篇》并提显然不妥。

---

① 康熙《三水县志》，《咸阳经典旧志稽注》，三秦出版社2010年版，第87页。

② （清）温自知：《海印楼集》卷六《隆万名臣尺牍题跋二十七首·光禄少卿文公翔凤》，民国二十五年《温氏丛书》铅印本，第28页b。

③ （清）钱谦益撰集，许逸民等点校：《列朝诗集》丁集第十六，中华书局2007年版，第5996页。

④ 道光《重修伊阳县志》卷六《艺文志》，《中国地方志集成·河南府县志辑》，上海书店2013年影印本，第64册，第708页上栏。

⑤ （清）张廷玉等：《明史》卷九六，中华书局1974年点校本，第2349页。

⑥ 傅瑛：《明清安徽妇女文学著述辑考》，黄山书社2010年版，第2页。

《中国文学大辞典》："（文翔凤）著有《伊川集》《海日集》《云门集》，另有《太微经》《东极篇》。"① 按：《海日》《云门》二集，仅见载于《静志居诗话》卷十七，未为其他书目文献所提及，疑其为《海云》《日门》二集之误，《海云集》即《东极篇》卷一至卷三所载者，《日门集》即《东极篇》卷四所载者。若如此，则不应将其与《东极篇》并提。

四 交游

文翔凤所在家族为三水文化世家，本人仕宦多年，且颇负文名，故交游甚为广泛。以下仅就其关系较为密切或与本文内容相关者聊举数位，涉及同乡、同年、同僚、师长、文友、后学门生等。

1. 同乡

来复，字阳伯，号星海，三原人，来俨然长子。万历四十四年进士，为诗文敏捷如风，为人重气好客，起家户部郎，历官布政使，兵备扬州，归田病卒。来复《来阳伯文集》卷一七载《寄文太青吏部》、卷一八载《寄督学文太清丈》等文，文翔凤《南极篇》卷一四载《报来星海户部》一文。《周雅续》卷十六载来复《赠文天瑞礼部》一诗，诗曰："髫岁文章气已振，应无珠握尚迷津。名高执戟宁称贵，思至拈毫类有神。清橐润携南国秀，彩衣光映使轺新。自怜头白甘颓放，减尽才情愧故人。"② 诗中称文翔凤为"故人"，可为二人交谊之证。

来临，字驭仲，三原人，来复弟。博学宏才，与兄齐名。以明经任屯留县，升蔚州守，后归里。来临《丛笙斋文集》卷四有《与天瑞仪部》《与文天瑞仪部》《又与文仪部》等文，卷六有《寄文太青丈》《寄文天瑞光禄》等文。温日知《屿浮阁诗赋集》卷七有《同驭仲与亨送太青于南郊分亭字》一诗，文翔凤《南极篇》卷七载《发池阳温与恕以与亨行鸣治别筵郊次来驭仲亦至分得君字》一诗、《南极篇》卷十载《报驭仲茂才》、卷十四载《报来驭仲茂才》等文，可为二人交往之证。

温日知（1593—1633），字与恕，温纯仲子，万历四十三年举人，考授知州。著有《屿浮阁诗赋集》十四卷传世。其弟温自知《明故特进光禄大夫柱国太子太保都察院掌院事左都御史赠少保谥恭毅先考府君行实》

---

① 钱仲联等编：《中国文学大辞典》，上海辞书出版社2000年版，第963页。
② （明）贾鸿洙辑：《周雅续》卷十六，明崇祯刻本，第21页a。

载:"日知出孙女二,一授光禄卿文公翔凤男,诸生贯天,聘,殇。"① 温自知所撰《明孝廉先兄与恕先生行状》中云其兄日知与"文太青先生既结姻事,复相友善。文先生推毂先兄不置口"②。可知,文翔凤之子曾娶温纯之孙女、温日知之女,两家为世交兼姻亲,关系友善。温日知、文翔凤文集中皆有记录二人交往的诗文,如温日知《屿浮阁诗赋集》卷七有《寄文太青南都》《文太青自晋督学陟南光禄过里休沐作此以讯》《送太青之南光禄卿》《同驭仲与亨送太青于南郊分亭字》《读太青刻行诸集》等诗;《屿浮阁诗赋集》卷十《寿文少白先生》一诗乃为文翔凤之父文在中贺寿所作。文翔凤《南极篇》卷七载《发池阳温与恕以与亨行鸣治别筵郊次来驭仲亦至分得君字》一诗、《南极篇》卷十四载《为次郎婚温少保氏致与恕孝廉启》《报温与恕孝廉论文书》《报温与恕先生述梦游》《简温与恕孝廉》等文。

温自知,字与亨,温日知胞弟,著有《海印楼集》《海印楼诗集》传世。温自知著述中多次提及文翔凤,如《隆万名臣尺牍题跋二十七首》之《光禄少卿文公翔凤》言及文翔凤为其《获音集》作《叙》;③《景亦子自述》提及请文翔凤为其仲兄温日知撰写墓志一事。④ 文翔凤《南极篇》卷七《发池阳温与恕以与亨行鸣治别筵郊次来驭仲亦至分得君字》一诗亦可为二人交往之记录。

刘自化,字伯时,号少岚,陕西高陵人。嘉靖四十四年进士,历官户部主事、邓州知府、山东浙江都运使等职,俱以廉称。文翔凤《刘少岚先生八学园观石》一诗云:"方折蓝溪玉是山,君家园石琢其间。抱云每作琅玕色,得雨即成松桂斑。有窍蛟龙吟不去,入宵星汉气相关。拜之如丈情非越,骨立峥嵘幸许攀。"⑤《皇极篇》卷一载《刘少岚先生饯别八学园再送至东园》一诗云:"送客东园自北园,芙蓉新种向人繁。知君共

---

① (清)温自知:《海印楼集》卷七,民国二十五年《温氏丛书》铅印本,第58页a。
② (清)温自知:《海印楼集》卷七,民国二十五年《温氏丛书》铅印本,第75页a。
③ 参见(清)温自知《海印楼集》卷六,民国二十五年《温氏丛书》铅印本,第29页a。
④ 参见温自知《景亦子自述》,载乾隆三十一年《三原县志》卷十三《人物》,第18页a。
⑤ (明)文翔凤:《皇极篇》卷一,《四库禁毁书丛刊》,北京出版社2000年影印本,集部,第49册,第252页下栏。

说羲皇上，八学低回学易轩。"①《皇极篇》卷七载《简刘少岚先生》一文，可为二人交往之证。

2. 同年

王象春，字季木，号文水，济南新城人。万历三十八年进士，除上林苑典簿，迁南京大理评事，历工部员外，改兵部，官终吏部郎中。著有《问山亭集》。王象春为文翔凤同年中交往最为密切者，钱谦益云："季木于诗文傲睨辈流，无所推逊，独心折于文天瑞。两人学问皆以近代为宗，天瑞赠诗曰：'元美吾兼爱，空同尔独师。'其大略也。"② 王氏曾抄文翔凤诗作，后文翔凤诗作佚失，幸赖王氏抄稿得以保存，文翔凤《南极篇》卷五有《失诗二百六十首季木有抄本追寄感赋》《读季木所抄予诗跋》记录此事。论诗者往往将二人并提，如王士禛云："公（按：指王象春）与文光禄太青友善，诗亦齐名。"③ 钱谦益云："余尝戏论之：'天瑞如魔波旬，具诸天相，能与帝释战斗，遇佛出世，不免愁宫殿震坏；季木则如西域波罗门教，邪师外道，自有门庭，终难皈依正法。'"④ 朱彝尊云："万历中年，诗派杂出，季木自辟门庭，不循时习，虽引关中文天瑞为同调，然天瑞太支离，未免邪径害田矣。未若季木之无戾群雅也。"⑤ 今存二人文集中皆有彼此赠答唱和之作。王象春有《问山亭遗诗》正集一卷、续集一卷、补集一卷、附录一卷传世，其《问山亭遗诗·正集》载《赋得卢沟桥别王永启文太青》《感兴赠文太青三首》《同文天瑞圣瑞阅天坛》《送内子东归后遇太青广惠寺》等诗，《问山亭遗诗·续集》载《坐文太青寓》一诗。文翔凤集中赠答王象春之作颇多，如《东极篇》载《王季木告鲁仲连坟所因谑之》《新城别季木二百四十字》《怀季木》《季木举第一郎》等诗及《跋季木所藏屠长卿赠卷》《季木辛亥诗序》等文；《皇极篇》载《与季木》《季木将其内归过我寺居拨闷遂与分韵》《季木拈案

---

① （明）文翔凤：《皇极篇》卷一，《四库禁毁书丛刊》，北京出版社2000年影印本，集部，第49册，第254—255页。

② （清）钱谦益撰集，许逸民等点校：《列朝诗集》丁集第十六，中华书局2007年版，第5999页。

③ （清）王士禛著，文益人校点：《池北偶谈》卷十六，齐鲁书社2007年版，第310页。

④ （清）钱谦益撰集，许逸民等点校：《列朝诗集》丁集第十六，中华书局2007年版，第5999页。

⑤ （清）朱彝尊著，黄君坦点校：《静志居诗话》卷十七，人民文学出版社1990年版，第504页。

上洞箫遂写四韵》《雨归崇福寺季木召我》《陆赌季木纳两册子我负一诗遂以诗质册》《梦季木》《鸣谦驿怀季木》等诗；《南极篇》载《和王季木齐音三十首》《将入都问王季木在上林》《庆贺出朝遇季木》《留别季木二首》《发卢沟用季木旧句三首》《失诗二百六十首季木有抄本追寄感赋》《读季木所抄予诗跋》《季木转饷长安特访豳谷礼家君子送至土桥怆然赋赠二首》《闻季木参南廷评喜甚因有谑句》等诗。

钱谦益，字受之，号牧斋，晚号蒙叟，江苏常熟人。万历三十八年庚戌科探花，授编修。崇祯年间官至礼部侍郎、翰林侍读学士，因与温体仁争权失败而被革职。明亡后，任南明弘光政权礼部尚书。后降清，为礼部侍郎。著有《初学集》《有学集》《投笔集》等。钱谦益《列朝诗集》丁集第十六"文天瑞翔凤"之小传中追忆二人交往之事云："初第时，与余辨论佛学，数日夜不寝食，曰：'子姑无困我。'庚申冬，以国丧会阙门，极论近代诗文俗学，祈其改而从古。天瑞告王季木曰：'虞山兄再困我矣。'天瑞与余不为苟同如此。"① 又，同卷"王季木象春"之小传云："岁庚申，以哭临集西阙门下，相与抵掌论文，余为极论近代诗文之流弊，因切规之曰：'二兄读古人之书，而学今人之学，胸中安身立命，毕竟以今人为本根，以古人为枝叶，窠臼一成，藏识日固，并所读古人之书胥化为今人之俗学而已矣。……'季木挢然不应，天瑞曰：'善哉斯言！姑舍是，吾不能遽脱屣以从也。'"② 清梁维枢《玉剑尊闻》卷三云："钱牧斋与文太清、王文水（按：王象春，号文水）谭文左掖门下，各持所见，龂龂不相下。"③ 尽管钱谦益与文翔凤的诗文观不同，但对文翔凤评价颇高，称"天瑞白晰长身，秀眉飘髯，风神标格，如世所图画文昌者。其为人忠孝诚敬，开明岂弟，迥然非世之君子也"④。又云："天瑞之文赋，牢笼负涵，波谲云诡，其学问渊博千古，真如贯珠，其笔力雄健，

---

① （清）钱谦益撰集，许逸民等点校：《列朝诗集》丁集第十六，中华书局2007年版，第5996页。

② （清）钱谦益撰集，许逸民等点校：《列朝诗集》丁集第十六，中华书局2007年版，第5999页。

③ （清）梁维枢：《玉剑尊闻》卷三《文学》，《四库全书存目丛书》，齐鲁书社1995年影印本，子部，第244册，第693页上栏。

④ （清）钱谦益撰集，许逸民等点校：《列朝诗集》丁集第十六，中华书局2007年版，第5996页。

一言可以扛鼎。世之人或惊怖如河汉，或引绳为批格，要不能不谓之异人，不能不谓之才子也。文中子曰：'扬子云，古之振奇人也。'余于天瑞亦云。"①钱谦益评点陕西诗人之创作贬多于褒，独对文翔凤之才学人品赞赏有加。《列朝诗集》闰集第四收录文翔凤之妻武氏、继室邓氏诗作若干篇，云"不独存二氏也，亦以慰吾亡友于地下尔"②，可见二人私交不错。《牧斋初学集》卷九八载钱谦益所撰文翔凤及其父、母、妻加封诰词。

韩敬，字求仲，号止修，归安（今浙江湖州）人。万历三十八年庚戌科会元，殿试赐状元，授修撰，寻谪行人司副。文翔凤与韩敬为同榜进士，《东极篇》卷四载《韩求仲余稿序》一文，系文翔凤为韩敬文集所作之序。韩敬亦曾为文翔凤文集作序，今国家图书馆藏文翔凤《竹圣斋吟草》正文前有万历三十八年韩敬序。文翔凤《咏所携求仲赠研》一诗云："旧予欲就昌阳令，破研投来自老韩。海赋未成迁客去，洛神真待笔花弹。携之数载不离手，对此相思恰臭兰。紫玉蟾蜍空诧好，新诗为尔积如竿。"③诗后小注云："求仲送予诗有'公余若草玄虚赋，名姓和题贮绛纱'之句。"④可见二人曾有诗文唱和。

钟惺，字伯敬，竟陵人。万历庚戌进士。授行人，迁工部主事，改南礼部，进郎中，出为福建提学佥事。著有《隐秀轩集》传世。二人同为万历三十八年进士，又都负有诗名，自然会有交往。今存文翔凤集中未见其与钟惺诗酒酬唱的记录，但在钟惺集中则有诗文可为二人交往之证，如钟惺《癸丑春晤别同门诸年丈感赠》一诗，题下小序云："时在都者为陶不退、邹臣虎、叶让卿与予，入计者为何昆谋、乔君求、文天瑞、张尔荷、史敬胜。"诗曰："芦沟师友别，二十一人全。列职俄中外，浮踪辄后先。蓬飘不必论，木折独凄然。重晤非今夕，难同是此筵。昔游无半

---

① （清）钱谦益撰集，许逸民等点校：《列朝诗集》丁集第十六，中华书局2007年版，第5996页。
② （清）钱谦益撰集，许逸民等点校：《列朝诗集》丁集第十六，中华书局2007年版，第6600页。
③ （明）文翔凤：《皇极篇》卷三，《四库禁毁书丛刊》，北京出版社2000年影印本，集部，第49册，第271页下栏。
④ （明）文翔凤：《皇极篇》卷三，《四库禁毁书丛刊》，北京出版社2000年影印本，集部，第49册，第271页下栏。

与，相去只三年。又复纷纷往，天涯若个边？"① 按：癸丑，万历四十一年，时钟惺在京，文翔凤则入京接受考核，从内容看，此诗记录了他们考中进士三年后在京城与诸同年的一次重聚。此外，钟惺曾为文翔凤作《文天瑞诗义序》，序云："诗之为教，和平冲淡，使人有一唱三叹、深春不尽之趣，而奇奥工博之辞或当别论焉。然秦诗《驷铁》《小戎》数篇典而核，曲而精，有《长杨》《校猎》诸赋所不能赞一辞者，以是知四诗中自有此一种奇奥工博之致。学者不肯好学深思，畏难就易，概托于和平冲淡以文其短，此古学之所以废也。天瑞秦人，嗜古而好深沈之思，其所为《诗义》，盖犹有秦声焉。然有寄情闲远、托旨清深，又使读者想见其兼葭白露在水一方，不可远近亲疏之意。天瑞之为《诗义》，盖聊托于《驷铁》《小戎》之音，使世之学者知有此一种之诗，以广夫畏难就易者而已矣，而和平冲淡之教卒不失焉，是则天瑞之所为诗义也。"② 事实上，文翔凤并不赞成钟惺对自己之文"盖犹有秦声焉"的评价，其《周雅续序》云："即世之誉太青子者，如钟竟陵辈亦辄曰：'此《车辚》《驷铁》之遗。'而余不受，曰：'奈何谊之所过，雄之所剧者，以诬我乎？'则应之曰：'见说新声杂羽商，《豳风》《周颂》本洋洋。后生欲削空同籍，直以《车辚》詈雅章。'"③ 但见解的不同并不妨碍二人之交往，有资料记载，文翔凤在南京任上，还曾宴请钟惺及另一同年王宇，并偕钟惺拜访前辈诗人傅汝舟。④

3. 师长

温纯（1539—1607），字景文，号亦斋，又称二园先生，三原人，温日知、温自知之父。嘉靖四十四年进士，历任知县、巡抚，官至左都御史。卒，赠少保。温自知《隆万名臣尺牍题跋二十七首》之《文在中仪部》云："当时因父执严事先公（按：指温纯），令少玄（按：指文在兹，号少玄）、太青执经问字于垂髫之年。"⑤ 又，《隆万名臣尺牍题跋二十七

---

① （明）钟惺著，李先耕等点校：《隐秀轩集》卷一二，上海古籍出版社1992年版，第188页。

② （明）钟惺著，李先耕等点校：《隐秀轩集》卷一八，上海古籍出版社1992年版，第281页。

③ （明）贾鸿洙辑：《周雅续》卷首《周雅续序》，明崇祯刻本。

④ 陈广宏：《竟陵派研究》，复旦大学出版社2006年版，第188页。

⑤ （清）温自知：《海印楼集》卷六，民国二十五年《温氏丛书》铅印本，第28页a。

首》之《光禄少卿文翔凤》云："公自垂髫即受知先公，遵直养之旨，自谓家学之外，大有得于二园先生，奉为道德事功文章之准。后为余家撰文数篇，若先公祠碑、文集叙、先母觞言、先兄志铭及余《获音叙》（按：温自知有《获音集》）。"① 可知，文翔凤曾受学于温纯，且与温纯之子温日知、温自知等皆交往密切。文翔凤裁定《周雅续》一书，选录温纯之作53首，其所撰序文中称温纯为"余师温恭毅"，其为温纯《温恭毅公集》撰写的序文题署自称"门人"。

王图（1557—1627），字则之，号衷白，耀州人。万历四年举乡试第一，年方二十。万历十四年考中进士，选翰林院庶吉士，授检讨。升右春坊右中允，掌南院。还坊充东宫讲官，以右庶子掌坊事。升詹事府少詹事，副纂修玉牒。以詹事充日讲官，教习庶吉士。后以吏部右侍郎掌翰林院。天启四年，进礼部尚书，翰林院学士，协理詹事府事。后遭魏忠贤党刘弘先弹劾，遂削籍。王图曾任万历三十八年主考官，乃文翔凤之座主，二人又是陕西籍同乡，自然会有交往。文翔凤在《周雅续序》称之为"余师王文肃"。雍正《陕西通志》卷七五著录其《醉绿馆集》，钱谦益曾为其《王文肃公文集》作序，然上述二集今皆散佚，《列朝诗集》《明诗综》《明诗纪事》等均未收录其诗，《周雅续》卷十四载其诗作121首，从收诗数量来看，位居全书第4位。所载诗作绝大多数未见于他籍，是研究王图诗歌创作的最主要资料来源。今存文翔凤集及王图诗作中虽未见二人交往之作，然文翔凤裁定《周雅续》一书，收录王图诗作如此之多，恰恰反映了文翔凤对王图的尊敬之情。科举入仕者对座主的尊重与感恩戴德，是明代社会的普遍现象。

姜士昌，字仲文，号养冲，丹阳人，尚书姜宝次子，万历八年进士，年二十。除户部主事，历员外、郎中，出为陕西提学副使，进江西参政。以言事调任广西佥事，再谪兴安典史，天启初赠太常少卿。有《雪柏堂稿》。事迹见《明史》卷二三〇《姜士昌传》，明刘宗周《刘蕺山集》卷十四《亚中大夫江西布政使司右参政诰赠太常寺少卿养冲姜公墓表》。文翔凤与姜士昌的交往当始自姜士昌任职陕西提学期间，文翔凤在《姜凤阿先生名宦奉主祭文》中追忆："小子十五而邀养冲夫子之特达，

---

① （清）温自知：《海印楼集》卷六，民国二十五年《温氏丛书》铅印本，第28—29页。

盖又二十五载，而始得崇太中老泉于孔堂，阴鲤庭之桃李，授衣钵于桐乡。"①按：养冲夫子，即姜士昌。又，文翔凤《宿蒲城使院李文若年丈行觞是予童子就试所》一诗记录云："十五春龄笔五花，丹阳（按：指姜士昌）采艺冠词家。邦侯再过称兄弟，旧鬓堪惊浪岁华。命酒风流怜地主，说山笑傲落天葩。感君劳我征途迥，水陆日车并海槎。"②可知姜士昌任陕西提学期间，文翔凤应童子试，曾得姜士昌提学赏识，文翔凤时年十五岁，此后他一直尊称姜士昌为老师。姜士昌调离陕西后，二人一直有文字往来，《皇极篇》卷四载《再得姜养冲先生札二首》，其中第二首云："十五风流第一人，自知花管已千春。相看欲问衔珠报，只表欧阳两眼神。"③《皇极篇》卷二〇《简姜养冲老师》一文云："忆癸巳别吾师于玄灞之畔，尔时翔凤年十有七，今蹉跎四十强矣，二十四载之辽邈怳焉昨日。"④按：癸巳，即万历二十一年，当时文翔凤十七岁，这份师生之谊已持续二十余年。另，同卷载《姜凤阿先生名宦奉主祭文》《姜凤阿先生祀名宦议》等文，乃文翔凤为姜士昌之父姜宝（号凤阿）所作。

4. 文友

高出，字孩之，山东莱阳人。万历二十六年（1598）进士。历任大名、曲周、卢氏三县知县，迁南户部主事，历员外、郎中，出为苏松参议，进副使。迁河南参政，改易州道。调辽东道监军，进按察使，降副使，广宁道监军，改西平堡监军。辽阳失，被逮下狱。著有《镜山庵集》传世。文翔凤万历三十九年至四十一年任莱阳县令期间，与高出交往密切。后文翔凤虽调任他处，但二人一直保持很好的友谊。高出《镜山庵集》中《绿竹五章寄寿太青子》《寄问天瑞明府》《五日偕诸子陪天瑞明府游亭山园流觞列坐天瑞曰此千秋后又一兰亭也因赋诗如其体四五言各二篇》《又二日再邀诸子陪天瑞饮亭山园》《孙氏园天瑞明府饯饮留别二首》

---

① （明）文翔凤：《皇极篇》卷二〇，《四库禁毁书丛刊》，北京出版社2000年影印本，集部，第49册，第449页上栏。

② （明）文翔凤：《皇极篇》卷一，《四库禁毁书丛刊》，北京出版社2000年影印本，集部，第49册，第252页上栏。

③ （明）文翔凤：《皇极篇》卷四，《四库禁毁书丛刊》，北京出版社2000年影印本，集部，第49册，第282页下栏。

④ （明）文翔凤：《皇极篇》卷二〇，《四库禁毁书丛刊》，北京出版社2000年影印本，集部，第49册，第505页下栏。

《寄候文天瑞新调伊阳四十韵》等诗，可为二人交往之明证。文翔凤著《太微经》一书，高出读后作《读文太清明府太微》，诗曰："韦编中道绝，圣远见何及。西方代有作，薪火传曾伋。微言扶一线，天河欻起立。岳岳太华莲，恐触真宰泣。"① 后高出入狱，文翔凤专门以诗慰问，高出作《文太青学宪自晋中使问见慰且录一律为深知余冤敬赋报答时公已迁南光禄》一诗赠答，诗曰："诗酒追陪是何地，身名毁裂独当年。蔡邕重祸流离后，文举怜才振救先。不死再无辞衅鼓，余生亦欲续残编。推迁南北望逾远，陇树江云魂梦边。"② 此诗收录明天启刻本《镜山庵集》中，据此亦可知文翔凤于天启末已升任南光禄卿。今存文翔凤集中亦有赠答高出之作，如《东极篇》中《读孩之先生卢隐诸集》《北山忆孩之三首》《昌乐东得孩之书》等诗，《皇极篇》中《寄答高孩之户部二首》《寄孩之户部》《怀孩之》等诗，《南极篇》卷十《简高孩之少参》一文。

5. 后学

韩诗，字圣秋，号固庵，三原人。崇祯己卯举人，官至兵部郎。学问渊邃，诗文颖异。寓居江南，交游皆知名士，讲艺课业，孜孜不倦，尤矜尚气节。乾隆四十八年《三原县志》卷一八著录其《行笈言》《学古堂集》《秦河九九曲》《明文西》《使诗》《纪华游》《何之草》《寒山问答》《太青外纪》等。韩诗少时曾师从文翔凤，并著有《太青外纪》，惜今未见。上述韩诗诸集今多散佚，文翔凤传世文集中也未见二人交往之诗文，但考诸方志、别集等文献，不难发现二人交往之记录，如乾隆四十八年《三原县志》卷九云："（韩诗）少师三水文太青，穷典坟邱索之藏，而不沾沾拘守于章句，及质以奇辞奥字，茂先、景纯不能越也。"③ 清杜濬《纪怀诗》云："三原师太青，材力信人杰。坟典匪不窥，蝌蚪化为血。慷慨赋无衣，笔锋追驷铁。子谅游九京，征君畴击节。长安十丈尘，转为

---

① （明）高出：《镜山庵集》卷十七，《四库禁毁书丛刊》，北京出版社2000年影印本，集部，第31册，第141页上栏。

② （明）高出：《镜山庵集》卷二二，《四库禁毁书丛刊》，北京出版社2000年影印本，集部，第31册，第244页上栏。

③ 乾隆四十八年《三原县志》卷九《人物三》，《中国地方志集成·陕西府县志辑》，凤凰出版社2007年影印本，第8册，第380页下栏。

藏名设。"① 末句后有小字注文云"圣秋韩公"②。清熊文举《祭韩圣秋文》云:"君固文太青先生入室弟子。"③ 温自知《韩圣秋崈荣集序》云:"圣秋之诗一往深入,自成其为圣秋之诗。太青先生名其集曰'崈荣',且赠诗云:'昔我游昆仑,颇爱采玉荣。君子何事者,瑾瑜早相营。'"④

黄国琦,字石公,号五湖,新昌人。崇祯十年进士,官浦城令。曾单骑谕降巨寇数万,迁吏科给事中。闽变南还,史可法荐授兵科,监淮海军。寻以母病辞,侨寓金陵。著有《卖书买剑集》。《明别集版本志》云黄国琦曾在天启、崇祯间主文翔凤幕。⑤ 文翔凤《南极篇》卷首《南极篇题辞》为黄国琦所撰,题署曰"豫章门人黄国琦题于蕊榜中"⑥。从以上资料可知,黄国琦当为文翔凤之后学。黄国琦曾校刻《册府元龟》一书,文翔凤所撰《册府元龟叙》云:

庚申视晋学,以石公黄子同西。余眼光十丈,惟日注经生尺幅中。石公则高榻深思,批此忘倦。自辛酉鹑首迄壬戌之鹑尾,岁一易,阅乃一周,亥豕之诛略尽。余时两试已竣,匪秋而涉癸之上浣,亦计暮而趣弗縻。其雠正之功,大约石公视杨公加详,余又似详于石公也。丙寅先君见弃,余归处苄垩。辛未,石公以禊月复自豫章来。终南紫阁,二曲三川,日与石公漫游。既而避暑大雁,两人四秋水,并炤一书。凡疑义当前,辄纵横曲直,以尽其解。攻坚破僻,务使冗者削,讹者真,参差者得序,脱落者尽补。一字困手,磨心数夕。又博寻子史经传之㜍然,条其胜理,析其本致,务求归于至是,不留愧于将来。其雠正之功,石公与余回视从前,得失深浅,若各成两人,而甘苦劳逸,又若共成一人。至此方有全书矣。……西极文翔凤题于

---

① (清)杜濬:《变雅堂遗集·诗集》卷一,《续修四库全书》,上海古籍出版社2002年影印本,第1394册,第111页上栏。

② (清)杜濬:《变雅堂遗集·诗集》卷一,《续修四库全书》,上海古籍出版社2002年影印本,第1394册。

③ (清)熊文举:《侣鸥阁近集》卷二,《四库禁毁书丛刊》,北京出版社2000年影印本,集部,第120册,第118页上栏。

④ (清)温自知:《海印楼集》卷二,民国二十五年《温氏丛书》铅印本,第13页a—b。

⑤ 崔建英辑订:《明别集版本志》,中华书局2006年版,第35页。

⑥ (明)文翔凤:《南极篇》卷首,《四库禁毁书丛刊》,北京出版社2000年影印本,子部,第11册,第361页下栏。

尊天堂中。①

由序文可知，文翔凤任山西提学时，黄国琦曾随同前往，二人曾有共同校订《册府元龟》的经历。此叙记录了二人多年校勘此书之辛苦。崇祯十五年，黄国琦刻成此书，撰《册府元龟再言》云："抉是书之伪窠者，余与太青师也。"② 康熙十一年，黄国琦之侄黄九锡补版重印《册府元龟》，卷首题署为"文翔凤订正"。

第三节　孙三杰

一　家世

孙三杰之家世，其孙孙士久于乾隆元年（1736）所撰《乐安孙氏族谱序文》记述颇详，该序文收录于今人赵金炎所编《孙武故里史料集成》一书，序文后附有编者所作简注，《序文》及《简注》对孙三杰的家世情况略有涉及，兹以此为基础，并结合地方志的相关记载，将孙三杰的家族世系梳理并考述如下。

始祖孙克让

孙士久《乐安孙氏族谱序文》记载："予之上世，原居枣强县尚林村。明初洪、永间，甲科叠见，曾有官至词林、太守者。迨至成、弘时，迁发于乐安，受廛为氓，在城内居三世，墓在东郭外。隆庆二年，大水为灾，又迁于城东北三岔庄。予故以始迁乐安之祖为始祖焉。"③

按：据《简注》，该谱始祖孙克让，河北枣强孙惠蔚（封枣强戴男）之后。孙惠蔚乃是青州乐安孙道恭后裔，其先曾避地河朔，徙武邑武遂。元末明初，孙克让率子孙从枣强回迁青州乐安，与故族聚居。④

---

① （宋）王钦若等编纂，周勋初等校订：《册府元龟·附录》，凤凰出版社2006年版，第6页。
② （宋）王钦若等编纂，周勋初等校订：《册府元龟·附录》，凤凰出版社2006年版，第7页。
③ 赵金炎编注：《孙武故里史料集成》，齐鲁书社2001年版，第159页。
④ 赵金炎编注：《孙武故里史料集成》，齐鲁书社2001年版，第160页。

七世祖孙童儿

《简注》曰:"孙克让三子:岳柱、童儿、庐。"

六世祖孙贵

孙士久《乐安孙氏族谱序文》:"始祖讳贵,字大卿,胞兄弟四人:富、贵、荣、华是也。堂兄弟五人:宽、洪、俭、重、勇是也。富之后,今居益都颜神镇;宽之后,居沂州九曲店;洪之后,有居诸城相州者,有居昌邑道照里者。其余则失传矣。"

《简注》曰:"童儿四子:富、贵、荣、华。"

按:孙士久所言之始祖孙贵,乃孙童儿之子,孙三杰之六世祖。

祖父孙某

孙士久《乐安孙氏族谱序文》:"予始祖、高祖,忠厚醇朴,世业农桑。高祖生曾祖六人。"

按:孙士久所言之"高祖",即孙三杰之祖父,业农,有子六人。名号、事迹不详。

父孙某

孙士久《乐安孙氏族谱序文》:"高祖生曾祖六人。第三支无后,长支、四支、五支之后,今仍居三岔者较多。当崇祯初年,复迁居于城市者,惟二支及予六支耳!予曾祖行六,天性慈祥,买禽放生,解衣救寒,人多称为阴德公。从此家资渐裕,诗书启后。"

按:孙士久所言其曾祖者,即孙三杰之父,人称"阴德公"者。三杰之父共有兄弟六人,其排行第六。自三杰之父起,乐安孙氏"家资渐裕,诗书启后"。

弟孙三赐

孙三赐,字怀万,一字悔庵,三杰之弟。明诸生,入清后隐居教学。父殁终丧,不入私室。事母病,以精诚格天,母殁,庐墓六年,世称孙孝子。教授生徒一遵白鹿洞遗规,著有《训蒙大义》《孝经近思录》诸书。生平口不言人过,亦不喜闻人之过。勇于施济,置学田以膳诸生,修草桥长堤延十余里,先后捐赀累以万计。事迹见民国《续修广饶县志》卷十九。

子孙希奭

孙士久《乐安孙氏族谱序文》:"先伯父身材魁伟,武略过人,平妖有功,由河间守府、浮图峪副府、山海总戎都督府,钦赐蟒玉,是可未

(谓)文成武就重光吾族矣！先君系双生，先叔伯亦系双生，或考恩，或拔，或中两榜，一时出串名区，若吴堡，若麻城、卢江。"

按：孙士久所言之"先君"，即三杰之子孙希奭，字无逸，一字果斋，以岁贡授知吴堡县，勤恤民隐，剔清吏弊，有父风。事迹见民国《续修广饶县志》卷十九。"先伯父"，即孙弘谋，希奭之兄，曾任山海关总戎都督府；"先叔伯"之任麻城者，即孙弘𤰞，孙三锡子，曾任麻城知县；"先叔伯"之任卢江者，即孙弘喆，字仲吉，孙三锡子，明诸生，顺治六年己丑科进士，授知卢江县，政绩卓著。事迹俱见民国《续修广饶县志》卷十九。

孙孙士遂、孙士达、孙士久

《简注》曰："士久字子行，优邑庠生，有兄弟三人，长曰士遂（后改肇遵）、次曰士达（后改聿莑），士久最小。"

按：孙士久，字子行，孙希奭幼子，三杰之孙。折节读书，奋志欲光前人事业，持躬处事，有先民遗范。事迹见民国《续修广饶县志》卷十九。

此外，民国《续修广饶县志》卷十九还记载了孙氏家族其他人之事迹。如孙弘敬，字毅公，生平见义必为，乐善好施，尝煮粥以馈饥民。孙士贞，字干臣，孙弘敬子，历仕光禄寺典簿、四川夔州别驾，有政声，以母老乞养归。孙士奇，字静子，生平孝友。其仲伯希奭令吴堡时，以挪帑被纠，士奇亟出金助之，诸父咸义其举，偿以公产，辞不受，曰："伯父犹吾父也，吾固将以不及事父者事之。"孙士长、孙士亨，三锡孙也，均以纯孝著称。

综上可知，明末清初乐安孙氏家族之盛始自三杰，后世子孙或以仕显，或以德称，为官者政绩优异，居里者孝友仁爱，在当地享有令名。根据上文考述，兹将孙三杰的家世列为图表如下：

二 生平

孙三杰，字景濂，号松石，而据《周雅续》卷首题名，又似有一字曰"淑房"，乐安（今山东广饶）人。明熹宗天启五年（1625）考中进士，授予陕西宝鸡知县。后调任治所和西安府同在一城的长安知县，并兼管咸宁县事。修建书院，与文翔凤一起主持讲学。政绩优异，特别擢升兵科给事中。崇祯初年，因接连上疏弹劾内阁辅臣周延儒误国大罪，被降职

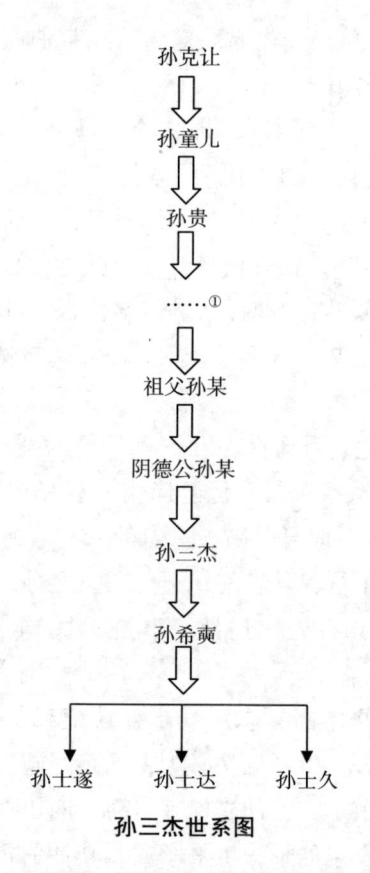

```
        孙克让
         ↓
        孙童儿
         ↓
         孙贵
         ↓
        ……①
         ↓
        祖父孙某
         ↓
       阴德公孙某
         ↓
        孙三杰
         ↓
        孙希奭
         ↓
   ┌──────┼──────┐
  孙士遂  孙士达  孙士久
```

孙三杰世系图

为上林院监蕃育署丞。不久，迁任太仆寺丞。仍然上疏直言，批评朝政，虽朝野推重，但始终不为皇上及权臣所用。于是，请求病休归乡，后死于家。事迹见咸丰《青州府志》卷四五《人物传》"孙三杰"条，雍正《山东通志》卷二八，民国《续修广饶县志》卷十九《人物志·乡贤二》"孙三杰"条。另，《东营历史人物》第 2 辑载《忧国爱民的乐安名士孙三杰》一文，云孙三杰"生于明朝万历七年（1579），卒于清朝顺治十年（1653）"②，然此文并未注明所依据的文献，俟考。

据乾隆《西安府志》卷二五知孙三杰崇祯年间曾任长安县令，然具体时间则未明确记载。《周雅续序》云："庚午秋冬之交，贾子勒书汴，

---

① 孙三杰六世祖孙贵之下、祖父孙某之上，还有五世祖、四世祖两人，据笔者目前所见史料，此二人之姓名事迹尚不可考。

② 东营市地方史志编纂委员会编：《东营历史人物》（第 2 辑），东营市地方史志编纂委员会 1989 年编印，第 8 页。

督之再。其勒书赤令孙淑房氏督之者亦再。……而淑房又将以计北，则大迫。"按：前文已考知贾鸿洙于崇祯三年始任河南布政使，此时写信给文翔凤而催其尽快完成审稿，同时也写信给孙三杰而令其加以督促。又按：唐代凡是县的治所与京城在同一城中，称赤县，而在唐代西京长安城中有长安县与万年县，后来又改万年为咸宁。明代的长安县、咸宁县与西安府同城而治，西安府城则建在唐西京长安城的原址上，只是规模缩小了许多。故此处所谓"赤令"，即借以代指孙三杰所任之西安府长安县知县，不外是一种揄扬。据文意，庚午（崇祯三年）秋冬孙三杰即将北上参加考核，说明其现任职务的任期将满，那么，孙三杰担任长安知县的时间当为崇祯元年至三年左右，而其参阅《周雅续》一书的工作亦在此任上完成。

孙三杰为官以廉能直谏而著称。孙士久《乐安孙氏族谱序文》云："先祖高登甲第，初任宝鸡令，才堪大用，调繁长安，百废具兴，教养兼举，擢取内府兵科、职司给谏，只期报国，不畏权奸，封章叠上，为一代之直臣。"① 据民国《续修广饶县志》卷十九载，孙三杰天启五年授任陕西宝鸡知县，该县原有"不税田岁贡五千金"之弊，孙三杰察知后，立即下令废除。当时流寇披猖，川陕道梗，三杰单骑走其巢，谕以祸福，悉自解散。任长安令，凡奸猾辈，皆望风避匿。有人曾以赠砚为名，向其贿以千金，孙三杰知其原委，未启封，而题书"砚虽佳，贪墨吾不取也"九字于其上，将原物退还其人。崇祯五年，明王朝内忧外患之际，他先后五次上疏，论内外文武不合，弹劾首辅周延儒庇奸误国，抚叛款敌，请求立除误国大奸，严饬内外，在事诸臣，"从此洗涤肠胃，打起精神，息盗安民，灭敌锄叛"②，然忠言不纳，反受降级惩罚，尽管此后他一再上疏，但疏章终不见用。③

---

① 赵金炎编注：《孙武故里史料集成》，齐鲁书社2001年版，第159页。
② 民国《续修广饶县志》卷十九《人物志》，《中国地方志集成·山东府县志辑》，凤凰出版社2004年影印本，第29册，第156页下栏。
③ 参见民国《续修广饶县志》卷十九《人物志》，《中国地方志集成·山东府县志辑》，凤凰出版社2004年影印本，第29册，第156—157页。

三 著述及交游

1. 著述

民国《续修广饶县志》卷二三著录孙三杰撰有《孙给谏奏疏》，卷数未详，今未见传本。同书卷二四收录其《论内外文武不和疏》《纠辅臣误国疏》《再纠奸辅疏》《四纠奸辅疏》《孙孝子悔庵重刻同善会序》《重刻朱子节要序》《重刻近思录纪事》等文共七篇。

2. 交游

孙三杰今无诗文别集传世，其交游对象仅能从相关史料中钩稽一二。

刘城（1598—1650），清初史学家。字伯宗，贵池（今属安徽）人。明末诸生，入清屡荐不起，隐居以终。著有《峄桐集》《刘氏藏书题跋》《读书略记》《古今名贤年谱》《春秋左传地名录》等。从现存诗作看，刘城与孙三杰交情颇深，其《赠答孙松石太仆三杰》一诗云："惆怅今朝别，相知定白头。东林余硕果，平地有摧辀。世以忠为谤，公因直报仇。曰归无一事，长诵畔牢愁。"① 诗中有"相知定白头""世以忠为谤，公因直报仇"之语，充满知己之感。又如《追昔游口号》一诗，前有小序："岁行尽矣，风雨寡欢，念廿年游好先后早凋，杂感纷来，蹙口为句，不复成声，聊注里氏而已。"② 诗曰："青青直节一孙阳，孤愤骑箕日月旁。圣世于今求旧德，圉人太仆倍凄凉。"诗末注曰："青州孙太仆，名三杰。"③ 可见，刘城与孙三杰乃"廿年游好"。此外，其《峄桐集·诗集》卷二存《己卯春暮与孙松石坐语以同道为朋为韵》四首。

金铉，字伯玉，武进（今江苏武进县）人。十八岁举乡试第一，崇祯元年（1628）中进士。历任扬州府教授、国子博士、工部主事，后受弹劾落职，闭门谢客。十七年（1644）闯王发兵，攻破大同，直逼京师，金铉起任兵部主事，巡视皇城。京师陷，投金水河自尽。福王时谥"忠节"，清顺治时赐谥"忠洁"。有《金忠节公文集》传世。张廷玉等《明

---

① （明）刘城：《峄桐集·诗集》卷六，《四库禁毁书丛刊》，北京出版社 2000 年影印本，集部，第 121 册，第 598 页上栏。

② （明）刘城：《峄桐集·诗集》卷十，《四库禁毁书丛刊》，北京出版社 2000 年影印本，集部，第 121 册，第 687 页下栏。

③ （明）刘城：《峄桐集·诗集》卷十，《四库禁毁书丛刊》，北京出版社 2000 年影印本，集部，第 121 册，第 688 页上栏。

史》卷二六六有传。金镜为其兄金铉所编《年谱》中云："九年丙子，伯兄二十七岁。时伯兄数年来学问之交在缙绅先生者刘公而外，则有玉孺刘公、芳扬沈公、几亭陈公、任先毋公、沃心钱公、松石孙公、保慈成公，朝夕问难，交相劝勉。是岁，有《宋大儒四子》合刻行于世。"① 按：这里的"松石孙公"，即孙三杰，二人是"学问之交"。金铉还撰有《祭孙松石太仆》一文传世，其辞曰：

呜呼！孔翠耀羽，鹪媚巧辅。自矜之能，的然而腐。蚋集醯滋，鼢厉腹鼓。遂彼旦豐，丧宝无久。玩蚁不戚，恬斗忘救。生也饱温，死余弱肉。爰有哲人，春融于躬。顽之订矣，造道而公。鸿渐逵矣，仪西德风。何车何徒，何首何终。岩岩瑯琊，有特其生。清明之质，刚健之衷。称先则古，六籍是程。曰恒于家，惇亲叙族。曰求友生，厚施卑牧。秩秩天赏，行靡弗足。曰现于世，维君维国。审治忽几，阳淑阴慝。复则长之，暗暗斯克。尤我钦者，志艰以弘。身宇宙责，不获其身。或拟一言，或画一字。或鉴一人，或集一事。匪恤生民，则匡社稷。福固莫求，凶焉冈避。呜呼！凡今之人，争尚软美。粤雪狂愚，弗目弗齿。远醨逆波，青蝇斯喜。涅尔何伤，世失所康。寐歌寤颂，展也难忘。以兹疾痛，匪我肤疢。痌瘝大群，乃匿膏肓。负蕴而归，以死谁偿。呜呼哀哉！先民有云：千年贤圣，心至今存。其所存者，奚物奚务。公博群书，隐宜有悟。若有悟者，孰执公悲。花笑虫歌，皆公广居。悲所悲者，惟愚父子。匪为公潢，为亡知己。时无崔氏，孰容眭夸。伊人何往，雪涕靡涯。神之听之，是耶非耶？尚飨。②

第四节　其他参编者

除三位主纂者外，《周雅续》卷前的"门人姓氏"一栏还列有十三位

---

① （明）金铉：《金忠节公文集》卷八，《四库未收书辑刊》，北京出版社2000年影印本，第6辑，第26册，第521页下栏。
② （明）金铉：《金忠节公文集》卷五，《四库未收书辑刊》，北京出版社2000年影印本，第6辑，第26册，第475—476页。

协助编纂的参与者，分别为"同纂"者梁尔升、来恒、温自知、孙兰，"同编"者文毓凤、贾尔霖、贾尔楗、贾尔荣，"同订"者孙弘祖、葛天俊、文贯天、文光天、王毓玄。兹略述其生平如下。

一　同纂者

梁尔升，字君旭，三原人。美髯修干，隐居元扈山房。时游吴越，与名士相唱和。著有《元扈山房集》传世，集中有与同县胡廷器、来复、来临及三水文翔凤等酬唱之作。事迹见乾隆四十八年《三原县志》卷十。

来恒，字常叔，三原人。来俨然之子，来复、来临之异母弟。见来复《先考承德郎兵部职方清吏司主事小涧先生行状》。

温自知，字与恕，三原人。温纯次子。万历中举人，潜心坟典，文词古雅。性至孝，事母夫人朝夕唯谨，凡事必请。出入里閈，遇长者则执弟子谊，少则进而教之。著有《屿浮阁诗赋集》《艺园图咏》《瓠中饮雅》《六貂部类》《绸缪急著》《薮泽集》《曲徙先筹》《扪虱杂言》。事迹见乾隆四十八年《三原县志》卷九。

孙兰，字伯馨，三原人。生平事迹不详。

二　同编者

文毓凤，字圣瑞，号太彤，三水人。文翔凤之弟。万历四十年举人，授山东武城知县。心慕弦歌，广敷道化。不久即奉母西归。结庐终南，笑傲山水间，每日与诸弟子讲论勿辍。著有《森园集》《琳园学》《水园草》。事迹见康熙《三水县志》卷三。

贾尔霖，字用汝，清苑人。贾鸿洙之子，曾受学于孙奇逢。万历四十六年乡试，拟第一，以策语触时忌，置副卷。曾从父宦秦、豫间，与文翔凤诸名士游，诗文益进。壮岁感病而卒。著有《笔眺集》《澹宁轩诗集》数十卷。事迹见民国《清苑县志》卷四《人物下·文学》。

贾尔楗，字聚五，清苑人。生平事迹不详。从姓名和籍贯来看，当为贾鸿洙之子侄辈。

贾尔荣，字幼临，清苑人，贾鸿洙之子。与其兄贾尔霖、贾尔梅俱负才名，人比之为"三凤"。见民国《清苑县志》卷四《人物下·文学》。

三　同订者

孙弘祖，字无念，乐安人，生平不详。按：前文已考，孙三杰家族中子侄辈有弘喆、弘甡、弘谋等，从姓名和籍贯来看，孙弘祖当为孙三杰之子侄辈。

葛天俊，字皇人，淳化人。淳化生员葛大受之子，父早亡。其母为文翔凤之姊葛节妇，能诗。《周雅续》卷十六存葛节妇《戒子天俊》一诗。

文贯天，字昊钦，三水人。文翔凤长子，崇祯中授功贡，署宁夏教谕。所著有《雪诗》五千首、《豳谷跋坂歌》。

文光天，字昊华，三水人。文翔凤次子，崇祯九年（1636）副榜，顺治十二年岁贡，授汉中府西乡县教谕。

按：文贯天、文光天系文翔凤之子，其母为武恭人，《周雅续》卷十六载武恭人《壬戌元日纪梦示两儿贯天光天》一诗可以为证。《周雅续》"门人姓氏"栏署二人之名、字为"文贯天，字昊钦""文光天、字昊华"。二人曾参与他书编纂，亦署此名，如明刻初印本《册府元龟》"门人姓氏"页有"文贯天，三水人""文光天，三水人"。而康熙《三水县志》卷三载录二人事迹则云"文明冠，字昊钦，翔凤长子""文明会，字昊华，翔凤次子"，则明冠、明会，或为二人之别名。

王毓玄，字德赐，耀州人，生平事迹不详。

上述诸人，文毓凤为文翔凤之弟，文贯天、文光天是文翔凤之子，葛天俊是文翔凤姊葛节妇之子。贾尔霖、贾尔荣是贾鸿洙之子，贾尔榁，虽不能确考其身份，但从其籍贯和名、字来看，当是贾鸿洙的子侄辈。孙弘祖的情况与贾尔榁类似，当为孙三杰的子侄辈。温自知是文翔凤老师温纯之子。来恒、梁尔升与文翔凤皆有交往。孙兰、王毓玄，虽生平不详，但应该也是与主纂者有交往的后学门人。

第三章

编纂特色

在总集编纂上,对作家作品的选择与编排决定着总集的基本面貌。前者反映的是选录标准和价值取向,属于编纂宗旨的问题;后者反映的是内在结构和外在形式,属于编纂体例的范畴。本章从编纂宗旨、编纂体例两个方面,对《周雅续》的编纂特色予以阐述。

第一节 《周雅续》的编纂宗旨

据四库馆臣对总集所做的界定,历代总集大致包括两类,一是"网罗放佚,使零章残什,并有所归",一是"删汰繁芜,使莠稗咸除,菁华毕出"。① 前者是总取诸家之作而集之,后者是选取诸家之作而集之。《周雅续》是一部专门选录明代陕西籍作者诗赋作品的总集,显然应属后者。既然是"选",自然就有"略其芜秽,集其清英"的过程,实际上体现着编纂者对于作家、作品的批评意见,从而涉及到选家的选录标准问题。以下从选人与选诗两个方面试做探讨。

一 选录作家的标准

1. 以诗存人为主,以人存诗为辅

朱则杰先生指出:"总集编纂,大都有一个如何选取作家的问题。其一般标准,即为历代所概括的'以人存诗'与'以诗存人'。前者重在其人,后者重在其诗,也可以二者兼顾。从作家角度来说,通常只要其人或

---

① 参见(清)永瑢等《四库全书总目》卷一八六集部总集类序,中华书局1965年版,第1685页。

者其诗有一方面可取，便有入选之可能。"①《周雅续》一书收录诗人的标准，文翔凤在其撰写的序文中有所交代：

> （贾子）命门人探百三十国之书，得六十五家以观余。盖二三子以其识力之所至自为汰，或过汰，或又不无情面时辈，其巨公长编，至或脱姓氏，又太申韩于唐宋之辨，而理学主讲座者之诗，遂汰不与，即先君子之撰著，未之获也。盖其郡县所上集半不备。……于三旬之间，文编不及理，独理诗，余为汰去七家，又为他收二十三家，其过汰而庚补著者又十家。②

可知裁定者文翔凤对初稿辑录的作家作品进行了一番筛选，有汰有补，这便是"略其芜秽，集其清英"的过程。接下来他又有进一步地说明：

> 其自国初，至弘治前空同子者，止二家，诗数首，寥阒不可冠，断之曰我朝之自空同子而始有诗，宜自其集始，于是选其千八百篇者以五百六十，为四卷弁冕之，表一代之正宗。……盖端毅以上，正始之不足，尚其人之有自然之音也。空同子开盛明而抉正宗，紫阁、伎陵、浒西诸君子之于弘治盖名家，文简、世甫、汝节兄弟、汝济、元善、伯循、孟独、仲芳、蒙溪、少华、舜夫、太华诸君子之于正德盖羽翼，孙太白其独为一家，有青莲之音者也。伯仁、伯会、存笥、丘崌、芹谷、见薇、渭上、文庄并余师温恭毅之于嘉靖盖接武。隆庆之有远志，其尚有丘崌之遗也。他则或以人，或以姑具世其概③，空同子所鼓吹导之与。万历诗则始自先君子《天雅》，不可选其《天雅》之未梓者，尚填箱不可胜收也。其七言律体之千二百篇者行其三之一，五题而篇四百，七言古体行其二，二篇而字三万，而聊附其赠遗一篇五千字，为三卷，表一代之大家，实铸唐宋而一之，以翼经明道之作也。其自甲戌至丙戌余师王文肃六家为一卷，自己丑冯恭定后十

---

① 朱则杰：《关于清诗总集的选人与选诗》，《甘肃社会科学》2009年第1期。
② （明）贾鸿洙选辑：《周雅续》卷首《周雅续序》，明崇祯刻本。
③ "或以姑具世其概"，疑"以"字后有脱文。

二家为一卷，自丙辰阳伯后为一卷，此又明诗之再盛，其以方唐之名家、羽翼、接武，唯诵者辨之矣。①

可知文翔凤所选录的诸家，乃他所认定的在明代陕西文坛上占有一席之地者。在这里，文翔凤仿效高棅《唐诗品汇》对唐诗的分类法，将收录的明代陕西籍诗人比附唐之"正宗""名家""羽翼""接武"。根据创作成就高低的不同，收诗数量也不同。如被认为是"开盛明而抉正宗"的李梦阳，就"选其千八百篇者以五百六十，为四卷"，且冠于卷首，以突显其"一代之正宗"地位。而国初至弘治李梦阳之前，则认为是"正始之不足""寥阒不可冠"，仅选录张纮、王恕两家，因尚其诗有"自然之音"，故聊录数首。而被后世所公认的名家，如康海、王九思、许宗鲁、韩邦靖、孙一元、马汝骥、赵时春、王维桢等即收诗较多，均在40首以上。可见文翔凤选录作家的首要标准是作品质量的高低，这种以文学性为本位，重视艺术性的选录标准，即通常所说的"以诗存人"。典型之例如兴安（今陕西安康）诗人刘绍基，少有才名，人称神童，然不幸早逝，年方十九，后人以"子安""长吉"为比。身后虽留有诸集，但今皆已不传。《明史》无其传，大型诗歌总集《明诗综》《列朝诗集》等亦未载其诗，仅《山南诗选》及地方志中录存两首。而《周雅续》载其诗多至21首，后人借此方可了解诗人创作之一斑。

《周雅续》作为一省之诗歌总集，其编纂目的之一便是辑存文献。如果仅选录少数的优秀作家作品显然是不够全面，因此辑录初稿时网罗文献，务求详尽。贾鸿洙曾命门人"搜二百六十年往者之文献，为之表学编一，政编一，诗、文编各一"②。文翔凤序文亦云：

> 采著欲其博获也，故及宗人、弁士，而继之以羽衲，虽傍流不厌，当吾世者不与。……卒系之闺秀，如《雅》之有《采绿》。余既有结肠之些附琴妃，其屈嫛之次，即若余之得与诗人之后者。③

可见除少数优秀作家外，选编者还考虑到其他的作家，如宗人、弁

---

① （明）贾鸿洙选辑：《周雅续》卷首《周雅续序》，明崇祯刻本。
② （明）贾鸿洙选辑：《周雅续》卷首《周雅续序》，明崇祯刻本。
③ （明）贾鸿洙选辑：《周雅续》卷首《周雅续序》，明崇祯刻本。

士、羽衲、闺秀等特殊身份者，《周雅续》卷十五收录了宗室人员朱敬鑅、朱惟爖，卷十六收录武会举张我英、僧人鲁山、道士张三丰等，卷末收录了葛节妇、武恭人等女诗人。这些人的诗歌创作成就虽未必高，名气未必大，但体现了采编者"欲其博获"的初衷，这便是"以人存诗"的做法。

"以人存诗"做法还体现在选录作家注重其品性修养。《周雅续》收录的士大夫诗人，为官多有清廉正直之美名，如王恕、杨爵、马汝骥、韩邦奇、张原、温纯、王图、张问仁等。对虽有诗文之名而品性不正者，则弃之不录。如潼关人陈汝言于明英宗正统七年考中进士，至代宗景泰年间骤贵，升为户部侍郎，后以迎驾之功升兵部尚书，代于谦之职。此人善于投机，逢变辄进，至代宗天顺二年因贪赃下狱。《明诗纪事》录其《秋夜》一诗，《周雅续》则一首不录。

但《周雅续》"以人存诗"也有一种不良现象，即选编者带有主观因素，如"照顾"亲友及往来密切者。典型之例是卷十一至卷十三所录文在中及其作品。文在中是三水（今陕西旬邑）人，《明史》无传，其生平见于地方志，所著诸集皆不传，大型诗歌总集《明诗综》《列朝诗集》等亦未收录其诗。而《周雅续》编者选录其作品三卷，诗367首，赋2篇，合计五万余字。作为一省一代之总集，所占分量确实不轻，仅次于李梦阳。细考文在中生平，实为文翔凤之父，这里不免含有裁定者本人对其父的偏爱。但正因如此，一些别集失传的作者，赖此集保存了大量作品。又如，耀州（今陕西耀县）人王图，《明史》上有传，然并不以诗闻名，《明诗综》《列朝诗集》未见收录，而《周雅续》载其诗多达121首，艺术水平并不高，内容多为馆课应制酬唱。何以收录如此之多？仔细考察王图及文翔凤的生平，不难发现答案。文翔凤于万历三十八年考中进士，而主考官正是王图，实为文翔凤的"座主"，文翔凤自然就成为王图的门生，关系非同一般了。

2. "生者不录"的原则

"生者不录"的原则也为《周雅续》编纂者所秉持，因此一些生活在明末的诗人并未收录其中，如著有《东极篇》《南极篇》《皇极篇》等多部文集且传世的三水诗人文翔凤，著有《森园集》《琳园学》《水园草》的三水诗人文毓凤，著有《屿浮阁诗赋集》而传世的三原诗人温日知，著有《海印楼诗集》而传世的三原诗人温自知，著有《丛笙斋诗集》而传世的三原诗人来临，著有《元扈山房集》而传世的三原诗人梁尔升等。上述诸人都曾参与《周雅续》一书的编纂，且在当时负有诗名，但《周雅续》并未录存他们的诗作，原因即文翔凤序文中所言的"当吾世者不与"。

综上所述，《周雅续》选录作家的标准可以概括为"以诗存人"为主，"以人存诗"为辅，在世的作家不予收录。

二 选录作品的特点

1. 注重政教功能

儒家的诗教观是温柔敦厚，从而为历代诗家所接受和推崇，不仅在创作中加以充分表现，而且也为大多数选家所认可，并加以贯彻，以使选本有裨风教。《周雅续》选编者亦注重作品的政教功用，文翔凤云：

> 贾子《齐》《鲁》《毛》《韩》之学以世丞，其教我邦士，既以《鹤鸣诗意》翼《三百》①，而又欲以关中之诗教教之，搜二百六十年往者之文献，为之表学编一，政编一，诗、文编各一，此其知道者之教与。②

又曰：

> 兹行采周雅之遗以入告，以矢音，天子必以其诗为知道，命被弦诵，以乐歌朱弦之奏，不贤于柳氏之雅，于唐仅《平淮》之二乎？则二君子之功周雅大。贾子闻之，曰：……著书立言之为大，子之先君子翼经明道之作，其篇什用经体不？诗家凌积计卷，例诵《天雅》之全③，果然周雅之不堪决绝耶。④

可见，编纂者非常重视诗歌"翼经明道"的作用。基于这样的宗旨，选编者反复强调此集选录的诗歌以"雅正醇厚"为标准。故文翔凤又云：

---

① 据光绪《保定府志》卷五四，贾鸿洙之父贾铜著有《鹤鸣堂诗意》四十卷。
② （明）贾鸿洙选辑：《周雅续》卷首《周雅续序》，明崇祯刻本。
③ 据雍正《陕西通志》卷六三，文翔凤之父文在中撰有《天雅》《天极》等。
④ （明）贾鸿洙选辑：《周雅续》卷首《周雅续序》，明崇祯刻本。

第三章　编纂特色

> 曩文中子之续诗,具六代而世不传,不雅也。兹不曰《续雅》,曰《雅续》,盖云其诗之为周之旧,若雅音之自续云尔,匪我也。①

强调陕西为周之故地,而周代所产生的诗歌,乃代表着纯正之道,雅正之音。而贾鸿洙在《周雅续自序》中则云:

> 肆兹之刻,不溪径狎习袓生,不亥豕冥蒙袓辨,不丛灌莽互袓严。若太庙设器,明堂序官,格格宾宾,杀夭曼而升大雅,道不蹶地,文不丧天,是可谓一续而贯千圣之绝乎,是不可谓非一续而贯千圣之绝者也。噫!西极文子准《易》,而其先大夫所著之《天极》因以翼飞。贾子曰:予闻画前原有《易》,《易》在《太微经》矣,故为序而传之。北极贾子续诗,而其先大夫所著之《诗意》亦因以翼飞②。文子曰:予思删后岂无诗,诗在《周雅续》矣,故为序而传之。③

仍是强调此集所收之诗,是周代故地的诗人们自然而然地延续承接周人诗歌雅正的精神、内涵、意蕴、风格而创作的,并非从形式上续写象周时的《大雅》《小雅》等四言诗。从集中收录的作品来看,编纂者确实是以此为宗旨的。如前文所述,在作家的选择上,注重品行修养,而收录的作品,多为士大夫自抒怀抱之作,表现忠君爱国、建功立业、关注民生等主题,皆有裨风教。

2. 注重复古风格

朱则杰先生谈及清诗总集选录作品时说:"从文学角度来看,清诗总集的作品选择,往往与当时的诗歌风气及编者的诗学倾向有关。"④ 不惟清诗,明诗总集的选录也是如此。如《列朝诗集》的选录贯彻钱谦益的诗学观,《明诗综》的选录体现出朱彝尊的诗学理念。而《周雅续》对作品的选录必然与三位编纂者尤其是裁定者文翔凤的诗学倾向密切相关,同时也自然会受到明代陕西诗坛风气的影响。从序文可以看出,三人受李梦

---

① (明)贾鸿洙选辑:《周雅续》卷首《周雅续序》,明崇祯刻本。
② 按:《诗意》为贾鸿洙之父贾钶所撰《鹤鸣堂诗意》一书之省称。
③ (明)贾鸿洙选辑:《周雅续》卷首《周雅续自序》,西北大学图书馆藏明崇祯刻本。
④ 朱则杰:《关于清诗总集的选人与选诗》,《甘肃社会科学》2009年第1期。

阳影响颇深。文翔凤云：

> 余自其未既冠，即受先君子手选四家诗，酣诵空同氏矣。又数年，游北地，得其初梓全编古本篇目，而章口之句为之腹也。寻又得其手墨迹一握于吕中丞之旧氏，其铁线笔，盖直逼汉石经，所见诗往往出全编外，又多见其未定草。寻又得其《空同子》八篇，知其晚年大造理。既第，在燕，则又得其《年谱》，读至其绝笔诗"东园青竹翠修修"之句，流涕枕上，废卷辗转不耐止。遇汴人则询其后，入汴则问其故居，跼蹐问汴宗人之曾师事左国玑者，云其东园废而石几在。欲取观之，未果也。诵其诗则思论其世，其沾洒不制禁。情之所钟，不乃在吾辈。空同之得谥为"文毅"，则余令雏时，代上大夫谥议以请者也。而又尝说张直指坊汴之交术，表以"一代词人之冠"六字，亦应之，未果为，兹其以待孔澜子乎。①

又云：

> 贾子方以新命观察汴，又游李子振大雅之乡矣，惜其教之不卒其行，又感殒珠之痛，仓皇驾厥雅志之不获申。……其勒书赤令孙淑房氏，督之者亦再。盖其嗜古太同调，借以畀太青子之所不逮。②

文翔凤自幼便在父亲的指导下酣诵李梦阳之诗，而贾鸿洙则为李梦阳"教之不卒其行""仓皇驾厥雅志之不获申"而遗憾痛惜，孙三杰则是与贾鸿洙"嗜古太同调"，可见，三人都是李梦阳及其文学复古思想的接受者和追随者。而李梦阳等前七子发起的文学复古运动以"文必秦汉，诗必盛唐"为口号，具体在诗歌创作方面则表现为古体诗学汉魏，近体诗法盛唐。正如文翔凤所云"情之所钟，不乃在吾辈"，大多数的明代陕西诗人，如前七子成员康海、王九思，正德嘉靖时期陕西诗坛上的名家许宗鲁、胡缵宗、韩邦靖、赵时春、王维桢等，以及隆庆之后王庭谟、来复等人，他们在诗歌创作中往往会自觉的执行这一法则。而浸淫复古文学思想

---

① （明）贾鸿洙选辑：《周雅续》卷首《周雅续序》，明崇祯刻本。
② （明）贾鸿洙选辑：《周雅续》卷首《周雅续序》，明崇祯刻本。

的几位编纂者在选录作品时自然也会倾向于此类风格的诗作。因而《周雅续》收录的诗作中有不少直面现实、直书其事的题材，体现出明代陕西诗人对古典诗歌现实主义创作传统的继承。如讽刺武宗荒政之作李梦阳《明星篇》《去妇词》等诗，揭露官吏压榨百姓之作王鹤《卖鸡行》、周宇《南村寡妇行》等诗，揭露朝廷乱抓百姓服兵役之作王鹤《悼潘山人》等，揭露宦官专权之作《谷太监出军歌》等，皆是秉承了《诗经·国风》以来的现实主义传统。而韩邦靖揭露宦官专权之作《玄明宫行》，则写尽沧桑，堪为史诗。从艺术风格来说，则收录了不少"宗唐学杜"之作，如李梦阳《乙丑除夕追往愤五百字》《弘治甲子届我初度追念往事死生肉骨怆然动怀拟杜七歌用抒愤抱云耳》，管楫次韵杜甫《秋兴》所作的同题之作等。

第二节 《周雅续》的编纂体例

一般总集的组织编排，往往包括正文与附件两部分。正文的编排形式，分为按作者编排、按体裁编排、按题材编排、按地域编排、按时代编排等。大多数总集并非采用单一的编排方式，而是综合运用若干种。附件则包括小传、序跋、总目、评语等。《周雅续》正文按作者编排，附件主要涉及小传、序文、总目。

一 正文编排

1. 以人系诗

以作者统领作品是历代总集编纂中最常见的编排方式，又可细分为两类：一是按照作家时代的先后来编排，即有序编排；一是以搜集获得诗作之先后为序，甚至随意抄录，则为无序编排。前者又有两种不同标准：一以科第先后为序，二是以实际生活年代即年龄辈分为序。实际上，完全彻底地只贯彻一种标准的编法较为少见，大多数地域类型的总集在给作者排序时，综合采用两种标准，即以科第先后排序为主，以年龄辈分排序为辅，《周雅续》即是如此。收录作者大致按时代先后为序：有科举身份者，以考中之先后为次；无科举身份者，则斟酌行辈高低，入于相当时代中。但也有例外，如李梦阳。观下表即明。

《周雅续》收录作者一览表

卷次	作者	时代	人数
一至四	李梦阳	孝宗弘治癸丑（1493）	1
五	张纮、王恕、王九思、张凤翔、康阜、康海、吕柟、胡缵宗	太祖洪武（1368—1398）至武宗正德戊辰（1508）	8
六	韩邦奇、王九峰、韩邦靖、吕经、管楫、南大吉、马理、张原、刘储秀	武宗正德戊辰（1508）至甲戌（1514）	9
七	张治道、孙一元、马汝骥	武宗正德甲戌（1514）至丁丑（1517）	3
八	胡侍、许宗鲁、王讴、何栋、王用宾、金銮	武宗正德丁丑（1517）至庚辰（1520）	6
九	吕颛、左思忠、赵时春、张问仁、李一元、杨爵、来聘、刘凤池、王维桢、乔世宁、南逢吉、吕㶚、张才	世宗嘉靖癸未（1523）至甲辰（1544）	13
十	王鹤、南轩、马自强、周鉴、罗廷绅、张蒙训、东汉、邵升、周宇、温纯、王庭诗、乔因阜、文𪋩风、盛讷	世宗嘉靖甲辰（1544）至穆宗隆庆辛未（1571）	14
十一至十三	文在中	神宗万历甲戌（1574）	1
十四	南宪仲、李时芳、王道纯、李三才、王庭譔、刘复初、王图	神宗万历甲戌（1574）至丙戌（1586）	7
十五	冯从吾、武之望、周传诵、南师仲、来俨然、朱敬鑢、费遒、朱惟燨、文在兹、武用望、刘绍基、韩期维	神宗万历己丑（1589）至甲辰（1604）	12
十六	来复、赵崡、康万民、张我英、张三丰、释鲁山、葛节妇、武恭人	神宗万历丙辰（1616）	8
总计			82

　　《周雅续》收录的诗人以士大夫为主体，82位作者中，有举人以上科名者66位。所以，选编者所依据的"时代"，主要指这些作者考中科举的时间，以此进行编排。而无科举身份者，如孙一元、金銮，则斟酌其行辈高低，入于相当时代中。某些身份特殊的作者如弁士、宗人、方外、女性则置于全集之末。比较特殊的是考中弘治癸丑科进士的李梦阳未按时代顺序编排，而是单独成卷，置于全集之首，以突显其"一代之正宗"地位。这种将"特殊作者"安置于相对固定的位置，也是其他总籍编排者普遍采用的做法。如《明诗综》首录明太祖朱元璋诗作，次录诸臣僚和作，将君主或显贵人物置于前列。而方外、闺秀一类人物则置于卷尾，如《列朝诗集》闰集第二至第四所收录者即是。

　　需要说明的是，文翔凤在《周雅续序》中谓此集所收诗人"八十有一家",今人所编《陕西省志》也称此集收录"关中 81 人"的代表诗作①,而根据上表统计,实际所收诗人为 82 位。那么,何以序言谓之八十一位?对照上表,仔细揣度文翔凤对每卷收录作者及人数的说明,不难发现答案:"……我朝之自空同子而始有诗,宜自其集始,于是选其千八百篇者,以五百六十为四卷,弁冕之,表一代之正宗②。其自鹦庵至可泉八家为一卷③,自苑雒至西陂九家为一卷④,太微、太白、西玄三家为一卷⑤,自蒙溪至白屿六家为一卷⑥,自定原至芹谷十三家为一卷⑦,自薇田至凤冈十四家为一卷⑧。……万历诗则始自先君子《天雅》,……为三卷⑨。……其自甲戌至丙戌余师王文肃六家为一卷⑩,自己丑冯恭定后十二家为一卷⑪,自丙辰阳伯后为一卷⑫,此又明诗之再盛。"由此可知,"自甲戌至丙戌余师王文肃六家为一卷",即《周雅续》卷十四所收者。但据此卷实际所收作者统计,应为七家,即南宪仲、李时芳、王道纯、李三才、王庭譔、刘复初、王图。文翔凤对此卷收录人数统计失误,所以序文中的诗人总数也就少了一位。而今人所编的《陕西省志》大概据此序文,故也称 81 位。

2. 分体编排

《周雅续》所收录的作者作品,基本上是按体裁编排的,收诗两首以上的作者,通常的顺序是先古体、后近体;先五言,后七言。如孙一元依次收录五言古诗 15 首,七言古诗 16 首,五言律诗 53 首,七言律诗 29 首,五言绝句 2 首,七言绝句 15 首,五言排律 2 首。康海依次收录五言

---

① 陕西省地方志编纂委员会编:《陕西省志·文化艺术志》,陕西人民出版社 2005 年版,第 165 页。

② 按:"空同",李梦阳号。此指卷一至卷四所收者。

③ 按:"鹦庵",张纮号;"可泉",胡缵宗号。此指卷五所收者。

④ 按:"苑雒",韩邦奇号;"西陂",刘储秀号。此指卷六所收者。

⑤ 按:"太微",张治道号;"太白",孙一元号;"西玄",马汝骥号。此指卷七所收者。

⑥ 按:"蒙溪",胡侍号;"白屿",金銮号。此指卷八所收者。

⑦ 按:"定原",吕颛号;"芹谷",吕颙号。此指卷九所收者,即吕颛至张才,共十三人,而"芹谷"乃吕颙之号,非指张才,此处显然有误。

⑧ 按:"薇田",王鹤号;"凤冈",盛讷号。此指卷十所收者。

⑨ 按:"先君子",指文翔凤的父亲文在中。此指卷十一至卷十三所收者。

⑩ 按:"王文肃",即王图,谥文肃。此指卷十四所收者。

⑪ 按:"冯恭定",即冯从吾,谥恭定。此指卷十五所收者。

⑫ 按:"阳伯",来复字。此指卷十六所收者。

古诗 17 首,七言古诗 3 首,五言律诗 19 首,七言律诗 5 首,五言绝句 1 首,七言绝句 2 首。诗赋同时收录者,往往是按照先赋、后诗的顺序排列,如文在兹依次收录赋 1 首,七言律诗 2 首,七言绝句 2 首。赵时春依次收录赋 2 首,五言古诗 14 首,七言古诗 6 首,五言律诗 34 首,七言律诗 17 首,五言排律 1 首,七言绝句 21 首。如此编排,可达到次第分明的效果。但也有个别顺序例外者,如卷十一至十三收录文在中的作品顺序依次为七言律诗 366 首、赋 2 篇、七言古体诗 1 首。兹以《周雅续》收录作品数量为序,将每位作者的作品体裁分类统计如下:

《周雅续》收录诗赋体裁量化一览表

体裁 作者	五古	七古	古体其他①	五律	七律	五排	七排	五绝	七绝	赋	古体总数	近体总数	小计	赋比例	古体比例	近体比例
李梦阳	92	76	47	90	123	5	2	5	103	13	215	328	556	2.3%	38.7%	59%
文在中		1			366					2	1	366	369	0.5%	0.3%	99.2%
孙一元	15	16		53	29	2		2	15		31	101	132		23.5%	76.5%
王图	4	7		21	58	3			28		11	110	121		9.1%	90.9%
赵时春	13	6		34	17	1			21	2	19	73	94	2.1%	20.2%	77.7%
许宗鲁	21	12	3	40	5				2		36	47	83		43.4%	56.6%
来复	12	5	5	25	31		1				22	57	79		27.8%	72.2%
马汝骥	15	1		23	9	9		1	19		16	61	77		20.8%	79.2%
王鹤	21	4		22	18	1			3		25	44	69		36.2%	63.8%
胡缵宗	10	2		9	28		5	12	4		12	55	67		17.9%	82.1%
南宪仲	13	3	1	22	15			1		1	1	58	59	1.7%		98.3%
温纯	11	2	1	12	26		1				14	39	53		26.4%	73.6%
南大吉	8	7		6	12				15		15	33	48		31.2%	68.8%
康海	17	3		19	5			1	2		20	27	47		42.6%	57.4%
王维桢	3	1		22	17	1		2			4	42	46		8.7%	91.3%
韩邦靖	2	4		8	8	2			20		6	38	44		13.6%	86.4%
王讴	3	6		20	10	2		1			9	34	43		20.9%	79.1%

---

① "其他"是指除五言古体、七言古体之外的四言、六言、杂言等古体诗。

续表

体裁\作者	五古	七古	古体其他	五律	七律	五排	七排	五绝	七绝	赋	古体总数	近体总数	小计	赋比例	古体比例	近体比例
王九思	10		4	9	10				6	1	14	25	40	2.5%	35%	62.5%
葛节妇	5		1		12			2	6	11	6	20	37	29.7%	16.2%	54.1%
赵崶	6	4		5	6	1			10		10	22	32		31.3%	68.7%
南师仲	6	2	2	4	14				2		10	20	30		33.3%	66.7%
乔世宁		1		16	7	3			2	1	1	28	29	3.4%		96.6%
吕颛	2			8	8				6	2	2	22	24	8.3%		91.7%
胡侍	1	3	1	15	2				1		5	18	23		21.7%	78.3%
周宇	1	1	1	3	14			1	3	1	3	18	22	4.5%	13.7%	81.8%
韩邦奇	2		4	7	6	1			6		6	16	22		27.3%	72.7%
王道纯				6	16							22	22			100%
刘绍基	6	2		2	8			3	8		8	13	21		38.1%	61.9%
武恭人			5					3	12		5	15	20		25%	75%
乔因阜	1	2		5	6				6		3	17	20		15%	85%
刘储秀		1	2	3	12	1			3		3	16	19		15.8%	84.2%
武之望	1			6	11			1			1	18	19		5.3%	94.7%
何栋	3			10	5				3		3	15	18		16.7%	83.3%
张原			1		12			4			1	16	17		5.9%	94.1%
南轩	2	1		7	4			2	1	3	13	17	5.9%	17.6%	76.5%
周鉴	1			3	13				1		1	16	17		5.9%	94.1%
吕柟	2	1		5	8				3		3	13	16		18.7%	81.3%
张治道	2	3		7	3	2					4	12	16		25%	75%
张问仁					15							15	15			100%
李三才				7	6				2			15	15			100%
冯从吾	4			1				3	5		4	11	15		26.7%	73.3%
管楫					14							14	14			100%
金鸾					9			1	2			12	12			100%
文幽风			1		1			1	2		1	11	12		8.3%	91.7%

续表

体裁\作者	五古	七古	古体其他	五律	七律	五排	七排	五绝	七绝	赋	古体总数	近体总数	小计	赋比例	古体比例	近体比例
来俨然				3	9							12	12			100%
张凤翔	2	3			1				2		7	3	10		70%	30%
王庭譔				2	7							9	9			100%
朱惟熿					8				1			9	9			100%
康阜	3			2				1	2		3	5	8		37.5%	62.5%
马自强				5	3							8	8			100%
王用宾		1		2	2			1		1		6	7	14.3%		85.7%
南逢吉				6	1							7	7			100%
鲁山		1		1				4		1	1	5	6		16.7%	83.3%
王九峰					5							5	5			100%
李一元					5							5	5			100%
文在兹					2			2		1		4	5	20%		80%
张我英	1			2	2				1			4	5		20%	80%
王恕	1				1			1	1			4	4		25%	75%
东汉			3		1				3		1	4			75%	25%
杨爵				2	2							4	4			100%
王庭诗				4								4	4			100%
李时芳					4							4	4			100%
张纮					3							3	3			100%
吕经					1				2			3	3			100%
马理				3								3	3			100%
刘凤池				2	1							3	3			100%
周传诵				2	1							3	3			100%
朱敬鑐					3							3	3			100%
康万民					3							3	3			100%
武用望				2								3	3			100%
吕颙					1				1			2	2			100%

续表

体裁 作者	五古	七古	古体其他	五律	七律	五排	七排	五绝	七绝	赋	古体总数	近体总数	小计	赋比例	古体比例	近体比例
来聘									2			2	2			100%
邵升				1	1							2	2			100%
盛讷					2							2	2			100%
刘复初					2							2	2			100%
费逵		1			1						1	1	2		50%	50%
左思忠				1								1	1			100%
张才					1							1	1			100%
罗廷绅					1							1	1			100%
张蒙训					1							1	1			100%
韩期维					1							1	1			100%
张三丰					1							1	1			100%
总计	322	184	82	596	1085	34	7	37	330	32	570	2107	2709	1.2%	21.0%	77.8%

综上，全书分编十六卷，共收录诗歌2709首，其中的赋32首，古体诗570首，近体诗2107首。古体诗中五言322首，七言184首，其他形式的古体诗82首。近体诗中的律诗1681首，绝句367首，排律41首。近体诗中五言667首，七言1422首。由此可见，《周雅续》收录的作品以近体诗为主，近体诗以七言律诗和五言律诗为主。收录的82位诗人中，除东汉、张凤翔、费逵三位诗人的近体诗数量分别为25%、30%、50%外，其余79位作者收录的诗作均以近体为主，其中近体诗数量比例达90%以上的作者有44位，有34位作者收录近体诗比例达100%。

二　附件编排

《周雅续》的附件主要有序言、参编者名录、总目、作者小传，从内容来说，为读者阅读和利用此书起到了良好的辅助作用。

《周雅续》卷首为文翔凤撰《周雅续序》，由裁定者文翔凤撰写。序文内容涉及编纂宗旨、取材范围、选录标准、时代起讫、编排方式及成书经过等，是全书的编纂总纲，对理解和使用全书非常必要。"门人姓氏"

即参编者名录，位于《周雅续序》之后。《周雅续自序》位于"门人姓氏"之后，由选辑者贾鸿洙撰写。《周雅续》总目，位于《周雅续自序》之后，包含收录作者姓名及作品体裁，每条仅三五字，如"李梦阳诗赋""张纮诗""葛节妇诗赋"等，便于读者阅读正文之前对收录作者及作品有个初步了解。收录的82位作者，每位名下皆列一小传，略述姓名、字号、籍贯、科考、官职等信息。虽然叙述简略，每条仅二十字左右，且限于条件，有些诗人的字号、官职等信息空缺，但仍可为我们了解明代陕西诗人生平提供最基本的资料。

第四章

文学史料价值

文翔凤和贾鸿洙分别在《序》和《自序》中高度评价了《周雅续》的价值，一曰"果然周雅之不堪决绝"，一曰"删后岂无诗，诗在《周雅续》矣"。这固然有编撰者自我揄扬的成分在内，但从客观性角度考察，其在明代陕西诗歌发展史研究、陕西籍诗人整体研究、作者生平研究等方面确实具有相当高的文学史料价值。

第一节 明代陕西诗歌创作发展述略

有明一代的陕西诗坛，最值得称道的莫过于弘治、正德、嘉靖时期，明人胡缵宗在《西玄诗集序》中对此有详细记述：

> 弘治间，李按察梦阳谓诗必宗少陵，康殿撰海谓文必祖马迁，天下学士大夫多从之，士类靡然，而献吉、德涵因得罪世之君子矣。时则有若王太史九思、张民部凤翔、段翰检炅、马太卿理、吕宗伯柟、韩中丞邦奇、参伯邦靖、王宪使九峰、王翰检元正、南郡守大吉、刘宪使储秀、马太史汝骥、许中丞宗鲁、王佥宪沤、何中丞栋、张比部治道、李佥宪宗枢、王官谕用宾、吕郡守颛、赵兵部时春、孙羽士一元，实与李、康同趣。虽言人心殊，而其归则迁与甫也。因文达道，岂无意于十翼、九畴、二南、三帛、五王乎？若缵宗亦窃有志焉，而未能也。而伯循、仲木尤加意于横渠之业，虽未敢与天下学士大夫谭文，然自西方学者观之，不谓之雍音乎？故雍之学得称于弘治、正德间也。①

---

① （明）胡缵宗：《鸟鼠山人小集》卷一二，《明别集丛刊》，黄山书社2015年影印本，第2辑，第10册，第304—305页。

陕西诗人群体及其创作的繁荣局面一直持续到嘉靖年间，明末清初人万斯同在《明史·文苑传》中对此有所描述：

> 关中自李梦阳、康海、王九思后，作者迭兴，若吕柟、马理、韩邦奇、邦靖、马汝骥、胡缵宗、赵时春、王维桢、杨爵辈，彬彬质有其文，而治道辈鼓吹之，一时号为极盛。①

而明代陕西诗歌创作之兴起、繁盛和衰落的发展过程，文翔凤则在《周雅续序》中有简要论述，可视作一家之言：

> 其自国初，至弘治前空同子者，止二家，诗数首，寥阒不可冠，断之曰我朝之自空同子而始有诗，宜自其集始，于是选其千八百篇者以五百六十，为四卷弁冕之，表一代之正宗。……盖端毅②以上，正始之不足，尚其人之有自然之音也。空同子开盛明而抉正宗。紫阁、伎陵、浒西③诸君子之于弘治盖名家。文简、世甫、汝节兄弟、汝济、元善、伯循、孟独、仲芳、蒙溪、少华、舜夫、太华④诸君子之于正德盖羽翼。孙太白其独为一家，有青莲之音者也。伯仁、伯会、存笥、丘嵎、芹谷、见薇、渭上、文庄⑤并余师温恭毅之于嘉靖盖接武。隆庆之有远志，其尚有丘嵎之遗也。……万历诗则始自先君子《天雅》，……为三卷，表一代之大家，实铸唐宋而一之，以翼经明道之作也。其自甲戌至丙戌余师王文肃六家为一卷，自己丑冯恭定后

---

① （清）万斯同：《明史》卷三八八《文苑传》，上海古籍出版社2008年影印本，第8册，第172页上栏。

② 按："端毅"，王恕谥号。

③ 按："紫阁"，王九思别号；"伎陵"，张凤翔号；"浒西"，即康海，武功县浒西人，自号浒西山人。

④ 按："文简"，吕柟谥号；"世甫"，胡缵宗字；"汝节兄弟"，指韩邦奇、韩邦靖兄弟，兄邦奇字汝节、弟邦靖字汝庆；"汝济"，管楫字；"元善"，南大吉字；"伯循"，马理字；"孟独"，张治道字；"仲芳"，"芳"当作"房"，指马汝骥，字仲房；"蒙溪"，胡侍号；"少华"，许宗鲁号；"舜夫"，王讴字；"太华"，何栋号。

⑤ 按："伯仁"，赵时春字；"伯会"，李一元字；"存笥"，指王维桢，著有《槐野先生存笥稿》；"丘嵎"，指乔世宁，著有《丘隅集》；"芹谷"，吕颛号；"见薇"，指王鹤，著有《见薇堂集》；"渭上"，指南轩，著有《渭上稿》；"文庄"，马自强谥号。

十二家为一卷，自丙辰阳伯后为一卷，此又明诗之再盛。其以方唐之名家、羽翼、接武，唯诵者辨之。①

高棅的《唐诗品汇》是明人研究唐诗的开山之作，其《凡例》称："大略以初唐为正始，盛唐为正宗、大家、名家、羽翼，中唐为接武，晚唐为正变、余响，方外异人等诗为傍流。间有一二成家特立与时异者，则不以世次拘之。"② 高棅分类唐诗的方法对明代的诗人及明代唐诗学影响深远。由序文可知，文翔凤仿效《唐诗品汇》中分类唐诗的做法，将所收录的诗人按时代顺序及创作成就进行归类，如将王九思、张凤翔、康海归为弘治之"名家"；将吕柟、胡缵宗、韩邦奇、韩邦靖、管楫、南大吉、马理、张治道、马汝骥、胡侍、许宗鲁、王讴、何栋归为正德之"羽翼"；将赵时春、李一元、王维桢、乔世宁、吕颙、王鹤、南轩、马自强、温纯归为嘉靖之"接武"，并用"正始之不足"来形容李梦阳出现之前明初陕西诗坛之"寥阒"，用"正宗"、"大家"来特别推崇李梦阳和所谓"先君子"（按：指文翔凤之父文在中）；孙一元因诗歌"有青莲之音"而独为一家。文翔凤的归纳，固然是一己之见，难免有偏颇之处，如对其父文在中地位的伪抬高。但是，他对明代陕西诗歌发展脉络的勾勒还是较为清晰的。由此可见，《周雅续》的选辑与裁定过程即是编纂者对明代陕西诗歌发展史的梳理和总结。且所录作品，涵盖了明初至崇祯前期陕西诗坛各个发展阶段的创作成果，尤其是鼎盛时期的代表诗人都囊括在内。换言之，书中收录的一部分诗歌，可以说在某个时间段内，代表了明代陕西诗歌创作的最高水准，是全面研究和准确评价明代陕西诗歌发展史不可或缺的诗学资料。因此，《周雅续》既可供普通读者较为便捷地了解明代陕西诗歌创作概貌，又可为专业研究者系统探讨陕西诗歌诗史提供有价值的参考。

第二节　多方面呈现明代陕西诗人整体特征

前文已述，明代陕西诗人研究成果，名家高于普通作家，个案研究高

---

① （明）贾鸿洙选辑：《周雅续》卷首《周雅续序》，明崇祯刻本。
② （明）高棅编选：《唐诗品汇·凡例》，上海古籍出版社2012年版影印本，第14页。

于群体研究。近年来，随着地域文学研究越来越受重视、电子资源的普及利用以及"陕西古代文献集成"等大型古籍整理项目的有序展开，在相关学者的辛勤耕耘下，普通作家的研究成果日渐丰富。但明代陕西作家的整体研究及"隐蔽"作家的研究仍显得薄弱，部分作家生平资料的匮乏和作品的散佚是主要原因之一。如果想要通盘把握明代陕西诗人群体状况，了解其在不同时期的规模和不同地区的分布，通过研究诗歌总集提供的内证，与参考史传、方志、诗话、笔记等文献提供的外证相比较而言，则是更为便捷有效的途径。《周雅续》作为一部全省性质的诗歌总集，除核心部分的作品外，它还提供了一份非常具有参考价值的诗人名单，以此为切入点，从时代、地域、身份、家族等方面对明代陕西诗人群体进行量化分析，可起到事半功倍的效果。

一　活动时期

前文已考知《周雅续》所收录的作者基本是按照时代先后编排的。确切地说，除置于卷尾的几位僧道诗人、女性诗人外，绝大多数为士大夫诗人，所以编纂者主要以他们考中科举的先后为次序，如果是无科举身份者，则大约以辈行之先后为次序。现在参照集中的编排顺序及诗人的主要活动时期，以列表的形式汇总如下。

诗人年代一览表

时代	诗人	人数
太祖洪武（1368—1398）至宪宗成化（1465—1487）	张纮、王恕、张三丰	3
孝宗弘治（1488—1505）	李梦阳、王九思、张凤翔、康阜、康海、释鲁山	6
武宗正德（1506—1521）	吕柟、胡缵宗、韩邦奇、王九峰、韩邦靖、吕经、管楫、南大吉、马理、张原、刘储秀、张治道、孙一元、马汝骥、胡侍、许宗鲁、王讴、何栋、王用宾、金鸾	20
世宗嘉靖（1522—1566）	吕颛、左思忠、赵时春、张问仁、李一元、杨爵、来聘、刘凤池、王维桢、乔世宁、南逢吉、吕颙、张才、王鹤、南轩、马自强、周鉴、罗廷绅、张蒙训、东汉、邵升、周宇、温纯、王庭诗	24
穆宗隆庆（1567—1572）	乔因阜、文廼风、盛讷	3

续表

时代	诗人	人数
神宗万历（1573—1620）至思宗崇祯（1621—1644）	文在中、南宪仲、李时芳、王道纯、李三才、王庭譔、刘复初、王图、冯从吾、武之望、周传诵、南师仲、来俨然、朱敬鑑、费逵、朱惟燿、文在兹、武用望、刘绍基、韩期维、来复、赵崡、康万民、张我英、葛节妇、武恭人	26

根据此表，明代陕西诗人的群体规模、活动时期与各时段的人数等分布情况清晰可见，一目了然。明初洪武至成化时期，陕西文坛颇为"寥闃"。弘治、正德时期，以李梦阳、康海为代表的文学复古运动在全国蓬勃展开，陕西诗坛涌现出一大批才华横溢的作家，如王九思、康海、许宗鲁、胡缵宗、孙一元、马汝骥等，成为陕西诗歌创作发展的鼎盛时期。嘉靖时期，陕西文坛逐渐跌落，虽仍不乏个别的优秀人才，如王维桢、赵时春、乔世宁等，但在整体上很难产生大的影响力了。隆庆至崇祯初，陕西诗歌创作在低谷中徘徊，虽在作家数量上仍然可观，也试图做出超越前辈的努力，文翔凤称之为"明诗之再盛"，但就创作的质量而言，终究未能创造出超越前代的成就，在同时代其他地区不断兴起新思潮、新流派的浪潮中逐渐湮没。需要说明的是《周雅续》遵循生者不录的原则，故生活在明末的一些陕西诗人未收录。

二 籍贯地区

《周雅续》是考察明代陕西诗人籍贯分布的资料渊薮，详见下表。

诗人籍贯一览表①

籍贯		诗人	人数
西安府（治所在今陕西西安市）	咸宁（今陕西西安市东）	管楫、刘储秀、张治道、胡侍②、王用宾、李一元、周宇、周传诵、费逵	9

---

① 按：此表主要以《明史》卷四二《地理志》所载明代陕西承宣布政使司的建置为准，同时也参照了雍正《陕西通志》卷五所载明代陕西都指挥使司的建置。

② 《皇明词林人物考》卷六、《本朝分省人物考》卷一〇四、《皇明贡举考》卷六、《列朝诗集》丙集第十六、《明诗综》卷四一、雍正《陕西通志》卷六十、乾隆《西安府志》卷四二等记载胡侍为"咸宁人"，万斯同《明史》卷二七五、张廷玉等《明史》卷一九一记载为"宁夏人"。田富军《明代宁夏籍作家胡侍四考》一文考证，胡侍祖上四世居宁夏，其本人出生在宁夏，18岁之后始迁居咸宁，应为宁夏籍，而溧阳为其祖籍。（《宁夏社会科学》2014年第6期）。兹据《周雅续》之胡侍小传，归其为咸宁诗人。

续表

籍贯			诗人	人数	
西安府 (治所在今陕西西安市)	长安（今陕西西安市西）		许宗鲁、何栋、王鹤、王道纯、冯从吾	5	59
	三原（今陕西三原）		王恕、马理、张原、来聘、温纯、来俨然、来复	7	
	渭南（今陕西渭南）		南大吉、刘凤池、南逢吉、南轩、东汉、南宪仲、南师仲	7	
	鄠县（今陕西户县）		王九思、王九峰、韩期维	3	
	临潼（今陕西临潼）		李三才、武之望	2	
	高陵（今陕西高陵）		吕柟、刘复初	2	
	盩厔（今陕西周至）		赵崡	1	
	富平（今陕西富平）		张纮、杨爵	2	
	耀州（今陕西耀县）		左思忠、乔世宁、乔因阜、张蒙训、王图	5	
	华州（今陕西华县）		王维桢、王庭诗、王庭譔	3	
	邠州（今陕西彬县）	三水（今陕西旬邑）	文豳风、文少白、文在兹、葛节妇	4	
		淳化（今陕西淳化）	罗廷绅	1	
	乾州（今陕西乾县）	武功（今陕西武功县东南）	康阜、康海、李时芳、康万民	4	
	同州（今陕西大荔）	同州（今陕西大荔）	马自强	1	
		白水（今陕西白水）	王讴	1	
		朝邑（今陕西大荔县东）	韩邦奇、韩邦靖	2	
凤翔府 (治所在今陕西凤翔县)	凤翔（今陕西凤翔）		邵升	1	2
	宝鸡（今陕西宝鸡）		张三丰	1	
延安府 (治所在今陕西延安市)	绥德（今陕西绥德）		马汝骥	1	1
兴安州 (治所在今陕西安康市)	兴安（今陕西安康）		刘绍基	1	2
	洵阳（今陕西旬阳）		张凤翔	1	
庆阳府 (治所在今甘肃庆阳市)	庆阳（今甘肃庆阳）		李梦阳	1	6
	宁州（今甘肃宁县）		吕经、吕颛、吕颙、武用望、武恭人	5	
平凉府 (治所在今甘肃平凉市)	平凉（今甘肃平凉）		赵时春、周鉴	2	2

续表

籍贯		诗人	人数	
巩昌府（治所在今甘肃陇西县）	秦州（今甘肃天水）	胡缵宗	1	2
	陇西（今甘肃陇西）	金鸾	1	
西安卫（未详驻地所在）		张才①、张我英	2	4
潼关卫（驻地在今陕西潼关县东北）		盛讷	1	
西宁卫（驻地在今青海西宁市）		张问仁	1	
秦藩（王府在今陕西西安市）		朱敬鑑、朱惟燿	2	4
秦（泛指今陕西关中、甘肃陇东地区）		孙一元②、释鲁山	2	

从上表可以看出，明代陕西诗人主要出自西安府，即今陕西关中地区的中东部。《周雅续》收录西安府诗人 59 人，约占收录诗人总数的 71.95%。这与西安府优越的经济基础和丰厚的文化积累密不可分。西安府地处渭河流域的关中平原，地理位置优越于陕西其他地区，自古农业发达，许多王朝都于此，文化底蕴要远胜其他地区，故而西安府的诗人数量占绝对多数。属于今陕南地区的兴安州仅收录 2 人，属于今陕北地区的延安府仅收录 1 人，属于今关中地区西部的凤翔府仅收录 2 人。今甘肃地区诗人收录 10 人，今青海地区收录 1 人，此外卫所、藩府等诗人共 7 人。

三　社会身份

《周雅续》收录的诗人类型较为全面，涵盖士大夫、处士、宗室成员、僧道、闺秀等不同身份，体现了“采著欲其博获”的思想，但主体成员还是科举出身的士大夫群体。现将收录作者的身份略作统计：

诗人身份一览表

社会身份		诗人		人数
科举出身	进士	康海、吕柟、王庭譔、王恕、王九思、马汝骥、许宗鲁、王用宾、赵时春、王维桢、南轩、马自强、盛讷、王图、冯从吾、南师仲、文在兹、李梦阳、吕颛、温纯、周鉴、乔世宁、文在中、刘复初、武之望、张凤翔、胡缵宗、韩邦奇、王九峰、韩邦靖、吕经、管楫、南大吉、马理、张原、刘储秀、张治道、胡侍、王讴、何栋、左思忠、张问仁、杨爵、来聘、刘凤池、南逢吉、吕颙、张才、王鹤、罗廷绅、王庭诗、乔因阜、南宪仲、李时芳、王道纯、李三才、周传诵、来俨然、韩期维、来复	60	71

① 《周雅续》张才小传谓其为“西安卫人”，而明张朝瑞《皇明贡举考》卷七谓“张才，陕西西安后卫”。

② 孙一元的籍贯，历来说法不一，此据《周雅续》孙一元小传。

社会身份		诗人		人数
科举出身	举人	邵升、张蒙训、东汉、周宇、费逵、赵嵎	6	71
	其他	文运开（贡生）、武用望（贡生）、刘绍基（太学生）、康万民（诸生）	4	
		张统（明经）	1	
	武会举①	张我英	1	
非科举出身	处士	孙一元、金銮	2	9
	僧道	张三丰、释鲁山	2	
	宗室	朱敬鏳、朱惟熪	2	
	闺秀	葛节妇、武恭人	2	
身份未详		李一元、康阜		2

《周雅续》收录的82位诗人中，举人及以上身份者66人，占作者总数的80.49%。其中进士身份者60人，占作者总数的73.17%。由此可见，占据明代陕西诗坛主体地位的是科举出身的士大夫群体，他们往往兼具文学家与官员的双重身份，而纯粹的布衣诗人则较少。

四 家族成员

《周雅续》所提供的作家名单不仅能反映明代陕西诗歌的历时发展脉络，对我们了解家族诗人的分布也具有参考价值。若以两名或两名以上的成员为标准来定义家族诗人，那么《周雅续》中涉及的明代陕西文学家族多达十余个，详见下表。

诗人家族一览表

家族	成员	亲属关系	籍贯
康氏家族	康阜、康海、康万民	祖孙、兄弟	武功
王氏家族	王九思、王九峰	兄弟	鄠县
韩氏家族	韩邦奇、韩邦靖	兄弟	朝邑
吕氏家族	吕经、吕颛、吕顒	伯侄、父子、兄弟	宁州

---

① 雍正《陕西通志》卷三三"明武会举"条载："万历三十五年丁未科，张我英，西安左卫人，副将。"其下有小字注文云"《明会典》无武进士之称，故《西安府志》亦云'武会举'"。

续表

家族	成员	亲属关系	籍贯
南氏家族	南大吉、南逢吉、南轩、南宪仲、南师仲	祖孙、父子、伯侄、兄弟	渭南
王氏家族	王维桢、王庭诗、王庭諆	祖孙侄、兄弟	华州
乔氏家族	乔世宁、乔因阜	父子	耀州
周氏家族	周宇、周传诵	父子	咸宁
文氏家族	文运开、文在中、文在兹、文氏	祖孙、父子、父女、兄弟	三水
来氏家族	来聘、来儼然、来复	伯侄、父子	三原
武氏家族	武用望、武氏	父女	宁州

《周雅续》提供的这些信息为我们研究明代陕西的文学家族提供了很好的线索。尽管由于《周雅续》秉承生者不录的原则，有些家族中今有作品存世的一些诗人并未收录在内，如渭南南氏家族的南居益，三水文氏家族中的文翔凤、文毓凤兄弟，三原来氏家族的来临等，但是仍可以循着《周雅续》提供的线索，进而加以拓展性研究。

第三节　明代陕西诗人资料宝库

《周雅续》82位作者名下皆附一小传，涉及姓名、字号、籍贯、科考、官职等信息。孟子云"知人论世"，这些小传为读者阅读诗歌作品、了解诗歌创作背景，提供最为便捷的信息来源。虽然叙述简略，每条仅二十字左右，且限于条件，有些诗人的字号、官职等信息空缺，但仍可视为了解明代陕西诗人群体的珍贵资料。尤其是那些别集无存、早已湮没在文献深处的"隐蔽"作家，恰恰是借此诸多小传中的只言片语，才得以知晓其字号、科考等相关信息。这些信息对于考察作者生平、编写地方艺文志、撰写地域文学史都有着无可替代的宝贵价值。

一　保存了"隐蔽"作者的字号信息

刘凤池小传云：

>　　刘凤池，字■■①，号东陵，渭南人。嘉靖乙未进士，官■■。②

　　查之史志，记载刘凤池生平事迹较为详细的资料是光绪《新续渭南县志》卷八："刘凤池，字文甫，郭许里人。魁体英质，倜傥不群。……为学官弟子，会肃宗皇帝行选贡法，得超次就学国子，中顺天乡试七人，成进士高第，声称遍縠下。历试高平、章印二邑，时边事未萌，乃独缮城池，教武勇，士气律振。又著兵略十数篇以见志。寻升工部主事，亡何，北虏果深入，朝议亟求韬略士，太宰许公知其才，奏改兵部职方，赞画宣大军务。……凤池既负文武才名，事事又多超出常调，会考察，内诸司遂以妒口谪。未几，以疾终，识者惜之。所著有《东陵集》。文在班马间，诗汉魏盛唐间。刻在西安郡中。"③ 内容涉及字、籍贯、科考、仕履、著述等信息，然未言及其号。此外，道光《重辑渭南县志》卷十五、乾隆《西安府志》卷四三、道光《济南府志》卷二七、雍正《陕西通志》卷五九、雍正《泽州府志》卷三三、康熙《章邱县志》卷四等亦载其生平，但均未提及其号。据此小传可知刘凤池号"东陵"，与光绪《新续渭南县志》所载其别集名《东陵集》相吻合。据此亦可推断出明张光孝《杂歌三十二首》之第二十四首所咏"渭南刘东陵"者，即为刘凤池。诗曰："渭南刘东陵，摘词甚英爽。西京旧大家，似也窃余响。"④

李一元小传云：

>　　李一元，字伯会，号■■⑤，咸宁人。嘉靖间官长史。⑥

　　记载李一元的资料甚少，万历《四川总志》卷二《蜀府·官僚·长

---

① "■■"，底本原为长条形墨丁，约缺二字。
② （明）贾鸿洙辑：《周雅续》卷九，明崇祯刻本，第31页 a。
③ 光绪《新续渭南县志》卷八中《宦业》，《中国地方志集成·陕西府县志辑》，凤凰出版社2007年影印本，第13册，第497页下栏。
④ （明）张光孝：《左华丙子集》卷九，《四库未收书辑刊》，北京出版社2000年影印本，第6辑，第21册，第429页下栏。
⑤ "■■"，底本原为长条形墨丁，约缺二字。
⑥ （明）贾鸿洙辑：《周雅续》卷九，明崇祯刻本，第28页 b。

史》云："李一元，陕西人。"① 嘉庆《咸宁县志》卷十五著录其《李初冈诗集》。上述资料中未见其字号的明确记载。此小传可补史阙。由此亦可知明刘储秀《刘西陂集》卷二《送左史李伯会之蜀》一诗，当为作者赠别李一元之作。

罗廷绅小传云：

> 罗廷绅，字□□②，号小山，淳化人。嘉靖癸丑进士。官大府。③

记载罗廷绅生平较为详细的资料当属乾隆《淳化县志》卷二十："罗廷绅，字公书，嘉靖丙午科举人，癸丑科进士。由主事历任至四川保宁府知府，赞其兄廷绣成本县志，留心金石遗迹，不致泯没，士大夫博学好古略见一斑。所著有《小山志》不传，其状志亦无考。"④ 然未载其号，他籍亦未载，《周雅续》小传云号"小山"，与其著作名《小山志》相吻合。

邵升小传云：

> 邵升，字■■⑤，号东溪，凤翔人。嘉靖■■乡贡。官■■。⑥

明康海《对山集》卷四四《有明诗人邵晋夫墓志铭》是记载邵升生平较为完整的资料，然未提及其号，其他典籍亦未记载。据此小传知邵升号"东溪"。

王道纯小传云：

> 王道纯，字希文，号熙宇，长安人。万历甲戌进士。官宪副。⑦

---

① 万历《四川总志》卷二，《四库全书存目丛书》，齐鲁书社1996年影印本，史部，第199册，第225页上栏。
② "□□"，底本此处为空格。
③ （明）贾鸿洙辑：《周雅续》卷十，明崇祯刻本，第31页a。
④ 乾隆《淳化县志》卷二十《士女志》，《中国地方志集成·陕西府县志辑》，凤凰出版社2007年影印本，第9册，第508页下栏。
⑤ "■■"，底本原为长条形墨丁，约缺二字。
⑥ （明）贾鸿洙辑：《周雅续》卷十，明崇祯刻本，第32页a。
⑦ （明）贾鸿洙辑：《周雅续》卷十四，明崇祯刻本，第14页b。

记载王道纯生平信息的资料甚少,仅康熙七年《长安县志》卷七、雍正《四川通志》卷三十、雍正《陕西通志》卷七五等几处,均没有关于其号的记载。此小传可补史阙。

李时芳小传云:

> 李时芳,字惟荣,号两山,武功人。万历甲戌进士。官观察。①

记载李时芳生平信息的资料有雍正《陕西通志》卷三十、光绪《岢岚州志》卷十一、雍正《河南通志》卷三二、《明神宗实录》等,然未见提及其字,据此小传知李时芳字"惟荣"。

费逵小传云:

> 费逵,字伯鸿,号■■②,咸宁人。万历壬午乡贡。官州守。③

记载费逵生平著述的资料还有雍正《陕西通志》卷三一、乾隆《西安府志》卷四三、光绪《湖南通志》卷一一八、嘉庆《咸宁县志》卷十五等,但均未载其字号。此小传载其字"伯鸿",可补史阙。

周传诵小传云:

> 周传诵,字叔远④,号达庵,咸宁人,宇子。万历己丑进士。官方伯。⑤

记载费逵生平的资料还有嘉庆《咸宁县志》卷十五、嘉庆《咸宁县志》卷二十、雍正《陕西通志》卷六十、明冯从吾《少墟集》卷二、明冯从吾《关学编》卷六、《礼部志稿》卷四二、《礼部志稿》卷四四等,然均未载其号。则此小传可补史阙。

韩期维小传云:

---

① (明)贾鸿洙辑:《周雅续》卷十四,明崇祯刻本,第13页b。
② "■■",底本原为长条形为墨丁,约缺二字。
③ (明)贾鸿洙辑:《周雅续》卷十五,明崇祯刻本,第19页b。
④ 雍正《陕西通志》卷六十、乾隆《西安府志》卷三四作"淑远"。
⑤ (明)贾鸿洙辑:《周雅续》卷十五,明崇祯刻本,第8页a。

第四章　文学史料价值　　　　　　　　　　　　　91

> 韩期维，字光宋，号梅野，鄠县人。万历甲辰进士。官县令。①

记载韩期维生平的资料还有雍正《陕西通志》卷三十、康熙《新郑县志》卷二、乾隆《鄠县新志》卷四、嘉庆《东昌府志》卷二一、清万斯同《明史》卷一三五、《千顷堂书目》卷十二、明梁君旭《元扈山房集》卷十九等。由上述资料可获知韩期维字、籍贯、科考、仕履、著述等信息，但其号则未见记载，故《周雅续》小传可补史阙。

张我英小传云：

> 张我英，字■■②，号西华，西安卫人。万历间贰师。③

张我英之生平信息，史料记载甚少，可资利用者有：雍正《陕西通志》卷三三"明武会举"条万历三十五年丁未科："张我英，西安左卫人，副将。"④ 雍正《陕西通志》卷七五："《武经注解》，副将长安张我英撰。"⑤ 嘉庆《咸宁县志》卷十五："《窥豹集》《七书张注》，明张我英撰。"⑥ 上述资料言及张我英之籍贯、官职、著述情况，但未载其字号信息，据此小传可知其号为"西华"。又，上述资料云张我英官"副将"，与《小传》之"贰师"亦吻合。按：《周雅续》中的官职名皆以古称，"贰师"，这里可理解为中国古代武职官衔的统称。

二　特别记录了科考优异者及少年中式者的信息

除记录作者是否为举人、进士的信息外，小传中还特别注明那些科考优异者如解元、状元等的信息，如《周雅续》卷十温纯小传云："嘉靖甲子解元。"卷十乔因阜小传云："隆庆戊辰会魁。"卷十周鉴小传云："嘉

---

① （明）贾鸿洙辑：《周雅续》卷十五，明崇祯刻本，第39页b。
② "■■"，底本原为长条形墨丁，约缺二字。
③ （明）贾鸿洙辑：《周雅续》卷十六，明崇祯刻本，第32页a。
④ 雍正《陕西通志》卷三三《选举四·武科》，《文渊阁四库全书》，商务印书馆（台北）1986年影印本，第552册，第829页下栏。
⑤ 雍正《陕西通志》卷七五《经籍第二》，《文渊阁四库全书》，商务印书馆（台北）1986年影印本，第555册，第505页下栏。
⑥ 嘉庆《咸宁县志》卷十五《经籍志》，《中国地方志集成·陕西府县志辑》，凤凰出版社2007年影印本，第3册，第188页上栏。

靖壬子解元。"卷十四王庭譔小传云:"万历庚辰探花。"卷十四刘复初小传云:"万历壬午解元。"并对少年中式者考取举人或进士的年纪作了记载,如卷一李梦阳小传云"弘治壬子解元,年二十一";卷九赵时春小传云"嘉靖丙戌会元,年十八";卷十王庭诗小传云"乡贡,时年十六";卷十一文在中小传云"隆庆庚午解元,年十九";卷十四王庭譔小传云"隆庆庚午乡贡,年十七"。这些信息可为作者的生平研究提供有价值的参考资料。

综上所述,要系统研究明代陕西诗歌史及明代陕西诗人群体,《周雅续》是最宝贵的文献之一。

第五章

文献辑佚价值

明代陕西作家数量迄今未有精确统计，杨挺《明代陕西作家研究》一文依据雍正《陕西通志》之《艺文志》及《陇右著作录》中所收录的本地作家，并参考了众多的陕西地方志，搜罗出明代陕西曾有著作问世或仍有作品存世的作家429人。① 然而实际上，明代陕西作家的数量一定不止这个数目，仅《周雅续》一书收录的82位作者中，即可为之增补19位，如邵升、李时芳、刘复初、朱惟燿、文在兹、武用望、罗廷绅、来聘、李一元、文运开、韩期维等。上述作者之所以未受关注，主要是由于无别集问世或别集今已失传。笔者查阅明清文集、史书、方志、墓志铭及各种古今公私书目中与《周雅续》收录82位作者相关的资料记载，目前可确知曾有诗文集问世者73位。再根据今人所编各种图书目录、国外知名图书馆藏书目录，结合对国内各大图书馆的实际考察及藏书电子目录的检索，目前可确知今有诗文专集存世者43位，已失传者30位。上述无别集问世或别集失传者，其作品多赖《周雅续》得以保存。此外，《周雅续》中还有溢出作者今存别集之外的诗作25篇。

第一节　可为传世别集辑补集外作品

《周雅续》收录某些诗人的作品，有溢出其今存别集者，可为其今存别集辑补。如以下两位作者：

朱敬鐩（生卒年不详），字进父，号志川，秦愍王樉八世孙，万历中为奉国中尉。《四库全书总目》卷一七九存目著录《梅雪轩诗稿》四卷。

---

① 参见杨挺《明代陕西作家研究》，硕士学位论文，上海师范大学，2007年，第2页。

《周雅续》卷十五录其诗三首，其中《九日诸吟社雨中登南城楼》一诗不载于《梅雪轩诗稿》中。①

赵崡（生卒年不详），字子函，一字屏国，号敦物山人，盩厔人。万历三十七年（1609）举人。②后屡次应考进士不中，遂放弃科考，致毕生精力于金石学。家有傲山楼，藏书万卷。居近周秦汉唐故都，古金石名书多在。时跨一驴，携拓工，挟楮墨，每遇片石阙文，必坐卧其下，手剔苔藓，椎拓装潢，援据考证。略仿欧阳公、赵明诚、洪丞相三家，著《石墨镌华》。自谓穷三十年之力，多都玄敬、杨用修所未见。《四库全书总目》卷八六著录《石墨镌华》六卷、附录二卷。乾隆《盩厔县志》卷八另著录有《植品偏园记》《计偕草》《园居十首》《和王蘧伯五咏》，今未见。《石墨镌华》附录二卷专录赵崡自撰诗文，其中诗32首，而《周雅续》收录赵崡诗作亦为32首，但24首溢出《石墨镌华》之外。将二者集中而去重复，则可为赵崡编成诗文集新辑本。

此外，《周雅续》卷首有文翔凤撰写的序文一篇。前文已考，文翔凤的传世诗文集有成书于万历年间的《文太青全集》53卷及后人抄录的《文太青文集》2卷等多部，而其撰写于崇祯三年的《周雅续序》并未收录于上述存世别集中。此序文约三千余字，不仅阐述了《周雅续》的编纂宗旨及成书过程，还交代了选录作者的标准，并对明代陕西诗歌创作发展做出简单总结，反映出文翔凤本人的一些诗学观点，是研究文翔凤诗学思想不可多得的资料，因而可作为作者存世别集的很好补充。

第二节　可为失传别集的作者整理出辑佚本

目前确知，在《周雅续》收录的82位诗人中，曾有别集问世而今已

---

① 按：此据《四库全书存目丛书》影印明万历兰亭书坊王灿刻本《梅雪轩诗稿》。

② 《四库全书总目》卷八六《史部》四二云："崡，字子函，盩厔人，万历乙酉举人。"（中华书局1965年版，第739页。）按：万历乙酉即万历十三年（1585）。而《周雅续》卷十六小传云："赵崡字屏国，号季石，盩厔人。万历己酉乡贡。"雍正《陕西通志》卷三一云："万历三十七年己酉科，赵崡，盩厔人。"《列朝诗集》丁集第十云："万历己酉领乡荐，不第。"乾隆《盩厔县志》卷八云："万历己酉与侄于逵同举于乡。"又据雍正《陕西通志》卷三十《选举一》，赵崡之侄赵于逵为万历三十七年己酉科进士。综上，赵崡当为万历三十七年己酉（1609）科举人，《四库全书总目》之"乙酉"乃"己酉"之误。

第五章　文献辑佚价值

失传者30人，而《周雅续》就成了存留这些诗人作品较多的宝贵文献，共录存这些作者的诗赋作品885篇，兹按收录数量为序列表如下：

录存诗文集失传作者的作品数目一览表

作者	失传别集	书目文献著录	《周雅续》录存作品数	其他典籍录存诗赋作品数目	合计（各典籍中重复者不计）
文在中	《观宇》《天雅》《天经》《天典》《天引》《天朔》《天极》《观宙》①	雍正《陕西通志》卷七五	诗367、赋2	《华岳全集》卷十一存诗1，同治《三水县志》卷十一存诗1，卷十二存赋1	370
王图	《醉绿馆集》	雍正《陕西通志》卷七五	诗121	乾隆《续耀州志》卷九存诗4，万历《兰溪县志》卷六存诗2	121
	《王文肃公文集》	《牧斋初学集》卷三十			
王鹤	《见薇堂集》	雍正《陕西通志》卷九六	诗69	雍正《陕西通志》卷九六、卷九七各存诗1，《关中两朝诗钞》卷三存诗3，《皇华集》存诗59②	114
南宪仲	《广川集》	雍正《陕西通志》卷七五、道光《重辑渭南县志》卷十一、《千顷堂书目》卷二五、万斯同《明史》卷一三七	诗59	《华岳全集》卷九存诗1，卷十一存诗6	66
葛节妇	《君子堂集》《幽居草》	雍正《陕西通志》卷七五、乾隆《淳化县志》卷二二	诗26、赋11	《列朝诗集》存赋9、诗2	37

---

① 据雍正《陕西通志》卷七五《经籍第二》，文在中著有《观宇》《观宙》《天经》《天典》《天雅》《天引》《天朔》《天极》等八部著作。由于原书失传，今不可考其是否皆为诗文著作。据同治《三水县志》及文翔凤《周雅续序》等资料，《观宇》《天雅》二集当为诗文著作。

② 本书所据为《四库全书存目丛书》影印明代朝鲜官府编铜活字印本《皇华集》，此书收录王鹤出使朝鲜期间创作的诗作59首，其中与《周雅续》收录的诗作重复者有17首。

作者	失传别集	书目文献著录	《周雅续》录存作品数	其他典籍录存诗赋作品数目	合计（各典籍中重复者不计）
吕颛	《芹谷集》	乾隆《甘肃通志》卷三五	诗24	《岱史》卷十六存诗2，《嵩书》卷十五存诗2，万历《襄阳府志》卷四六存诗1	29
王道纯	《王道纯文集》	雍正《陕西通志》卷七五	诗22	未见	22
周宇	《槐村集》《委巷录》《园与目游》	雍正《陕西通志》卷七五	诗22	雍正《陕西通志》卷九六存诗1，康熙七年《咸宁县志》存诗15，《华岳全集》存诗2，《杨忠介集》存诗1	39
刘绍基	《听溪山房集》《太岳行吟集》《扪虱散谈》《画舫谈余录》《唾玉》	雍正《陕西通志》卷七五、安康市地方志编纂委员会编《安康县志》	诗21	《山南诗选》存诗2，乾隆《兴安府志》卷二七存诗2	23
武恭人	《交爱轩集》	《陇右著作录》	诗20[①]	《列朝诗集》闰集第四存诗8，《御选宋金元明四朝诗》存诗5	20
武之望	《扣缶集》《鸡肋编》《海防要疏》	雍正《陕西通志》卷七五	诗19	乾隆《临潼县志》卷八存诗2	21
张问仁	《闷子集》《河右集》	乾隆《西宁府新志》卷二七、《陇右著作录》	诗15	乾隆《西宁府新志》卷四十存诗11，《皇明诗选》卷九存诗1	27

[①] 按：《周雅续》《列朝诗集》收录的武恭人作品皆包括其《如梦令》词1首，文字无差异。此二集皆为诗总集，又广义之诗体亦包括词，故本书统计《周雅续》收录作品总量及武恭人存世作品数量时，亦将此篇归入诗作之列。另，《明词综》收录武氏同题之作《如梦令》1首，与此篇文字略有不同。

第五章 文献辑佚价值

续表

作者	失传别集	书目文献著录	《周雅续》录存作品数	其他典籍录存诗赋作品数目	合计（各典籍中重复者不计）
李三才	《双鹤轩诗集》《鹬鹩轩集》《灼艾集》《无自欺堂稿》《诫耻录》	万斯同《明史》卷一三七 康熙《通州志》卷十	诗15	《明诗综》存诗6，《列朝诗集》存诗5，《明诗纪事》存诗2，《明诗别裁集》存诗1	19
管楫	《平田诗集》	《四库全书总目》、《续文献通考》著录为"平田诗集"、《千顷堂书目》著录为"平田稿"	诗14	雍正《陕西通志》卷九二存诗1，康熙七年《咸宁县志》卷八存诗3	18
文运开	《江汉集》《京野集》	雍正《陕西通志》卷六三	诗12	未见	12
南逢吉	《姜泉集》《越中述传》	雍正《陕西通志》卷七五	诗7	《关中两朝诗钞》卷三存诗1	8
王九峰	《白阁山人遗稿》	《千顷堂书目》卷二二、万斯同《明史》卷一三六、雍正《陕西通志》卷七五	诗5	未见	5
李一元	《李初冈诗集》	嘉庆《咸宁县志》卷十五	诗5	未见	5
张我英	《窥豹集》	嘉庆《咸宁县志》卷十五	诗5	未见	5
王庭诗	《长春圃稿》《秀岩诗稿》①	雍正《陕西通志》卷七五	诗4	《华岳全集》卷十一存诗1	5
吕经	《使边录》《谏垣存稿》《节孝堂集》	《陇右著作录》	诗3	未见	3
刘凤池	《东陵集》	道光《重辑渭南县志》卷十一	诗3	康熙《章邱县志》卷十一存诗6	9
周传诵	《薜萝山房集》	嘉庆《咸宁县志》卷十五	诗3	《嵩书》存诗3，《少墟集》卷十存诗6	12

---

① "秀岩诗稿"，康熙《续华州志》卷三著录为"秀岩阁诗"。

续表

作者	失传别集	书目文献著录	《周雅续》录存作品数	其他典籍录存诗赋作品数目	合计（各典籍中重复者不计）
吕颛	《定原集》《省垣稿》	《陇右著作录》卷五	诗2	光绪《获鹿县志》卷六存诗1，《三关志》存诗4，《蜀中广记》卷五十八存诗1	8
盛讷	《玉堂日记》《闻见漫录》《定敏轩集》	《千顷堂书目》卷五 雍正《陕西通志》卷七五	诗2	《华岳全集》卷十三存诗4	6
费遴	《归来轩稿》	嘉庆《咸宁县志》卷十五	诗2	未见	2
来聘	《云峰近稿》	乾隆四十八年《三原县志》卷十八	诗2	未见	2
罗廷绅	《小山志》	乾隆《淳化县志》卷二十	诗1	未见	1
左思忠	《石皋集》	雍正《陕西通志》卷七五	诗1	《华岳全集》卷七、光绪《栖霞县续志》卷十、康熙《蒲城县志》卷四、乾隆《续耀州志》卷九各存诗1	5
韩期维	《蒯缑集》《晴窗缀语》《三益馆稿》	乾隆《鄠县新志》卷四	诗1	乾隆《鄠县新志》卷六存诗3	4

在上列诸人中，文运开、吕经、王九峰、李一元、张我英、来聘、费遴、罗廷绅等8人的诗作仅保存于《周雅续》中，而文在中、王图、王鹤、南宪仲、葛节妇、吕颛、王道纯、周宇、刘绍基、武恭人、武之望、张问仁、李三才、管楫、南逢吉、王庭诗等16人保存于《周雅续》中的作品，其数量远远多过保存于其他总集、选本及各种地方志中的。这些作品多为今天还能够了解明代陕西诗人群体创作情况的重要资料，有些甚至是唯一的，则其所具有的诗学文献及地域文学史料价值之高，可不言而喻。依据这些作品，可为上述别集已佚的作者编辑诗文集的新辑本。

此外,《周雅续》卷首有贾鸿洙撰写的自序一篇。前文已考,贾鸿洙著有《鹤鸣堂四书圣谛测》三十八卷,今已不存。光绪《保定府志》卷五四称其享"关西夫子"之誉,文翔凤所撰序文中有"贾子《齐》《鲁》《毛》《韩》之学以世丞,其教我邦士,既以鹤鸣诗意翼《三百》,而又欲以关中之诗教教之"云云,但由于没有诗作传世,我们无法直接了解贾鸿洙的诗学思想。而这篇撰写于崇祯五年的《周雅续自序》,约两千余字,不仅涉及《周雅续》的编纂目的、成书背景、书名含义等内容,也为我们从侧面获悉作者的诗学思想提供参考。除此序外,贾鸿洙还撰有《太微经序》《经济录序》等散篇传世,若能搜集到更多的存世作品,或可为作者整理出新的诗文集辑本。

第三节 可为无别集的作者编辑诗文集

一部分明代陕西诗人,虽曾从事过诗文创作,但未曾有别集编刊,或曾有别集编刊,但已不传世,能为今人所知所读的是仅存于总集、地方志艺文类中的零散作品。而在《周雅续》收录的82位作者中,有9人未见诗文集。

录存无诗文集问世者的作品数目一览表

作者	《周雅续》录存作品数目	其他典籍录存诗赋作品数目	备注
张才	诗1	《明诗纪事》亦载此诗,《明诗综》卷四八另存诗2	《静志居诗话》卷十二云:"元美评茂参诗比之'荒伧渡江'。茂参之言曰:'自六义辍讲,而诗教浸衰,五传异观,而文体渐裂,今昔殆不相及矣。务艰者气郁而不信,乐易者神涣而弗耀,侈博者意累而靡洁。至或思不通圆,而极貌摹仿,识未周洽,而委心剽敚,支戾勿经,踳驳可厌,篇帙虽富,岂足称哉?'其意亦似不满于瑯琊、历下二子,度其集必有可观,而惜其罕传。里有姚叟浣,曾问蒙叟,'茂参何名。'蒙叟不能答。则其论诗之旨,闻之者益鲜矣。"[①] 按:茂参,张才字。元美,王世贞字。瑯琊、历下二子,指王世贞、李攀龙。蒙叟,钱谦益号。由此段文字可知,张才似曾有别集问世,然甚为"罕传",甚至钱谦益都不知其人。

[①] (清)朱彝尊著,黄君坦点校:《静志居诗话》卷十二,人民文学出版社1990年版,第354页。

续表

作者	《周雅续》录存作品数目	其他典籍录存诗赋作品数目	备注
周鉴	诗 17	《华岳全集》卷十一另存诗 1，《嵩书》卷十五另存诗 1	周鉴为赵时春之婿，曾刻印赵时春《浚谷先生集》，并撰有序文。明王世贞称其"才华畅茂，学行渊淳，握篆而精神一新。"①《皇明三元考》载其"治《诗》，年二十三，癸丑进士"。② 无别集。
邵升	诗 2	未见	《皇明三元考》卷九载其为"正德二年丁卯科解元"，"治《诗》"。康海《有明诗人邵晋夫墓志铭》云："晋夫（邵升字）平日所著有文章若干篇，诗若干首，小大乐府若干阕，《诗大旨》、《春秋会义》、《大学衍义》随录及补遗、十七史抄节、诗评、日纪若干卷。晋夫亦可以不死矣。"③ 按：从康海的叙述来看，邵升有诗文等著述若干，但是否编定结集则不详，史志资料及古今书目未见记载。
李时芳	诗 4	《关中两朝诗钞》卷五另存诗 1，光绪《岢岚州志》卷十二另存诗 1	李时芳，字惟荣，号两山，武功人。隆庆四年举人，万历二年进士，历官李河南府知府、山西岢岚道按察副使。参见雍正《河南通志》卷三二、雍正《陕西通志》卷三十。各种书目及文献未载其是否有别集。
刘复初	诗 2	未见	刘复初为万历十一年进士，官至太常卿。考察现存相关文献，知当时人赵南星、郭正域、汤显祖、乔因阜均曾与其交游，然未载其有别集问世。
朱惟燿	诗 9	《华岳全集》卷八另存诗 4	朱惟燿，字伯明，明朝宗室成员。清顾炎武《朱子斗诗序》云："余闻万历以来宗室中之文人莫盛于秦，秦之宗有七子……七子者，惟燿伯明、惟炡叔融、……怀籥季风、谊瀞伯闻与子斗为七，皆号能诗。"④ 然各种书目及文献未载其是否有别集。
文在兹	赋 1 诗 4	未见	文在兹，文在中之弟，万历二十九年进士，选庶吉士。各种书目及文献未载其是否有别集。
武用望	诗 3	未见	康熙《宁州志》卷三《人物》云："（武用望）名借甚，诗文翰墨至今人人仰服。"然各种书目及文献未载其是否有别集。

---

① （明）王世贞：《弇州四部稿》卷一〇七《荐举贤能方面官员疏》，《文渊阁四库全书》，商务印书馆（台北）1986 年影印本，第 1280 册，第 700 页上栏。

② （明）张弘道等辑：《皇明三元考》卷十一，《四库全书存目丛书》，齐鲁书社 1996 年影印本，史部，第 271 册，第 172 页下栏。

③ （明）康海著，金宁芬校点：《对山集》卷四四，社会科学文献出版社 2016 年版，第 574 页。

④ （清）顾炎武撰，华忱之点校：《顾亭林诗文集》，中华书局 1983 年第 2 版，第 34 页。

续表

作者	《周雅续》录存作品数目	其他典籍录存诗赋作品数目	备注
康万民	诗3	雍正《陕西通志》卷九六另存诗1	《四库全书总目》著录其《璇玑图诗读法》一卷，系作者增读苏蕙织锦回文诗而作。《善本书室藏书志》卷二十三著录其《读织锦回文法》一卷，云"四库著录亦即是书"。另，《澹生堂藏书目》卷十二著录其《织锦回文诗谱》二卷，《八千卷楼书目》卷十五著录其《璇玑图诗读法》一卷，雍正《陕西通志》卷七五著录其《增读织锦回文诗》一卷。以上文献著录的书名、卷数虽异，但当皆指同一书。除此集外，相关文献皆无康万民自撰诗文集的记载。

上列诸人中，邵升、武用望、刘复初、文在兹等4人的诗作仅保存于《周雅续》中，而周鉴、李时芳、朱惟燿、康万民等4人保存于《周雅续》中的作品，其数量要多过保存于其他明诗总集选本及各种地方志中的。《周雅续》录存无别集者的作品共46篇，可为这些作者编辑诗文集。

综上，《周雅续》共录存明代陕西没有别集或有别集而已失传的39位作家的作品931首，保存部分作者的集外诗作25首。这些作品，在传世的其他文献中也多未载录，即使有重复载录的，也是很少一部分，遂使得《周雅续》在保存诸多明代陕西籍诗人的诸多作品方面的文献价值极为显著突出。

第六章

文字校勘价值

第一节 有校勘别集异文的价值

《周雅续》收录的82位作者中，43人至今有诗文集存世，如王九思、马汝骥、许宗鲁、胡缵宗、胡侍、韩邦奇、韩邦靖、王维桢、温纯、冯从吾等。其中一些创作成就较高者如李梦阳、康海、王九思、孙一元等，则有多种版本的诗文集传世。在流传过程中，不同版本多有异文产生。《周雅续》作为本朝人编辑的总集，编纂者与其中的一些作者及其后人，或很熟知，或有交往，甚或能亲眼见到在当时还存在的手稿，如文翔凤在序文中云："余自其未既冠，即受先君子手选四家诗，酬诵空同氏矣。又数年，游北地，得其初梓全编古本篇目，而章口之句为之腹也。寻又得其手墨迹一握于吕中丞之旧氏，其铁线笔，盖直逼汉石经，所见诗往往出全编外，又多见其未定草。"可知他幼时即在父亲指导下诵读李梦阳的诗作，后又阅其"初梓全编古本"及"其手墨迹"，又"多见其未定草"等。故而，对于上述诗人别集的整理研究而言，《周雅续》是校勘价值较高的参考文献。以下以王维桢、孙一元、温纯、王鹤等10位作家为例，通过比对相关别集、总集，考察《周雅续》校勘版本异文的价值。

按：以下比勘版本异文所据诗文别集有《续修四库全书》影印复旦大学图书馆藏明万历三十四年黄升、王九叙刻本《槐野先生存笥稿》，《四库全书存目丛书》影印明万历八年周鉴刻本《浚谷先生集》，国家图书馆藏明万历二十五年张睿卿刻三十九年增刻本《增定太白山人漫稿》，影印文渊阁《四库全书》本《温恭毅集》，影印文渊阁《四库全书》本《空同集》，影印文渊阁《四库全书》本《苑洛集》，《四库全书存目丛书》影印明万历年间兰亭书坊王灿刻本《梅雪轩诗稿》。为避免行文繁复，以下对各别集简称作"本集"。所据总集有《四库全书存目丛书》影印北大图书馆藏二十四卷本明代朝鲜官府编铜活字印本《皇华集》①，简称《皇华集》；中华书局2007年点校本《列朝诗集》，简称《列朝诗集》；影印文渊阁《四库全书》本《御选宋金元明四朝诗》，简称《四朝诗》；《四库全书存目丛书》影印明嘉靖至万历刻本《盛明百家诗》，简称《盛明百家诗》。

一　通过比较版本异文而有助于了解诗意

1. 因人物或地名等称谓不同而产生的异文

古人交际时很少直呼其名，有时称字、有时称号，有时称籍贯，有时则称其担任的官职。版本异文往往由此产生，综合考证异文信息，可有助于确知所指。

王维桢本集卷三四《沙河道中用懋中太史韵》一诗，《周雅续》卷九亦有收录，诗题作《沙河道中用王太史韵》，可知本集诗题上的"懋中太史"姓王。再进而查寻相关史料，知所指乃王立道，字懋中，无锡人，嘉靖乙未进士，与王维桢同年，又同选庶吉士。而王立道曾为编修，故称为"太史"。

王维桢本集卷三五《原州鱼池秋泛用王宫谕韵》一诗，《周雅续》卷九亦有收录，诗题作《原州鱼池秋泛用三渠宫谕韵》，可知"三渠宫谕"姓王。再进而查寻相关史料，知所指乃王用宾，号三渠。按：宫谕为明朝詹事府左右春坊、左右谕德之别名，王用宾于嘉靖十五年曾任"右春坊右谕德"，故有此称。

类似这样的异文，多出现在诗题中。

卷七孙一元《送彭幸庵先生赴阙》之"彭幸庵先生"，本集作"彭济物宪副"。

卷七孙一元《柬邵二泉先生》，本集题作《简邵国贤少司徒》。

卷七孙一元《费阁老先生顾与成参议同访有诗见遗依韵和答》之"费阁老先生"，本集作"费鹅湖阁老"。

卷九王维桢《赋得天宁塔赠别胡青岩同年》，本集题作《赋得天宁塔

---

① 《皇华集》为明代朝鲜政府刊刻的明朝文臣出使朝鲜期间与朝鲜文臣的唱和诗文总集，今存24部，收录明景泰元年至明崇祯六年近二百年间明朝使臣二十五次出使朝鲜的唱和之作。王鹤嘉靖二十四年至二十五年出使朝鲜所作的诗文共62篇，收录于《丙午皇华集》。

赠胡中望同年》。

卷九王维桢《春夜于草堂饮赵太洲限韵》之"赵太洲",本集作"赵孟静"。

卷九王维桢《郭氏庄游次洞山尹子韵》之"洞山",本集作"崇基"。

卷九王维桢《春日邀诸同好登毘卢阁和洞山韵》之"洞山",本集作"尹崇基"。

卷九王维桢《夏日同诸文学登都城和孙季泉韵》之"孙季泉",本集作"孙志高"。

卷十温纯《虎跑泉寺同孙枢相王李二柱史宴集次苏韵时王君将代》之"王君",本集作"王柱史"。

还有因地名称谓及用义同而用字不同而产生的异文。

卷十王鹤《渡鸭绿江》,《皇华集》题作《渡大同江》。

卷十王鹤《平壤城》,《皇华集》题作《入平壤府》。

卷十王鹤《王京迎诏》,《皇华集》题作《汉城迎诏》。

卷十温纯《送辛四景虞上春官》之"上春官",本集作"应癸未试"。

2. 因省写而产生的异文

相对于有些本集或总集来说,《周雅续》收录的同一诗作,诗题所表达的意思更完整更清晰。通过比较这种异文,对读者准确解读诗意大有帮助。

卷四李梦阳《看牡丹晚移席草堂再赠许君》,本集题作《晚移席草堂再赠许君》。

卷四李梦阳《晚过禹庙之台》,本集作《晚过禹庙》。

卷七孙一元《春晓,登越江城寄彭幸庵先生》之"春晓",本集无此二字。

卷七孙一元《月波楼为南濠陈子鱼题》之"南濠",本集无此二字。

卷十六赵崡《己亥初夏杂诗》一诗,《列朝诗集》丁集第十亦有收录,诗题作《己亥初夏》。

3. 因修改字句而产生的异文

《周雅续》刻于崇祯年间,而在今存明代陕西籍作者的别集中,有一些是早于此而成书。此后,作者对其诗作又进行了某种程度上的修辞改订，故而产生出不少异文。还有一些作者的作品在为其他明诗总集或选本收录时，其编辑者有主观性地改动，从而产生出异文。兹以《周雅续》所收录赵时春、王维桢、王鹤、朱敬鑑、乔世宁等人的诗作，与作者本集或其他总集或选本进行比勘，其中的异文有助于从多角度理解诗意。

卷九赵时春《塞上曲》一诗中"丈夫苦数奇"，本集作"丈夫悲多奇"。

卷九赵时春《杂诗赠友人》一诗中"少小喜任侠"句之"喜任侠"，本集作"悦豪放"。又"长剑远行迈"句之"远行迈"，本集作"三五尺"。

卷九赵时春《送任勇将五军营》一诗中"熊罴六甲将"句之"六甲将"，本集作"十万士"。又"戈挥星斗移"句之"戈"，本集作"剑"。又"奏凯报明时"句，本集作"复古更陈诗"。

卷九赵时春《答次扶风王令宿山墅韵》一诗中"白首谢明君"句，本集作"华首辞明君"。又"相将麋鹿群"句，本集作"非骰此物群"。

卷九赵时春《北亭雨余》一诗中"杖屦多幽兴"句，本集作"杖屦休言倦"。

卷九赵时春《通州道中》一诗中"大同桥上送归舟，通济河边恋旧游"联，本集作"大同桥下咽鸣水，通济河边芳草洲"。

卷九赵时春《固原南池泛月奉陪唐尚书与刘总戎段正郎樊兵宪同舟》一诗中"一轮明月随浪汲"句之"随浪汲"，本集作"当空立"。又"桂影光吞乌鹊桥"句之"乌鹊桥"，本集作"玻璃寒"。又"金波荡漾玻璃汁"句之"玻璃汁"，本集作"鹈鹊急"。又"金波桂影入望遥"句之"入望遥"，本集作"寂无涛"。

卷九赵时春《将兵北戍》一诗中"涿鹿雄三辅，幽燕控五湖"联，本集作"涿野横云阵，尧阶落日乌"。又"沙漠拱皇图"句之"拱皇图"，本集作"布雄图"。又"上将须方略，还应出庙谟"联，本集作"上将略闻匡，济斯文不可"。

卷九赵时春《登镇远楼》一诗中"壮士拥金貂"句，本集作"牧伯忆虞陶"。

卷九赵时春《柳湖宴集用民赡韵》一诗中"宿雾凝朝润，轻风带晚晴"联，本集作"宿雾帘仍湿，溪风水与鸣"。又"柴桑不可作，柳色郁含情"联，本集作"相邀挥彩笔，何必羡登瀛"。

卷九赵时春《次许少华中丞校阅韵》一诗中"绝塞秋高万马肥，汉家飞将肃霜威"联，本集作"燕塞秋来马欲肥，汉兵北顾思宣威"。

卷九赵时春《泾浦躬获》一诗中"烽息虎狼烟"句，本集作"人足藁穰烟"。又"社鼓连村发，边城报有年"联，本集作"炊黍同乡里，时雍乐舜年"。

卷九赵时春《冬日东郊即事》一诗中"秦川一以望，何处是长杨"联，本集作"推迁从物理，终老无何乡"。

卷九赵时春《出塞二首》第一首中"海门日射幕南庭"句之"幕南庭"，本集作"黄金殿"。又"瀛岛风牵蓟北旌"句之"蓟北"，本集作"白羽"。又"按剑君王忧不细，栖栖六月独专征"联，本集作"仙客不烦假羽翼，凌霄亡虑数途程"。第二首中"直从北面朝元后，回望中天驾六龙"联，本集作"直从北面朝群象，复道左旋乘六龙"。又"鼓吹入朝应奏凯，愧非吉甫咏清风"联，本集作"鼓吹入朝私有羡，幸同蕙草被薰风"。

卷九赵时春《书舍》一诗中"更喜烽烟息，甘为塞上翁"联，本集作"更喜息烽燧，而不患狄戎"。

卷九赵时春《和柏泉胡大参祀吴山》一诗中"羽扇轻摇长者风"之"长者"，本集作"执矩"。

卷九赵时春《至蓟》一诗中"空持龙剑吐光芒"句，本集作"独弹宝剑望遐荒"。

卷九赵时春《奉次总督何太华巡古北口过虎头山韵》一诗中"虎头山色吞辽海，燕塞霓旌卷夜云"联，本集作"唐庭正朔海东布，秦杰蜚声宇内闻"。"闻道虞廷舞干羽，须知此日重修文"联，本集作"行看蕙阶舞干羽，天生元凯奉华勋"。

卷九王维桢《琼翰流辉楼二十韵》一诗中"圣帝九重居"句之"九重居"，本集作"抚皇舆"。又"频征黄阁策"句之"黄阁"，本集作"万世"。又"时下紫泥书"句，本集作"屡下十行书"。又"片言双璧重，一札十行余"联，本集作"擎来光自绚，诵罢气还余"。又"云日明珠拱"句之"云"，本集作"瑞"。又"终然谢大夫"句，本集作"大夫谢不如"。

卷九乔世宁《捣衣》一诗中"声度陇云传雪岭"之"雪岭"，《四朝诗》本作"玉塞"。

卷九乔世宁《望九疑》一诗中"空余斑竹凄湘浦，遗恨黄陵叫鹧鸪"联，《盛明百家诗》本作"月明山鬼螭骖驾，瑟罢湘灵泪堕珠"。又"烟雨楚天常不断"句之"常"，《盛明百家诗》本作"时"。又"只愁云散九疑孤"句，《盛明百家诗》本作"片云飞去九疑孤"。

卷十王鹤《渡鸭绿江》一诗中"立马呼舟子"句之"立马"，《皇华集》作"引缆"。又"译使频相讯"句之"译使"，《皇华集》作"译吏"；"频"，《皇华集》作"传"。

卷十王鹤《义顺馆》一诗中"材官江雁列，甲士海波邻"联，《皇华集》作"材官千队列，勇士万夫邻"。

卷十王鹤《发林畔馆》一诗中"烟峦分塞国，溟海限封疆"联，《皇华集》作"乱流临塞国，歧路入封疆"。又"曙馆林横日，春亭草不霜"联，《皇华集》作"晓霁山峰日，春寒草径霜"。又"归期何日是"句，《皇华集》作"怀归滞王事"。

卷十王鹤《黄州》一诗中"江断野桥流"句之"江断"，《皇华集》作"水就"。

卷十王鹤《金郊道中》一诗中"车马入丛林"句之"丛"，《皇华集》作"平"。又"云净山光出"句，《皇华集》作"雪霁山光秀"。

卷十王鹤《泛临津江》一诗中"青山依远树"句之"依远"，《皇华集》作"明野"。又"碧水泛轻鸥"句之"轻鸥"，《皇华集》作"沙鸥"。

卷十王鹤《夜燕广远楼》一诗中"诗成还纵酒，吟眺北辰斜"联，《皇华集》作"坐来诗兴好，杯到许重加"。

卷十王鹤《登浮碧楼》一诗中"形胜俯郊埛"句之"俯"，《皇华集》作"览"。又"水国天涯远，星槎忆浊泾"联，《皇华集》作"地利从来重，何如黎庶宁"。

卷十王鹤《早登快哉亭》一诗中"登临览物华"之"览"，《皇华集》作"见"。又"江柳俱含翠"句之"俱"，《皇华集》作"初"。又"山桃尽吐花"句之"尽"，《皇华集》作"未"。又"还似五陵霞"句之"还似"，《皇华集》作"疑是"。

卷十王鹤《平壤城》一诗中"缥缈孤城接大荒"句之"孤城"，《皇华集》作"江城"；"接"，《皇华集》作"俯"。又"关山目断客心伤"之"关山"，《皇华集》作"烟波"。又"浮碧楼边江浩浩"句之"江"，

《皇华集》作"川"。又"烟波万里悲游子"句之"烟波",《皇华集》作"关山"。

卷十王鹤《游汉江》一诗中"放舸中流鼓角喧"句,《皇华集》作"金鼓楼船振地喧"。又"一时笑语出方言"句之"出",《皇华集》作"试"。又"清樽引浪浮春蚁"句之"清樽引浪",《皇华集》作"绿樽隐浪"。又"况是阳和行海外,苍苔烟树满郊园"联,《皇华集》作"自是王家形胜处,芳苔苍树满郊园"。

卷十五朱敬鑑《中都刘文夏姑苏李若樗二文学见访》一诗中"漫倚幽兰调玉轸"句,本集作"且使斗牛横剑气"。

二 据《周雅续》可知四库馆臣以违碍字而更改的文字

《四库全书》收录的明人别集是今人利用来研究较为方便的版本,然其中常出现四库馆臣以违碍字而有意改动之文字。

卷二李梦阳《胡马来再赠陈子》之诗题,《四库》本《空同集》作《再赠陈子》。又"冬十二月胡马来"句之"胡马",《四库》本《空同集》作"边马"。又"当时掘此云备胡"之"云备胡",《四库》本《空同集》作"备匈奴"。又"胡人履之犹坦途"之"胡人",《四库》本《空同集》作"匈奴"。

卷四李梦阳《帝京篇十首》其六中"胡后妆楼换上阳"句之"胡后",《四库》本《空同集》作"辽后"。又其九中"高鼻胡奴入汉关"句之"高鼻"及"胡奴",《四库》本《空同集》作"闻道"及"匈奴"。

卷四李梦阳《春暮过洪园》一诗中"墙上久悬平虏剑"句之"虏",《四库》本《空同集》作"寇"。

卷六韩邦奇《杂兴二首》其二中"谩说胡儿战骑多"句之"胡儿",《四库》本《苑洛集》作"边庭"。又"莫教丑虏渡滹沱"句之"丑虏",《四库》本《苑洛集》作"戎马"。

卷七孙一元《按察使刘元瑞惠宝剑歌》一诗中"忆昨群胡犯天纪"句之"群胡犯天纪",《四库》本《太白山人漫稿》作"边烽接天起"。

卷七孙一元《岳武穆王祠》一诗中"长驱虎旅破妖氛"句之"破妖",《四库》本《太白山人漫稿》作"荡边"。

按:以上皆为四库馆臣以违碍字有意而改者,并非严格意义上的版本之异文，比勘《周雅续》一书，可知其诗之原貌。

第二节　有纠正古今人著述中相关误解的价值

对于古今著作中的疏失误解，《周雅续》有时可起辅助匡误之作用。试举例如下。

中华书局点校本《列朝诗集》闰集第四《葛高行文》小传云：

> 葛节妇文氏，三水人。少白先生之女，光禄天瑞之姊也。有《君子亭诗赋》三百余首，手钞书六十卷。少寡自誓，作《九骚》九篇以见志，辞意典雅，称其风烈。天瑞撰《续周雅》，别载诗三十余首，盖有赋家之心，未娴声律者也。①

上海古籍出版社点校本《列朝诗集小传》闰集《葛高行文》云：

> 葛节妇文氏，三水人，少白先生之女，光禄天瑞之姊也。有君子亭诗赋三百余首，手钞书六十卷。少寡，自誓，作九骚九篇以见志。辞意典雅，称其风烈。天瑞撰续周雅别载诗三十余首，盖有赋家之心，未娴声律者也。②

按：此两处引文，内容相同，而标点断句却不同。葛高行文，即葛节妇文氏，文翔凤（字天瑞）之姊，《周雅续》中收录其诗赋共37首。此两段文字中提到的"续周雅"当指《周雅续》一书，而《君子亭诗赋》指文氏的别集，《九骚》是文氏的代表作。上述二书中涉及书名及作品，上海古籍本未加标点，中华书局本较为规范。需要指出的是，钱谦益此段文字中有两处不确切之处：其一，文翔凤曾在序文中煞费笔墨强调了《周雅续》命名不曰"续雅"而曰"雅续"的原因，前文已详论，兹不赘言。其二，《周雅续》每卷首页均题署编纂者的姓名、分工等，依次为

---

① （清）钱谦益撰集，许逸民等点校：《列朝诗集》，中华书局2007年版，第6504页。
② （清）钱谦益：《列朝诗集小传》，上海古籍出版社2008年第2版，第735页。

"北圻贾鸿洙宪仲选辑","西极文翔凤天瑞裁定","北海孙三杰淑房参阅"。可知,文翔凤只是负责该书的"裁定",而非"撰"。钱谦益和文翔凤是万历三十八年的同榜进士,且素有交往,曾为文翔凤及其父文在中、母赵氏、妻武氏拟写诰词。① 以此背景,他对《周雅续》一书的了解尚不十分准确,今人由于资料所限而出现疏失亦在所难免了。

潘荣胜《明清进士录》"文翔凤条"曰:

> 文翔凤,明万历三十八年(1610)三甲一百一十名进士。广东三水人,字天瑞,号太青。②

按:此处的"广东三水",当为"陕西三水"。明代有两个三水县,一北一南。北三水,北魏太延二年(436)设置,在今陕西彬县、旬邑一带,治所屡有迁移,蒙古至元七年(1270),因并入淳化县而废。明成化十三年(1478)九月恢复设置,治所即今陕西旬邑县。③ 南三水,明嘉靖五年(1526)五月分置南海、高要二县之地设置,属于广东府,治所即今广东三水市。④ 文翔凤籍贯为陕西三水,除《明清进士题名碑录索引》、《万历三十八年庚辰科序齿录》、雍正《陕西省志》、康熙《三水县志》等资料中明确记载外,文翔凤在《周雅续序》中提及"余父子既家中豳之隩、京师之野",亦是很好的佐证。豳,即今陕西彬县、旬邑一带。据此知《明清进士录》对文翔凤籍贯未加细辨,而将北三水误为南三水。

其他相关著述中也有将文翔凤籍贯误作广东三水者,如民国《莱阳县志》卷三云:"文翔凤,号太青,广东三水,进士,三十九年任。……升南京吏部主事,祀名宦祠。"⑤ 按:据号太青、三十九年任莱阳县令、升南京吏部主事等信息,可知此文翔凤即陕西三水文翔凤,此处误作

---

① 参见(清)钱谦益著,钱曾笺注,钱仲联标校《牧斋初学集》卷九八《山西布政使司提学右参议兼按察司佥事文翔凤授朝议大夫》,上海古籍出版社1985年版,第2053—2055页。

② 潘荣盛:《明清进士录》,中华书局2006年版,第632页。

③ 参见《魏书》卷一〇六下《地形志》、《隋书》卷二九《地理志》、《元和郡县图志》卷三《关内道三》、《元史》卷六〇《地理志》、《明史》卷四二《地理志》。

④ 参见(明)曹学佺《名胜志》、《明史》卷四五《地理志》。

⑤ 民国《莱阳县志》卷三《人事志一·人物上》,《中国地方志集成·山东府县志辑》,凤凰出版社2004年影印本,第53册,第348页下栏。

"广东三水"。清秦瀛《己未词科录》卷七云："王祚兴，字遇于，山西永宁人。康熙丁未进士，授广东三水县知县，历官至户部郎中、湖广提学佥事。"①后引王士禛《居易录》云："族侄祚兴尝知三水县，云文太青光禄家婢皆能诗，曾得其倡和一卷，许贻予。又贻太青书扇一字画，甚奇怪，诗是《携内登文昌阁》，有句云'酒盃好换中黄老，侍女都看萼绿花'。"②按：此处文太青光禄，显然指三水文翔凤。又，同治《三水县志》卷三"国朝知县"条云："王祚兴，康熙年间任。"③据此知《己未词科录》中的"广东三水"系"陕西三水"之误。今人编著《岭南历史文献》云："三水文翔凤有《东极篇》，不分卷。"④按：将文翔凤著作误归入岭南文献，显然此处的"三水"亦被误解为广东之三水。

雍正《陕西通志》卷七五云：

《逸园新诗》一卷，耿志炜撰。《序》曰：孟诸清骨淡性，得之天然。年来结庐山中，遨荡于云林烟壑之间，亦复翩跹。但有会心处，辄成吟咏。至于榻边水月，枕上松风，鸟语花飞，皆为韵谱，视向者簪被中韵语，更觉潇洒飞流。余既汇为一帙，复请梓之，以广其传。题曰《逸园新诗》。逸园，即孟诸结庐处也。本书康万民序。⑤

按：耿志炜，字明夫，武功人。万历四十一年（1613）进士，授荆州府推官，擢吏部，以宦监用事请告归。崇祯二年（1629）再起铨衡，内励冰操，外营剧务，寻升提督四译馆少卿，以母老告归，卒于家。事迹见雍正《陕西通志》卷五七下。《四库全书总目》卷一八〇集部别集类存目七著录其《逸园新诗》一卷、《咏怀诗》一卷。《逸园新诗》今有《四库全书存目丛书》影印本较为易见，此书卷首有他人所撰序文两篇及作

---

① （清）秦瀛：《己未词科录》卷七，《续修四库全书》，上海古籍出版社1996年影印本，第537册，第213页下栏。
② （清）秦瀛：《己未词科录》卷七，《续修四库全书》，上海古籍出版社1996年影印本，第537册，第213页下栏。
③ 同治《三水县志》卷三《职官》，《中国地方志集成·陕西府县志辑》，凤凰出版社2007年影印本，第10册，第563页下栏。
④ 罗志欢：《岭南历史文献》，广东人民出版社2006年版，第112页。
⑤ 雍正《陕西通志》卷七五《经籍第二》，《文渊阁四库全书》，商务印书馆（台北）1986年影印本，第555册，第540页。

者自序一篇，一为练国事撰，未署时间，另一篇即雍正《陕西通志》所谓的"康万民序"，题署时间为崇祯壬申即崇祯五年（1632），[①] 而作者自序的题署时间为崇祯六年（1633）。[②]

康万民，字无渗，武功人，康海之孙。万历间诸生，生卒年不详。《周雅续》卷十六收录其诗三首。前文已考，《周雅续》一书最迟在崇祯三年（1630）已经编定成稿，崇祯五年左右刻印成书，且该书收录作者的原则是生者不录。由此可知，《周雅续》收录作者的卒年最迟应不晚于崇祯三年。若《逸园新诗》的序文由康万民撰，则康万民至少在崇祯五年尚在人世，显然是不符合《周雅续》一书的选录原则的。细辨该序题署，乃"同社康禹民水衡书"[③]，因序文以行草书写，雍正《陕西通志》的编撰者将误"禹"认作"万"，故有此误。又按：康禹民，武功人，康万民之弟。据民国《武功县志》，康禹民字水衡，与题署吻合，则序文撰写人应为康禹民。

《列朝诗集》丁集第十六"文少卿翔凤"条云：

  翔凤，字天瑞，三水人。……天瑞父在兹举万历甲戌进士，以程文奇异为礼官所纠，遂不复仕。作《梅花诗》至万五千言，讲德摛词，以奥古为宗。[④]

清张岱《石匮书》卷二○三：

  文翔凤，字天瑞，三水人。……天瑞父在兹举万历甲戌进士，以程文奇异为礼官所纠，遂不复仕。作《梅花诗》至万五千言，盖在

---

① 参见耿志炜《逸园新诗》卷首，《四库全书存目丛书》，齐鲁书社1997年影印本，集部，第185册，第489页。

② 参见耿志炜《逸园新诗》卷首，《四库全书存目丛书》，齐鲁书社1997年影印本，集部，第185册，第491页。

③ 参见耿志炜《逸园新诗》卷首，《四库全书存目丛书》，齐鲁书社1997年影印本，集部，第185册，第490页。

④ （清）钱谦益撰集，许逸民等点校：《列朝诗集》丁集第十六，中华书局2007年版，第5995页。

兹摘词以奥古为宗。①

清邹漪《启祯野乘一集》卷七：

> 公名翔凤，字天瑞，……公父在兹起家进士，神庙时以程文奇为礼官所纠，遂不复任。作《梅花诗》至万五千言。②

清平步青《霞外捃屑》卷四：

> 文光禄父在兹，以程文奇为礼官所纠，遂不复仕。作《梅花诗》至万五千言。③

按：以上诸书皆言文翔凤之父为文在兹，前文已考，文翔凤之父为文在中。除康熙《三水县志》卷三、《皇明三元考》卷十二、《万历三十八年庚戌科序齿录》等资料明确记载外，《周雅续》一书可提供最有力的佐证。文翔凤在《周雅续序》中多次提及"先君子"，并选录其诗作三卷，对选录诗作数量如此之多，文翔凤在序文中有所说明："万历诗则始自先君子《天雅》，不可选其《天雅》之未梓者，尚填箱不可胜收也。其七言律体之千二百篇者行其三之一，五题而篇四百；七言古体行其二，二篇而字三万；而聊附其赠遗一篇五千字，为三卷。表一代之大家，实铸唐宋而一之，以翼经明道之作也。"④ 由此叙述可知，此先君子之作正是《周雅续》卷十一至卷十三所录者。而卷十一正文前作者小传云："文少白，讳在中，字德充，三水人，豳风翁子。"⑤ 可知，此"先君子"乃文在中。而文在兹则收录于《周雅续》卷十五，其小传云："文在兹，字德

---

① （清）张岱：《石匮书》卷二〇三《文苑列传下》，《续修四库全书》，上海古籍出版社1996年影印本，第320册，第152页。
② （清）邹漪：《启祯野乘一集》卷七《文光禄传》，《四库禁毁书丛刊》，北京出版社2000年影印本，史部，第40册，第494页上栏。
③ （清）平步青：《霞外捃屑》卷四《茹韵香先生》，《续修四库全书》，上海古籍出版社1996年影印本，第1163册，第456页下栏。
④ （明）贾鸿洙辑：《周雅续》卷首《周雅续序》，明崇祯刻本。
⑤ （明）贾鸿洙辑：《周雅续》卷十一，明崇祯刻本，第1页a。

任，号少玄，三水人，少白先生弟。"① 综上可知，文在兹乃文在中之弟，文翔凤之叔。以上诸书皆将"在中"误作"在兹"。

万斯同《明史》卷三三六《王图传》云：

> 王图，字则之，耀州人。万历十一年进士，改庶吉士，授检讨。②

张廷玉等《明史》卷二一六《王图传》云：

> 王图，字则之，耀州人。万历十一年进士，改庶吉士，授检讨。③

《周雅续》卷十四王图小传云：

> 王图，字则之，号衷白，耀州人。万历丙子解元，年二十。丙戌进士。④

按：《周雅续》小传云王图为万历丙戌即万历十四（1586）年进士，与两部《明史》记载的"万历十一年（1583）进士"不符，究竟何者为是？钱谦益《故礼部尚书兼翰林院学士协理詹事府事赠太子太保谥文肃王公行状》云："丙子举乡试第一，丙戌举进士，选翰林院庶吉士。"⑤ 据此知王图万历丙子即万历四年（1576）考中解元，万历十四年考中进士，此记载与《周雅续》小传相符。查《明清进士题名碑录索引》与《皇明三元考》，皆载王图为万历十四年进士，而《皇明贡举考》所收录的最后一科会试为万历十一年癸未科，此科进士的名单中没有王图。综上可知，王图乃万历十四年进士，《明史》的记载有误。

---

① （明）贾鸿洙辑：《周雅续》卷十五，明崇祯刻本，第22页b。
② （清）万斯同：《明史》卷三三六，上海古籍出版社2008年影印本，第7册，第65页上栏。
③ （清）张廷玉等：《明史》卷二一六，中华书局1974年点校本，第5706页。
④ （明）贾鸿洙辑：《周雅续》卷十四，明崇祯刻本，第24页a。
⑤ （清）钱谦益著，钱曾笺注，钱仲联标校：《牧斋初学集》卷四八，上海古籍出版社1985年版，第1240页。

第七章

历史文化内涵

《周雅续》这一总集的编纂，主观上虽不以展现社会生活和地方风物为主要目的，但在客观上，其所收录的诗赋之作蕴含着深厚的文化内涵，涉及有明一代文人士大夫的生活追求和价值取向，也反映出明代陕西一地的风土人情等。因此，从这一角度可将《周雅续》视作一面形象化地反映明代社会历史与文化生活的明镜。

第一节 文人士大夫阶层个体的社会生活观

诗歌不仅是诗人日常生活交际的艺术手段，也是诗人生活史或生命史的真实记录。《周雅续》收录的作者中多为对科举功名有着执着追求的知识分子，他们胸怀儒家建功立业的抱负和担当天下大任的志向，又不乏诗人的浪漫情怀，这种心志情怀往往是通过诗作传达出来的。

一 渴望功名、积极仕进的人生态度

古代知识分子自幼接受的儒家正统教育，赋予了他们追求建功立业的人生理想，而实现理想的第一步，便是要通过科举考试来步入仕途。《周雅续》的作者中，有举人以上功名者共66位，从而在他们的文学创作中，以不同角度反映出追求科举功名的心路历程。

万历丙辰（1616）科进士来复有《梦登第》一诗，所反映的就是知识分子对科举功名的"梦里情结"，诗云：

> 喧耀枕边意，欢腾柯里身。却将百年事，判取片时真。籁静沉沉

雨，香回袅袅春。始知冠冕客，尽作梦中人。①

正德辛未（1511）科进士南大吉考中进士后百感交集，庆幸之余不忘自勉，其《登进士第》一诗云：

弱冠谬充观国宾，纶言惭复对丹宸。乘时窃拟酬前志，随分应须致此身。皇闼日薰双凤暖，帝城风散万花春。青云肯负窗前月，白璧常怀席上珍。②

尽管《周雅续》收录的作者大多为有科举功名者，且不乏状元、探花等科考优异者，但一考中举人之后就又考中进士的所谓联捷者却甚少，大多数人在考取功名的道路上并非一帆风顺，个中甘苦唯有经历者方能体味。万历庚辰（1580）科进士何栋有过几番落榜的经历，其《甲戌下第秋兴》一诗抒发了理想难以实现的失落心情：

白露风前落晓霜，黄花雨后散秋芳。千峰日影回兴庆，万井钟声出景阳。月下琴书徐子榻，云间鸟雀远公堂。凌晨独倚危栏啸，紫气横空宝剑长。③

万历丙戌（1586）科进士王图也曾有类似的经历，曾作《下第书庆都邮壁》《下第偶成五首》等诗记述"频作长安下第人"的满怀辛酸。其一云：

三年蓟北破寒毡，犹以儒冠返故园。却笑鲰生成底事，向人不敢论青钱。④

以研究金石碑刻而著称的赵崡对科举的态度，在史料记载上似乎很旷达，如钱谦益《列朝诗集》云赵崡万历三十七年考中举人后，屡次应考

---

① （明）贾鸿洙辑：《周雅续》卷十六，明崇祯刻本，第 12 页 a—b。
② （明）贾鸿洙辑：《周雅续》卷六，明崇祯刻本，第 32 页 a—b。
③ （明）贾鸿洙辑：《周雅续》卷八，明崇祯刻本，第 40 页 b。
④ （明）贾鸿洙辑：《周雅续》卷十四，明崇祯刻本，第 40 页 a。

进士不中，乃自叹："丈夫不能树骏流鸿，苟啸傲山水间，亦足寄吾平生矣。"① 遂放弃科举，致毕生精力于金石学。然《周雅续》收录的《下第归途中十首》，却真实地反映他下第归乡途中的酸楚心境。诗云："愁逐东风罢远游，古来白璧更难酬。亦知未定连城日，哭向王门总不收。"② 又云："遥怜匹马去皇州，三月莺花何处楼。想到家园春事寂，海棠开尽一年愁。"③ 又云："老去逢春春可怜，东都风物正依然。狂来醉舞都亭月，不信明年不少年。"④ 无不交织着落榜后又失落又不甘心的自勉等复杂情绪。

也正是由于科举对读书人命运之重大影响，凡赴举科考皆有亲友赋诗相赠，借以表达对应试者的祝愿与勉励。如温纯《送辛四景虞上春官》一诗云：

持宪神羊著，参军草檄名。白眉怜马季，彩笔笑江生。风入鹏南翼，云蒸冀北程。黄金台望远，万里正含情。⑤

南轩《送长男学仲同季男师仲赴南宫试兼寄仲男宪仲》云：

仲子棘津令，观光迟尔行。双鱼烦驿使，六翮共云程。奕世韦经志，春风姜被情。大廷如并对，倾悃答王明。⑥

在考中或落榜之际，自然也少不了亲友以诗庆贺或安慰。葛文氏《喜天瑞弟登南宫》是为祝贺其弟文翔凤考中万历庚戌（1610）科进士而赋，诗曰："纵辔八荒喜气新，飞腾万里快精神。杏林春色千花锦，麟阁风流第一人。"⑦ 通篇洋溢着喜悦之情。而刘绍基《送曰可下第归临川二

---

① （清）钱谦益撰集，许逸民等点校：《列朝诗集》丁集第十，中华书局 2007 年版，第 5092 页。
② （明）贾鸿洙辑：《周雅续》卷十六，明崇祯刻本，第 31 页 a。
③ （明）贾鸿洙辑：《周雅续》卷十六，明崇祯刻本，第 31 页 a。
④ （明）贾鸿洙辑：《周雅续》卷十六，明崇祯刻本，第 31 页 b。
⑤ （明）贾鸿洙辑：《周雅续》卷十，明崇祯刻本，第 41 页 b。
⑥ （明）贾鸿洙辑：《周雅续》卷十，明崇祯刻本，第 21 页 a。
⑦ （明）贾鸿洙辑：《周雅续》卷十六，明崇祯刻本，第 48 页 a。

首》则是为失榜的朋友而作,诗中有云"屠龙有技悲天远,射虎无心论羽长。此去寒云迷北国,他时明月满西堂"①,充满了对其友不幸落榜的惋惜、安慰和鼓励之情。

  科举步入仕途的文人士大夫,大多渴望着在功业上做出一番成就,以实现修齐治平的人生理想。张问仁《早朝》一诗有云:"词臣召对趋传赏,上相承恩特赐留。浅劣岂能终报立,惭随鹓鹭觐宸旒。"②将政绩卓著者作为自己的榜样,反映了积极仕进的人生观。而李三才《秋夜宿直》则是对自己多年来困顿仕途不能施展抱负的嗟叹,诗云"十年犹郎署,蹉跎愧少年"。③

二 胸怀天下、忧国忧民的政治抱负

  大多数文人士大夫入仕的初衷并非纯粹为了个人的功名利禄,往往饱含着为国为民的理想和胸怀天下的豪情,并将历代前贤作为自己的榜样。王图《恭读宣宗皇帝论庶吉士诗感而有述》云:"愿言禀楷模,崇德酬浩荡。勿耽温饱谋,屋漏增怆悦。"④其《千秋金鉴歌》云:"姚宋良臣相继相,曲江嗣之允人望。忽逢令节千秋期,纷纷宝镜争献奇。吁嗟宝镜何足玩,独有古来贤圣是吾师。"⑤

  在明代陕西籍诗人笔下,经常流露出对比干、杜甫、文天祥等忠君爱国典范的敬佩缅怀及对其不幸命运的痛惜。如下面这几首诗:

    银章赤琯曾供奉,南北东西绝可怜。万里窜身登蜀道,全家寄食傍秦边。空山怅望溪云绕,遗趾荒凉野蔓缠。应是苍天深有意,故令诗史至今传。(南大吉《经三川望杜子美故宅》)⑥

    宗臣忼慨抱深忧,逆耳忠言恨未投。七窍精光流简册,千秋身世托荒丘。凄凄野草常含泪,黯黯荒云总结愁。不是真心剖不去,遗踪

---

① (明)贾鸿洙辑:《周雅续》卷十五,明崇祯刻本,第37页b。
② (明)贾鸿洙辑:《周雅续》卷九,明崇祯刻本,第25页b。
③ (明)贾鸿洙辑:《周雅续》卷十四,明崇祯刻本,第19页b。
④ (明)贾鸿洙辑:《周雅续》卷十四,明崇祯刻本,第26页a。
⑤ (明)贾鸿洙辑:《周雅续》卷十四,明崇祯刻本,第45—46页。
⑥ (明)贾鸿洙辑:《周雅续》卷六,明崇祯刻本,第33页b。

安得至今留。(费逵《殷太师墓》)①

　　阶静苍苔合,庭幽白日斜。香传松殿叶,光送竹坛花。神采犹燕市,衣冠自宋家。悬知北上日,南望断天涯。(南逢吉《谒文丞相祠》)②

　　而诗人吟咏最多的,则是抗金英雄岳飞。孙一元《岳武穆王祠》一诗有云:"誓死从来建大勋,长驱虎旅破妖氛。"③是对其勋业的缅怀。吕颙《朱仙镇谒岳庙》一诗有云:"十二牌书天有意,八千云月志忘归。"④抒发了对其壮志终未酬的叹惋。张问仁《朱仙镇岳武穆庙》一诗有云:"有祖生有志终扶晋,宰嚭无情酷间吴。"⑤表达出对其蒙冤被害的愤懑和痛惜。同样的痛惜之情在赵岣《汤阴谒岳鄂武穆王祠》一诗中也有流露,诗曰:"四字铭心苦,三言断狱成。和戎乖国相,策死怨书生。岂有百年运,空堕万里城。鞭尸问行客,流恨未全平。"⑥而诗人王鹤则敬重岳飞从容就义的忠义,其《友人题岳武穆班师责武穆不知春秋兵谏之义余驳之以此》一诗云:"戚戚绍兴事,纷纷后代辞。将军须有见,诗客岂能知。忧愤班师日,从容就狱时。仁成义亦尽,那复志奸欺。"⑦对后人"责武穆不知春秋兵谏之义"予以反驳。

　　正是出于这份以天下为己任的胸怀,他们的诗作也常常会流露出忧国忧民的感伤。张问仁《广陵怀古》一诗有云"独有管弦犹似昔,夜深依旧沸千门"⑧,对统治者不能汲取历史教训而痛惜。许宗鲁《边事》一诗有云"万顷屯田荒已久,年来斗米重明珠"⑨,充满对民生的忧虑。也正是基于这种忧国忧民的情怀,诗人能自觉地以尽忠职守、报效国家为自己的使命,甚至不计较个人得失。吕经曾任兵科都给事中,以直言进谏得罪当权者,遂出为蒲州同知。其《传奉外补》一诗纪云"十年都谏任纠弹,

---

① (明)贾鸿洙辑:《周雅续》卷十五,明崇祯刻本,第20页b。
② (明)贾鸿洙辑:《周雅续》卷九,明崇祯刻本,第48页a。
③ (明)贾鸿洙辑:《周雅续》卷七,明崇祯刻本,第25页b。
④ (明)贾鸿洙辑:《周雅续》卷九,明崇祯刻本,第51页b。
⑤ (明)贾鸿洙辑:《周雅续》卷九,明崇祯刻本,第27页b。
⑥ (明)贾鸿洙辑:《周雅续》卷十六,明崇祯刻本,第29页b。
⑦ (明)贾鸿洙辑:《周雅续》卷十,明崇祯刻本,第18页b。
⑧ (明)贾鸿洙辑:《周雅续》卷九,明崇祯刻本,第27页a。
⑨ (明)贾鸿洙辑:《周雅续》卷八,明崇祯刻本,第25页a。

外出纶音示转官"①。王鹤赴任应天府尹前,作《将尹应天感怀》一诗抒怀,思索的是"万年根本地,何以效驱驰"②。

三 功成身退、归隐山林的美好愿望

古代文人士大夫常常有一种"功成身退、归隐山林"的人生理想。李白有诗云:"齐有倜傥生,鲁连特高妙。明月出海底,一朝开光曜。"③又云:"所冀旄头灭,功成追鲁连。"鲁连,即鲁仲连,战国时齐国人,长于阐发奇特宏伟卓异不凡的谋略,却不肯做官任职,一直保持高风亮节。这种"功成不受赏"的洒脱倜傥成为诗人李白最为推崇的地方。不惟李白,明代陕西诗人笔下,也常常会流露出对那些才高不仕的逸士、安贫乐道的隐士的倾慕,以此表达自己功成身退、归隐山林之志。如吕颛的《遇钱若水墓》,表达了对北宋大臣钱若水急流勇退的赞赏,诗曰:

羡君元是谪仙人,却作銮坡视草臣。三尺云封山下路,急流谁更识迷津。④

又如乔因阜《过子陵钓台》一诗云:

嶙峋危石倚山隈,知是先生旧钓台。此地祗应猿鹤到,当时谁问姓名来。桐江不入磻溪梦,帝座空怜汉鼎才。千载清风人独远,孤帆落日更迟回。⑤

按:子陵,即严光,字子陵,著名汉代隐士,少有高名,与东汉光武帝刘秀为同学好友,并助刘秀起兵。刘秀即位后,屡次诏请,不仕。隐居富春山,死后葬于此山,后世遂称富春山为"严陵山",称其富春江垂钓处为"严陵濑",其垂钓蹲坐之石为"严子陵钓台"。"桐江不入磻溪梦,帝座空怜汉鼎才",即言严光功成不仕之事。

---

① (明)贾鸿洙辑:《周雅续》卷六,明崇祯刻本,第18页a。
② (明)贾鸿洙辑:《周雅续》卷十,明崇祯刻本,第11页b。
③ (唐)李白著,葛景春选注:《李白诗选》,中华书局2005年版,第309页。
④ (明)贾鸿洙辑:《周雅续》卷九,明崇祯刻本,第1页b。
⑤ (明)贾鸿洙辑:《周雅续》卷十,明崇祯刻本,第57页a。

王图有《过钓台谒子陵先生祠二首》,其二云:

> 崒嵂严山四望开,西风萧瑟拂尘埃。孤松犹壮凌霜节,遗庙堪停醉月杯。贾傅空涝悲楚赋,扬雄虚负剧秦才。何如石上餐霞客,独钓桐江百尺台。①

在诗人看来,比起满腹才华却怀才不遇的贾谊、扬雄,选择独钓桐江的餐霞客——子陵先生,要明智得多。

孙一元《陶渊明》一诗云:

> 渊明豪杰人,出处亦有道。昔读荆轲诗,仿佛见怀抱。晋室渐陵夷,一官非所好。刘裕乃何人,天意亦草草。归来卧浔阳,甲子纪年号。酒乃寓真情,菊也见孤操。②

诗人认为陶渊明乃真正的豪杰之人,原因在于他"出处有道",深明进退之理。"昔读荆轲诗,仿佛见怀抱。晋室渐陵夷,一官非所好",是其"出处有道"的具体表现。

吕颙曾访邵雍故居,作《访苏门邵子窝》一诗云:

> 卫洛君英趾,系予两郡官。邀车春似燠,恭爨雪犹寒。水寂花争发,松深鸟自盘。徘徊未能去,斗室与天宽。③

北宋理学家邵雍,少有志,读书苏门山。仁宗嘉祐及神宗熙宁中,先后被召授官,皆不赴。生活清贫时,怡然自得其乐。自耕自种,自给自足,名其宅曰"安乐窝",自号"安乐先生"。诗人访邵雍故居,折服于邵子的光辉品性,深感斗室与天宽,竟徘徊而不愿离去。

南逢吉《经郭林宗墓》一诗云:

> 东都高士衡门迥,遁世怀珠皎夜光。遗迹至今寻故里,空坟千古

---

① (明)贾鸿洙辑:《周雅续》卷十四,明崇祯刻本,第37—38页。
② (明)贾鸿洙辑:《周雅续》卷七,明崇祯刻本,第9页b。
③ (明)贾鸿洙辑:《周雅续》卷九,明崇祯刻本,第50页b。

傍斜阳。野亭莽莽青碑断，井迳荒荒紫蔓长。咫尺绵山亦祠庙，常年寒食共垂杨。①

按：东汉名士郭泰，字林宗，太原郡介休县（今属山西）人。无意仕进，不应辟召，闭门教授，弟子达千人，提拔"英彦"六十多人。诗人称郭泰为东都高士，将其比作夜色中的明珠，钦佩、赞赏之意不言而喻。

第二节 艺术化地展现独特的风土人情

《周雅续》的编纂虽不以展现明代陕西一地的风土人情为主要目的，但此集收录了不少吟咏本土名胜古迹之作，抒发诗人的山水之情及兴亡之叹，艺术化地展现了陕西独特的风土人情，蕴含着丰富的文化内涵。

一 吟咏西岳华山

古代诗人心中有着浓郁的山水情结，故吟咏名山大川之作不胜枚举。《周雅续》中也收录了很多吟咏山水名胜的诗作，如胡缵宗《登岱岳四首》《泰山》《海山亭望海》《登蓬莱阁》《太湖》、孙一元《游龙井山》《游道场山》《同顾九和郑继之殷近夫泛太湖作军中乐酒酣赋诗》、南逢吉《春日同越中诸友登大禹陵山》、吕颛《秋日登太和山》、温纯《同邹秦二使君游德山》、刘复初《登峨眉山二首》、王图《登西湖逍遥楼二首》《游金山二首》等。然而明代陕西诗人笔下，吟咏最多的还是地处陕西华阴的华山。《周雅续》中以吟咏华山为题材的诗歌共26题70首，涉及文在中、文在兹、王道纯、康阜、何栋、南大吉、来复、乔因阜等18位诗人，其中49首诗作未见于《华岳全集》及其他传世资料，文献价值较高。根据内容不同，这些诗作可细分为望华、游华、梦华、思华、咏华等，以下分述之。

华山又称西岳，为五岳之一，海拔两千多米，位于今陕西省华阴市城南。郦道元《水经注》卷十九《渭水下》云："其高五千仞，削成四方，

---

① （明）贾鸿洙辑：《周雅续》卷九，明崇祯刻本，第49页a。

远而望之，又若华状。"① "华山"即因状如花形而得名。"若华状"和"高五千仞"是华山视觉上给人的两个最直观印象。何栋《入关望华山作》形象描绘了远望华山宛如莲花的整体特点，诗云：

> 峰势类莲皆北拱，河流如练自西来。乘风为问希夷子，十丈荷花甚日开。②

康阜《入关望华岳》则侧重描写华山之高：

> 水陆三千里，名山始一逢。望中天可蹴，高处鸟难从。影入横汾迥，青连海岱浓。即多向幽思，将席最高峰。③

乔因阜《游华岳》更直观地描绘出华山高耸入云、四面如削的特点：

> 突兀惟华岳，峭壁拔地起。直上五千仞，旁临无依倚。四面类削成，三峰与云齐。④

南大吉《望华岳》乃从远观的视角描绘华山之恢宏壮丽：

> 华岳岩峣压地尊，西堂终日坐相吞。晴峰夜拂星辰动，云壑朝嘘草木昏。河涌青莲悬玉井，关通紫气落金盆。掀髯如蹑仙人掌，挥手应排帝子阍。⑤

奇秀壮丽的华山一直是明代陕西诗人心驰神往的地方，也是诗人们引以为傲的本土名胜。文在中《华山篇》中有云"览尽名山极域内，复来

---

① （北魏）郦道元著，陈桥驿点校：《水经注》卷十九，上海古籍出版社1990年版，第308页。
② （明）贾鸿洙辑：《周雅续》卷八，明崇祯刻本，第41页a。
③ （明）贾鸿洙辑：《周雅续》卷五，明崇祯刻本，第16页b。
④ （明）贾鸿洙辑：《周雅续》卷十，明崇祯刻本，第54页a—b。
⑤ （明）贾鸿洙辑：《周雅续》卷六，明崇祯刻本，第34页b。

观华意方酬"①。康阜《入关望华岳》一诗云"水陆三千里,名山始一逢"②。许多陕西诗人都有过登临华山的经历,文在兹《登华山赋》序文云:"在兹童稚时,闻长者谈华岳高峻异诸山,意辄欣然欲往。及壮,数经华阴,瞻三峰青碧有灵气,则耸然欲巅之,奈冗羁无其期。庚寅九月,始携羽士偕攀焉。"③《周雅续》中收录了不少诗人登临华山的纪游之作。如王图《同任和宇李华峰文崇吾胡子朴懋囯二弟抃儿登华岳至青柯坪有述》:

策杖来游第一峰,上方楼阁俯重重。青开玉井莲花出,翠削金天薜荔封。灵峡云连惟鸟度,仙桥雾锁许谁从。相看俱有凌霄意,惆怅青霞未可逢。④

既为风光奇秀而赞叹,又惆怅于"灵峡云连惟鸟度,仙桥雾锁许谁从"之险峻。

雨中的华山更是别有风趣。来复《登华山遇雨》描绘出山雨霏微中"烟壑空蒙"的华山之美和登山者"著屐不辞石径滑"的登山之趣:

山雨霏微景色深,攀缘刚喜披层阴。淡林灭没迷春色,烟壑空蒙失翠岑。著屐不辞石径滑,穿萝转觉寺钟沉。好诗满眼收无尽,应放奇思入暮林。⑤

华山的奇秀激发着诗人的征服欲望和诗情雅兴,登临之后诗人则久久不能忘怀,甚至梦中重游。文在兹《登华山赋》小序云:"每草堂清梦,往往如复攀缘,觉则怅然。"⑥ 孙一元《王野云见寄华山志忽忆余曩昔月下着羽衣醉吟莲花峰上今已三载喟然而叹作诗寄谢》云:

---

① (明)贾鸿洙辑:《周雅续》卷十二,明崇祯刻本,第6页b。
② (明)贾鸿洙辑:《周雅续》卷五,明崇祯刻本,第16页b。
③ (明)贾鸿洙辑:《周雅续》卷十五,明崇祯刻本,第22—23页。
④ (明)贾鸿洙辑:《周雅续》卷十四,明崇祯刻本,第43页b。
⑤ (明)贾鸿洙辑:《周雅续》卷十六,明崇祯刻本,第15页a—b。
⑥ (明)贾鸿洙辑:《周雅续》卷十五,明崇祯刻本,第24页b。

忆昔游上清，长风吹羽被。仙人九节筇，扶我莲花侧。太空借韶護，群动声相吓。石髓酌天瓢，此物山不惜。醉倚洗头盆，月华凝欲滴。独鹤惊夜半，回首秋云碧。三年万里游，此事堕今昔。愧谢山中人，默光运阇辟。①

虽然已事隔三年，当初登临时的情景还深深留在脑海中。甚至出现在诗人的梦境中。其《梦游华山》又云：

半空隔风雨，万壑闻长松。我往采三秀，骑龙莲花峰。②

由于年龄体力等客观原因不能前往者，则充满了不能其亲临其境的遗憾，甚至在他人描述中寻找慰藉。文在兹《登华山赋》序文云："拼置而归，以其状报家君。家君翻然欲往，以卧病不能，更称'白云逸叟'寓其指。"③ 来俨然《儿复登华山雨中览眺为余道之遂有此赋》一诗云："青春闻汝陟巉岏，仿佛凌空借羽翰。俯瞰云霞开万壑，笑攀日月弄双丸。短衣欲振天风侧，拄杖无辞鸟道盘。金帝真诠如可问，骖鸾排闼未应难。"④ 心驰神往之情可以想见。

明代陕西学者曾在华山建书院，讲学论道。冯从吾《戊申莫春偕王惟大郡丞宜化汝刺史刘孟直郡丞杨工载进士周淑远大参张去浮学博宜叔尚文学讲学太华山中同志至三百余众》即叙写其与王惟大郡丞等同道者在华山谈学论道的经历：

征会来莲岳，良朋喜共游。闲云时去住，野鸟自夷犹。雨霁千岩翠，春深万木稠。山灵真有待，吾道重千秋。⑤

华山不仅是陕西诗人心驰神往的风景名胜，也成为他们的精神家园，因而诗人往往借吟咏华山来抒发个人心志，如下面三首诗：

---

① （明）贾鸿洙辑：《周雅续》卷七，明崇祯刻本，第8页a。
② （明）贾鸿洙辑：《周雅续》卷七，明崇祯刻本，第31页b。
③ （明）贾鸿洙辑：《周雅续》卷十五，明崇祯刻本，第24页b。
④ （明）贾鸿洙辑：《周雅续》卷十五，明崇祯刻本，第17页b。
⑤ （明）贾鸿洙辑：《周雅续》卷十五，明崇祯刻本，第3页a。

平生梦寐在山林，赢马何辞度远岑。终古乾坤长屹立，半山风雨自晴阴。崖飞瀑布千寻玉，岭背斜阳万壁金。闻道寻当君穴里，时时还有卧龙吟。（韩邦靖《华山》）①

几经二华瞻空远，今对三峰望欲劳。玉女盆虚云不去，仙人掌动日初高。天边莲吐千年实，鸟外烟浮万里涛。安得结庐山上住，石床藤枕避尘嚣。（胡缵宗《登太华宫望岳》）②

亘地阴连十万家，奔溪野涧带城斜。真源此日凭谁觅，失路吾生转自嗟。千笠共攒云外顶，长茎高吐雾中花。悲来满目浮沉事，大麓冲风起暮沙。（来复《华阴道中遇雨望岳》）③

韩邦靖、胡缵宗的咏华、望岳之作，皆是吟咏华山抒发山林之愿，诗人来复则是由雨中望岳而生发人生失意之嗟叹。

二 凭吊陵阙遗迹

"秦中自古帝王州"，陕西是周、秦、汉、唐之故都，许多宫殿城阙和帝王陵墓不仅是当地诗人闲暇之际登临凭吊之所，也常常触发出诗人的历史变迁之叹和咏今怀古之情。

秦朝是中国历史上第一个大一统王朝，然仅传三世，共两帝一王，国祚仅十四年。秦始皇在消灭六国统一全国以后，在都城咸阳大兴土木，建宫筑殿，其中规模最大的就是阿房宫。据《史记·秦始皇本纪》记载："先作前殿阿房，东西五百步，南北五十丈，上可以坐万人，下可以建五丈旗。周驰为阁道，自殿下直抵南山。表南山之颠以为阙。为复道，自阿房渡渭，属之咸阳。"④ 其规模之大，劳民伤财之巨，可以想见。然而工程未完成秦始皇便死于东巡途中，而绵延三百里的阿房宫，也毁于秦末的战火。胡侍《秦阿房宫》一诗云：

六王才毕鲍鱼回，赤帝兵从轵道来。云阁曲连三百里，野风吹做

---

① （明）贾鸿洙辑：《周雅续》卷六，明崇祯刻本，第 13 页 b。
② （明）贾鸿洙辑：《周雅续》卷五，明崇祯刻本，第 34 页 b。
③ （明）贾鸿洙辑：《周雅续》卷十六，明崇祯刻本，第 19 页 a。
④ （汉）司马迁：《史记》卷六，中华书局点校本 2013 年修订本，第 323 页。

楚人灰。①

"云阁曲连三百里",形容阿房宫规模之大。传说阿房宫被项羽焚烧,故诗中有"野风吹做楚人灰"之语。全诗短短 28 字,再现了从秦始皇统一六国称帝到秦王子婴在轵道亭旁投降赤帝刘邦的历史变迁。

秦始皇陵位于今陕西临潼东的骊山北麓,前后历时三十余年修建而成,耗费了大量人力财力。陵墓以奢侈著称,以铜铸顶,以水银为河流湖海,并且满布机关,顶上有明珠做的日月星辰。与之形成鲜明对比的是汉文帝的陵寝霸陵,亦作灞陵,因靠近灞河而得名。《史记·孝文本纪》记载:"治霸陵皆以瓦器,不得以金银铜锡为饰,不治坟,欲为省,毋烦民。"② 乔世宁《经始皇墓》一诗云:

> 雄图不可见,墟墓亦无凭。宝藏应先发,泉宫侈后称。只余双岭月,长作万年灯。山下东原道,人人说霸陵。③

在诗人看来,以雄图伟业著称的秦始皇,历经岁月的变迁,不过是"雄图不可见,墟墓亦无凭"而已,在后世百姓心中,远远不如以节俭爱民著称的汉文帝值得追思和称颂。

华清宫是唐代封建帝王游幸的别宫,遗址位于陕西临潼。华清宫始建于唐初,唐玄宗执政以后又扩建,规模宏大。白居易诗云"高高骊山上有宫,朱楼紫殿三四重"④。唐玄宗几乎每年十月都要到华清宫游幸,岁尽始还长安,故唐诗中有云"十月一日天子来,青绳御路无尘埃"⑤。据乾隆《临潼县志》载,开元二年(714)至天宝十四年(755)的四十多年间,唐玄宗先后出游华清宫 36 次,有时一年两去,游幸规模甚大,

---

① (明)贾鸿洙辑:《周雅续》卷八,明崇祯刻本,第 5 页 b。
② (汉)司马迁:《史记》卷十,中华书局点校本 2013 年修订本,第 541 页。
③ (明)贾鸿洙辑:《周雅续》卷九,明崇祯刻本,第 44 页 a。
④ (唐)白居易著,朱金城笺校:《白居易集笺校》卷四《骊宫高》,上海古籍出版社 1988 年版,第 202 页。
⑤ (唐)王建著,尹占华校注:《王建诗集校注》卷一《温泉宫行》,上海古籍出版社 2020 年版,第 12 页。

前人有诗云"千乘万骑被原野,云霞草木相辉光"①。安史之乱后,政局突变,唐玄宗从皇帝宝座跌落下来,此后的唐朝皇帝很少出游华清宫,遂日渐萧条。王庭譔《华清宫》一诗云:

> 山拥金城固,池通玉液流。当时歌舞地,尽日翠华游。古殿生秋草,离宫没故丘。空余波上月,夜夜为谁浮。②

诗中"当时歌舞地,尽日翠华游""古殿生秋草,离宫没故丘"等语,形象描绘出华清宫今昔对比之盛衰变化。

《周雅续》中借吟咏陵阙遗迹来抒发历史变迁的诗作还有不少,如康海《扶风道中二首》其一云:"凤泉东是美阳城,秦后离宫迹已平。细草不知龙辇去,城边日日唤愁生。"③ 赵崡《将登昭陵阻大风雨率尔短歌》一诗中有云:"君不见昨日天晴今日阴,眼中之事等流云。汉家长陵窜野鼠,秦帝骊山空草痕。"④ 无不充满着历史变迁的沧桑之感。

---

① (唐)韦应物著,陶敏等校注:《韦应物集校注》卷十《骊山行》,上海古籍出版社2011年版,第584页。
② (明)贾鸿洙辑:《周雅续》卷十四,明崇祯刻本,第23页a。
③ (明)贾鸿洙辑:《周雅续》卷五,明崇祯刻本,第27页b。
④ (明)贾鸿洙辑:《周雅续》卷十六,明崇祯刻本,第26页b。

第八章

思想性艺术性述评

《周雅续》收录82位明代陕西诗人的诗作2709首,从作者和作品的数量来看,堪称颇具规模的地域性诗歌总集。作为一个群体,明代陕西籍作者的这些诗赋作品集中体现了彼时彼地文人的思想和创作旨趣,某种程度上可以说是这些作者最真切的情感表达,也是特定时代这一特定地域的文化缩影,鲜明呈现其特定的艺术风尚。

第一节 质美蕴丰的思想内容

《周雅续》是明代一省之诗歌总集,题材广泛,涉及当时的社会动态及文人士大夫的日常生活和精神追求,也反映出古代的教育、民俗及陕西的世风人情等各方面信息,呈现出较为丰富宏大的思想内容。可以说,该书蕴涵着相当全面的社会生活,为人们进一步了解明代陕西及周边地域的政治、经济、文化等状况提供了足够丰富、可资深研探寻的材料和线索。

一 政治时事诗

1. 忧国忠君

遍观《周雅续》,关于时事政治,体现士大夫忧国情怀或职责所在的诗篇俯拾皆是。作者感慨世事,或宦海艰辛,或仕途失意,基于自己的生活境遇,总不忘忧国忧民,心系朝廷,对时代、国家和君王寄予厚望。卷三李梦阳《纪变二首》正是这种情怀的表现:

> 元年建申月,慧出扫寒芒。势掩旁星布,光于中夜长。连斥竟大老,密奏合文昌。台以司空坼,星知上将亡。流通人事迹,仁爱帝心

藏。忽忆临崩诏，看天泪数行。

太白今宵见，光芒何太明。经天复昼见，国难且胡兵。度影休衔阙，低空幸隐城。天高听亦下，人胜运须更。避殿惟皇切，推轮遣将诚。羯奴行就缚，飞慰谅暗情。①

李梦阳很少写与现实无关的诗，他的作品直接反映时事，读者可以从中感受到当时知识分子普遍的社会心理。韩邦靖《镇江平贼二十韵》中有云："万国看新政，苍生愿小康。天王无黩武，至治在垂裳。"② 更是直接表达期盼实施新政，使普天下黎民百姓达到小康生活的美好愿望。乔世宁亦有诗曰：

溆浦常烟雨，玄阴黯不消。地应饶瘴疠，人已异风谣。亭障通蛮部，车书合圣朝。西南三楚尽，山水五溪遥。俗尚击铜鼓，江歌杂洞箫。猿狸啼白昼，竹箐际青霄。近寨时防虎，行人日佩刀。林昏闻鬼鸟，月上见山魈。荒微皆王土，朱方历使轺。云霓流剑气，星野问龙标。警报纷无已，戎心觉渐骄。军容合震耀，文物故荒廖。何以歼凶丑，将无议抚招。忍令妨俎豆，遂尔涸兰萧。荡日愁氛祲，瞻天仰舜尧。太平须保障，选将拟嫖姚。一举青榮瓠，归功奏凤韶。可如商帝旅，持久为顽苗。（《溆浦道中见风土多异又会兵征苗即事感述》）③

对"尧舜"贤能的仰慕，对"太平"盛世的渴望，是此一作家群体共同的心声。

2. 边塞风云

明代陕西诗人继承了盛唐诗歌的传统，生动描绘边塞的生活场景，抒发理想情怀，展现豪侠精神。加之陕西本就地处西部，广阔地域独有的风情也造就了诗人们旷达高远的性格气质。

单赵时春一人，集中收录其边塞诗便有《塞上曲》《燕歌行》《送李子西侍御巡边》《练兵二首》《送任勇将五军营》《送陶总戎赴督府》《出

---

① （明）贾鸿洙辑：《周雅续》卷三，明崇祯刻本，第35页a。
② （明）贾鸿洙辑：《周雅续》卷六，明崇祯刻本，第15页a。
③ （明）贾鸿洙辑：《周雅续》卷九，明崇祯刻本，第45页a—b。

塞二首》《次周户部韵送人巡边》《入函关》《塞上曲五首》等合计十六首之多。赵时春，字伯仁，号浚谷，平凉人。嘉靖五年（1526）考取会元，年仅十八。被誉为"嘉靖八才子"之一。其最具代表性的边塞诗是《塞上曲五首》：

  雪海冰深胡马骄，沙云黯淡胡天高。灵旗一扫旄头落，岂待将军试六韬。
  沙碛草青军马黄，关山月落汉天长。大农不用调车乘，已道生招日逐王。
  欲挽银河洗甲兵，玉关辽海罢长征。薰风吹散蹛林马，暖日晴摇细柳营。
  尚方宝剑赤茸环，一举清都虎豹闲。四宇星辰皆拱北，风尘不动静如山。
  霜刀玉辔骍拳毛，月满骍弓云阵高。万骑沙边齐举手，惊看一箭落双雕。①

  下面几首李梦阳的诗作，描绘了壮士弃家别子，在战场上勇猛精进，生擒胡虏，努力报效天子，为国建功的情怀，某种程度上继承了唐诗的精神风貌：

  边烽日夜至，飞符来会兵。羊牛入高砦，鸡犬皆震惊。壮士按剑起，鞍马若流星。枪急万人靡，笑上受降城。生系五单于，归来献天庭。（《塞上杂诗》）②
  弃家从上将，报主扫胡戎。弩满常随月，旗翻数起风。右指昆邪尽，左盼月支空。驰名紫塞外，开府玉关东。不逢百战日，谁识万夫雄。（《从军行》）③
  单于寇边城，汉将列长营。旌旗蔽山谷，钲鼓昼夜鸣。乘我浮云骑，彀我明月弓。奇兵左右出，长驱向云中。彭彭阵结虎，飒飒剑浮

---

① （明）贾鸿洙辑：《周雅续》卷九，明崇祯刻本，第24—25页。
② （明）贾鸿洙辑：《周雅续》卷二，明崇祯刻本，第15页b。
③ （明）贾鸿洙辑：《周雅续》卷二，明崇祯刻本，第28页a。

虹。一战皋兰灭，再战沙漠空。归来献天子，长揖不言功。(《出塞曲》)①

乔世宁的《出塞》一诗，字句铿锵有力，气度宏阔辽远，将一腔赤子之情，倾注笔端：

汉将欲平虏，扬兵出塞嵎。幕南空战马，台上望单于。界柱标葱岭，屯田过草湖。河源行且尽，先献海西图。②

建功立业的豪情之外，亦偶有思乡怀人的感伤：

何处吹羌笛，龙吟入夜哀。乍惊云外落，应向月中来。杨柳春先报，关山客未回。更愁三调罢，飞尽汉宫梅。(《闻笛》)③
关山一片月，扬彩射金微。胡马中宵动，天街七晕围。将军横塞角，少妇捣边衣。为有刀头望，长看破镜飞。(《关山月》)④

关山路远，魂牵梦绕，心系家国，是爱国文人笔下的不变主题。

3. 揭露现实

《周雅续》收录的作者，虽多为明廷官员，但多为廉政爱民的正直之士，集中作品也不乏揭露现实，关心民间疾苦之作。如李梦阳《叫天歌》一诗曰：

弯弓兮带刀，彼谁者子逍遥。牵我妻放火，我言官府怒我。(一解)
彼逍遥者谁子，出门杀人，骑马城市。汝何人？谁教汝骑马？(二解)
持刃来，持刃来。彼杀我父兄，我今遇之，必杀此伧。彼答言，奉黄榜招安。嗟嗟！奈何奈何！(三解)

---

① (明)贾鸿洙辑：《周雅续》卷二，明崇祯刻本，第28页b。
② (明)贾鸿洙辑：《周雅续》卷九，明崇祯刻本，第42页a—b。
③ (明)贾鸿洙辑：《周雅续》卷九，明崇祯刻本，第42页b。
④ (明)贾鸿洙辑：《周雅续》卷九，明崇祯刻本，第42页b。

彼不有官，饥，官赈之，出有马骑。我有租有徭有役，苦楚胡不彼而。（四解）①

此诗前小序云："叫天歌者，抚民之所作也。余闻而悲焉，撮其词而比之音。"安分守己的百姓，承受着租、徭、役的繁重负担，却连基本的生存保障都没有，还不如那些杀人放火、却凭一纸诏安令就可免罪的盗贼过的逍遥。

又如周宇《南村寡妇行》一诗云：

南村寡妇五更哭，就埘缚鸡出茅屋。呼儿早起向市卖，庄起新钱税欠谷。里胥打门无日夜，安取成群更蕃育。出门又嘱儿，入城慎所之，潜踪且往舅氏家，倩之羽翼过通达，万一莫令公人见。闻说官司日开燕，前度烹庖未给值，今我何物充输县。儿去复来脚盘跚，如泣如诉不敢前。昨见外家门巷蔟县官，满城似哄间架钱。②

下层百姓要承担"里胥打门无日夜"的催税之逼迫，想用辛苦饲养的鸡卖点钱，却担心被"公人"发现，"前度烹庖未给值""万一莫令公人见"，道出了官吏欺压盘剥给下层百姓生活带来的恐惧。同类题材还有王鹤的《卖鸡行》一诗。而王鹤《悼潘山人》一诗，则揭露官府乱抓兵给百姓带来的灾难。

二 个体生活诗

无论入世还是出世，文人记录自己日常生活，表达世俗情感的诗歌占据了较大篇幅，这类诗是士大夫日常生活的缩影，最能反映他们普遍的世俗情感。

1. 酬唱赠答

文人唱和，自古雅事。《周雅续》所载诗歌中有大量酬唱赠答之作，包括官场应酬、日常交际等，反映出当时社会的种种社交礼仪和人情世故。从某种意义上说，这些诗歌是世俗生活的一个组成部分，是"人际

---

① （明）贾鸿洙辑：《周雅续》卷一，明崇祯刻本，第 26—27 页。
② （明）贾鸿洙辑：《周雅续》卷十，明崇祯刻本，第 35 页 a—b。

关系的一张美丽名片"。《周雅续》中的酬唱之作,和韵、次韵、分韵,无所不包,仅列举几首:

> 感事逢时恨不稀,水城寒食半花飞。青郊白马朝谁并,细雨轻帆晚自归。何计上宾留凤驭,无书北狩挽龙旗。层台独上休翘首,牢落江州易湿衣。(李梦阳《繁台雨望和田生》)①
>
> 修篁种得已多年,望里苍苍半亩烟。藜杖独穿春径雨,葛衣常坐晚凉天。月移秦女乘鸾影,风落湘灵鼓瑟弦。日日平安频有报,主人只在北窗眠。(王九思《答禹夫种竹之作次其韵》)②

酬唱赠答诗中,赠别类诗文数量较大,不完全统计,大约有诗二百余首,从不同角度抒发与师友、同窗、亲属的离别之情。下面是李梦阳的《白鹿洞别诸生》:

> 东南自有匡庐山,遂与天地增藩卫。山根插入彭蠡湖,峥嵘背杀三江势。地因人胜古有语,于乎万物随兴废。学馆林宫客不栖,千岩万壑堪流涕。文采昔贤今尚存,讲堂寂寞对松门。松门桂华秋月园,拄杖高寻万古源。梅岭古色照石镜,扶桑丹霞迎我轩。绝顶坐歌霜月净,石潭洗足芝草繁。更有冠者五六人,峭崖穷嶂同攀搴。草行有时闻过虎,旦暮时复啼清猿。我今胡为公务牵,蟋蟀在户难久延。出山车马走相送,落日遂上鄱阳船。生徒绻恋集涯浒,孤帆月照仍留连。情深过厚亦其礼,谫薄窃愧劳诸贤。明朝伐鼓凌浩荡,五峰双剑生秋烟。③

赠别诗中,送人任赴之作占了很大比例,多表达对友人的勉励与祝愿,如绥德诗人马汝骥送别诗二首:

> 蚕丛今作使,蜀道古云难。白石江三派,青天栈七盘。飞云摇玉

---

① (明)贾鸿洙辑:《周雅续》卷四,明崇祯刻本,第3页b。
② (明)贾鸿洙辑:《周雅续》卷五,明崇祯刻本,第11页a。
③ (明)贾鸿洙辑:《周雅续》卷二,明崇祯刻本,第42—43页。

节，回日照金翰。侧想题桥地，高门驷马看。（《送刘郎中使蜀》）①

南京楼阁大江边，北客帆樯拂远天。仙阙自瞻龙虎抱，古台还忆凤凰旋。赠兰佩散金门雨，起草香留画省烟。暂向云霄分彩节，早闻山水入朱弦。（《送比部刘君任南京》）②

三原诗人来复《送梁君参之广陵》一诗，也是送别诗的代表作：

有鸟迅发，闲尔翩矣。与子言别，吁其迫矣。悠悠白云，忽焉过之。清吹迭鸣，与子和之。载肴载蔬，载醓载醐。子有安居，视子鸣驺。春荫曩曩，春华的的。将子无戚，春再而觐。③

白云悠悠，轻吹迭鸣，与友人远别，相约来年春天再见。

2. 师友情谊

对与师友亲朋交往情景的记录，为我们了解作家群体的日常生活、思想情感提供了最直观的场景材料，其诗文作品中各有不同的交往媒介，但共同特点就是呈现了明代陕西的风土人情，世风民俗。李梦阳《酬伊阳殷明府追忆见寄十四韵》，表现渴望与友人携手高山，共揽盛景的美好愿望，"谪居宰山邑，颇喜占名郭""独抚岩中琴，遥杠汴上作"，呈现出士子文人与同窗师长交往的细节和具体的生活境况。

三原诗人来复《初夏承魏道冲太史招饮作》，是记录与尊长宴坐的文字：

何来遇清赏，风榭一披襟。鹭杓行筵久，龙门倒屣深。朱榴疑火缀，玉李贮冰沉。敢拟占星会，犹惭问字寻。④

张问仁《仰怀北郭先生寄呈》，借孔鲤秉承庭训的典故，来表达对昔日在恩师身边接受训导时光的无限怀念：

---

① （明）贾鸿洙辑：《周雅续》卷七，明崇祯刻本，第 42 页 a—b。
② （明）贾鸿洙辑：《周雅续》卷七，明崇祯刻本，第 44 页 b。
③ （明）贾鸿洙辑：《周雅续》卷十六，明崇祯刻本，第 2 页 b。
④ （明）贾鸿洙辑：《周雅续》卷十六，明崇祯刻本，第 14 页 b。

东海城东望海楼，携儿日日上楼头。天清岛屿栏边出，潮涌蛟龙阶下游。醉后功名从燕雀，诗成世故已蜉蝣。销魂河外衔恩士，可得趋庭伴鲤游。①

还有许宗鲁的《寄皇甫氏父子》：

从为南纪文章客，再见东吴故旧书。雏凤羽毛明日月，卧龙踪迹付樵渔。江声远抱春愁下，海色晴看夜榻虚。漫倚苏台瞻五马，先凭楚水报双鱼。②

信使相通，遥寄牵系，同窗、师友情谊是文人精神生活的支柱，贯注在这类作品中的深沉情感，表达了他们对友谊的渴望和珍惜。

3. 悼亡哀思

古人事死如事生，对于故去先人、亲友的纪念缅怀，往往诉诸笔端。温纯的两首悼念亡友之作，篇幅不长，情感真挚，抒发天人永隔，两界相思：

镇东开府地，得代已称奇。况是持衡日，均当总宪时。前茅公不愧，已事我堪师。去就还连辄，相思陇月知。（《哭敏肃官保》）③

谁领法冠抗御前，中台风节故应怜。几年海峤称龙卧，万里云霄信羽翩。家有彩毛浑是凤，国余谏草尚如弦。驻颜虚拟葛洪健，解组空传疏傅贤。钟鼎勋俾华不注，丝纶恩彻汶阳田。于今拊髀思明圣，何处招魂泣杜鹃。绿野夷犹孤夜月，青山寂寞锁寒烟。北来耆旧凋零尽，目断荒原一黯然。（《挽御史大夫葛公》）④

任凭时光流逝，对亲人离世的悲痛却无法释怀，这是人之常情，如来复悼念亡女之作：

---

① （明）贾鸿洙辑：《周雅续》卷九，明崇祯刻本，第26页b。
② （明）贾鸿洙辑：《周雅续》卷八，明崇祯刻本，第25页a—b。
③ （明）贾鸿洙辑：《周雅续》卷十，明崇祯刻本，第47—48页。
④ （明）贾鸿洙辑：《周雅续》卷十，明崇祯刻本，第52页a—b。

强自宽愁抱，年来痛不忘。汝容如在眼，我泪动盈眶。设果忆曾嗜，焚钱资买香。沉寥春雨后，墓草定新长。　（《亡女忌日感怀》）①

李梦阳有《结肠篇》三首，诗前小序云：

李子曰：结肠之事，盖予妻亡而有此异云。奠妻以牲，烹肠焉，肠自毬结，李子异焉。曰：胡为烹？胡为结？恍惚神怪，孰主孰使？厥理孰测？怨邪？德邪？生有所难明，死托以暴衷邪？呜呼！呜呼！作《结肠篇》焚妻柩前，妻固识文大义，或亦契其冥怀也。②

其中第二首诗云：

结肠结肠忍更闻，妾年十六初侍君。父也早逝母独存，为君生子今有孙。昔走楚越迈燕秦，万里君宁恤妇人。外好不补中苦辛，中年得归计永久。命也百病攒妾身，言乖意违时反唇。妾匪无迕君多嗔，中肠诘曲难为辞。生既难明死讵知，千结万结为君尔，君不妾知肠在此。③

以其亡妻口吻，诉说身世之苦以及多年婚姻生活中的辛苦和委屈，实则反映了作者内心深处对妻子的愧疚和无尽思念。

4. 宴集雅会

文人雅集，诗人们最喜欢作诗留念。明代的陕西作家群也不例外，这类诗合计也有六七十首，记录各种宴会、雅集的盛况，是文人生活情调和思想旨趣的最好表达。

《周雅续》中的这类诗作反映了明代文人各种类型的宴集诗会，宴集的地点可以是私人宅邸别业，可以是环境优美的亭台轩廨，还可以是山水名胜之所，如下面几首宴集之作：

---

① （明）贾鸿洙辑：《周雅续》卷十六，明崇祯刻本，第14页a。
② （明）贾鸿洙辑：《周雅续》卷二，明崇祯刻本，第49页a。
③ （明）贾鸿洙辑：《周雅续》卷二，明崇祯刻本，第49—50页。

两醉如渑酒,深宵清乐多。肉丝忽近远,图画静摩挲。爱客筵弥重,伸情礼不苛。犹怜迂吏苦,满酌慰蹉跎。(来复《饮王恒石鸿胪宅》)①

玄都陪上客,看竹到东林。时有风云气,况闻钟磬音。坐看天阙近,行人洞霄深。若遇桃花水,仙源好共寻。(乔世宁《东麓亭宴集》)②

丹崖峭壁欲回澜,直插中流作柱看。影落江心疑燕度,根连钟岭隐龙蟠。逍遥尽日机全息,花鸟逢春兴未阑。况是皇家丰芑地,河山长巩万年安。(温纯《同胡奉常党侍中集燕子矶》)③

宴集的时间可以是节令,如许宗鲁《十五夜南峰王孙邸同叶右史赏月》;也可以是生日聚会,如王鹤《初度诸友招宴内李生号通仙道末故及之》;还可以是二三知己不拘时间的随兴随意而聚,如许宗鲁《岳阳楼夜集同谢水部》:

改席风生阁,传杯月堕湖。渔灯依岛屿,沙鸟聚菰蒲。竹怨湘妃子,兰悲楚大夫。赏心逢谢客,高兴倒金壶。④

宴集的主题或为接风,如许宗鲁《春日迎旭王孙山池宴集》;或为饯别,如乔因阜《群寮饯莫愁湖》;或为同年聚谊,如南宪仲《华州王莲塘同年招饮传芳楼兼示昴季诸作》。最能体现文人特色的还是诗社雅聚,如王鹤《九月二十八日期渠翁相公同诸吟社赏菊》:

荒圃能淹上客车,一樽尽日对寒花。盈盈露蕊当筵媚,袅袅风枝倚槛斜。小有鸡豚供野酌,绝无蜂蝶到山家。不妨插帽俱成醉,一任西风两鬓华。⑤

---

① (明)贾鸿洙辑:《周雅续》卷十六,明崇祯刻本,第14页b。
② (明)贾鸿洙辑:《周雅续》卷九,明崇祯刻本,第43页b。
③ (明)贾鸿洙辑:《周雅续》卷十,明崇祯刻本,第45—46页。
④ (明)贾鸿洙辑:《周雅续》卷八,明崇祯刻本,第24页a。
⑤ (明)贾鸿洙辑:《周雅续》卷十,明崇祯刻本,第15页b。

文人的宴集，即兴赋诗是必不可少的内容，如来复《米仲诏水部先生湛园观石分韵》，周鉴《千佛山分韵得振字》，南宪仲《对月席上得深字》，李时芳《秋日澄心亭留酌胡荊甫周公化许子长得寒字》，李三才《冬日同欧祯伯诸公饮李通侯清啸轩得厄字》，赵时春《柳湖宴集用民赡韵》，王维桢《原州镇西楼松石公宴集用韵》，韩邦靖《红菊同何大复席上分韵》，张治道《荐福方丈同诸友咏石灯分韵得乘字》等等，多角度呈现了明代文人的交游面貌之一斑。

5. 咏物题画

此类作品也是文人士子创作离不开的题材，吕颛的《大夫松》抒发了对大夫松的崇敬爱戴之情，诗曰：

  老松三代旧，不敢问行年。托脉青云表，呈华赤日边。自知仙可庇，常与鹤相怜。岂为封题在，清风春自妍。①

"自知仙可庇，常与鹤相怜"，松鹤延年是旧时文人对人生的最美好祈愿。其他如梅、兰、竹、菊等自然也是常咏之物，借以抒发高洁的情怀。

题画诗中，李梦阳的作品可圈可点，代表作有《李进士醉归图歌》《郑生画像歌》《画鱼歌》《林良画两角鹰歌》《吴伟松窗读易图歌》《西山湖春游图歌》等，其中《郑生画像歌》指出"欲识豪雄岂啻诗"：

  岩风飒飒树叶赤，秋林紫气丹丘积。问君胡为坐石根，微吟极望天云昏。南归舟楫杳将滞，故园花莺当复存。浚仪张生好作笔，貌尔形似兼其魂。细模妍描岂乏手，传真水月烟中柳。意气朗如千里骨，精神合居万人首。忆昨观君飞射时，弯弧走马实男儿。更求张笔须传此，欲识豪雄岂啻诗。②

卷十六录来复七言诗《题刘叔定家藏竹林七贤图》一首，描绘刘叔定家藏的十尺长轴《竹林七贤图》：

---

① （明）贾鸿洙辑：《周雅续》卷九，明崇祯刻本，第51页a。
② （明）贾鸿洙辑：《周雅续》卷三，明崇祯刻本，第2页a。

爱君横轴十尺长，文锦为缘青缥囊。花阶尘静敞兰室，忽惊满几云烟出。竹竿掩映千万条，碧荫秾稍乱云日。参差貌出名贤姿，衣带飘飘真散逸。支颐笑傲各有致，细玩亦称能事笔。茅茨低临斜透林，翻嗟诸公愁裤虱。冰缦和闲歌调高，鹍弦当庸声嘈嘈。兴酣满浮白玉斝，是时伶也先酕醄。小阮鲸吞大阮啸，嵇生箕踞向生笑。就中两人似尚醒，别有清韵怀廊庙。我寻轨迹不易寻，风流人代成陆沉。嗣武纷纷有八达，玉尘雄谈气飞越，铜驼天外蓁荆阔。①

"参差貌出名贤姿，衣带飘飘真散逸"，活画出竹林七贤的卓绝风姿。

6. 写景纪游

写景纪游自然是表达文人情怀的最畅达途径，览胜抒怀，下笔有神，仅以温纯两诗为例：

> 特立中流澜倒回，振衣极目此徘徊。寻源有意乘槎去，对景浑疑跨鹤来。雨霁龙宫行日月，潮回蜃气接楼台。入瞻座上西来像，为汲中泠供一杯。（《登金山寺》）②
>
> 乘兴寻幽到海涯，悬泉千仞溜争奇。空传如练玄晖语，笑杀翻盆杜甫诗。云里飞虹终想像，风前卷雾亦参差。千秋为汝标名字，白玉生烟岂漫词。（《雁山瀑布》）③

无论金山寺还是雁山瀑布，以其深蕴的文化历史内涵，至今仍为游人喜闻乐见。诗中"入瞻座上西来像，为汲中泠供一杯""云里飞虹终想像，风前卷雾亦参差"的生动描绘，是否也间接影响后世的学子文人循迹游览，写意畅怀呢。这类诗歌，或沿途记景，或纪游览胜，或游山泛水，或专记华山，或登高远眺，或曲径通幽，几近二百余首，首首展现作者于山水俯仰，与虫鸟同乐的悠然自适的情怀。

除以上种种，《周雅续》还有部分诗歌记录了其他事和物，鲜见如出使朝鲜的经历，以及由此生发的异域感怀，惯常如对鸟兽虫鱼、风雨雪月的咏叹，这些诗作共同呈现出此书丰富多彩的思想内容。

---

① （明）贾鸿洙辑：《周雅续》卷十六，明崇祯刻本，第 7 页 a—b。
② （明）贾鸿洙辑：《周雅续》卷十，明崇祯刻本，第 43—44 页。
③ （明）贾鸿洙辑：《周雅续》卷十，明崇祯刻本，第 44 页 a—b。

第二节　文约体茂的艺术特色

明代的文学复古运动，实质上就是"一场力图恢复古典审美理想及古典文学特别是古典诗歌审美特征的文学运动"。[①] 陕西是明代文学复古思潮发起的重镇，前七子中的三位重要人物李梦阳、康海、王九思都是陕西人，在正德、嘉靖年间的文坛上独领风骚。《周雅续》所辑录的所有作品中，绝大部分是这种时代风潮下的产物，其中尤以李梦阳为代表，全书十六卷，前四卷均为李梦阳的作品，有赋13篇，古体、律诗、绝句共543首，涵盖了政治、经济、文化、休闲、娱乐等生活的方方面面，有其鲜明而多彩的艺术风范。其余81人的作品在这样的时代和文学背景影响之下，在作品的艺术性方面有或多或少的共性和普遍特征。

一　古学渐兴，士彬彬乎盛矣

中国古代占统治地位的审美理想是情与理、美与善、意与象、诗与乐的统一，讲究文质彬彬，然后君子。李梦阳云："诗倡和莫盛于弘治，盖其时古学渐兴，士彬彬乎盛矣，此一运会也。"[②] 师法盛唐，是很多作者的共性，李梦阳尤其与杜甫相近，善于运用象征手法来烘托气氛，将主题向反映民生疾苦或抒发人生情怀的方向提升。[③] 触景生情，抚今思昔，感慨人生，心系国家，格调沉郁顿挫，苍凉雄浑，深得杜诗神髓。如下面的《从军四首》：

> 汉虏互胜负，边塞无休兵。壮丁战尽死，次选中男行。白日隐碛戍，胡沙惨不惊。交加白骨堆，年年青草生。开疆整未已，召募何多名。萧萧千里烟，狼虎莽纵横。哀哉良家子，行者常吞声。
> 从军日已远，备兹途路艰。驱车太行道，北度雁门关。天寒雨雪冻，指堕曾冰间。登高望虏境，白沙浩漫漫。单于数百骑，飘飒猎西

[①] 廖可斌：《明代文学复古运动研究》，商务印书馆2008年版，第98页。
[②] （明）李梦阳：《空同集》卷五九《朝正倡和诗跋》，《文渊阁四库全书》，商务印书馆（台北）1986年影印本，第1262册，第543页下栏。
[③] 参见左东岭等《中国诗歌通史·明代卷》，人民文学出版社2012年版，第427页。

山。毂我乌玉弓，赫然热肺肝。安得奋长剑，一系名王还。

别家亦云久，昨得家中书。书中何所云，父母与妻孥。昔来柳依依，素雪今载涂。岂不念还归，天子西击胡。登山眺故乡，存没两呜呼。丈夫死国仇，安能恋里闾。生当取封侯，怨别祇区区。

久处行伍间，渐知苦乐情。能蟠丈八枪，徒御不我轻。府帖昨夜下，烧荒有我名。秣马待天曙，肃肃寒霜零。左鞬插雕羽，雄剑跃且鸣。日高渡黄河，东过受降城。所羡在灭胡，富贵何足荣。①

在创作实践中，李梦阳基本上遵循了自己提出的主张，即"以我之情，述今之事，尺寸古法，罔袭其词"。②又如《屯田二首》：

叶落归故根，孤云有时还。凶年闾里尽，谁门今幸全。全者自何归，皮肤半不完。百租丛其身，欲诉谁见怜。吾家十八军，独我犹从战。昨当战交河，左髀贯双箭。本不识犁锄，况复千亩租。三诉吏不语，锁颈投图圄。

日落苍天昏，奔驰吏下屯。扬言科打使，论丁不论门。老军出听卯，老妇吞声言。边城寡机杼，耕种育儿孙。诛求余粒尽，竭力豢孤豚。昨当统管来，宰剥充盘飧。言既复长号，吏去收他村。③

华州诗人王维桢，字允宁，号槐野，嘉靖十四年（1535）考中进士，官至南国子监祭酒。以博学强识著称，在当时的文人中有相当的名气和声望。他也崇尚复古，对李白、杜甫的诗歌有深透的研究，其诗作蕴藉深厚，试举两例：

还子无苦颜，羁人寡欢趣。宛马东道来，西风常反顾。予也塞鄙人，谬习从章句。会值好文时，凌风偶鸾鹜。天路岂不廓，翱翔非所慕。华狱云台边，翳翳饶松树。其下盘茯苓，其上栖白鹭。归与依吾乡，延年而保素。（《与汪仲子别》）④

---

① （明）贾鸿洙辑：《周雅续》卷二，明崇祯刻本，第14—15页。
② 廖可斌：《明代文学复古运动研究》，商务印书馆2008年版，第149页
③ （明）贾鸿洙辑：《周雅续》卷二，明崇祯刻本，第15页a—b。
④ （明）贾鸿洙辑：《周雅续》卷九，明崇祯刻本，第32页a。

寒夜高楼玉笛哀，天涯羁客思难裁。关山万里惟看月，霜露孤庭有落梅。怨鹤愁闻云里下，吟龙疑自海边来。谁能吹向飞狐塞，一遣胡奴竟北回。(《闻笛》)[1]

"西风反顾""关山万里""寒夜高楼""孤庭落梅"，这些古人诗词中常见的意象，在作者笔下为读者翻出新奇意境。

二 形式多样，内容丰富

作为一部诗歌总集，《周雅续》中有为数不多的赋，大部分为诗歌，运用乐府诗、律诗、绝句、歌行体等多种体裁，或关心国事民生，或抒写个人情怀，或写景叙事，或借景抒情，洋洋洒洒，蔚为壮观。

赋是我国古代的一种有韵文体，介于诗和散文之间，类似于后世的散文诗。它讲求文采、韵律，兼具诗歌和散文的性质，更近于诗体。特点是"铺采摛文，体物写志"，侧重于写景，借景抒情。本书赋的数量虽然不多，但类型全面，有记事，有抒情，有写景，有议论。李梦阳《河中书院赋》《泊云梦赋》《观瀑布赋》《述征赋》各具特色，语句以四、六、七字句为主，兼及其他句式。《寄儿赋》中有云：

风褭褭以先秋兮，百卉改而动容。时序莽其流易兮，块予犹独处此异江。地卑湿而芜陋兮，孤伥伥而寡仇。忾直路之蓬蒿兮，纲纪坏而不修。惟彼人之嬛巧兮，谌妁约以先意。众澜倒而莫之支兮，昭余志之独异。陟匡庐以凝眄兮，眺江介之孤城。山合駴以迎目兮，清云曳而前征。怆荆吴之渺漫兮，波水淡而交逝。瞻梁豫之逖逖兮，情惝悦而濡滞。日晼晚以既夕兮，尘埃滃而蔽天。[2]

七言为主，多用文言助词"兮"，语言上声律和谐，讲究藻饰和用典。

乐府是自秦代以来设立的配置乐曲、训练乐工和采集民歌的专门官署，汉乐府指由汉时乐府机关所采制的诗歌。后世文人仿此形式所作的

---

[1] （明）贾鸿洙辑：《周雅续》卷九，明崇祯刻本，第39页a。
[2] （明）贾鸿洙辑：《周雅续》卷一，明崇祯刻本，第5—6页。

诗，亦称"乐府诗"。《周雅续》中也有少部分乐府诗，如李梦阳的《辟雍》，用整齐的四字句，描绘天宫帝都，于祭祀于教化的重视和规范，最后两句"王多吉人，四国用康"，洋洋大观，表现了天子脚下，人才汇聚，国富民强，生生不息的美好愿景。《河之杨》短短几句，将对远行之人的切切思念表现得哀怨婉转，感人至深：

>河之杨，其叶幡幡。子之归矣，谁与我晤言。
>河之湍兮，我心博兮，庶见子旋兮。①

让人不由得想到汉乐府的诸多精彩篇章。

形式为内容服务，文质相合为文学创作的最高境界。《周雅续》中的诗歌，无论是乐府诗还是五言、七言，乃至杂言，大多不是为写诗而写诗，如果读者熟悉当时的历史和社会状况，则基本能考见其本事。如同是前七子之一的王九思，他的诗作有其人有其事，读者可通过作品直观其生活和日常交往的状况：

>渼陂野人栖碧山，藤萝麋鹿相追攀。竹阁柴扉夜月迥，落花飞絮春昼闲。磁罂独饮紫薇露，钓石长坐青溪湾。中丞枉驾不可避，笑着衣屡双鬓班。(《和韵与王中丞》)②
>少陵野老去不返，十亩山田多白云。新筑茅堂尔为主，独栖岩洞谁与群。夏日来就碧囱卧，午风细洒青簟纹。飘然梦觉坐苔石，笑饮竹泉歌夕曛。(《过张时济少陵山庄》)③

有些作品并不一定具体有所指，却蕴含着诗人的情感，透露出时代的特点，体现出诗人独有的气质和风格。如三原人张原，其诗质朴蕴藉，不事雕琢，却也耐人寻味：

>雕胡米熟正秋肥，应候来宾作序飞。仙掌月明惊北去，衡阳霜早又南归。字行带草斜还直，阵影排空密复稀。沙暖潇湘赠缴少，丁宁

---

① （明）贾鸿洙辑：《周雅续》卷一，明崇祯刻本，第 25 页 a。
② （明）贾鸿洙辑：《周雅续》卷五，明崇祯刻本，第 10 页 a。
③ （明）贾鸿洙辑：《周雅续》卷五，明崇祯刻本，第 10 页 a—b。

到处避危机。(《雁》)①

　　晴陟危楼百尺巅，满城风雨菊花天。几家苗寨依山屋，一棹渔郎下钓缸。红叶乱明霜染树，白鸥齐起水生烟。斜阳不尽登临意，徙倚长吟倍惘然。(《登永祥寺南阁》)②

　　中国古典诗歌的各种体裁，各自有着种种不同而特定的法度要求，各种体裁法度要求的严格程度也各有不同。③《周雅续》收录作品两千余首，体裁和内容都相当丰富，为读者呈现了明代陕西一地总体的诗歌创作风貌。

三　对结构、语言和韵律的审美追求

　　如前所述，明代文人提倡和践行复古运动，其诗歌创作自然也不例外。左东岭先生指出，明代诗歌有三大特征：一是明诗的基本发展线索由复合诗学思想与性灵诗学思想构成；二是明诗的发展往往具有流派论争、理论批评与创作实践密切结合的特征；三是明代诗歌发展中呈现出明显的地域特征与相互之间诗风的互动。明代诗歌的地域差别比较明显，各具特色并相互影响和渗透，从而形成了明代诗坛纷纭复杂的局面。④ 而《周雅续》是今陕西及周边地区的一些先贤诗歌创作的辑录，纵观所收诗作，总体受到当时社会、历史、文化背景的影响，具有某些明代诗歌共同的特征之外，其自身还有许多独到之处，其对语言、结构和韵律的精雕细琢，体现了这个群体某些共同的审美追求。

　　1. 结构精巧，卒章显志

　　诗歌的结构与内容相联系，有的时候欲抑先扬，有的时候欲扬先抑，避免平铺直叙。前七子中的另一位重要诗人康海，状元出身，因受牵连，政治失意，从此放浪形骸，寄情山水，制乐府、创诗词，其诗作《观渔梁》《观刈麦》等，由题目引领其结构发展，翻出主旨，显其情志。另一首《扶风咏怀古迹》首句感慨"周灵既靡赫，秦缪日以狂"，中段喟叹"本乏建国理，安用传绪长"，尾则哀鸣"再传已莫守，世万诚可伤"：

---

① (明) 贾鸿洙辑：《周雅续》卷六，明崇祯刻本，第39页a。
② (明) 贾鸿洙辑：《周雅续》卷六，明崇祯刻本，第39页b。
③ 参见廖可斌《明代文学复古运动研究》，商务印书馆2008年版，第150页。
④ 参见左东岭等《中国诗歌通史·明代卷》，人民文学出版社2012年版，第1—3页。

>　　周灵既靡赫，秦缪日以狂。吞噬抵穷海，兼并况要荒。昌德茂不作，诈力遂纵横。幸来旦奭少，事去根蒂亡。本乏建国理，安用传绪长。迢迢茂陵道，习习谷风凉。川原慨往迹，堞址怆遗疆。拒胡岂劳远，覆宗良在强。磷磷太白石，历历颂声扬。再传已莫守，世万诚可伤。①

其结构完整又不失精巧，传情达意，不露痕迹。

2. 语言朴厚，情感丰茂

陕西民风淳朴，语言粗犷豪迈。陕西籍作家的诗作自然也体现出这亘古不变的性格特点。《周雅续》中收录了南师仲的诗作30余首，一定程度上呈现出这样一种特色。南师仲，字子兴，陕西渭南人，南轩第三子。学者，方志专家。万历二十三年进士，初在翰林院任职，官至南京礼部尚书。相传相貌清瘦，目光炯炯。气量宽宏，性格坦率。长于古文，喜深夜写作。他的《立春日作》诗，不拘格式和字数，洋洋洒洒，畅其胸臆，表达出不与世俗同流合污，我行我素的坦荡荡君子之风：

>　　嗟！岁膺和风，习淑气清。端居感化，触物含情。千条将舒颖，百卉欲呈英。由来代谢理，何物苦经营。槛外雪消，春水窗前，徙倚听流莺。支离短褐聊尔尔，倏忽盘餐细菜生雕虫。翻蹈蜀人悔卧龙，效南阳之躬耕，挥洒纵冯凌乎？千古吾宁醉里与造化为朋。请看梅花朝开夕复落，无用戚戚向身后计浮名。②

好一个"无用戚戚向身后计浮名"，语句自由流畅，情感丰沛洒落，一位具有旷达气质诗人呼之欲出。

3. 韵律和谐，余音绕梁

讲究韵律的和谐是诗歌的基本要求之一，古人还讲究和诗唱答，互和为趣，其多以和韵为主，即与别人的诗相唱和时，依照其诗所押的韵作诗。大致有三种方式：依韵，即韵脚与原诗韵在同一韵部而不必用其原字；用韵，即韵脚用原诗的字而不必依照其先后次序；次韵，或称步韵，

---

① （明）贾鸿洙辑：《周雅续》卷五，明崇祯刻本，第18页a。
② （明）贾鸿洙辑：《周雅续》卷十五，明崇祯刻本，第10页a—b。

即韵脚用其诗原韵原字,而且用字先后次序也必须相同。《周雅续》中的诗作也不例外,单次韵、分韵、和韵的诗作就达100余首,其余韵律诗作品也都严格讲究平仄协律,注重音韵的和谐优美,不违背格律诗的基本要求。即使古体诗也均能做到朗朗上口,读来余音绕梁。

李梦阳的作品讲求韵律的优美和谐,且很多都是用韵的典范。如《与殷明府期嵩少诸山不果十四韵》:

> 旅寓限崩迫,骚屑隘烦务。向来嵩少约,屈指谓旦暮。岂惟攀时彦,兼欲展秋步。仆夫戒衣粮,车马亦充数。胡然泥行迈,遂此叹乖遻。峨峨云中峰,阻尔独何故。伫瞻风峤突,侧耳石泉注。夜来逍遥梦,忽落嵩山树。累垂松猿㘅,淡沲岩姿露。存已超仿佛,醒若涉颠遽。彼美眇何许,兹端怆难屡。采蕙忌及晚,我疾畏晨露。烟萝四时佳,春服易为具。河阳群葩发,振策冀有遇。①

全诗二十八句十四韵,用字准确,用韵熟练。又如《和李大隔墙见予家海棠次其韵》:

> 种汝深愁树不长,数年今遽出吾墙。临衢幸不矜全色,隔院应难掩暗香。敢向纷纷争俗眼,私怜袅袅压时妆。胭脂强半喧蜂少,倘过同倾花下觞。②

首句入韵,依照原诗【七阳】韵中的"墙""香""妆""觞"等字灵活地安排诗句,表达情感,是次韵作品中的佳作。

除此之外,我们随便提取其任何一篇近体诗作,无不是平仄协律,韵字精准,和谐美妙,灵动天成。比如《早春郊园赠别》:

> 野阴苍苍春不分,春堂黯黯惜离群。柳条欲折不应手,林花即开谁寄君。雁飞帆樯畏触雪,日蒸山泽恣成云。杳然携别东园晚,绮席玉杯相对曛。③

---

① (明)贾鸿洙辑:《周雅续》卷二,明崇祯刻本,第23—24页。
② (明)贾鸿洙辑:《周雅续》卷四,明崇祯刻本,第8页a。
③ (明)贾鸿洙辑:《周雅续》卷四,明崇祯刻本,第10页a。

【十二文】韵中一共只有三十几字，他信手便拈出最为恰切的五字"分""群""君""云""曛"，表达离别之情，同样也是首句用韵。其中"春堂黯黯惜离群""林花即开谁寄君"等句尤为精彩。因其韵律与内容的精彩和谐，直接提升了诗歌整体的价值和思想意义，是文质相合的典范之作。

其余81人，我们同样可以任意拈出，如卷尾的两位虽为女性，其作品韵律性亦均可圈可点，不输古人。葛节妇，三水人，文在中之女，文翔凤姊。其诗《七夕》，读来轻巧婉转：

一钩新月照明河，怕听尊前笑语歌。天上欢娱归绛汉，人间惨淡望金波。嫦娥桂殿空衣羽，织女鹊桥且住梭。守拙澄然方寸静，乞庭何用巧还多。①

还有一首《韭颂》，四、五、六言相参，妙韵天成：

青青者韭，春以荐兮。可以羞王公，亦可以逮贱兮。生则澄瀩，熟则叶脾。于采于畦，用以正颐。秀于孟陬，老于秋季。韭者九乎，岂惟九刈。韭字之义，其画九也。二纵六横，八卦首也。一象太极，妙不容口也。孰谓一草一木，非道薮耶！②

同是女子的武恭人，宁州人，文翔凤内子。非借编纂者妻子的身份列于集中，而是因其诗作确也文质相涵，有动人之处。如其写给夫君的《壬戌外擢卿士使迓寄晋三首》：

东晋西秦梦不闲，夫君新入帝台班。满园黄菊秋容爽，鸿雁南飞人未还。

彩云曾驾素汾津，金盖飘摇又向秦。骏马雕鞍辞晋士，八风飞送玉为人。

明月清秋入座流，嫦娥独送海天愁。双飞鸾凤长空去，歌舞天宫

---

① （明）贾鸿洙辑：《周雅续》卷十六，明崇祯刻本，第46页b。
② （明）贾鸿洙辑：《周雅续》卷十六，明崇祯刻本，第48页a。

任我游。①

　　李杜诗篇乃明代诗人追模的典范，然而"江山代有才人出"，谁又能说明代的诗作中没有可圈可点之处呢。《周雅续》作为一部地域性的诗歌总集，无论是在思想性和艺术性上，都有着独特的意义和价值，为我们更好地了解当时当地的世风民俗、人情世态、文化积淀、历史演进提供了宝贵的基础性材料。

---

①　（明）贾鸿洙辑：《周雅续》卷十六，明崇祯刻本，第 53 页 a。

下 编

《周雅续》收录的作者研究

第一章

作者考

例　言

　　前文已述，从现有的研究成果来看，明代陕西作家中的个别文学名家，如李梦阳、康海、王九思、胡缵宗、赵时春等，受学界关注较多，研究成果较为丰富。今有别集存世的一般作家，如胡侍、王维桢、孙一元、金銮、乔世宁、马理、杨爵、温纯、韩邦奇、韩邦靖、刘储秀、张治道、张原、许宗鲁等，受学界关注虽不及那些名家，但近年来也逐渐走入研究者的视野，取得了一些可观的成果。而一些虽曾在明代陕西诗坛占据一席之地，但因别集散佚而一直鲜为学界关注的"隐蔽"作家，则有待逐个突破去研究，这也是梳理陕西古代文学史的必经途径。

　　在《周雅续》的82位作者当中，有诗文集传世者仅43人，无别集或别集失传的作者39人，如周鉴、文在兹、王道纯、武之望、管楫、文运开、南逢吉、王九峰、王庭诗、盛讷等，迄今未见专文研究。《周雅续》收录这些无别集或别集失传者的诗赋作品多达931篇，其中仅有少量作品见载于其他典籍。每位作家收录作品的数量不等，少则一两篇，多则逾百篇，这些作品是今人或多或少能借以了解和研究诗人面貌、创作成就的主要资料。

　　本章重点选取张问仁、吕颙、王鹤、南宪仲、王图、刘绍基等6位别集今已失传，一直鲜为学界关注，但在《周雅续》中保存作品数量相对较多的作者进行研究。以《周雅续》所收其诗作为内证，以史传方志所载其资料为外证，内证与外证有机结合，举凡涉及家世、事行、著述、交游等问题均逐一详加考证，以填补此类"隐蔽"作者研究之空白，为明代陕西作家基础资料的积累和明代陕西诗歌史的梳理做出具体的贡献。

第一节　士大夫的理想人格——张问仁

张问仁，字以元，明代西宁卫人，大约生活在嘉靖、隆庆、万历年间。出生在被誉为"湟中家风，以张氏为最"① 的诗礼之家，他本人亦是品学兼优之士，曾著有《闷子》《河右》诸集传于世，惜今已不存。一直以来，学界对张问仁研究甚少，生平资料的匮乏和文集的散佚是主要原因。张问仁在《明史》中无传，清代乾隆《西宁府新志》（下简称《新志》）略载其生平，仅300余字。2005年出土的张问仁墓志铭记录了其家世、科考、仕履、学养等信息，是研究其生平的基本资料。张问仁曾在山西阳城、江淮一带和昌平等地任职，这些地区的志书中也有其生平事迹的零星记载②，但语焉不详。相关学者已意识到张问仁在青海文学史上的重要地位，称其为当时西宁卫地区"凤毛麟角的文化人物"③，是"明代西宁诗人中诗作留存下来数量最多的"④"迄今所知明朝唯一的青海本土诗人"⑤，但对其诗歌的关注皆集中于《新志》收录的11首诗。《新志》中收录的诗歌，内容多与明代青海的地理风物及历史事件密切相关，从事件发生的时间看，当属作者去官归里后的作品。《周雅续》中另存有张问仁诗歌15首，迄今尚未引起学界关注。从内容上看，这些诗歌多与作者仕宦生涯的经历有关，与《新志》中收录的诗作构成互补，故具有较高的史料价值。与他人撰著、事后形成的史志文献不同，诗歌是个人情感和经验的表达，往往记载了作者随时随地的所见、所闻、所思、所感，故而是了解当事人思想情怀的绝好文献。以下试以《周雅续》及《新志》收录的26首诗歌所透露出的信息为内证，以出土及传世的相关文献资料为外证，探索张问仁从科举入仕到去官归里的人生轨迹，体会他在诗作吟唱

---

　　① 乾隆《西宁府新志》卷二七《献征志·人物》，《中国地方志集成·青海府县志辑》，凤凰出版社2008年影印本，第1册，第346页下栏。
　　② 记载张问仁生平信息的志书有雍正《泽州府志》、乾隆《任邱县志》、乾隆《掖县志》、同治《阳城县志》、光绪《淮安府志》、光绪《昌平州志》等。
　　③ 赵宗福：《青海历史人物传》，青海人民出版社2002年版，第150页。
　　④ 李逢春：《西宁史话》，中国文联出版社2006年版，第83页。
　　⑤ 马海龙：《明代青海诗人张问仁诗歌研究》，《青海师范大学学报》2012第5期。

中流露出的对建功立业的渴望，对责任道义的担当，对亲情友情的珍视，对隐逸生活的向往，走近这位兼具清官风范与诗人情怀的明代士大夫张问仁。

一 祖生有志终扶晋，宰嚭无情酷间吴——赤心报国无奈中道遭谗

张问仁的生卒年，史志资料并未明确记载，据其墓志铭可约略推知。铭文开头曰："……余慕其名旧（久）矣！甲辰秋，自洛奉上命整戎于湟，余始得交张公。……无何而公遽然而为鼎湖游。伤哉！"[①] 而墓志结尾曰"万历岁在乙巳秋九月二十五日，不肖男一骥一豹一瑹一□泣血勒石。"[②] 墓志撰写人温纯于甲辰年即万历三十二年（1604）始结识张问仁，而墓志刻成的时间是乙巳年即万历三十三年（1605），可知张问仁的卒年当在1604年至1605年。又据墓志所载"公卒之年，越七十有五"[③]，可知张问仁的生年当在1530年至1531年，时其家族自河南迁至湟中已历经六世。张氏家族世俱业儒，从其曾祖到父辈，皆是当地品行修养很高的饱学之士。其曾伯祖张文曾任山西隰州吏目，为官清廉，有"冰蘗"之美名；祖父张经曾任河北固安县丞掌管马政，时值荒年，他忧民而不问马，为百姓称颂，解职归里后"居庭肃若朝典，跬步不苟"[④]；父亲张莱弱冠补弟子员，"性笃孝友，父母有疾，昼夜侍汤药，不一入私室"[⑤]；伯父张芝由贡士簿四川邻水县，草创《西宁卫旧志》，"亦恬雅"[⑥]。故而《新志》称湟中家风，以张氏为最矣。

张问仁天资聪慧，父亲口授诗章，过耳辄成诵，且能通晓大义，父亲

[①] 卢宗义、徐兴莹：《张问仁墓志铭考释》，《青海社会科学》2007年第1期。
[②] 卢宗义、徐兴莹：《张问仁墓志铭考释》，《青海社会科学》2007年第1期。
[③] 按：乾隆《西宁府新志》卷二十七云张问仁卒年七十三，与墓志记载不一，今以墓志为准。
[④] 乾隆《西宁府新志》卷二七《献征志·人物》，《中国地方志集成·青海府县志辑》，凤凰出版社2008年影印本，第1册，第346页上栏。
[⑤] 乾隆《西宁府新志》卷二七《献征志·人物》，《中国地方志集成·青海府县志辑》，凤凰出版社2008年影印本，第1册，第346页上栏。
[⑥] 乾隆《西宁府新志》卷二七《献征志·人物》，《中国地方志集成·青海府县志辑》，凤凰出版社2008年影印本，第1册，第346页下栏。

赞之"孺子可教也"①。虽习举子业，却"不堵经生语也，而发纾千古文辞"②。他勤勉好学，读书常夜以继日，自《左传》《国语》至当时诸名家无一不览，"而取精则韩柳，而神交则李杜"③，理学则自宋代诸儒至明兴诸君子无不精研。嘉靖三十五年（1556），张问仁考中进士，从此开始了颇有作为的政治生涯。

家道深厚的儒家文化底蕴，孕育了张问仁修齐治平的人生理想。步入仕途之后，他欲意早日实现建功立业的抱负，这种心情在其诗作中亦有流露，如《早朝》：

> 鸣鞭三彻佩初收，绛殿朱灯霄汉头。日映炉烟浮翠盖，云依仙掌结层楼。词臣召对趋传赏，上相承恩特赐留。浅劣岂能终报立，惭随鹓鹭觐宸旒。④

前两联描写早朝庄重宏大的场面。继而写到朝堂上颇受关注的两类人：被传赏的词臣和被赐留的上相，他们因才能超群或政绩出色而得到皇帝赏识。尾联笔锋转到了自身，"浅劣"是自谦之词，"鹓鹭"，比喻班行有序的朝官，亦指有才德者，这两句言自己尚未取得满意的成绩，只能忝列在觐见的队伍之中，流露出作者对政绩卓著者的羡慕和建功立业的渴望。

正是这种积极仕进的人生态度，最终成就了一个仕途上颇有作为的张问仁。据《新志》和墓志铭记载，他任阳城县令时，兴学校，杜纷争，谨身率先而民从，一邑皆称"廉平"。因政绩卓著，擢升为工部主事。后受命赴江淮征收茶盐税款，完成规定赋税任务之外，有"羡余"一万五千两，他悉缴国库，不入私囊。后晋升为工部员外郎，又擢任山东东兖佥事。在山东各地，他整顿吏治，振肃纲纪，地方百姓颂之为"西天佛子"。嘉靖四十四年（1565）升任直隶昌平兵备参议，到任后整饬军政，

---

① 卢宗义、徐兴莹：《张问仁墓志铭考释》，《青海社会科学》2007年第1期。
② 卢宗义、徐兴莹：《张问仁墓志铭考释》，《青海社会科学》2007年第1期。
③ 卢宗义、徐兴莹：《张问仁墓志铭考释》，《青海社会科学》2007年第1期。
④ （明）贾鸿洙辑：《周雅续》卷九，明崇祯刻本，第25页b。

严查贪官，惩治豪强，"问遗无所授，请寄无所听"①，治内一派清和气象。可见，张问仁每为官一处，即造福一方百姓，堪称是一位德才兼备的官员。

尽管如此，官场变幻莫测，张问仁亦曾为报国之志不能实现而感慨，作《秋夜》一诗以抒怀：

> 萧条虚馆漏初催，客思秋怀不可裁。斜月乍随松影去，断风时掠雨声来。燕山易水书难达，陇树秦云梦屡回。寸绩未成头白尽，天涯空自恨非才。②

作者裁之不断的愁思，一方面源于羁留在外的游子对家乡的思念，另一方面则是为年华老去、壮志未酬而嗟叹。诗中"寸绩未成""恨非才"是自谦之辞，实际上张问仁是一位不可多得的人才。任职昌平时期，奉命为陵寝重地修建砖城，他尽量节省开支，在不滋扰百姓的前提下，高效完成了任务，"不数日而垂千百年保障之雄"③，其为政之能可见一斑。后受命安置明世宗灵梓，谒陵官员往来如云，肩摩毂击，他每日亲自接送酬应，毋使累及百姓，可谓以"非常之才办非常之事"④。皇帝亦很赏识其才干，正欲提拔之际（拟擢列九卿），却不幸被小人诬告其别有用心，"有忌之者，以飞语疑吏部，执政者竟论去"⑤。

满怀报国之志的张问仁就这样告别了仕途，携父母家人返回故乡西宁。曾几何时，他途经开封朱仙镇，作《朱仙镇岳武穆庙》，为精忠报国却惨遭陷害的抗金英雄扼腕叹息：

> 痛哭南旋愿已孤，中原从此尽为胡。祖生有志终扶晋，宰嚭无情酷间吴。古镇冤横云自惨，荒祠春尽鸟长呼。高宗余业仍归虏，泉下

---

① 乾隆《西宁府新志》卷二七《献征志·人物》，《中国地方志集成·青海府县志辑》，凤凰出版社2008年影印本，第1册，第347页上栏。

② （明）贾鸿洙辑：《周雅续》卷九，明崇祯刻本，第27页a。

③ 卢宗义、徐兴莹：《张问仁墓志铭考释》，《青海社会科学》2007年第1期。

④ 卢宗义、徐兴莹：《张问仁墓志铭考释》，《青海社会科学》2007年第1期。

⑤ 乾隆《西宁府新志》卷二七《献征志·人物》，《中国地方志集成·青海府县志辑》，凤凰出版社2008年影印本，第1册，第347页上栏。

当时一恨无。①

首联写正在前线浴血奋战、连连告捷的岳飞，忽被召回朝廷，从此收复中原的梦想彻底破灭。"痛哭"，写出了一代英雄面对山河破碎、理想破灭的痛苦和无奈。颔联提到了两个历史人物，一是中流击楫、誓复中原却遭到统治者猜忌的祖逖，一是受敌贿赂、谮杀忠良却因善逢迎而深得君王宠信的宰嚭，两相对比，抒发出诗人内心的无限愤慨。数千年的历史长河中，不乏祖逖、岳飞这样的忠义之士，却也充斥着不少宰嚭、秦桧等卑鄙之流，作者咏怀历史的同时也书写现实，诗人自己遭谗去官的经历又何尝不相似呢。

张问仁归里途中行至积石峡，对面便是故乡西宁了，而突如其来的雷雨阻碍了渡河的进程。望着眼前的惊涛骇浪，诗人百感交集，作《西归自积石渡河有感因怀都下相知》：

> 惊涛仍此涉，川上复迟延。为激声偏怒，无情恨岂传。蛟龙时一起，雷雨夜长悬。凭寄相思泪，随波到日边。②

"为激声偏怒，无情恨岂传"，汹涌的波涛似乎在怒吼，但它们终归是无情之物，如何能传达作者心中的遗憾呢。诗人此刻的"恨"，何尝不是当年岳飞南旋之际的"恨"。昔日他过朱仙镇，为蒙冤遇害的忠臣良将扼腕叹息；此时，能理解他的人，恐怕只有那些远在京城的知己了，就让随风而起的大雨寄去对远方知己的相思之泪吧。

二 莫把凄凉当绝塞，风光犹是在皇州——去官还乡却也得偿夙愿

正当事业如日中天之际却遭谗罢官，很多同僚故交为张问仁愤然不平，纷纷欲上书皇帝为其辩白鸣冤。但他一一谢绝，并回信剖明心迹：

> 是楚弓塞马也，臣本不才，为明主宰，敢借友人以理为非忠。臣

---

① （明）贾鸿洙辑：《周雅续》卷九，明崇祯刻本，第27页b。
② 乾隆《西宁府新志》卷四十《艺文志》，《中国地方志集成·青海府县志辑》，凤凰出版社2008年影印本，第1册，第479页下栏。

有老父老母，以臣故就任养，今且十年而不省封树，虽曰享五鼎而心不惬为非孝。且臣素抱烟霞癖，急□□堞处海滨，即不去臣，臣顾去。奚顾恋腐鼠□留蜗角，……。①

张问仁将仕途的失意看作是楚王失弓、塞翁失马，理由有三：首先，不愿让友人无端牵连到此事中去；其次，还乡可了却父母多年来企盼落叶归根的心事；第三，借此机会以实现自己素日的隐居之愿。张问仁入仕的初衷本是要建立一番利国利民的功业，既然如今此路不通，便也没什么遗憾了。至于那些身外之名利，不过是"腐鼠蜗角"，不足为意。所以听闻罢官旨意他面无愠色，从容冷静地收拾行装，可见其乐观豁达的性格和明察事态的智慧。张问仁去官一事，其母赵太宜人的墓志铭中也有记载：

宜人与封君翁倦外游，谓参藩公曰："若将西归，儿毋以老父母分公家念也。"参藩公泣下，谓："亲归，儿不敢后。"遂具疏陈情，亦会有人言者，故得请奉二亲归矣。士民欲攀留不可得，褰帷而送者日以千辈。宜人喜而相谓："亦荣归哉，汝官虽未大，可无负此官矣。汝年未艾强，学尚可过人，吾不为儿不足也。"②

封君翁，即张问仁之父张莱。参藩公，即张问仁。启程归乡之日，士民咸来相送，不忍离别这位清正爱民的好官。深明大义的张母赵宜人倍感欣慰，称赞儿子"不负此官"，并勉励他莫以官场失意为憾，男儿通过勤勉治学同样可以立身于世。这是一位旷达而有识的母亲，张问仁的品学修养与母亲的日常教诲定然是分不开的。

张问仁的旷达心性在日常诗作中亦有体现，他曾在朔雁南归、寒蝉凄切的时节途经居庸道并赋诗一首，将早秋的塞外描写得别具风情，题曰《蚤秋居庸道中》：

忽闻朔雁向江洲，云水苍茫接素秋。山寺疏钟和暮霭，溪村红叶映霜流。长风短笛浑将裂，落日寒蝉半已收。莫把凄凉当绝塞，风光

---

① 卢宗义、徐兴莹：《张问仁墓志铭考释》，《青海社会科学》2007年第1期。
② 王倩倩：《明代张母赵太宜人墓志铭考略》，《中国土族》2010年第2期。

犹是在皇州。①

居庸道，是元代大都（今北京）通往上都（今内蒙古多伦西北）的重要交通要道，沿途所见多塞外之景，前人吟咏居庸道的诗歌，或具体描写古道交通之艰难，如"晓发居庸道，征袍霜露侵"②，"马蹄雪深迟迟行，冷月栖云塞垣明"③，"山上逢山不归去，何人马蹄生得方"④；或抒写行路途中之惆怅，如"常年五月居庸道，愁共行人听乱啼"⑤，"寒风卷蓬沙转黄，驻马问路路转长"⑥，"秋风关塞迢迢路，望断美人天一方"⑦；而居庸道上的景物描写，亦多带有萧瑟寂寥、荒远苍凉的色彩，如"长风吹大漠，万里白浩浩"⑧，"荒烟落日居庸道，几见毡车白马驮"⑨，"草色迎秋便弄黄，青山尽处暮云长"⑩。然而张问仁笔下的居庸道，却是一番醉人画面：山寺、疏钟、暮霭、溪村、红叶、霜流，平凡的景物在诗人眼中摇曳生姿，充满情趣，丝毫不逊色于风光无限的帝都，颇有刘禹锡"自古逢秋悲寂寥，我言秋日胜春朝"⑪的浪漫情怀。正所谓"境由心

---

① （明）贾鸿洙辑：《周雅续》卷九，明崇祯刻本，第28页b。
② （明）谢榛著，朱其铠等点校：《谢榛全集》卷十六《送赵兵宪绚夫之宣府》，齐鲁书社2000年版，第531页。
③ （元）王士熙：《送和林苏郎中》，《元诗选·二集》卷十一，《文渊阁四库全书》，商务印书馆（台北）1986年影印本，第1470册，第334页下栏。
④ （元）王士熙：《竹枝词》，《元诗选·二集》卷十一，《文渊阁四库全书》，商务印书馆（台北）1986年影印本，第1470册，第344页上栏。
⑤ （元）虞集：《道园遗稿》卷五《闻子规》，《文渊阁四库全书》，商务印书馆（台北）1986年影印本，第1207册，第789页上栏。
⑥ （元）袁桷：《清容居士集》卷十五《次韵继学途中竹枝词》，《文渊阁四库全书》，商务印书馆（台北）1986年影印本，第1203册，第207页上栏。
⑦ （元）许有壬：《至正集》卷二七《竹枝词十首和继学韵》，《文渊阁四库全书》，商务印书馆（台北）1986年影印本，第1211册，第192—193页。
⑧ （明）冯琦：《宗伯集》卷一《送钟淑濂给谏阅视上谷》，《四库禁毁书丛刊》，北京出版社2000年影印本，集部，第15册，第49页下栏。
⑨ （元）王冕著，寿勤泽点校：《竹斋集》卷上《题赵松雪关北小景图》，西泠印社出版社2011年版，第35页。
⑩ （元）许有壬：《至正集》卷二七《竹枝词十首和继学韵》，《文渊阁四库全书》，商务印书馆（台北）1986年影印本，第1211册，第192页下栏。
⑪ （唐）刘禹锡著，瞿蜕园校点：《刘禹锡全集》卷二十六《秋词》，上海古籍出版社1999年版，第192页。

生"，正是平日间的这份旷达心境，使得他在遭遇仕途坎坷之际，能超然洒脱，进退自如。

又如其去官归里后所作《观猎》一诗云：

> 霜落兽初肥，将军自指挥。羌儿识兔窟，胡马趁鹰飞。云响雕垂箭，尘喧鹿夺围。平原日欲暮，长啸振缨归。①

这是作者在青藏高原的一次观猎经历，描写了一位将军指挥"羌儿"打猎的场面："羌儿识兔窟，胡马趁鹰飞"，从侧面烘托出指挥者的挥洒自如；"云响雕垂箭，尘喧鹿夺围"，则是正面称赞将军射猎技艺的精湛超群；而结尾一句"长啸振缨归"，则反映出将军的淡定超然。这份淡定和超然何尝不是观猎者自己的心态！诗人曾任昌平兵备道，射猎的场面或许令他回想起昔日的生活，而将军则成为诗人自己的化身，寄寓了个人的心志和情怀。

三　今日天朝咨上策，谁收干羽赞皇猷——身处江湖不忘匹夫之责

归里之后的张问仁，恪守儒家"达则兼济天下，穷则独善其身"处世准则，以孝敬父母、教育子女为己任。奉亲数十年如一日，"父莱，母赵氏年俱九十，偕兄弟色养得其欢心，葬祭皆以礼，为乡人式。"② 大司马郑洛奉命治理青海军务，至西宁后首先登门拜访张问仁，曰"吾非念同年，加公孝耳"。③ 他以儒家经典教育子女，四子中，长子受《书》，次子受《礼》，四子受《诗》，三子虽任武职（授百户），"而公犹不以武人废学问之诲"④。修身齐家之外，他乐善好施，急人之困，提携后学，深受乡人爱戴。

然而，饱受儒家思想熏陶的张问仁，正如中国历史上无数以天下兴亡为己任的知识分子一样，无论居于庙堂之高还是处在江湖之远，忧国忧民

---

① 乾隆《西宁府新志》卷四十《艺文志》，《中国地方志集成·青海府县志辑》，凤凰出版社 2008 年影印本，第 1 册，第 479 页下栏。
② 乾隆《西宁府新志》卷二七《献征志·人物》，《中国地方志集成·青海府县志辑》，凤凰出版社 2008 年影印本，第 1 册，第 347 页上栏。
③ 卢宗义、徐兴莹：《张问仁墓志铭考释》，《青海社会科学》2007 年第 1 期。
④ 卢宗义、徐兴莹：《张问仁墓志铭考释》，《青海社会科学》2007 年第 1 期。

的情怀时刻萦绕心头。他曾在金陵登楼远眺，为百姓遭受倭寇之扰而焦虑不已，"何用别伤千载事，郊原野火不胜情"[1]；亦曾在广陵驻足沉思，为统治者不能汲取历史教训、励精图治而痛心疾首，"独有管弦犹似昔，夜深依旧沸千门"[2]。明代中后期，青海地区屡遭蒙古贵族的侵扰，战患不断。万历十六年（1588），东蒙古土默特部俺答汗之子丙兔所属永邵卜部进犯西宁，诱杀西宁之副将李魁，戕众二千余。万历十八年（1590），俺答汗之孙扯力艮率部进攻甘青交界地区的河洲、临洮、渭源等地，边境扰攘。明廷派治边经验丰富的兵部尚书郑洛经略青海，郑洛采取恩威并施、剿抚兼用的策略，治理颇有成效。然而万历二十年（1592）郑洛率部调离后，火落赤等部又来进犯。此后明军在甘肃巡抚田乐、兵备副使刘敏宽、参将达云的率领下与西海蒙古展开了数次交锋，其中最能"振国家之威，寒毡裘之胆"的，当属万历二十三年（1595）的"湟中三捷"。[3] 此后西海蒙古一蹶不振，西陲晏然。在反击蒙古入侵的军事行动中，去官归里的张问仁亦参与其中，为家乡的安定和平做出了自己的贡献。墓志铭中记载他曾帮助郑洛经略青海，《新志》称"两川之捷问仁预有功焉"[4]，他的诗歌可为内证，如《塞上》：

惊沙如水逐风流，急鼓连铙接戍楼。门闭孤城日未落，叶干六月树先秋。周王薄伐威犹在，魏绛和戎事已休。今日天朝咨上策，谁收干羽赞皇猷。[5]

"惊沙如水""叶干六月"是青藏高原独特的气候，"急鼓连铙""门闭古城"是边塞地区的战时状况，前四句道出了气候环境的恶劣和战争来临的紧张气氛。后四句转归人事描写，"干羽"，古代舞者所执的舞具，

---

[1]（明）贾鸿洙辑：《周雅续》卷九《江楼远眺时新被倭患》，明崇祯刻本，第26页a。

[2]（明）贾鸿洙辑：《周雅续》卷九《广陵怀古》，明崇祯刻本，第27页a。

[3] 参见刘敏宽《湟中三捷记》，载《西宁府新志》卷三五《艺文志》，《中国地方志集成·青海府县志辑》，凤凰出版社2008年影印本，第1册，第448—450页。

[4] 乾隆《西宁府新志》卷二七《献征志·人物》，《中国地方志集成·青海府县志辑》，凤凰出版社2008年影印本，第1册，第347页上栏。

[5] 乾隆《西宁府新志》卷四十《艺文志》，《中国地方志集成·青海府县志辑》，凤凰出版社2008年影印本，第1册，第479页下栏。

文舞执羽，武舞执干。"收干羽"，这里指停止歌舞享乐的太平生活。"皇猷"，指帝王的谋略或教化。这四句是说，昔日"和戎"带来的平静已不复存在，如今只有靠武力取胜才能获得最终的和平，此刻正值用人之际，朝廷需要能平定战乱的邦之贤才挺身而出。表达了作者对时事的关心和为国分忧的意识。

又如《秋夜边城闻警》一诗云：

> 羽檄尚纷纷，忧怀乍欲焚。秋笳寒泣月，戍鼓夜翻云。急速天边火，深孤海上军。飞书问都护，露布几时闻。①

首联写羽檄纷纷，战况紧急，作者为之忧心如焚。颔联中的"秋笳寒泣月"，渲染了战地的悲凉气氛，"戍鼓夜翻云"，烘托出战争的紧张激烈。"露布几时闻"，表现出诗人对前方孤军的担忧和对战况的焦虑。历经一番苦战，期待已久的胜利终于来临，张问仁难耐内心喜悦，用现实与浪漫相结合的手法创作了《破夷曲》七首，具有"诗史"价值。诗前小序称，取得三捷战绩之后，军中争为歌谣，诗人闻诸将所谈尤悉，于是"采其词意之雅切者，节为七言绝句"②，记录此"二百年无前之奇捷"③。除诗歌外，张问仁还撰有《经略少保郑公西征平夷记》《湟中破夷碑记》等文，完整记录了明代青海地区反击蒙古入侵斗争的全过程，极具史料价值。

四　可得凌风因羽化，思君愁复向尘埃——欲为高蹈难抛恩义尘缘

张问仁是深受儒家思想濡染的传统士人，骨子里却有着诗人的浪漫情怀。《新志》称其"善诗文"④，他自称素有烟霞之癖，诗作中不时流露

---

① 乾隆《西宁府新志》卷四十《艺文志》，《中国地方志集成·青海府县志辑》，凤凰出版社 2008 年影印本，第 1 册，第 479 页下栏。
② 乾隆《西宁府新志》卷四十《艺文志》，《中国地方志集成·青海府县志辑》，凤凰出版社 2008 年影印本，第 1 册，第 479 页下栏。
③ 张问仁：《湟中破夷碑记》，载乾隆《西宁府新志》卷三五《艺文志》，《中国地方志集成·青海府县志辑》，凤凰出版社 2008 年影印本，第 1 册，第 446 页上栏。
④ 乾隆《西宁府新志》卷二七《献征志·人物》，《中国地方志集成·青海府县志辑》，凤凰出版社 2008 年影印本，第 1 册，第 347 页下栏。

出对隐逸生活的向往。如《晚春园亭期张严二逸士不至》：

> 初怜春服歉春还，幽客春深幽兴殷。静爱落花频倚槛，偶堆闲石漫为山。彤闱有梦经年绝，云户无人尽日关。独讶求羊招未得，虚堂虚对鸟绵蛮。①

作者以怜春的"幽客"自居，过着倚栏观花，堆石为山的闲适生活。"彤闱"，即朱漆宫门，借指宫廷。"云户"，借指仙客所居之处。多年的仕途生活似乎已背离了自己最初的治平理想，他为此困惑，渴望有高人指点迷津，而通往云户的大门却整日关闭着。"求羊"是汉代隐士求仲与羊仲的并称，这里借指诗人等待的张、严两位逸士。"绵蛮"是《诗经·小雅》中的篇名，诗人借此表达自己期望得到高人指点却未能如愿的失落。又如《寻郑道士不遇》：

> 寂寂窗临绝涧幽，着残棋在石床头。一秋积叶春慵扫，满院闲云午未收。犞鹤炉边看药睡，清泉月下泛花流。定知别入藏身处，惆怅壶中不可求。②

前三联描写郑道士居所之清幽和生活之闲适。"闲云满院""清泉泛花"的诗意环境和"残棋在床""鹤守炉边"的神仙生活令诗人羡慕不已，然而从午时等到了月亮升起，主人却还未返回。诗人猜测主人一定是别有藏身之所，此番寻访将要无功而返，故而心中惆怅不已。

张问仁喜欢与逸士、道人交往，向往高蹈世外的生活，诗作中时常流露出羽化升天、超脱凡尘的美好愿望。然而有意思的是，每每这种念头刚刚闪现，他便笔锋一转，从九重云霄回归现世红尘。因为生活中还有让他割舍不下的东西，比如，对亲人的牵挂、对师友的情谊。如下面这首《登岱》：

> 倏然不觉有人寰，策马俄惊霄汉间。海外云来归五岳，人间水去

---

① （明）贾鸿洙辑：《周雅续》卷九，明崇祯刻本，第27页b。
② （明）贾鸿洙辑：《周雅续》卷九，明崇祯刻本，第28页a。

到三山。周王辙迹空烟树,汉帝楼台只暮关。此日便应抛世累,尚平婚嫁几时闲。①

诗人登上泰山之巅,倏然有种超绝人寰、置身霄汉之感,三山五岳的壮观让他真想从此抛开"世累",然而终究未能如愿,结尾一句"尚平婚嫁几时闲"道出了个中缘故,令诗人放心不下的是儿女婚嫁等家事。又如《登泰山因怀兖州李东河太守时予将有兖州之行故先戏寄》:

登天路欲近三台,望人沧溟到八垓。汉時有云空锁月,秦碑无字更封苔。日过阳谷三更出,山接昆仑万里来。可得凌风因羽化,思君愁复向尘埃。②

登临泰山绝顶举目四望,八方界限一览无余,汉時秦碑尽收眼底。诗人感觉自己仿佛进入了羽化升仙的境界,却因思念友人而重返尘世。最后两句虽为戏谑之笔,但对朋友的牵挂之情确是十分真挚。

张问仁有许多怀念、赠别友人的诗作,字里行间流露出他对友情的珍视。如《秋夜怀崔瑜浦柬呈》:

窗叶萧萧冷不禁,兴来翻覆忆知音。偶因击节哦新句,便欲乘舟试远寻。雁带海云归绝浦,柝敲山月下孤岑。扃门此际无他事,应对清樽正朗吟。③

诗人辗转未眠,思念一位远方的知音。"偶因击节哦新句,便欲乘舟试远寻",显然,作者与他所思念的这位朋友,是在某次聚会上由击节吟诗而偶然相识,却一见如故进而成为了知音。落叶萧萧的秋夜,诗人难耐相思之情,竟萌生了"子猷访戴"的兴致。接着,思绪将他带入了朋友的所在之处,"扃门此际无他事,应对清樽正朗吟",他想象此刻自己的朋友,一定闭门在家,对酒吟诗。

又如《送王秀才南游》:

----

① (明)贾鸿洙辑:《周雅续》卷九,明崇祯刻本,第25页b。
② (明)贾鸿洙辑:《周雅续》卷九,明崇祯刻本,第28页a。
③ (明)贾鸿洙辑:《周雅续》卷九,明崇祯刻本,第26—27页。

> 为爱烟波思扣舷，故随商棹向江天。落帆夏口春方尽，载酒荆门月正圆。过客传诗应到我，论文此别又经年。南中秋暑绝堪忌，遥见西风莫忘旋。①

诗中充满了对朋友的牵挂与不舍，结尾一句"遥见西风莫忘旋"，表露了诗人盼望友人早日归来的殷切心情。

除亲情友情外，张问仁念念不忘的还有老师的恩情，如《秋夜仰怀恩师斗城先生先生代巡中州时以疾请告而行》：

> 相随无计泪长倾，南北遥牵万里情。叶落江皋人已去，月明山馆梦初惊。道尊海内偏怜我，羽弱天涯独寄苹。坐起披衣心欲断，空阶露湿草虫鸣。②

首联直抒离情，奠定惆怅基调，"相随无计""南北遥牵"，道出了分别的无奈和对恩师的不舍。颔联写恩师离开后自己的怅然若失。颈联的"道尊海内"反映了斗城先生的德高望重，"偏怜我"则是先生对自己的厚爱有加，正因如此，先生离开后，诗人仿佛独寄天涯的浮萍一般无助。尾联描述了因思念先生而无法入眠的不安之态。全诗充满了对恩师知遇之情的感激和离别之后的无限思念。

张问仁提到的斗城先生，即永嘉人孙昭，字明德，号斗城。据乾隆《温州府志》卷二十记载，孙昭嘉靖二十三年（1544）考中进士，历任江西广信府永丰县知县、直隶大名府魏县知县，因政绩卓著擢升云南道御史，巡查监察陕、滇、豫三省，任内不携家眷，不建私宅，常访贫问苦，深受百姓拥戴。巡按河南，对宗藩之不法者，毫不姑息。稽考官员，铁面无私，令许多心怀鬼胎者望风解绶。可见，这是一位刚正廉明、疾恶如仇而又爱民如子的清官。张问仁清廉简行的为官风范应该与这位老师的教诲与影响不无关系。除斗城先生外，张问仁的诗中还提到过另外一位有恩于他的老师，即《仰怀北郭先生寄呈》：

---

① （明）贾鸿洙辑：《周雅续》卷九，明崇祯刻本，第28页b。
② （明）贾鸿洙辑：《周雅续》卷九，明崇祯刻本，第26页a—b。

> 东海城东望海楼，携儿日日上楼头。天清岛屿栏边出，潮涌蛟龙阶下游。醉后功名从燕雀，诗成世故已蜉蝣。销魂河外衔恩士，可得趋庭伴鲤游。①

"东海"，郡名，置于秦代。楚汉之际也称郯郡，治所在郯（今山东郯城北）。其后历代屡有设置，辖境及治所亦有变迁。唐武德年间，改东海郡为海州，明初隶属淮安府。古人行文为求雅致，地名称谓常用古称。诗人日日登楼远眺、深深念想的人是谁呢？"醉后功名从燕雀，诗成世故已蜉蝣"，道出了诗人此时的心境：步入官场多年，仿佛盲从的燕雀，孜孜追求所谓的"功名"，醒悟之后他觉得这一切不过是蜉蝣而已，颇似陶渊明"误入尘网中，一去三十年"的感慨②。唯其如此，他愈发思念能够在人生道路上为他指点迷津之人。"衔恩士"，是诗人自称，而那位曾经有恩于他的人，便是他的老师"北郭先生"。"趋庭"句，借孔鲤秉承庭训的典故，来表达对昔日在恩师身边接受训导时光的无限怀念。

古人云"言为心声"，或曰"诗言志"。一篇篇看似有些零散的诗作，恰恰是诗人思想情怀的真实记录。这些诗歌或剖白个人的心迹，或抒写离别的神伤，或寄寓对亲友的牵挂，呈现出一幅幅温润感人的画面，从中我们可以体会到张问仁至情至性的一面。

张问仁生于诗礼之家，才智过人，勤勉好学，弱冠之年即以科举步入仕途。自幼接受的正统儒家教育，赋予了他积极仕进的人生态度。怀揣治平宏抱，为官数载，做出了一番利国利民的政绩。后遭人忌谗，在本该大有作为的壮年不得不去官归里。但他不以为意，泰然处之，并在国家需要之际挺身而出，为家乡的安定和平倾尽匹夫之责，体现出中国传统知识分子不计个人得失、以天下兴亡为己任的优秀品质。同时，他又是一位旷达乐观，审时度势的智者，故而能在仕途遭遇不幸之际全身而退，完成家国使命，得偿烟霞夙愿，且长寿而终。放眼有明一代乃至整个古代社会，张问仁无疑是中国传统士人中的普通一员，既非股肱之臣、封疆大吏，亦无赫赫武功、飞扬文采，仅在地方志中留下了寥寥记载。然而历史的进步离不开普通人的推动，平凡者的生存轨迹或许更能体现历史的变迁和时代的

---

① （明）贾鸿洙辑：《周雅续》卷九，明崇祯刻本，第26页b。
② 余冠英选注：《汉魏六朝诗选》，中华书局2012年版，第238页。

烙印。从科举入仕到遭谗去官,张问仁的经历是古代无数知识分子遭遇的缩影,而他所具备的勤勉好学、廉政爱民、豁达明智、重情重义等优秀品质,不仅是中国古代传统士人的理想人格,即便在今天亦值得推重。

第二节 器识老成,治郡有声——吕颙

吕颙(1503—1566),字幼诚,号芹谷,宁州人。嘉靖十七年(1538)进士,历任刑部司主事、河南通判、卫辉府通判、庐州府同知、南刑部山西司郎中、襄阳府知府、登州府知府等职。与其父吕经、堂兄吕䫋在当地名望甚高,人称"宁州三吕"。吕颙著有《诸书释义》《芹谷集》若干卷,今已散佚。《周雅续》载吕颙诗作二十四首,是目前所知保存吕颙诗作最多的文献。兹以志书、墓志、存世诗作及他人文集等资料为基础,考察吕颙的家世、生平、著述及交游等情况。

一 家世考

明代陕西平凉府(今甘肃省平凉市)诗人赵时春所撰《登州府知府吕君墓志铭》记载了吕颙之家世,其文曰:

> 吕受氏唐虞,《书》《诗》所称,遂有令绪。居陕之宁州,为学生者讳英,蚤与乡荐,为深州判官。生子升,嗣为学生,早世。生九川公,讳经,举进士,为礼科给事中,赠父如其官,封母王太孺人,妻高封孺人。于弘治癸亥孟夏之二十六日生君,名颙,字幼诚。九川公转吏科都给事,以君与从兄讳䫋、号定原先生者,从泾野吕先生学,为高弟子。定原正德己卯陕西发解,君同科,试不举。……丙寅秋八月十九日,卒于所居,年六十四。配户部员外周君达之女,生女而无子。侧室三人氏,生二子敕、劝,俱太学生。①

按:此墓志系赵时春为吕颙所作,志文所言之"君"即为吕颙。据

---

① (明)赵时春著,杜志强整理:《赵时春文集校笺》,天津古籍出版社 2012 年版,第 503—504 页。

墓志知吕颙之曾祖名英，曾任深州判官。祖父名升，有二子：长名经，即吕颙之父；次名纶，吕颙之父，早卒。

吕颙之父吕经字道夫，号九川，正德三年考中进士。初授礼科给事中，累迁至吏科都给事中，以论漳关镇守中官谪蒲州判。嘉靖初召复，升四川按察使，云南左布政，后升副都御史，巡抚辽东，以边事编戍茂州卫。数年后释还，隆庆初复其官。吕经少有大志，垂髫时即以天下事为己任。其父早卒，家贫无以事母，不耻樵采，虽负薪时亦不辍读。尝荷薪市米，见遗金坐而待之，果有泣至者，即检还之。为官后以抗言直谏而著称。事迹见嘉靖《庆阳府志》卷十四、万斯同《明史》卷二九〇、张廷玉等《明史》卷二〇三。吕经著有《谏垣存稿》《治蒲说》《使边录》《两边图》《懿迹图》《群书考证》《节孝堂集》等，惜其集多不传，《周雅续》载其诗三首。

吕颙之堂兄名吕颛，字幼通，号定原。其父吕纶早卒，随伯父吕经读书京师。举正德十四年乡试第一，嘉靖二年进士。授户部主事，升刑部员外郎，审理冤滞，多所平反，升郎中。出知河南卫辉府，政治严明，调山东东昌，值大水河决潦没馆陶、武城二邑，乃分檄乡村，安插灾民，请赈全活，计口给粮，升云南左布政使，累官应天府尹。事迹见乾隆《甘肃通志》卷三五。《陇右著作录》卷五著录《仕进录》《上都篇》《诸子说括》《省垣稿》《世谱增定》《希夷三要》《参同契抄释》定原集》，今多散佚，《周雅续》卷九载其诗二首。

另据墓志铭可知，吕颙之母高氏、祖母王氏，皆封孺人。其正室为户部员外周君达之女，生女而无子。侧室三人，生有二子吕敕、吕劝，俱为太学生。

二 生平及著述考

据上文所引赵时春所撰墓志记载，吕颙生于弘治十六年（1503）孟夏之二十六日，少时曾与从兄吕颛一起受学于高陵吕柟。吕颙之仕宦履历，志文中记载颇详：

> 嘉靖初元，君甫冠，与余偕请举试，为两府冠。仲秋省举，君第七人。相得甚欢，所过驿，必给骏马争驰，咸阳而西父老故欲观之，以夸子弟。下马又吊古朗吟，君挥翰劲逸，吐辞迅美，余叹复焉。至

戌戌，方举二甲进士，才气老成，诸老器重，请解边储固原。以便道，省九川公于汉州。初，九川公以副都御史谪戌汉，君得过余今庐，题曰"万峰精舍"。会诏释戌，复京官之无罪失秩者，君因奉父还家，侍养逾年。君授刑部司主事，余复召为史校，作长歌以纪之。刑部诸司唯君所处烦剧，君谙练明达，政学兼举。时已有忌之者，会秋简命江北，决囚内庭，字号谬误；辛丑春，竣事，还掖垣，不敢劾中使，乃请罪；君等各外迁，君得通判河南，职捕盗，盗息民安。

甲辰，奔九川公丧，与诸生立祠以妥其神。时春又罢史官，归，为作记。丁未，起复卫辉府通判。初，定原先守卫，有惠政，作景武堂，君继之，又宜其民，故多所咏播。戊申春，擢庐州府同知。先后佐郡皆有治声，抚按交荐。己酉，升南刑部山西司郎中，持法益精，而定原尹应天，时论荣之。冬，擢襄阳府知府，繁剧甲江北。君方略素定，随机皆辨。秋，汉水大溢，堤破及城，多圮，君以身当之，悉众守捍，为文告天，水渐平，而境内已多被灾。君大出帑藏以赈恤、收葬，又振作生徒，不计所费，郡人虽称咏，而谤议始腾。寻分修太和山，受上赏。甲寅，移登州府知府，治视襄加慎密。乙卯，与监乡试，号得人。是冬谢归，偕定原、（按：此处原无顿号，兹据文意增补）诸弟、乡之耆宿引诱后进，恤孤助困。教其孤甥孙俉如子，登乡举。时时以田野闲适，视余之独居无侣，盖裕裕焉。

丙寅秋八月十九日，卒于所居，年六十四。[①]

按：据墓志知嘉靖元年（1522），吕颙年方弱冠，举乡试第七名。此后屡试不第，直到嘉靖十七年考中二甲进士。学问宏博，器识老成。初授刑部司主事。嘉靖二十年，任通判河南。二十三年，以父丧归。二十六年，服除复起，任卫辉府通判。二十七年春，擢庐州府同知。先后佐郡皆有治声。二十八年，升任南刑部山西司郎中，持法益精。是年冬，擢升襄阳府知府。为官有方略，处事淡定，能随机应变。值汉水大溢，堤溃淹城，吕颙身先士卒，率众守捍，为文告天。水退去后，又大出帑藏以赈恤收葬，又振作生徒，不计所费。郡人虽称咏，而谤议始生。三十三年，迁

[①] （明）赵时春著，杜志强整理：《赵时春文集校笺》，天津古籍出版社2012年版，第503—504页。

登州府知府，较治襄时更加慎密。三十四年，与监乡试，以得人著称。是年冬，致仕归里。居乡恤孤助困，提携后学。嘉靖四十五年（1566）秋八月十九日卒于家，年六十四。

据乾隆《甘肃通志》卷三五，吕颙著有《诸书释义》《芹谷集》若干卷，今已散佚。目前所知，《周雅续》是保存吕颙诗作最多的文献，存其诗二十四首。此外明傅梅《嵩书》卷十五载其《卢岩飞瀑亭》《达摩面壁洞》诗二首，万历《襄阳府志》卷四六载其《游习池》诗一首，明查志隆《岱史》卷十六载其《遥参亭》诗、词各一首。这些存世诗作不仅是考察诗人创作最基本的资料来源，亦提供了诗人行止、交游等信息，因而具有存史、补史的价值。

三　交游考

据目前所知吕颙存世诗作，至少可获知与其有交游往来者十二位，其中生平可考者五位，以下分述之。

吕颛，字幼通，号定原，吕颙从兄。幼失恃，随伯父吕经读书。吕颙有《奉答定原家兄使迎之作》，诗云：

> 江乡拟奉白云闱，此路重来愿已违。岂有三冬开素卷，却怜十载尚荷衣。池边得梦生春早，花下祛愁见面稀。敷奏近闻天子诏，先扳村酒醉初晖。①

按：诗中之"定原家兄"指吕颛。吕颛自幼失恃，与吕颙一起随伯父吕经读书，兄弟感情甚笃，吕颙一直称吕颛为"家兄"。又如《徐沟院中见定原家兄留题用韵》，诗云：

> 接岁怜尘鞅，随山又日斜。开颜入晋国，屈指计吾家。西署饶春泽，深台飞采霞。怪来前夕梦，并马向东华。②

按：徐沟，指徐沟县，明代隶属太原路。今山西省太原市清徐县有徐

---

① （明）贾鸿洙辑：《周雅续》卷九，明崇祯刻本，第51页b。
② （明）贾鸿洙辑：《周雅续》卷九，明崇祯刻本，第49页b。

沟镇。诗中"西署饶春泽"句下有七字小注曰"兄旧为晋减刑使",则诗题中所言吕颛留题之原诗当作于其任职山西之时。

赵时春,字伯仁,号浚谷,平凉人。嘉靖元年举人,嘉靖五年丙戌科进士。赵时春《赠吕幼诚》一诗云:

> 缓歌长吟吕主事,听我漫道生平志。天高地厚不须论,犹闻故老哭弘治。一旦尧天十日横,白昼夔魖生诡异。翠旗影动高冥间,果然怪鸟落双趐。余者焂然难具陈,一扫妖氛归正议。是时后羿虚张弧,灵药空亡真造次。天王嗣服起南荆,万邦宝玉仍作贽。大夫学士竦精神,骒骊渥洼充上驷。我起髦髦君及冠,一朝四海称国器。老成典刑归白眉,戈鋋武库森亦帜。高揖羲皇世上人,肯作汉唐辕下吏。宁知二十余年来,呜乎世事堪流泪。余充士伍卧南山,君亦坎坷不得意。生计衰迟逐牧樵,风义萧条历憔悴。愁闻避地燕南垂,喜忆追驰渭北骑。咸阳陵墓郁苔茏,累代繁华顿寂寥。我等垂鞭问往事,耕夫植杖锄春苗。目今已逝皆陈迹,壮怀感此倍魂消。君既排云射锦标,余亦赐环归定刀。冬绾牙章清禁省,重摇玉佩紫宸朝。紫宸宫阙祥云绕,天鸡每晨报清晓。万户千门总不知,群仙冠剑藏窈窕。当午鸣珂出玉街,有时烽火来燕赵。代北将军悲苦辛,闺中少妇夸妖袅。不惜千金博弹丸,可怜折尽边城鸟。雕鹗吞声鸿鹄飞,何况鹪鹩身尚小。以兹激烈动心怀,人间万务转悠哉。东流之水吞不尽,孟明三峡正崩开。会须射杀前湖蜃,手挽百川逆浪回。①

按:赵时春与吕颛为乡试同年,二人交往密切。吕颛考中进士后授刑部司主事,请解边储固原,以顺道看望贬谪汉州的父亲吕经。途经平凉时与赵时春相聚,赵赋诗赠之。上文所引《登州府知府吕君墓志铭》云"君授刑部司主事,余复召为史校,作长歌以纪之",即言此事。

吕颛去世后,赵时春为其做墓志铭,即上文《登州府知府吕君墓志铭》。现存吕颛诗作中亦有赠答赵时春之作,如《周雅续》卷九载《答赵浚谷年兄见怀之什》二首,诗曰:

---

① (明)赵时春著,杜志强整理:《赵时春诗词校注》,巴蜀书社2012年版,第217—218页。

伏枕读君寄我诗，天涯三十载相离。升沉各遂浮生业，酬劝常悬旧日思。足下仙筹环后夜，掌中灵钥擅先时。清尊暮共溪边月，玉节行经华岳祠。

万峰楼上共题诗，五月山花照陆离。八节风云传部语，一天霖雨系关思。宝林洞口龙蟠处，泼黛岩前雁度时。便欲手携青竹杖，因君好叩广成祠。①

按：赵时春《寄吕芹谷》诗曰："顷于讴者见兄诗，词翰飘飘怅远离。虽以姓同因误送，终然何地不相思。春风千里北州道，信使兼程东候时。欲问冥鸿借两翼，飞来一拜九川祠。"② 可见吕颙的二首寄答之作是次赵诗原韵而作。

此外，《周雅续》还载录吕颙《访赵浚谷氏》，诗曰："十年学士卧青山，千里寻游兴未阑。层□（"□"，底本此处为空格，约缺一字）结龙晴问斗，飞泉屑玉夏传寒。潜夫论著今多少，通国封缄早慨叹。中夜未应歌白石，苍生久矣荷肩看。"③《除日立春小集赵浚谷话别》，诗曰："岁华冉冉又春光，秉烛今怜举别觞。聚散已非十载外，行藏况是半生强。玄萝绾雾青山好，紫鳜临流白日长。徙倚正愁骑马去，寒风晚雨过西堂。"④ 此二诗亦可作为吕颙、赵时春交往密切之证明。

刘三畏，字方嵎，与吕颙同为嘉靖十七年戊戌科进士。吕颙《春日福先寺与刘祠部方嵎小酌》一诗，可为二人交往之证，诗曰：

天涯怜小别，蕨酒慰同年。琐闼名题久（按：此句后有七字小注云"才嵎以给事出谪"），秋台迹浪传（按：此句后有六字小注云"予以刑曹出谪"）。开花洛水曲，飞雁北邙前。历历堪乘兴，春风薄管弦。⑤

按：据嘉庆《昌乐县志》卷二三：刘三畏初任行人，升刑科给事中，

---

① （明）贾鸿洙辑：《周雅续》卷九，明崇祯刻本，第52—53页。
② （明）赵时春著，杜志强整理：《赵时春诗词校注》，巴蜀书社2012年版，第862页。
③ （明）贾鸿洙辑：《周雅续》卷九，明崇祯刻本，第52页a。
④ （明）贾鸿洙辑：《周雅续》卷九，明崇祯刻本，第51页a—b。
⑤ （明）贾鸿洙辑：《周雅续》卷九，明崇祯刻本，第50页a—b。

以建言谪官陕西，调知洛阳县事，寻迁南京祠祭祀主事。故题中称其"刘祠部"。又，福先寺位于洛阳，又诗中小注有"才（按：当为"方"之形近而讹）嵋以给事出谪"，则此诗当作于刘三畏谪任洛阳知县时。又，秋台：指刑部。据《登州府知府吕君墓志铭》载："君授刑部司主事，……刑部诸司唯君所处烦剧，君谙练明达，政学兼举。时已有忌之者，会秋简命江北，决囚内庭，字号谬误；辛丑春，竣事，还掖垣，不敢劾中使，乃请罪；君等各外迁，君得通判河南。"① 故小注曰"予以刑曹出谪"。

罗廷绣，字公裳，号仲山，淳化人。与吕颙同为嘉靖十七年戊戌科进士。由行人历任吏部郎中，太常寺卿，通政，仕至四川巡抚，都御史。事迹见隆庆《淳化志》卷七、乾隆《淳化县志》卷二十。吕颙《淳化罗仲山年兄同杨县公寺饯》一诗，系二人交往之证，诗曰：

县从淳化辟，寺以寿峰名。初日登金殿，高花倒玉瓶。赏春偕水部，问俗得杨卿。欲度藏耕所，遥遥忆汉京。②

按：罗廷绣与吕颙同为嘉靖十七年戊戌科进士，故诗题中云"罗仲山年兄"。

赵贞吉（1508—1576），字孟静，号大洲，内江县人。嘉靖十四年进士，选庶吉士，授编修，升右中允，管司业事。嘉靖二十九年，俺虏入寇京师，怒斥严嵩误国，谪为荔陂典史。吕颙《司成赵大洲谪任荔陂襄阳舟中用韵送别》一诗，即为赠别赵贞吉谪任荔陂典史而作，诗曰：

江郡欢迎老国师，十年遥系斗山思。疏帘莫讶风前棹，小吹聊供花里卮。烟峤茫茫春树隔，蓬洲冉冉曙云迟。驰环即拟来丹诏，圣主曾亲玉陛题。③

按：荔陂，又作荔波，明属广西。万斯同《明史》卷三〇三《赵贞

---

① （明）赵时春著，杜志强整理：《赵时春文集校笺》，天津古籍出版社2012年版，第503页。
② （明）贾鸿洙辑：《周雅续》卷九，明崇祯刻本，第50页a。
③ （明）贾鸿洙辑：《周雅续》卷九，明崇祯刻本，第52页b。

吉传》记载曰:"二十九年,俺答薄都城,漫书求贡。诏百官廷议,日中不决。贞吉奋袖大言曰:'城下之盟,《春秋》耻之。既许贡,则必入城,倘要索无已,内外夹击,奈何?'徐阶曰:'君必有良策。'贞吉曰:……。帝大悦,立擢贞吉左谕德兼监察御史,奉敕宣谕诸军。且给白金五万两,听随宜劳赏。初,贞吉廷议罢,盛气谒严嵩。嵩辞不见,贞吉怒叱门者。适赵文华至,顾谓贞吉:'公休矣,天下事当徐议之。'贞吉厉声曰:'汝辈安知天下事!'嵩闻之大恨。及撰敕,不令督战,以轻其权,且不与一卒护行。时敌骑充斥,贞吉驰入诸将营,散金犒士,宣谕德意,明日即复命。帝大怒,谓贞吉漫无区画,徒为尚文、束游说。下之诏狱,杖于廷,谪荔波典史。"①

此外,吕颙还有《历田图为张兵宪题》《与徐承差艾贤》《寄山王长卿邀饮游燕子矶时同林云山章邓山陈罍山三公子予适早至诗以竢之》等诗,可知与其有交往者还有张兵宪、徐艾贤、王长卿、林云山、章邓山、陈罍山等,然今已不详其为何人,俟考。

第三节　廉洁耿介的外交使臣——王鹤

王鹤是明代西安府长安县人,嘉靖二十三年(1544)进士,官至应天府尹。所著《见微堂集》《王薇田滑稽杂编》今皆散佚,一直鲜为学界关注。兹以《周雅续》《皇华集》所录王鹤存世作品为内证,以史传志书记载为外证,对王鹤的生平、著述、交游、思想等逐一考证,为明代地域文学及明代诗歌史等领域的相关研究提供参考。

一　生平考

王鹤,字子皋,号薇田,一号于野,长安人。明嘉靖二十三年甲辰科进士,授行人,次年奉命出使朝鲜,累官至应天府尹。王鹤为官廉洁,性情耿介,敢于直谏。其生平事迹在雍正《陕西通志》卷三十、卷三十一、卷六十,《掖垣人鉴》卷十四,《四译馆增订馆则》卷六,《国朝列卿纪》

---

① (明)万斯同:《明史》卷三〇三,上海古籍出版社2008年影印本,第6册,第320—321页。

卷一四一、一五〇、一五一等相关史料中皆有记载。其中载录较详者如《掖垣人鉴》卷十四云：

> 王鹤，字子臬，号于野，陕西长安县人。明嘉靖二十三年进士，二十七年三月由行人选工科给事中，二十九年以忧归，三十二年复除，三十三年升户科右，三十四年升刑科左，寻升吏科都，三十五年以终养归，遂丁忧。三十九年起复除兵科都，四十年升太常寺少卿，提督四夷馆。历应天府尹，回籍听用。①

雍正《陕西通志》卷六十云：

> 王鹤，字子臬，长安人，嘉靖甲辰进士，为行人。奉使朝鲜，馈遗尽却。迁工科给事中，上疏论时政，忤旨，廷杖。当严嵩柄国，时人争出其门，鹤持正不阿，人服其介。②

《国朝列卿纪》卷一四一《应天府府尹年表》载：

> 王鹤，陕西长安人，嘉靖甲辰进士，四十四年任，四十五年闲住。③

由上述资料可知王鹤自嘉靖二十三年登科入仕，曾任行人、给事中、太常寺少卿、应天府尹等职，至嘉靖四十五年闲住，历官二十余载，期间曾有两次丁忧，任给事中的时间较长。

王鹤出任应天府尹的经历，今存《将尹应天感怀》一诗可为印证，此诗乃诗人应天赴任前所作，诗曰：

---

① （明）萧彦：《掖垣人鉴》卷十四，《四库全书存目丛书》，齐鲁书社1996年影印本，史部，第259册，第298页下栏。
② 雍正《陕西通志》卷六十《人物六·直谏》，《文渊阁四库全书》，商务印书馆（台北）1986年影印本，第554册，第667页下栏。
③ （明）雷礼辑：《国朝列卿纪》卷一四一，《四库全书存目丛书》，齐鲁书社1996年影印本，史部，第94册，第649页下栏。

京尹南行日，叨恩过百司。封疆周畿辅，车服汉官仪。技愧黔驴薄，途惭老骥知。万年根本地，何以效驱驰。①

又据《国朝列卿纪》卷一五一载，王鹤嘉靖四十二年任南京太仆寺卿。明尹台《山间四时堂记》云："南太仆署廨故建于滁州域西南，距宋欧阳公醉翁之亭不一里而近，后先诸卿丞以是往往数游集而加拓修焉。……寺卿王薇田公偕其僚盛古泉、胡剑西诸君以为：吾党仕宦不常聚，则兹乐宜不常有，而使之寂寥无传，可乎？乃共谋砻石刻图，列诸游者姓名示后，而以书属余为之记。"② 王鹤诗中有南滁记游怀友之作，亦可为此仕宦经历之证明，如《夏日南滁怀雅社诸友二首》其二曰：

梁园摘词藻，河间明礼乐。兰蕙性所同，松筠志相若。高标陋东山，耆英拟西洛。尘沙垢余颜，移文羞猿鹤。③

诗题中提及"南滁"，当作于其任职南京太仆期间。

王鹤出使朝鲜的确切时间和经过，可据《明世宗实录》《李朝明宗实录》等史料考知。《明世宗实录》载，嘉靖二十四年七月，朝鲜仁宗薨，明宗即位后依例向明朝请谥。明世宗赐谥"荣靖"，遣司礼监太监刘远、行人司行人王鹤前往赐谥赐祭。嘉靖二十四年十一月十五日，王鹤等人启程。《李朝实录·明宗实录》卷三载，次年正月己卯（二十一日），朝鲜国王亲率百官迎诏。壬午（二十四日），行赐祭礼。甲申（二十六日），谒圣，游汉江。丁亥（二十九日），国王设宴为王鹤饯行。由此可知王鹤出使朝鲜的时间为嘉靖二十四年（1545）底至二十五年（1546）初。④ 另据《李朝实录·明宗实录》卷二"即位年十二月"："……行人司行人王

---

① （明）贾鸿洙辑：《周雅续》卷十，明崇祯刻本，第11页b。
② （明）尹台：《洞麓堂集》卷四，《文渊阁四库全书》，商务印书馆（台北）1986年影印本，第1277册，第515页上栏。
③ （明）贾鸿洙辑：《周雅续》卷十，明崇祯刻本，第2页a。
④ 王鹤《湖阴草堂序》云"天子二十五年，予以行人奉使朝鲜，湖阴郑大夫士龙以阃王命迎于江上。"按：王鹤此处云"天子二十五年"，当指其抵达朝鲜，朝方迎诏之时，而出发时间当以《明世宗实录》为准。

鹤代萧一鹗，一鹗病也。"① 知王鹤出使朝鲜一事发生在李朝明宗即位之年，即嘉靖二十四年。由于原定安排出使朝鲜的萧一鹗患病，故由王鹤代其出使。

王鹤之生卒年，《明史》及地方志传记中未明确记载，兹据《李朝实录》和《明实录》略作推断。《李朝实录·明宗实录》卷二"即位年十二月"云："鹤，陕西长安人，甲辰年出身，年三十。"② 按：朝鲜明宗即位年即嘉靖二十四年（1545），时年王鹤三十岁，则其生年当在正德十一年（1516）。又《明神宗实录》卷三一一载："万历二十五年六月……予原任南京应天府府尹王鹤祭葬如例。"③ 据此知王鹤卒年不晚于万历二十五（1597）年。

二 著述考

据书目文献记载，王鹤著有《见薇堂集》《皇华集》《王薇田滑稽杂编》，兹分述如下：

1. 《见薇堂集》

《千顷堂书目》《传是楼书目》著录王鹤《见薇堂集》八卷。雍正《陕西通志》卷七五著录为"《见徽堂集》"。按："徽"，当为"薇"之形近而讹。王鹤《湖阴草堂序》云："余家关中，有屋终南山麓，尝自扁曰'薇田草堂'，盖种薇以自给之意也。"④ 《见薇堂集》今未见传本。

2. 《皇华集》（《丙午皇华集》）

雍正《陕西通志》卷七五著录王鹤《皇华集》。按：《皇华集》为明代朝鲜政府刊刻的明朝文臣出使朝鲜期间与朝鲜文臣的唱和诗文集。今存二十四部，收录了明景泰元年至明崇祯六年近二百年间明朝使臣二十五次出使朝鲜的唱和之作，除正德元年徐穆出使朝鲜之作只有七首诗，附入了弘治五年艾璞出使的《壬子皇华集》中，其余二十三次出使皆单独成集。

---

① ［日］末松保和编：《李朝实录》，日本学习院东洋文化研究所1953年影印本，第25册，第109页。

② ［日］末松保和编：《李朝实录》，日本学习院东洋文化研究所1953年影印本，第25册，第109页。

③ 《明神宗实录》卷三一一，台北"中研院"历史语言研究所1962年影印本，第5806—5807页。

④ 赵季辑校：《足本皇华集》卷二九，凤凰出版社2013年版，第1023页。

王鹤嘉靖二十四年至二十五年出使朝鲜的诗文共 62 篇，收录于《丙午皇华集》。

关于《皇华集》的成书，申光汉《皇华集后序》记载颇详，兹节录如下：

> 惟东方不吊于天，今皇帝二十三年，我恭僖王奄弃臣民。越明年，荣靖王受诰命嗣位，在疚成疾，又继薨逝。帝为震悼，乃命别选廷臣，赐祭若赙、谥。行人司行人王公鹤实膺是命。其入我国，道途往来之间，恋阙思亲，即景写事，动其所作。玑琲瑟瑟，散落东土。及其竣事而还，我殿下钦天子之宠，而无以答；爱诏使之贤，而不可留。则乃命臣郑士龙曰：尔既陪侍王公，且得酬和于下风，尔宜撰次其诗若文，俾入于梓。又命臣光汉序其卷首。此不但使东人有所矜式，将以流传中国，盛行于天下。①

申光汉《后序》不仅记录了《丙午皇华集》的成书过程，且对编纂此书的价值予以高度颂扬：

> 钦惟皇明济区宇于纯夷之日，续道统于沉涸之余，积德累仁，教道大振，内赞典谟，外敷文命，代有其人。而我东邦素秉礼义，变而至道，常先于万国。使盖相望，无非大雅之君子。其文光华彩，前后交映，号为《皇华集》者，凡一十有二篇。间以吾东人酬和之什，实如周《雅》之后商、鲁二《颂》载焉。无非发于性情之正，而举皆知道者之所为也。由是言之，皇明文教之覃远，虽周亦有所不及矣。第恨东人无禄，连遭国忧，徒以茕茕栾栾之怀，发之于疾棘之中，曷足以赞大雅之制作？然观民风者若并以采录，则亦可以见皇明达诗教于天下。呜呼盛哉！嘉靖二十五年三月上浣，正宪大夫议政府左参赞兼知成均馆事弘文馆大提学艺文馆大提学同知书筵春秋馆事臣申光汉谨序。②

---

① 赵季辑校：《足本皇华集》卷二九，凤凰出版社 2013 年版，第 986 页。
② 赵季辑校：《足本皇华集》卷二九，凤凰出版社 2013 年版，第 986 页。

由此可知，《丙午皇华集》收录王鹤与申光汉等朝鲜官员的唱和之作，成书于嘉靖二十五年。《丙午皇华集》存诗172首，王鹤诗文共62篇。其中诗59首，题材涉及恋阙思乡、风景名胜、异国友谊、诗酒唱和等；文3篇，系王鹤所作序跋等。据《殊域周咨录》卷一记载，《丙午皇华集》于嘉靖二十六年由朝鲜谢恩使带与王鹤。诗人收到刊刻成书的《皇华集》，不禁回想起当年的"冰霜踪迹"，作《读皇华集有感》云：

奉使当年到海滨，夷王舞蹈候丝纶。遂令重译通中国，益遣三韩戴圣人。薏苡日南挥马援，图书江左贮曹彬。冰霜踪迹今俱在，读罢依然感使臣。①

诗中满怀深情地回顾了出使朝鲜的经历，并表达对使臣送来《皇华集》的感激。

《皇华集》今有《四库全书存目丛书》影印明朝鲜铜活字印本、台北珪庭出版社1978年影印本、凤凰出版社2013年点校本等。

3.《王薇田滑稽杂编》

《澹生堂藏书目》著录王鹤有《王薇田滑稽杂编》一卷。今未见传本。

目前所知，王鹤存世诗文除收录在《皇华集》中的62篇外，还散见于明代诗文总集、陕西地方志和明代陕西作家别集中。如《周雅续》载其诗歌69首，《关中两朝诗钞》卷三载其《兴教寺》《游终南山》《香积寺》诗3首，后两首亦为雍正《陕西通志》收录。《关中两朝文钞》载其《骂中山狼》《皇华遗迹题辞》文2篇。王鹤曾为许宗鲁《少华山人文集》作序，存于《少华山人集》中。

另，西安小雁塔北门楣上有题署"薇田王鹤书"的题记1则，乃嘉靖三十年王鹤与友人同游荐福寺所作。记曰："荐福寺塔肇自唐，历宋元二代，我明成化末，长安地震，塔自顶至足，中裂尺许，明彻若窗牖。行人往往见之，正德末再地震，塔一夕如故，若有神比合之者。嘉靖辛亥，余以先孺人艰，解官东省，居僧舍，僧湛馨言其事，余闻而异之，遂记。

---

① （明）贾鸿洙辑：《周雅续》卷十，明崇祯刻本，第13页b。

时菊月上旬也，薇田王鹤书。"① 此文所记为荐福寺在明代历经两次地震裂而复合的异事，对研究小雁塔的历史变迁具有参考价值。文末"嘉靖辛亥，余以先孺人艰，解官东省"之语，亦可印证王鹤生平，嘉靖辛亥即嘉靖三十年（1551），正是王鹤第一次居里丁忧之时，与《掖垣人鉴》卷十四所载吻合。

三　交游考

《周雅续》选录王鹤诗作69首，其中52首未见载于《皇华集》等文献。《周雅续》是目前所知除《皇华集》外，保存王鹤诗作最多的文献。这些诗歌透露出诗人行止交游等信息，可补史志文献记载之不足。据其中的赠答之作可获知诗人的交游对象十余位，兹分述如下：

刘大直，字养浩，号岷川，四川华阳人。嘉靖十四年进士，三十年以右副都御史巡抚贵州。事迹见道光《贵阳府志》卷五七、康熙《临海县志》卷四。王鹤《岷川刘公将赴贵州过秦邀至南城楼晏集》一诗云："晏敞云中阁，客停汉上槎。檐消三伏暑，窗落半空霞。天地襟怀放，山河眺望赊。唱酬归去晚，明月照乌纱。"② 按：岷川刘公即刘大直，从诗题知其往贵州赴任途中经过陕西，王鹤曾设宴款待。

张学道，字致卿，长安人，自称竹逸山人。聪颖好学，博览群书，尤长于诗。著有《绿云山房稿》《国华录》。事迹见雍正《陕西通志》卷六三。来复所撰《明奉国中尉朱进父先生暨配马安人神道碑》一文云："（朱进父先生）诗中独好少陵，先后与王京兆子皋、秦太仆仲受、周兵部子大、南太史子兴、康明府子秀、张布衣致卿诸名公结社吟咏，关中风雅浸昌。"③ 按：王京兆子皋，即王鹤；张布衣致卿，即张学道。今存王鹤《柬竹逸移居用原韵》一诗可为二人交往之证。诗曰："官辞明圣世，宅傍野人家。月牖通宵对，风帘尽日遮。幽情闲似竹，丽句秀于花。独好论文客，常停深夜车。"④ 从诗题可知，此为王鹤依张学道原诗之韵而作。

许初，字复初，一字元复，号高阳，长洲人。嘉靖中贡生，历南太仆

---

① 李正德等：《陕西著述志》，三秦出版社1996年版，第37页。
② （明）贾鸿洙辑：《周雅续》卷十，明崇祯刻本，第12页a。
③ （明）来复：《来阳伯文集》卷五，《明别集丛刊》，黄山书社2015年影印本，第5辑，第50册，第177页上栏。
④ （明）贾鸿洙辑：《周雅续》卷十，明崇祯刻本，第12页b。

寺主簿,升湖口知县。未赴任,归老于家。许初性情高亢,不屑下人。有文才,工于书法。事迹见《万姓统谱》卷七六、崇祯《吴县志》卷五三。王鹤《清流关留别许元复》,一诗系诗人留与许初的赠别之作。诗曰:"迎我送我六十里,别君忆君千万山。归心渺渺时将晚,客路潇潇行独难。天上风云他自往,岩间松桂谁共攀。江头鸿雁能南北,音书何惮清流关。"①

金銮,亦作金鸾。字在衡,号白屿,陇西人,寓金陵。布衣诗人。王鹤《得金白屿诗寄答》一诗云:"白屿山人八十余,襟期老去更何如。远游宁厌卢敖杖,玄悟应眈老氏书。兴寄野鸥闲海际,诗随征雁到山居。东风回首石城路,云树烟波怅望余。"② 可为二人诗文往来之证。

周宇,字子大,号槐村。咸宁人。嘉靖三十八年举人,官户部主事。周宇精识古文奇字,善临池草书,为世所重。事迹见雍正《陕西通志》卷六三。王鹤《过周户部槐村书屋》一诗可为二人交往之证。诗曰:"投章辞粉署,择里避锱尘。堂榭开三径,竹松接四邻。为园随地势,抱瓮任天真。茑蔓牵篱远,荷香入座频。琴书成雅集,风雨霁芳辰。浮白清如圣,谈玄妙入神。凤麟谁尔瑞,猿鹤自余亲。月旦将何拟,裘羊定可伦。"③

王鹤曾作《七先生咏》,题下共七首诗,分别吟咏七位明代陕西乡贤。诗前小序云:"关中故称多士,以余所睹记。七先生者,咸驰声海内,为当世之望焉。"④ 按:诗中所言之七先生,即刘储秀、张治道、许宗鲁、何栋、胡侍、乔世宁、王维桢,皆为明代正德嘉靖年间关中地区的著名诗人。王鹤与七位先生同为关中人,且生活时代相去不远,故当有交往。如其中第三首《都察院右副都御使少华许先生》诗中有云:"我昔弱冠时,侍公在闾里。公忘长者尊,视我如桃李。"⑤ 按:少华许先生即许宗鲁,字伯诚,号少华,陕西咸宁人。正德十二年进士,选庶吉士,授监察御史。历霸州兵备、太常卿,以佥都御史巡抚辽东,辽人赖之。事迹见《皇明词林人物考》卷六、《国朝献征录》卷六二。王鹤曾为其《少华山

---

① (明)贾鸿洙辑:《周雅续》卷十,明崇祯刻本,第14页a。
② (明)贾鸿洙辑:《周雅续》卷十,明崇祯刻本,第16页a。
③ (明)贾鸿洙辑:《周雅续》卷十,明崇祯刻本,第17页a。
④ (明)贾鸿洙辑:《周雅续》卷十,明崇祯刻本,第3页a—b。
⑤ (明)贾鸿洙辑:《周雅续》卷十,明崇祯刻本,第4页a。

人集》作序。

又如第七首《南京国子祭酒槐野王先生》一诗，所咏者系华州诗人王维桢。王维桢，字允宁，号槐野，华州人。嘉靖十四年进士，官至南国子监祭酒。事迹见雍正《陕西通志》卷六三。从诗中"雄谈决江河，高文烂锦绮。姚江等宏博，取配空同子"①等语，可看出王鹤对王维桢才华的高度钦慕。王维桢《槐野先生存笥稿》卷二十七载《与王子皋给谏简》一文，可为二人书信往来之证。

四 思想考

现存王鹤诗作中有些随兴题咏之作，或抒发对历史的认识，或表达对时事的看法，或抒写个人心志，或缅怀亲友。这些诗歌记录了诗人随时随地的见闻感思，是了解诗人思想情怀的绝好文献。聊举数例如下。

诗人曾就岳飞班师一事作《友人题岳武穆班师责武穆不知春秋兵谏之义余驳之以此》一诗，诗曰：

> 戚戚绍兴事，纷纷后代辞。将军须有见，诗客岂能知。忧愤班师日，从容就狱时。仁成义亦尽，那复志奸欺。②

诗人认为岳飞班师之际，即已经做好"从容就狱"的准备，抱定了义尽成仁的信念，而并非"不知春秋兵谏之义"，表达了诗人对忠义之士的敬重之情。

下面这首《卖鸡行》是揭露现实之作，诗开篇云：

> 老农蓝缕生计无，老妇糟糠蓄鸡雏。雏成夫妇日相呼，昼防乌鸢夜防狐。一月两月雏成鸡，振羽长鸣毛骨殊。丹砂为冠锦为裳，文采如凤仍如凰。呼日日出照扶桑，四极八表生辉光。长安城中斗鸡多，王孙公子日相过。竞把黄金巧作距，宁惜项上缠红罗。老妇清晨语老农，我鸡如术健且雄。此时此鸡得厚直，胡不持向城市中。③

---

① （明）贾鸿洙辑：《周雅续》卷十，明崇祯刻本，第5页a。
② （明）贾鸿洙辑：《周雅续》卷十，明崇祯刻本，第18页b。
③ （明）贾鸿洙辑：《周雅续》卷十，明崇祯刻本，第8页a。

衣食无着的老夫妇辛苦养了只斗鸡，原指望卖鸡换钱维持生计，不料事与愿违：

> 老农抱鸡入城市，赤帻青衫两卒至。手持长索口咄咄，白板朱书十数字。不问鸡从何处来，但道今晨公宴开。向农夺鸡农哀哀，一言未终生祸灾。两卒击农头破裂，推农倒地声呜咽。巾脱发披纷如雪，齿才堕落口流血。唾面批颊势如虎，更欲缚农向官府。老农长跪拭泪痕，不愿还鸡愿还村。出城十步九步休，日夕方能到里门。老妇扶农坐草轩，泣涕相对不敢言。①

诗歌深刻揭露了官吏横行乡里，欺压百姓的恶劣行径。归家后老农夫妇泣涕相对，哀叹"何如烹鸡成一餐，犹胜朝朝煮菜根。"诗人借底层百姓之口，对黑暗的官府发出控诉："曾闻官府禁豺狼，豺狼反在此中藏。目睫之前已如此，敢望高明照四方！"最后几句"君不见，泰山高，高可企；黄河深，深有底。官府高深那可拟！堂下从来远千里"道出了百姓有冤无处可伸的悲哀。此诗表现了诗人关注社会现实，同情底层百姓，疾恶如仇的性格。

诗人怀念亲友之作至情不讳，真挚感人。如其悼亡诗《四月十五余先妻周氏忌日同儿胤吉致奠悲悼赋此》：

> 祖兆佛宫西，中有余妻墓。葬时拱把枝，于今已成树。钗镜久沉埋，音容杳难遇。相背三十年，余年今亦暮。巾帼两少年，相继向重泉。粉黛成虚幻，金钿总弃捐。余饥孰为羹，余寒孰为绵。书帏有孤灯，琴匣无故弦。忆昔弃我儿，清和四月时。儿今复有子，悲哉知不知。此时复清和，此日泪成波。矢词写衷肠，拟之长恨歌。②

妻子已故去多年，自己也在无限缅怀中渐入暮年，但一直念念不忘昔日妻子为他添衣做饭的恩情。"书帏有孤灯，琴匣无故弦"，道出诗人中道失偶的孤寂。"忆昔弃我儿，清和四月时。儿今复有子，悲哉知不

---

① （明）贾鸿洙辑：《周雅续》卷十，明崇祯刻本，第8页b。
② （明）贾鸿洙辑：《周雅续》卷十，明崇祯刻本，第18页a。

知",任凭时光流逝,这份思念终究不能释怀。全诗语言虽平实质朴,读之却令人动容。

有些诗作直抒心志情怀,如《答客》:

有客排荆棘,侵晨坐草堂。容止倾西都,言辞信有章。所称里中豪,拟之金与张。甲第凌高云,珍奇坿尚方。不惜金饰屋,宁厌桂为梁。锦屏云母文,珠箔明月光。明珰饰艳色,纤罗曳舞裳。充肠击肥鲜,扑鼻行椒浆。每令夜作昼,那忌妄为常。子独守遗经,孳孳慕虞唐。轨辙固遵循,涯涘何杳茫。见不脱面墙,叹益切望洋。咄咄几书空,冉冉双鬓苍。客诚怜我愚,嗟愚似有长。水深鳏鲤适,云空鸿鹄翔。稿壤甘蚯蚓,草露足蚕蛩。力命讵齐一,志愿各包藏。圣人贵顺适,大道无迎将。朵颐丧其珍,染指终见殃。誓将抱清真,肯俾名教伤。深谢客意勤,客言非所望。①

诗的开篇,"客"极力称羡"里中豪"之富贵:"甲第凌高云,珍奇坿尚方。不惜金饰屋,宁厌桂为梁。……明珰饰艳色,纤罗曳舞裳。充肠击肥鲜,扑鼻行椒浆。"继而感慨嗟叹"我"之困穷:"咄咄几书空,冉冉双鬓苍。"尽管"客诚怜我愚",且"言辞信有章",然而"我"却不为所动,甘愿独守遗经,心慕虞唐。"我"懂得"水深鳏鲤适,云空鸿鹄翔""圣人贵顺适,大道无迎将"的道理,也深知"朵颐丧其珍,染指终见殃",故而取舍态度愈发明朗。最后婉拒客之殷勤规劝,做出了"誓将抱清真,肯俾名教伤"坚定选择。全诗以宾主对答的方式,借"我"之口,抒诗人的心志。

又如《书怀》一诗云:

道人元住五陵间,种药烧丹拟驻颜。岂有万言酬圣主,徒令十载玷朝班。云中战马将还厩,日本蛮王欲款关。沧海无波封事少,昆吾御宿早投闲。②

诗人为官清廉,能恪尽职守,敢于直谏,"岂有万言酬圣主,徒

---

① (明)贾鸿洙辑:《周雅续》卷十,明崇祯刻本,第2—3页。
② (明)贾鸿洙辑:《周雅续》卷十,明崇祯刻本,第14页a。

令十载玷朝班"乃自谦之辞。"沧海无波封事少,昆吾御宿早投闲"则透漏出诗人有归隐之意,暗合其于终南山麓"种薇以自给"的夙愿。

第四节　郡牧之楷模——南宪仲

南宪仲(1545—1577)是明代西安府渭南县(今陕西省渭南市)人,万历二年(1574)进士,官枣强县令,政声卓著。然不幸英年早逝,所著《广川集》等皆已失传,故一直鲜为学界关注。目前所知《周雅续》等文献中保存南宪仲诗作66首,内容涉及个人抒怀、纪游览胜、酬唱赠答等题材,为考察诗人家世、生平、著述及交游提供了宝贵资料。

一　家世考

南宪仲,字子章,号次原,明代西安府渭南县(今陕西省渭南市)人,南轩次子。南宪仲的家世情况在沈一贯为其父南轩所撰《朝列大夫山东布政使司左参议阳谷南公墓碑》中记载颇详:

> 公讳轩,字叔后,阳谷其别称也。故籍河东,徙蒲城,其再徙渭南也自公五世祖安义。而赠郎中金为资县学博,则南始兴。赠公有二子,长大吉,正德辛未进士,守绍兴府;次逢吉,嘉靖戊戌进士,山西按察副使,此关以西所称"二南"者。观察公配李恭人,诞公,有英骨,年七岁从观察公南游讲德王文成之门。稍长力学,泛滥诗赋古文辞,补博士弟子,同舍生毋敢与均席。丁酉举于乡,癸丑成进士,读中秘书,随以母丧归。服阕,授比部郎。为诸公所器,改铨部。三年,最。封父母及配裴安人。……配裴安人子四,长学仲,辛酉举人,怀庆府通判,娶田氏,继张氏。次宪仲,余甲戌举者,枣强知县,卒。娶左参议熙女,继牛员外恒女。次师仲,即太史检讨,娶即王祭酒维桢女,继左氏。次仰仲,邑诸生,卒。娶郭训道珠女,继东氏。[①]

[①] (明)沈一贯:《喙鸣文集》卷十七,《续修四库全书》,上海古籍出版社2002年影印本,第1357册,第417—418页。

案：此碑文中"阳谷南公"、"参藩"皆指南宪仲之父南轩，字叔后，号阳谷，嘉靖三十二年（1553）进士，累官山东布政司参议。"裴安人"即南轩之妻、南宪仲之母裴氏，生子四人，依次为学仲、宪仲、师仲、仰仲。南宪仲排行第二。长兄南学仲，嘉靖四十年（1561）举人，河南怀庆府通判。三弟南师仲，万历二十三年（1595）进士，选庶吉士，官翰林院，至南京礼部尚书。幼弟南仰仲，诸生，早夭。南宪仲妻左氏，继配牛氏。

马自强《山西按察司副使南公逢吉志铭》记载了南宪仲祖父及先祖的一些情况，其文曰：

> 其先由河东中条徙蒲城，元季有讳安义者，始徙渭南秦村，家焉，故今为渭南人。安义生俨，俨生言，言生珪，珪生渭阳公金。渭阳公孝友笃信，其施用以文学，官不大究。配焦太宜人，生二子，即瑞泉公与公。①

案：此墓志铭为马自强为南宪仲祖父南逢吉所撰，据墓志知渭南南氏家族的始迁祖，即南宪仲的八世祖名南安义，始居渭南秦村。七世祖名南俨，六世祖名南言，五世祖名南珪。曾祖即渭阳公南金，以文学起家，曾任资阳教谕。南宪仲曾祖母为焦氏，封宜人。焦氏生二子，俱为进士，长子南大吉，即"瑞泉公"，次子南逢吉，即南宪仲祖父。又据《渭上稿》卷十《南氏族谱》，南逢吉字元真，号姜泉。嘉靖十七年（1538）进士，历礼部郎中，累官至云南提学副使。生于弘治七年（1494），卒于万历二年（1574），寿八十有一。②

南宪仲后世子孙的情况，史料中亦有记载，陶望龄《山东左参议阳谷南公暨配裴太恭人墓志铭》云：

> 四子者，长辛酉举人，怀庆府通判学仲；次甲戌进士，枣强知县

---

① （明）焦竑辑：《国朝献征录》卷九七，《四库全书存目丛书》，齐鲁社1996年影印本，史部，第105册，第496页下栏。
② 参见（明）南轩《渭上稿》卷十，《明别集丛刊》，黄山书社2015年影印本，第3辑，第52册，第155页下栏。

宪仲；……宪仲子居益复以辛丑进士为某官。①

清陈田《明诗纪事》辛签卷二南居益小传云：

> 居益，字思受，渭南人。万历辛丑进士，授刑部主事。历员外、郎中，出为广平知府。历山西副使、参政、按察使、布政使，入为太仆卿。以右副都御史巡抚福建，迁工部侍郎，总督河道，以忤魏忠贤削籍。崇祯初起户部侍郎，总督仓场，迁工部尚书。以事削籍，归。李自成陷渭南，不屈死。②

据以上两则资料知南宪仲之子南居益，字思受，万历二十九年（1601）进士，累官工部尚书。崇祯十六年，不降李自成，受炮烙之刑而不屈，绝食而亡。《明史》卷二六四有传。

又据王士禛《诰授朝议大夫四川按察司金事六如南公暨配田恭人合葬墓志铭》载，南居益无子，以其族侄南廷铁为嗣：

> 阳谷先生有四子，次宪仲，万历甲戌进士，官止枣强知县，是为广川公。次师仲，万历乙未进士，历官礼部尚书，是为宗伯云。宗伯生居恒，官生，早卒，即君父也。广川生居益，万历辛丑进士，历官工部尚书，世称二太先生。君少孤，抚于司空，司空无子，以君弟廷铁为嗣，则湄之父也。……甲申之变，司空殉节，廷铁亦死。③

按：六如南公，即南居恒之子南廷铉。司空，即工部尚书南居益。据此知南廷铁实为南居恒之子，六如南公南廷铉之弟，南师仲之孙。因南居益无子，故以廷铁为嗣。

综上可以看出，明代中后期渭南南氏家族人才兴盛。仅就南逢吉一脉

---

① （明）陶望龄：《歇庵集》卷十七，《续修四库全书》，上海古籍出版社2002年影印本，第1365册，第549页上栏。
② （清）陈田辑：《明诗纪事》辛签卷二，《续修四库全书》，上海古籍出版社2002年影印本，第1712册，第23—24页。
③ （清）王士禛著，袁世硕主编：《王士禛全集》，齐鲁书社2007年版，第3册，第1645—1646页。

而言，即有南逢吉、南轩、南宪仲、南师仲、南居益五位进士，若合南大吉一脉计之，则还有南大吉、南企仲（大吉之孙）、南居仁（企仲之子）、南居业（企仲之子）四位进士。南师仲官至南京礼部尚书、南企仲官至吏部尚书、南居益官至工部尚书，故有"一门三尚书九进士"之说。又，道光《重辑渭南县志》卷七载县内有"七朝甲第坊"，乃专为以上明代南氏家族九位进士而立。

二 生平考

据南轩《渭上稿》卷十《南氏族谱》载，南宪仲生于嘉靖廿四年（1545）十月廿六日，卒于万历五年（1577）九月八日，年仅三十三岁。隆庆四年（1570）考中举人，万历二年（1574）考中进士，授枣强县令。赴任之际，沈一贯有诗相赠，题曰《赠枣强令南子章》：

> 圣代搜瑰异，山泽无遗英。公车纷射策，哲彦俨在廷。卿家本三秦，年少豪功名。祖父拥大藩，世德伟见称。凤皇非羽族，生雏辄异鸣。三年长羽毛，五色如织成。往领三辅邑，万里途始营。送子及清秋，感喻怀所经。佳木贵晚岁，花实不并荣。庸人狥纷华，君子念笃诚。牛刀有往譬，尼父筦武城。①

按：沈一贯为南宪仲之父南轩所撰《朝列大夫山东布政使司左参议阳谷南公墓碑》云"南公卒，明年，子太史师仲以王太史图状来请表，余雅向公，而公仲子余所进士。……"② 可知沈一贯与南宪仲有师生之谊。诗中既有对其才学和家世的称赞，也表达了对其初入仕途的勉励，"牛刀有往譬，尼父筦武城"二句，则借用孔子学生子游治理武城的典故，委婉提醒南宪仲勿以县令之职为轻，要重视礼乐教化，尽职尽责，做出一番成绩。

南宪仲没有辜负老师期望，上任伊始即著《亲民近规》，条陈兴革大者十事，并逐一施行。在任三年，政声茂著，惜未及擢升而卒于任。当地

---

① （明）沈一贯：《喙鸣诗集》卷四，《续修四库全书》，上海古籍出版社2002年影印本，第1357册，第544—545页。

② （明）沈一贯：《喙鸣文集》卷十七，《续修四库全书》，上海古籍出版社2002年影印本，第1357册，第417页上栏。

人感念其德，建专祠以祀。邑人陶应龙撰有《南公祠记》专述其政绩，文曰：

> 南公讳宪仲，号次原，世为关中渭南人，登万历甲戌进士。是岁冬，被命视篆余枣，三年行将报政，乃以疾卒于官。卒之日，邑缙绅父老举恻然如失怙恃。……公自下车以来，悉心注措，循良为一时最。如条陈清查之法，地亩清出者三百余顷，荒芜之地督民开种，免租且给其费，垦田几二千顷，招抚流移复业者四百余家。增修大原书院，作兴士类，校艺之劳无间寒暑。议投柜以除弊政，戒轻生以杜恶俗，广储蓄以预赈贷，锄强暴以安善良，礼高年以崇风化，公鞫讯以伸屈抑，此皆其善政之可纪者，而修城一事尤为卓异之绩焉。邑实畿辅右地，城郭旧卑薄不称，先正德间流寇猖獗，径尔蹂躏，其后莅官者虽不无增筑，然概仅可以御目前，而岁久倾圮，且日甚矣。公一巡视辄咨嗟慨噫，遂请于上，为重修计，其区画之善载于大司马梁公所纪者甚悉也。不期岁而功告成，视旧高广几倍，楼橹埤堞咸更为增置，仡仡言言，自是称金汤之险矣。嗟夫！公之经制立纪，鸿猷骏烈，足以名旂常、式郡牧者，彰彰如是。谓非法施于民不可，而保障之植，百世永赖，尤捍灾御患之大者。且政务鞅掌，秉忠宣力，虽形神日敝，而勉强励精，曾未少逸，竟致不起。谓为以劳定国，以死勤事，非耶！是皆祀典所不废者。然则崇功报德，彰往诏来，吾士民之举亦义举也哉。因举其事，以俾后之观风者采而献诸朝焉，公亦可以兼不朽云。①

据此知，南宪仲任职枣强期间所行善政有：条陈清查之法，清地亩三百余顷，道民开垦荒田以招抚流移复业者；增修书院，培养人才；议投柜以除弊政；戒轻生以杜恶俗；广储蓄以预赈贷；锄强暴以安善良；礼高年以崇风化；公鞫讯以伸屈抑等。最可称道者乃修城一事，不疲民，不费帑，不期岁而功告成，堪为保障。

南宪仲敦笃道义，砥砺名节，性豪度坦，望之蔼然。至执法操行，则

---

① 乾隆《枣强县志》卷七上《艺文志》，《中国地方志集成·善本方志辑》，凤凰出版社2014年影印本，第1编，第11册，第551—552页。

屺不可犯。"居官三年，荐书八上。临终，仅有琴书数种而已。"① 故《南公祠记》称其"经制立纪，鸿猷骏烈，足以名旂常、式郡牧"，并对其"非法施于民不可，而保障之植，百世永赖，尤捍灾御患之大者"的为政理念予以充分肯定。

三 著述考

南宪仲的著述，《千顷堂书目》、万斯同《明史》著录为"《广川集》四卷"，而雍正《陕西通志》卷七五著录"《广川集》八卷"，道光《重辑渭南县志》卷十一亦著录为八卷，另载其著有"《亲民近规》一卷"。另按：光绪《新续渭南县志》卷八云南师仲辑兄《南宪仲集》三十六卷。今皆未见传本。《周雅续》载其诗59首，是目前所知保存南宪仲诗作最多的文献。此外，《华岳全集》卷十一收录其《游华山》6首，同书卷九收录其《希夷峡》1首。目前所知，南宪仲存世诗作共66首，这些存世诗歌多为随兴题咏之作，记录诗人随时随地的所感所悟，可资了解诗人的思想情怀及生活阅历，试举几例如下。

诗人宦游在外，常常思念远方的朋友和亲人，如下面的几首诗作：

北风萧条夜气凉，平林摇落乌鹊翔。落月皎皎映星梁，流光徘徊独空床。揽衣起视众星光，辗转怀思心内伤。西方美人鹓鹭行，容辉咫尺遥相望。援琴发轸奏流商，高山峨峨水汤汤。曲终踟躅步东厢，安得赏音在我旁。（《长歌行次涿州夜怀京邸诸同年》）②

长安陌上柳初黄，晓日晴风拂客裳。八水波光涵华岳，五陵霁色照咸阳。人穿林坞新莺啭，马踏溪头细草香。寄语渭滨同调者，春花珍重曲江旁。（《长安道上怀渭上诸友》）③

春来长作客，迟日此亭幽。红蕊欣俱吐，青樽笑独浮。莺迁乔木末，云渡远峰头。每羡春归雁，双双集渭流。（《花朝怀渭上兄弟》）④

---

① 道光《重辑渭南县志》卷十三《乡贤传》，《中国地方志集成·陕西府县志辑》，凤凰出版社2007年影印本，第13册，第274页上栏。
② （明）贾鸿洙辑：《周雅续》卷十四，明崇祯刻本，第5页a。
③ （明）贾鸿洙辑：《周雅续》卷十四，明崇祯刻本，第9页b。
④ （明）贾鸿洙辑：《周雅续》卷十四，明崇祯刻本，第7页b。

诗中流露出宦游在外的诗人对亲友的无限思念和牵挂，可见作者是一位重情之人。令他眷念最多的是双亲，常常为自己不能尽孝膝下而自责，如《除夕书怀》诗云："嘉会阻高堂，埙篪隔游衍。安得凌条风，归及椒觞宴。"① 《晓发滁阳述怀》一诗云："遥遥南迈远辞亲，心怅重闱隔渭滨。"②《郊原有怀》云："达人志四方，眷恋欲何如。但伤生别久，庭闱定省疏。"③

在诗人看来，能在父母身边尽孝，胜于高官厚禄，故他常以此安慰科场失意的亲友。如《送张育斋马裕庵还秦》一诗云：

> 握手怜张仲，临岐惜马卿。如何抱双璧，不一请长缨。春日云回雁，关门柳啭莺。庭闱君渐近，游子重含情。④

尽管诗人常为忠孝不能两全而遗憾自责，但他反对愚孝，如下面这首《吊坠崖僧》，诗前小序云：

> 壬申九月之望，余游华下南塔寺，见壁间黑迹，疑而怪之。老衲曰："岁之四月，弟子有为母疾祷于岳之飞仙崖，俄而自坠，盖以身伐之⑤。"问其年，未及二旬耳。噫！真耶？伪耶？世固有传是说者，何惑焉！而汝辄蹈之耶！余独取汝赤子之心，而惜其未闻儒者之道。然犹怪夫世之读儒书而置父母于不顾者。汝亦奚憾焉！因有绝句吊汝，汝其知之否？⑥

其诗曰：

> 为祷飞仙去路赊，孤魂望断白云斜。堪悲死孝投崖者，不及林中

---

① （明）贾鸿洙辑：《周雅续》卷十四，明崇祯刻本，第4页a。
② （明）贾鸿洙辑：《周雅续》卷十四，明崇祯刻本，第9页a。
③ （明）贾鸿洙辑：《周雅续》卷十四，明崇祯刻本，第4页a。
④ （明）贾鸿洙辑：《周雅续》卷十四，明崇祯刻本，第8页a。
⑤ "伐"，疑为"代"之形近而讹。
⑥ （明）贾鸿洙辑：《周雅续》卷十四，明崇祯刻本，第12—13页。

返哺鸦。①

在诗人看来,"死孝投崖"者虽有赤子之心,但行为迂腐可悲,尚不及林中反哺之鸦,这并非真正的儒者之孝。不过,终究比那些罔读圣贤之书,却置父母于不顾的伪君子要强。

古代读书人以科举为业,中式前后的地位天壤之别,因而诗人在获取功名前后的心态也明显不同,试比较以下几首诗:

> 五车书史何时足,灯火萧然二十秋。遥向禹门瞻气象,近从颜巷识风流。鸡声听彻偏催曙,梅蕊持来欲乱愁。长夜不妨多雨雪,羲皇应与梦同游。(《夜坐次伯兄韵》)②

"五车书史何时足""灯火萧然二十秋""鸡声听彻偏催曙"等句,道出了读书人多年寒窗的辛苦。

> 弱冠明朝又六春,年年此夜愧儒巾。苍龙气转当除岁,玄律音移已正辰。胜里棣华联彩近,灯前柏叶引杯频。遥瞻斗极风烟迥,亦自嵩呼祝帝宸。(《除夜》)③

南宪仲生于嘉靖廿四年(1545),隆庆四年(1570)考中举人时二十六岁,万历二年(1574)考中进士时三十岁,从"弱冠明朝又六春"之句看,此诗当作于诗人中举前一年之除夕,故有"年年此夜愧儒巾"之叹。

与上面两首诗相比,下面这首《将赴雁塔喜晴》的基调则完全不同:

> 一夜晴光万里开,文昌流景溢中台。彩毫花自云林发,丹桂香从月窟来。池畔卧龙冥海种,江头遗构豫章材。明朝载酒追游处,谁是甘泉献赋才。④

---

① (明)贾鸿洙辑:《周雅续》卷十四,明崇祯刻本,第13页a。
② (明)贾鸿洙辑:《周雅续》卷十四,明崇祯刻本,第10页a—b。
③ (明)贾鸿洙辑:《周雅续》卷十四,明崇祯刻本,第10页b。
④ (明)贾鸿洙辑:《周雅续》卷十四,明崇祯刻本,第10页b。

唐代读书人考中进士后要到长安南郊的雁塔去题名，这是古代读书人最为春风得意之时。从题目及诗中意气风发的语调来看，这首诗当作于诗人科考中式之后，故而与前两诗的基调完全不同，这种心情的变化也是以科考为业的古代读书人之共同体验。

四 交游考

南宪仲存世诗作中还有不少赠答之作，据此可考察诗人的交游对象涉及亲人、同年、同僚、朋友等，请看下面的几首诗作。

> 夕阳杳霭出郊迟，堤柳依然似去时。易水黄金何日置，荆山白璧几人悲。春鸿已接天边翼，池草还牵梦里思。莫向庭闱嗟落羽，彩衣同上万年卮。（《东郊迎兄》）①

此为作者迎接其兄应考归来而作，抒发了对兄长怀才不遇之不忿和应考落第的安慰。据沈一贯《朝列大夫山东布政使司左参议阳谷南公墓碑》载，南宪仲兄弟共四人，依次为学仲、宪仲、师仲、仰仲，诗中之"兄"即南学仲，字子尚，嘉靖辛酉登乡试榜，累试不第，选怀庆通判，有政声。事迹见道光《重辑渭南县志》卷十五。此外作者还有《夜坐次伯兄韵》，为与其兄唱和之作。

> 际晓发江滨，东风媚旅人。花光含露润，鸟语入春新。行路悲前事，趋庭愧此身。好将匣里剑，共汝渡延津。（《蚤发新都与子兴弟言怀》）②

此系诗人寄赠其弟南师仲之作。南师仲，字子兴，南轩第三子，南宪仲之长弟。万历二十三年（1595）进士，改庶吉士，初在翰林院任职，官至南京礼部尚书。《传是楼书目》著录其《玄象山馆诗草》十五卷，今有传本。雍正《陕西通志》另著录《增订关中文献志》八十卷、《渭南志》二十五卷、《元（玄）麓堂文集》五十卷、《集杜诗》五卷。宪仲

---

① （明）贾鸿洙辑：《周雅续》卷十四，明崇祯刻本，第10页a。
② （明）贾鸿洙辑：《周雅续》卷十四，明崇祯刻本，第6页a。

英年早逝，师仲异常悲痛，《周雅续》卷十五载南师仲《广川哭二兄不寐》诗一首。

> 秋风渭上暌离久，八载天涯会面稀。叱驭屡嗟悲蜀道，汇征初喜赴王畿。蓟门道上尘随马，潞水桥边柳拂衣。自愧不能成宅相，空悲落羽素心违。（《河西候内父话别次韵二首（其一）》）①

此为诗人答赠内父之作。据沈一贯《朝列大夫山东布政使司左参议阳谷南公墓碑》载，南宪仲妻左氏，左参议熙女；继牛氏，牛员外恒女。则南宪仲称内父者有左熙、牛恒两位。左熙，字夏伯，耀州人，左思忠子。嘉靖乙丑进士，授汲县令，迁户部主事，调兵部员外，升郎中，从少司马汪出按蓟辽边事，升山西布政司参议兼佥事，备兵云中，以忧归。为忌者伤，夺爵一级，补官四川按察司佥事，分巡川南，以老致仕。事迹见乾隆《续耀州志》卷六。牛恒，武功进士，嘉靖间壶关知县，升户部主事。事迹见道光《壶关县志》卷五。从诗中"蜀道""王畿""蓟门""潞水"等语来看，诗题中的内父当指左熙。另据光绪《新续渭南县志》卷二，左熙曾为南宪仲撰写墓志。

> 宓子昔为宰，弹琴不下堂。当令返淳朴，岂直著循良。君子有幽室，千载扬其芳。对客拭龙唇，列宿动光芒。（《过邢子愿弹琴室》）②

邢子愿即邢侗，字子愿，号知吾，山东临邑人。万历二年（1574）进士，官至太仆寺少卿。善画，能诗文，工书。与董其昌、米万钟、张瑞图并称"晚明四大家"。有《来禽馆集》及墨刻传世。《明史》卷二八八有传。南宪仲与邢侗为同年进士，此诗可为二人交往之证。后南宪仲卒于任上，邢侗主动为其经纪后事，不惜耽搁个人的政绩考核。《池北偶谈》卷七"邢太仆"条载："吾乡太仆邢公子愿侗，以书法文章名神宗朝，然其行谊甚高。初知南宫县，同年渭南南公宪仲，工书居益之父，

---

① （明）贾鸿洙辑：《周雅续》卷十四，明崇祯刻本，第11页a。
② （明）贾鸿洙辑：《周雅续》卷十四，明崇祯刻本，第4页a。

为枣强令。会御史按真定，皆在郡候察，而南公病殁，后事一无所备。先生直入白御史曰：'南枣强死，无为经纪后事者，某愿请旬日之假，驰往治丧，毕事后，赴郡听察。幸甚！'御史素重公名，许之，竟为停察事，听往治丧。至今南氏子孙感公高谊不忘。御史亦贤者，惜逸其姓字。"①

怜君千里别，鱼雁一春迟。谷鸟迁愁我，皋兰把赠谁。不成命驾兴，空忆看花时。千古荆人泪，犹当献璞垂。（《寄侯子建年兄》）②

侯子建即侯于鲁，字子健，号建庵，渭南人。与南宪仲同举隆庆四年（1570）陕西乡试，为副榜第一。历任蠡吾教谕、太平令、保德知州等职，挂冠归里后不问外事，唯与一二老友谈玄话桑麻而已，有五柳先生之风。寿九十有四。事迹见光绪《新续渭南县志》卷八。南宪仲与侯子建为乡试同年，又是渭南同乡，自然会有交往。从诗中辞意看，二人交谊不浅。

曲江曾并辔，华下复寻君。把酒邀晴色，论文倚夕曛。歌翻郢树雪，梦破谢池云。明日重回首，相思一水分。（《华州王莲塘同年招饮传芳楼兼示暴季诸作（其二）》）③

王莲塘同年，即王庭譔，字敬卿，号莲塘，华州人。隆庆四年（1570）举人，万历八年（1580）探花。案：王庭譔与南宪仲并非进士同榜，这里的同年当指乡试而言。从诗中辞意看，二人当属志趣相投的朋友。

忆昔连镳题雁塔，于今随步集龙墀。俱陈汉殿天人策，总属明廷雨露私。香惹官衣分柳色，杯浮春酿映花枝。微才独愧逢熙世，欲报涓埃只自期。（《雨后恩荣宴呈两榜同年》）④

---

① （清）王士禛著，文益人校点：《池北偶谈》，齐鲁书社 2007 年版，第 131—132 页。
② （明）贾鸿洙辑：《周雅续》卷十四，明崇祯刻本，第 8 页 a。
③ （明）贾鸿洙辑：《周雅续》卷十四，明崇祯刻本，第 7 页 b。
④ （明）贾鸿洙辑：《周雅续》卷十四，明崇祯刻本，第 11—12 页。

恩荣宴，即为新进士举行的宴会。两榜同年，南宪仲为隆庆四年（1570）陕西乡试举人，万历二年（1574）进士，据雍正《陕西通志》卷三十、三一，明张朝瑞《皇明贡举考》卷八，知南宪仲的两榜同年有雷士桢①、文在中、李时芳三人。此三人与南宪仲为同乡兼两榜同年，自然会有交往。雷士桢，字国柱，陕西朝邑人，韩邦奇外孙，万历甲戌二年进士，初授太常博士，拜浙江道御史。著有《覆瓿集》《太常考》。光绪《新续渭南县志》卷二云："南宪仲墓……有《志》，参议耀州左熙撰；《碑》，侍御朝邑雷士祯（桢）撰。"②南宪仲《过雷奉常》云："清朝多暇日，漫过太常家。玉盌香浮蚁，冰盘色荐瓜。凉飔来陌柳，骤雨落檐花。拚饮宁辞醉，云开五凤斜。"③按：雷奉常即雷士桢，从诗歌内容看，二人当属颇为投缘的朋友。文在中，字德充，号少白，陕西三水人，隆庆四年乡试解元，万历二年进士，初授淮安府教授，升国子监博士，历仪部主事，官终长沙别驾。李时芳，字惟荣，号两山，隆庆四年举人，万历二年进士，历官河南府知府、山西岢岚道按察副使。

此外，南宪仲今存诗歌还有记录与同僚及朋友交游的作品，如《觐还约邢四同舟不果诗以嘲之》《寄赠帅侯赴召二首》《正月十五夜同僚佐登楼燕览》《洪戒寺同姚汤二生夜话》《雪台观访刘道士》《答友人》《夏夜与友人对酌漫兴》《夜燕友人邸》诸篇，涉及对象有邢四、帅侯及其他同僚或友人，然具体姓名已不可确考。

第五节　正色立朝的翰林官——王图

王图（1557—1627），字则之，号衷白，又号明石，明代西安府耀州（今陕西铜川市耀州区）人，明代中后期士大夫诗人。万历十四年考中进士，官至礼部尚书兼翰林院学士。为官清正，著述丰富。所撰《文集》《奏议》《文体颇评》《史记侧》《讲筵日录》《玉堂制草》《颖客偶谈》

---

① 雷士桢，雍正《陕西通志》作"雷士祯"，今从《皇明贡举考》《明清进士题名碑录索引》作"雷士桢"。

② 光绪《新续渭南县志》卷二《舆地志·陵墓》，《中国地方志集成·陕西府县志辑》，凤凰出版社2007年影印本，第13册，第396页上栏。

③ （明）贾鸿洙辑：《周雅续》卷十四，明崇祯刻本，第8页b。

诸集今皆散佚，一直鲜为学界关注。《周雅续》及明清地方志中保存了王图诗作121首，文献价值弥足珍贵。现全面钩稽相关文献，考察王图的家世、生平、著述及交游等情况，希望能够为明代地域文学及明代诗歌史的研究提供有价值的参考。

一　家世考

王图之家世，钱谦益《故礼部尚书兼翰林院学士协理詹事府事赠太子太保谥文肃王公行状》（下简称《王公行状》）一文记载颇详，兹摘录如下：

> 曾祖永宁。祖宗仁。皇赠吏部右侍郎兼翰林院侍读学士。父邦宪。皇任山东莱州府通判赠吏部右侍郎兼翰林院侍读学士。……公讳图，字则之。其先太原阳曲人，国初徙耀州。家世孝弟力田。景泰中，有讳志者，明春秋，举乡试，知宜宾县。四传为莱阳公，以诗经举于乡，历官有声迹，是为公父。生三子，长曰国，举万历丁丑进士，官至兵部右侍郎，巡抚保定。而公其少子。[①]

按：由此知王图五世祖名志，曾任宜宾县知县。曾祖王永宁，祖父王宗仁。王图之父名邦宪，字后泉，嘉靖庚子举人，初授徐沟令，政声茂著，升莱州府通判。王邦宪有子三人，王图最少。事迹见雍正《陕西通志》卷五七。

雍正《陕西通志》卷五七上载有王图之长兄王国之事迹，其文曰：

> 王邦宪，字后泉，耀州人。……长子国，字伯祯，中万历丁丑进士。以庶常授浙江道。有权要占民田数千亩，悉核实归之。督学江南，首拔士如朱之蕃、顾起元等，皆盖代才。复掌河南道，管京察，备椽陈封事，劾权贵，直声震朝野。乞归终养。寻起山西副使。时中使势焰薰灼，窘辱寮佐，国独能开陈大义，顿令折服，由是大僚方不庭谒宦官。擢兵部侍郎，巡抚保定。岁荒赈饥，全活甚众。大盗刘应

[①] （清）钱谦益著，钱曾笺注，钱仲联标校：《牧斋初学集》卷四八，上海古籍出版社1985年版，第1239页。

第等聚众倡乱，国亲讨平之。绝馈遗，肃属吏，严保甲，广积储，善政犁然，晋升苏督，疾作乞归。①

按：据此知王图之兄名王国，万历五年进士，选庶吉士，改御史，为官以刚介著称，官至兵部右侍郎，巡抚保定。

又据王庭撰《松门稿》卷二《王母党孺人墓志铭》，可知王图生母及养母之情况：

> 往余在京邸，与御史王子结交甚善，其弟检讨图君时以举人读书御史邸舍。御史迎党孺人至京师，两君者朝夕奉孺人起居，融融然偕乐也。……余每叹曰：孝哉王家兄弟，其忧乐无弗同矣。而不知其母异也。……莱州府通判元配雷氏，继左氏，而孺人则其副也。雷无子蚤卒，遗二女。左有子二，其一园，举人；其一即检讨君图。又有二女，俱十龄左右而失母。孺人抚二母所遗子女恩勤备至，其衣食次第必使副使君为之后。②

按："御史王子""副使君"即王国，曾任御史、四川按察司副使。"检讨图君"即王图，曾任检讨之职。"莱州府通判"即王图之父王邦宪，曾任莱州府通判。据此墓志知王图之生母左氏早亡，由王国之母党氏抚养长大③。有兄长二人，异母长兄即王国，同母仲兄名王园，举人。

王图之家室及子孙情况，史料中亦有记载，钱谦益《王公行状》云：

> 娶安氏，继娶昝氏，皆赠淑人，子一人，即淑抃。孙若干人。④

---

① 雍正《陕西通志》卷五七上《人物三·廉能》，《文渊阁四库全书》，商务印书馆（台北）1986年影印本，第554册，第501—502页。
② （明）王庭撰：《松门稿》卷二，《四库全书存目丛书》，齐鲁书社1997年影印本，集部，第167册，第425页。
③ 钱谦益《王公行状》云王国之母为雷氏，当误。据王庭撰《王母党孺人墓志铭》可知，雷氏为王邦宪原配，无子早卒。
④ （清）钱谦益著，钱曾笺注，钱仲联标校：《牧斋初学集》卷四八，上海古籍出版社1985年版，第1243页。

乾隆《续耀州志》卷七云：

> 王毓贤，淑抃子，由才学官四川雅州。①

同书卷六云：

> 王淑璟，国长子，荫知府。……荫职未任，值闯逆陷关中，伪守欲用，坚不为屈，与子生员肇祥并死。之侄毓美，荫生，图孙、淑抃子，同遇害。②

按：综上知王图之妻为安氏，继室昝氏。其子名淑抃，万历三十五年进士，授宝坻知县，官终户部郎中。事迹见乾隆《续耀州志》卷六。王图有孙若干人，生平略可考者有王毓贤、王毓美。

二 生平考

王图万历十四年考中进士，选翰林院庶吉士，散馆授检讨，官至礼部尚书兼翰林院学士。其身后"国史有传，玄堂有志"③，张廷玉等《明史》卷二一六、万斯同《明史》卷三三六、《牧斋初学集》卷四八、《东林列传》卷十六、《明名臣言行录》卷七四、《皇明三元考》卷十三、《启祯野乘一集》卷一、乾隆《续耀州志》卷六等皆有其传，兹据上述资料梳理王图生平如下。

1. 少有才思，荣登高第

王图自幼博闻强识，才思风发。年十六，浙江人徐用简督学关中，对其赏识有加。"每行部，必召公与俱，杂诸生中试之，所至必第一。遂挈公登太华，上太白，经蓝田，出潼关，浮淮涉江，东游吴越。关河川陆形

---

① 乾隆《续耀州志》卷七，《中国地方志集成·陕西府县志辑》，凤凰出版社2007年影印本，第27册，第478页下栏。

② 乾隆《续耀州志》卷六，《中国地方志集成·陕西府县志辑》，凤凰出版社2007年影印本，第27册，第469页下栏。

③ （清）钱谦益著，钱曾笺注，钱仲联标校：《牧斋初学集》卷四八《故礼部尚书兼翰林院学士协理詹事府事赠太子太保谥文肃王公行状》，上海古籍出版社1985年版，第1244页。

胜要害之地，前迎后却，极目从心，慨然有澄清宇宙之志"①。万历四年举乡试第一，年方二十。万历十四年考中进士②，选翰林院庶吉士，散馆授检讨。

2. 正色立朝，不偏不倚

王图以翰林院庶吉士授检讨，久之，升右春坊右中允，掌南院。还坊充东宫讲官，以右庶子掌坊事。升詹事府少詹事，副纂修玉牒。以詹事充日讲官、教习庶吉士。后以吏部右侍郎掌翰林院。前后服官自宫坊历亚卿，皆不出詹翰，资望最为深茂。任职期间，于时相一无所附，而其在妖书事件、庚戌会试中的态度尤见其正直本性。

万历三十一年妖书事起，值沈一贯当国，欲有所罗织。王图昔为其教习门生，乃援引古谊，对沈一贯极言规劝，可见其心性之正，但由此也引起了沈一贯的不满。

万历三十八年，王图与萧云举主持庚戌会试③，分教官汤宾尹欲私韩敬，与知贡举吴道南盛气相诟谇。会试结束后，吴道南欲弹劾汤宾尹，因王图劝阻而止。而汤终虑道南害己，令其门生咸宁人王绍徽以同乡身份去拜谒王图。绍徽极力称赞宾尹，而言道南党欲倾宾尹及图，宜早作提防云云。王图正色却之，绍徽怫然而去，由此引起了汤宾尹等人的忌恨。

3. 身陷党争，沉浮宦海

王图之兄王国曾任御史，不附执政拳殴其私人于朝堂，以伉直调外任职。王图在史馆，以方严易直而著称。士大夫推西北正人，以王氏兄弟为

---

① （清）钱谦益著，钱曾笺注，钱仲联标校：《牧斋初学集》卷四八《故礼部尚书兼翰林院学士协理詹事府事赠太子太保谥文肃王公行状》，上海古籍出版社1985年版，第1240页。

② 按：钱谦益《王公行状》云王图万历十四年丙戌考中进士，《明清进士题名碑录索引》、《皇明三元考》、《周雅续》之《王图小传》等史料亦皆记载王图为万历十四年进士。而清万斯同《明史》卷三三六、清张廷玉等《明史》卷二一六则云王图为万历十一年进士。又，《皇明贡举考》所收录的最后一科会试为万历十一年癸未科，此科进士的名录中没有王图。综上可知王图乃万历十四年进士，两部《明史》的记载有误。详见本书上编第六章第二节考辨。

③ 据《明神宗实录》卷四六七"万历三十八年二月乙卯"条记载，万历三十年庚戌科会试主试官为薛云举与王图，而明张弘道等辑《皇明三元考》卷十四则云："万历三十八年庚戌科大魁中式三百名，主试官吏部侍郎兼侍读学士萧云举，丙戌进士；掌翰林院事吏部侍郎王国，丁丑进士。"按：《明史》卷二一六《王图传》、《王公行状》皆言王图主庚戌会试，又，"掌翰林院事""吏部侍郎"等职与王图身份相符，而王国历官御史、兵部侍郎等职，未曾任翰林、吏部侍郎，故可知《皇明三元考》所载之"王国"，乃"王图"之误。

巨擘。其时，孙丕扬执掌吏部，孙玮以尚书督仓场，皆为陕西人。诸不悦图者，目之为"秦党"。加之王图时有相望，旦夕将入内阁，忌之者益众。又，《明史·王图传》载："适将京察，恶东林及李三才、王元翰者，设词惑丕扬，令发单咨是非，将阴为钩党计，图急言于丕扬，止之。群小大恨。"①

万历三十九年，王图负责京察相关事宜，汤宾尹恐己之官位不保，遂先发制人，与王绍徽设计陷害王图，先令御史金明时劾王图之子宝坻知县王淑抃贪赃巨万，又伪造散布淑抃劾王国之疏，以挑拨王国王图兄弟间矛盾，其他欲逃避京察者亦乘机上疏弹劾王图，王图于是杜门求退。后来皇帝下诏购捕制造流言者，仍命王图主持京察。京察的结果是汤宾尹以不谨去官，金明时被黜，由是"汤党"大噪，纷纷上疏力攻，期必去图。王图亦决意求退，出都待命。求去之疏先后二十余上，皇帝屡温诏慰留，王图坚卧不起，九阅月始予告归。而见嫉犹未已。万历四十五年京察，当事者多为汤宾尹、王绍徽党羽，以拾遗落图之职。天启二年，原官起用。天启四年，进礼部尚书，翰林院学士，协理詹事府事。后遭魏忠贤党刘弘先弹劾，遂削籍。后王绍徽被魏忠贤起用而得势，用其党乔应甲抚陕，欲再次陷害王图。王图虽削籍在家，亦连日不得安宁。恰巧王绍徽离世，此事乃罢。而王图不久亦卒。

4. 盖棺论定，生荣死哀

据《王公行状》，王图生于嘉靖三十六年（1557），卒于天启七年（1627），年七十一。崇祯初，赠太子太保，赐谥"文肃"，荫一子，予祭葬。纵观王图一生行事，堪称是一位明允笃诚、忠君忧国的正人君子。尽管生前卷入党争，历经宦海升沉，亦曾遭人误解与陷害，但历史的真相终有水落石出之时。《行状》云："绍徽深中多数，当秦人势盛时，自诡不附桑梓，以表异于时。其中考功法也，天下争惜之，而以公之斥绍徽为过。及其交关宦竖，荡扫名节，乡里涂炭，海内咀嚼，然后天下如酒醒寐觉，始知此一辈果奸邪小人，辛亥之察典，是非邪正，始判若黑白，而公之力摈绍徽，在强壮蜂气、虚誉翕集之日，其蚤见辨奸为不可及

---

① （清）张廷玉等：《明史》卷二一六，中华书局 1974 年点校本，第 5706 页。

也。"① 钱谦益满怀深情地感叹："呜呼！奸佞者施生儳死，忠正者生荣死哀。"② 后世的史书也给予了王图较为公正的评价。

三　著述及交游考

《牧斋初学集》卷四八《王公行状》云王图撰有《文集》《奏议》若干卷，《文体颇评》《史记侧》《讲筵日录》《玉堂制草》《颖客偶谈》又若干卷。钱谦益《耀州王文肃公文集序》云："吾师耀州王文肃公既没，其子淑扴，收拾遗文，枕籍与俱者凡八年。属有流民之乱，血战击贼，襁负以免。襆被走三千里，谋梓于谦益，俾为其序。"③ 可见，王淑扴曾搜辑王图遗文编成《王文肃公文集》，并请钱谦益作序，惜今无传本。又，雍正《陕西通志》卷七五著录"《醉绿馆集》，礼部尚书耀州王图撰"，《醉绿馆集》今亦不存。

乾隆《续耀州志》存其《秋日过渭上饮南宫庶元象园》诗4首，万历《兰溪县志》存其《瞻庵》诗2首，《周雅续》存其诗121首。除上述收录于乾隆《续耀州志》、万历《兰溪县志》之6首外，其余115首皆未见载于他籍，《周雅续》是现存载录王图诗作最多的文献，其中有大量酬唱赠答之作，可补现存史料志书中关于王图交游信息记载不足之缺憾。这些诗歌涉及的交游对象包括亲人，如其长兄王国④；朋友，如空独上人、葛山人、静修上人、修吾王孙等⑤；而存世诗作中较多的则是赠答同年或同僚之作，尤以翰林同僚居多，兹据《周雅续》卷十四收录的诗作，将生平可考者略述如下。

1. 同年

林承芳，字开先，一字文峰。广东三水人。万历十四年进士，选庶吉士，授翰林编修。著有《文峰集》《竹窗存稿》。事迹见光绪《广州府

---

① （清）钱谦益著，钱曾笺注，钱仲联标校：《牧斋初学集》卷四八，上海古籍出版社1985年版，第1242页。

② （清）钱谦益著，钱曾笺注，钱仲联标校：《牧斋初学集》卷四八，上海古籍出版社1985年版，第1242页。

③ （清）钱谦益著，钱曾笺注，钱仲联标校：《牧斋初学集》卷三十，上海古籍出版社1985年版，第900页。

④ 如《寄怀伯兄》《再寄伯兄并述乡思》。

⑤ 如《过慈寿寺赠超如上人》《赠独空上人住持隆庆寺》《赠静修上人》《送葛山人壶春归楚中》《题修吾王孙宴坐斋》《题修吾王孙好修堂》《题修吾王孙最乐处》。

志》卷三四、道光《广东通志》卷二八二。今存王图《送林开先馆丈参藩处州二首》可为二人交往之证。

李启美，字成甫，一字念方，江西丰城人。万历十四年进士，改庶吉士，授检讨。著有《李太史集》。事迹见《明诗综》卷六十、同治《南昌府志》卷三九。今存王图《送李成甫馆丈册封周藩便归省觐》一诗可为二人交往之证。

黄汝良，字明起（一作名起），福建晋江县人。万历十四年进士，改翰林院庶吉士，授编修。历官太子太傅，礼部尚书，掌詹事府事。著有《河干集》。清万斯同《明史》卷三五八有传。今存王图《送黄明起馆丈册封赵藩便归省觐》一诗可为二人交往之证。

赵标，字贞甫，山西平阳府解州人，万历十四年进士，官至太仆寺卿。事迹见明焦竑《焦氏澹园续集》卷十四《中大夫太仆寺卿赵公贞甫墓志铭》。今存王图《赠赵贞甫冏卿册封益藩道出金陵省觐》一诗可为交往之证。

吴期照，号问源，德清人，万历十四年进士。曾任永丰知县、兵部主事。事迹见雍正《浙江通志》卷一三三。王图《送吴问源年丈请告归省》一诗可为二人交往之证。

屈灿，字文斗，号昌衢。陕西蒲城人。万历十四年进士。除刑部主事，历郎中，汝宁知府。值岁饥，越两台入奏，触忌。偶倭事急，遂借望移青州。后起补真定同知，擢南部，卒于官。见康熙《蒲城县志》卷二。王图《屈昌衢比部讞狱关外便归省觐》一诗可为二人交往之证。

徐兆魁，字策廷，号海石，东莞人。万历十四年进士。授行人，转御史。事迹见光绪《广州府志》卷一二四。王图《寿徐年伯》一诗，题下小注云"时侍御海石年兄在京师"，可知徐年伯即徐兆魁之父，此诗是王图为其贺寿之作。

2. 同僚

萧良有，字以占，号汉冲。曲山人，父客汉阳，遂以寓籍。举万历八年会试第一，廷试一甲第二名，授翰林院编修。累官至祭酒，卒，赠礼部侍郎。乾隆《汉阳县志》卷二十、民国《庐陵县志》卷十七有传，《四库全书总目》卷一七九集部三二著录其《玉堂遗稿》。王图《送萧汉冲太史册封秦藩》一诗可为二人交往之证。

张位，字明成，号洪阳，江西南昌新建县人。隆庆二年进士，选庶吉士，授翰林编修。累官礼部尚书，文渊阁大学士。以妖书事革职为民，隐居南昌，筑闲云馆，吟诗会友，著有《闲云馆集钞》《丛桂山房稿》《词林典故》。《明史》卷二一九有传。又，张位曾任万历十四年丙戌科馆师，为王图之教习先生、翰林前辈。王图《少宗伯张洪阳馆师予告还里奉题闲云馆四首》可为二人交往之证。

朱之蕃，字元介，号兰嵎。南直锦衣卫（今南京）人。万历二十三年赐进士第一，授翰林院修撰，以右春坊右谕德掌院印，以右春坊右庶子掌坊印，升少詹事，进礼部右侍郎，官终吏部右侍郎，赠礼部尚书。任内曾奉命出使朝鲜。工书法，善画山水花卉，传世作品有《君子林图卷》等。《四库全书总目》卷一七九集部三二著录有《奉使稿》。事迹见明顾鼎臣《明状元图考》卷三、《明诗纪事》庚签卷十八、《明诗综》卷六三。王图《赠朱兰嵎宫谕擢留京掌院余旧官于此因以志感》可为二人交往之明证。

黄辉，字平倩，一字昭素，号慎轩。南充人。万历十七年进士，改庶吉士，授编修。迁右中允，充皇长子讲官，升少詹事兼侍读学士，卒于官位。著有《铁庵集》《平倩逸稿》《怡春堂集》《慎轩文集》等。《明史》卷二八八有传。王图《送黄慎轩太史册封韩藩便归省觐》一诗可为二人交往之证。

高举，字鹏程，号东溟，山东淄川人。万历八年进士。授完县知县，调蒲圻，擢河南道监察御史，巡按南直隶，累官至都察院右佥都御史，巡抚浙江。为官不计浮名，不畏强权，以正直敢言、主持正义而著称。事迹见明叶向高《苍霞余草》卷十二《明中宪大夫巡抚浙江都察院右佥都御史东溟高公偕配邹赵二恭人合葬墓志铭》、道光《济南府志》卷五十。王图《送高东溟侍御请告归省》一诗可为二人交往之证。

冯琦，字用韫，号朐南，后改号琢庵，山东临朐人。明万历五年进士。历任编修、侍讲、礼部右侍郎、礼部尚书等职，卒于官，赠太子少保，谥文敏。《明史》卷二一六有传。著有《宗伯集》81卷。王图《送冯琢吾宫詹归省》一诗可为二人交往之证。

王来贤，字元德，号用吾，一说字用吾。云南临安人。幼机敏过人，为郡守章士元所识，登隆庆五年进士，历任授南京工部都水司主事、陕西左布政使等。为官清勤，政绩卓著，秉性淳厚，恂恂有儒者之风，为世所推重。事迹见雍正《建水州志》卷七、万历《雷州府志》卷十五、光绪

《重修天津府志》卷十一。王图《别用吾王君》一诗可为二人交往之证。

　　许孚远，字孟中，号敬庵，德清县人。早年受学于唐枢，嘉靖四十一年进士，授南京工部主事，后调吏部，仕至南京兵部右侍郎。因讲学遭尚书杨博忌，称疾离归。卒，赠工部尚书，谥恭简。《明史》卷二八三有传。另见明叶向高《苍霞草》卷十六《嘉议大夫兵部左侍郎赠南京工部尚书许敬庵先生墓志铭》。王图《九日许中丞敬庵招饮凌霄台同方司马明斋赋二首》可为二人交往之证。

　　苏惟霖，字云浦，号潜夫，一作潜甫。万历二十六年戊戌进士，官监察御史，巡视两淮漕储，巡按山西，官终河南按察副使。《传是楼书目》著录有《苏潜甫集》五卷。事迹见光绪《荆州府志》卷四九。王图《苏云浦中舍奉使南行话别》一诗可为二人交往之证。

　　于若瀛，字文若，亦字子步、元纲，号念东，山东济宁人。万历十一年进士。除兵部主事，历郎中，出为河南佥事。历南尚宝少卿，迁通政参议，召拜太仆少卿，以右佥都御史巡抚陕西，赠右副都御史，谥襄敏。善山水人物，《明画韵编》有载。著有《弗告堂集》二十六卷。事迹见《明诗纪事》庚签卷十四上、《明诗综》卷五九、清佐贤《书画鉴影》卷八、道光《巨野县志》卷十二。王图《赠于文若符卿考绩北上》《题符卿于公画雪山图赠工部马公》《题于符卿雪景小画》可为二人交往之证。

　　潘士藻，字去华，号雪松，婺源人。万历十一年进士。授温州推官，擢御史，以言事谪广东布政司照磨，稍迁南吏部主事，再迁尚宝卿。卒年六十四。著有《暗然堂目录类纂》《洗心斋读易述》等。《明史》卷二三四、《本朝分省人物考》卷三七、康熙《徽州府志》卷十三有传。王图《送潘雪松侍御谪广州时与侍御有山中之约》一诗可为二人交往之证。

　　方应选，字众甫，别号明斋，华亭人。万历十一年进士。历任冀州守、汝州守、卢龙兵备副使、福建提学副使等。事迹见明何三畏《云间志略》卷二二《方学宪明斋公传》。《方众甫集》卷四有《偕王衷白兰溪道中漫成四绝》，王图《闽中典试舟过兰江方司马众甫枉赠瑶章率尔酬谢四首》则为赠答之作。按："兰江"，古名兰溪。"闽中典试"，《明神宗实录》卷二七三载万历二十二年五月，翰林院检讨王图与兵部员外郎方应选往福建典试。

　　吴彬，字文仲，一字文中，自称"枝庵发僧"，福建莆田人，流寓金陵。万历间以能画授中书舍人，历工部主事。事迹见明朱谋垔《画史会要》卷四、清黄锡蕃《闽中书画录》卷七、明叶向高《苍霞草》卷八。王图《题吴文仲枝隐庵三首》可为二人交往之证。

沈鲤，字仲化，号龙江，归德府（今河南商丘）人，嘉靖四十四年进士。历任侍讲学士、礼部右侍郎、吏部左侍郎、礼部尚书、太子太保等。为人正直，为官清正，历嘉靖、隆庆、万历三朝，为"三代帝王师"，世称"沈阁老"。著有《亦玉堂稿》《文雅社约》《南宫草》等，《明史》卷二一七有传。王图《题沈封君柏溪墨竹图》乃题赠沈鲤父亲所画的墨竹图，沈封君即沈鲤之父，名杜，字名卿，别号柏溪，擅长画竹。

3. 同乡

南师仲，字子兴，室名玄象山房。陕西渭南人。南轩第三子，南宪仲之长弟。万历二十三年（1595）进士，改庶吉士，初在翰林院任职，官至南京礼部尚书。事迹见雍正《陕西通志》卷六三。二人都曾任职翰林，又是同乡，自然会有交往，王图《秋日过渭上饮南宫庶玄象园亭宫庶出示东园兴之作依韵奉和四首》可以为证。

孙丕扬，字叔孝，号立亭，陕西富平县人。嘉靖三十五年进士，授行人，擢御史。万历二十二年任吏部尚书，后因故罢官。至万历三十七年，又起原官入都，时年已七十八岁。《明史》卷二二四有传。王图主万历三十九年京察之际，孙丕扬任吏部尚书，是王图的前辈、同乡兼上级。王图《寿孙立翁太宰双寿八帙五言排律四十韵》一诗乃为孙丕扬八十寿诞而作。又雍正《陕西通志》卷七十载："孙恭介丕扬墓在富平县流曲堡北。……王图撰神道碑。"①

第六节 英年早逝的才子——刘绍基

明代的陕西兴安州（今陕西省安康市），曾出现过一位早慧能文的天才诗人，他"寓目无遗字，经思累百篇"，故而少年成名，享"神童"之

---

① 雍正《陕西通志》卷七十《陵墓一》，《文渊阁四库全书》，商务印书馆（台北）1986年影印本，第555册，第247页下栏。

美誉。然而造物忌人,天不假年,未及弱冠便英年早逝。由于史料对其生平记载甚少,加之所著诸集皆已散佚,故一直鲜为学界关注。目前所知刘绍基存世诗作共23首,内容涉及酬唱赠答、纪游览胜、个人抒怀、悼亡哀逝等题材。现以刘绍基存世诗歌为内证,以史传志书中的相关记载为外证,对刘绍基的生平、创作、交游及思想等逐一考察。

一 欲了人间事,刚才十九年——生平考

刘绍基,《明史》无传,安康地方志等文献中有其传记,但仅寥寥数语而已。如康熙《兴安州志》卷三《人物传》载:

> 刘绍基,字景郁(卿之子),生于万历中叶。十岁通经书,十二能文章。读书,一目十行俱下,永不遗忘。随父任游京师,得借读秘书殆遍,著有《听溪山房集》、《太岳行吟集》、《扪虱散谈》诸书。一时海内神童六人,……十九岁没,时论惜之。①

《周雅续》卷十五选录其诗21首,并附其简传云:

> 刘绍基,字伯良,号■■②,兴安人。万历间太学,年二十余。③

《山南诗选》选录其诗二首,诗前小传云:

> 刘绍基,刘卿之子。十岁通经史,十二能文章,一目十行俱下。随父游京师,得借读秘书,一时海内称神童者凡六人④,绍基居一。惜未登科目,十九遽亡。⑤

记载刘绍基生平事迹稍详者为清初陕西诗人刘应秋所撰《听溪山

---

① 万安祥校注:《兴安州志校注》,安康市汉滨区档案史志局2005年编印,第121页。
② 按:原文此处为长条形墨丁,约缺两字。
③ (明)贾鸿洙辑:《周雅续》卷十五,明崇祯刻本,第33页b。
④ 按:此句后有小字注曰"详六子大云篇"。
⑤ (清)严如煜辑:《山南诗选》卷一,清光绪十三年刻本,第61页a。

房集序》①，其文曰：

> 公讳绍基，为从祖方伯公之长子②。公有母弟二人，其一领庚子秦闱乡荐。公有异相，癯不胜衣，六岁通句读，九岁能属文。方伯公常谓人曰：此子魏东阿、梁简文之流亚也！但恐其不能久延人世耳。读书一目数行俱下，无遗忘者。肌肤光泽，阮然如见腠理。性不喜就试。时方伯公为吏部郎署，公年十五，随父任，游太学，大司成田公敬悼加礼焉。适有所善内监应姓者，得借读秘书殆遍，学日益富。与一时名隽如李休征、沈儒真、吴仁仲辈，皆称为"神童"。结大云社，有六子。大云篇纸贵当时。著《扪虱散谈》《唾玉》诸书。年十八，倦游归里，时明神宗之己丑年也。朔流江汉，有《画舫谈余录》《太岳行吟集》。抵家筑树抄堂于城南香溪，读书其中，有《听溪山房集》。先是娶同郡屠氏女，四载无所出。越明年庚寅，公生十有九年矣。一夕夜饮友家归，口占云："瘦马欺羸骨，纱灯续断魂"，诗未终而气不属矣。生平著书数十万言，已寿枣梨，魏兴丙戌屠城，板遭劫火，书亦散亡。己亥之秋，予于安阳杜氏家得《听溪山房集》中卷，字画多所漫灭，恐其久而失传也，手自抄录以遗后人。……公与秋皆生于壬申之年，一在明神宗之中，一在明思宗之初，相去仅六十年。太丘安仰，难瞻万里之星；二阮未逢，莫步七贤之迹。则后之视今，亦犹今之视昔，是所望于能读父书者不浅也。兴言及此，感慨系之矣。③

上述几则文献关于刘绍基享年的记载不一致，康熙《兴安州志》、《山南诗选》及刘应秋所撰序文皆云刘绍基享年十九岁，而《周雅续》之小传则云其享年二十余。仔细考辨相关文献，可以得出确切信息。据刘应

---

① 刘应秋，字体元，康熙间贡生。嗜学不倦，擅长古文词。除神木训道，不赴而家居。以教育后学为己任，人称"良师"。曾参与修撰《兴安州志》，著有《一砚斋文集》传世。事迹见嘉庆《安康县志》卷十三《人物传》。

② 按："从祖方伯公"，即指刘卿，因刘卿官至山东布政使，故称之为"方伯"。此序文云刘绍基为刘卿之长子。乾隆《兴安府志》卷二十七收录刘绍基诗二首，诗前小注云："刘绍基，十二神童，郡人，卿长子。"亦云其为刘卿长子。而嘉庆《安康县志》卷十三《人物传》则云刘绍基为刘卿次子，其长子名刘开基，早卒。俟考。

③ 万安祥，李厚之校注：《重续兴安府志校注》，安康市汉滨区档案史志局2005年编印，第327页。

秋所撰序文，刘绍基生于壬申之年，即隆庆六年（1572），卒于神宗庚寅，即万历十八年（1590），可知其享年十九岁。康熙《兴安州志》、《山南诗选》之记载与序文吻合，而《周雅续》之小传云其"年二十余"则不确切。然而"壬申之年"乃明穆宗之隆庆六年（1572），次年才为明神宗之万历元年，序文中有"公与秋皆生于壬申之年，一在明神宗之中，一在明思宗之初"之语，云"壬申之年"在"神宗之中"则不确切，康熙《兴安州志》卷三云刘绍基"生于万历中叶"，盖承袭于此，亦误。

综上，我们可梳理出刘绍基生平之确切信息如下：刘绍基，字景郁，一字伯良，陕西兴安州人。刘卿之子。生于隆庆六年（1572）。天资聪慧，"十岁通经史，十二能文章"，享"神童"之美誉。少时随父宦游，得以结交时贤，且曾"借读秘书"，故眼界学识日益开阔。天资聪慧加之后天培养，使他成为当时颇有名气的六"神童"之首。十八岁倦游归里。万历十八年（1590），年方十九岁，不幸英年早逝，尚未及登科。

又据地方志等文献知刘绍基之父名刘卿，字孔源，万历八年（1580）庚辰科进士，历任霸州兵备道、河南按察司副使等职，官至山东左布政。刘卿"能文章"，有《关南道曾如春修城堤记》《郭公学田记》《李公祠记》等文传世，文风昌明雅健。事迹见康熙《兴安州志》卷三、乾隆《兴安府志》卷十八。

二 应知闻道早，讵以著书传——著述及交游考

刘绍基虽年甫十九即不幸早逝，然而由于天资聪慧，通经作文颇早，身后亦留有文集。雍正《陕西通志》卷七五著录其《听溪山房集》《太岳行吟集》《扪虱散谈》。据刘应秋《序文》知其还撰有《画舫谈余录》《唾玉》，惜今皆不传。刘应秋《读听溪山房集》诗曰：

> 伯非世所有，何处谪腰仙。寓目无遗字，经思累百篇。应知闻道早，讵以著书传。欲了人间事，刚才十九年。
>
> 典型今已矣，遗稿尚凋残。作赋悲长吉，临文忆子安。二贤名未朽，千载气犹寒。造化由来妒，丝厘不肯宽。①

---

① （清）刘应秋著，郑继猛等校注：《一砚斋集校注》，陕西师范大学出版社2012年版，第58页。

第一章　作者考　　211

　　按：诗前小序云"伯父景郁公著作颇多。丁亥之变①，俱为灰烬。于汉阴陈氏家得《听溪山房集》中卷，甚珍惜之，以存墨庄一残云尔"②。从序文可知，刘绍基的著作早在清初即已散佚难寻。所幸在陕西诗歌总集《周雅续》《山南诗选》中有所保存。《周雅续》收录其诗21首，《山南诗选》录其诗2首。目前所知，刘绍基存世诗歌共23首，是考察诗人生平、创作、交游及思想的第一手资料，具有较高的文献价值。

　　据刘应秋《序文》可知，诗人十五岁随父亲游于太学，曾与大司成田公、内监应姓者等有交往，且有"神童"之誉，诗篇曾纸贵当时，故常有时贤索文于他，如《太宰杨公种桃千株称桃花岭而索题焉猥为短韵》：

　　　　东方有岁星，来游泰山麓。罡思度朔山，其上多桃木。一笑呼山灵，地成五沃陆。不植若耶莲，岂种潇湘竹。何用大夫松，无取处士菊。桃花可好容，桃胶可断谷。勾鼻重二斤，绀鸭大十斛。如在天台行，如在武陵宿。星舍白榆明，月崎丹桂馥。主人天之官，公门士如簇。五云可尚羊，奚必似樵牧。桃谢桃自开，町畦作汤沐。俗哉绿野堂，鄙矣金为谷。桃叶与桃根，视此更碌碌。③

　　按：太宰杨公即杨巍，字伯谦，号梦山，山东海丰人。嘉靖丁未进士，官至吏部尚书，加太子太保，赠少保。辞官归乡后曾移居桃花岭。著有《梦山存家诗稿》八卷。民国《无棣县志》记载："桃花岭，在县东北一里余，因古堤植桃，明塚宰杨巍立别业其中，有《桃花岭诗集》。"④ 时人焦竑、欧大任、温纯、张周田、汤显祖、孙维城、屠隆等都有题咏杨太

---

① 据康熙《兴安州志》卷三《灾异志》载："顺治三年丙戌，流寇屠城，死者载道。"按：李自成死后，曾在其部任右营右果毅将军的刘体纯与郝摇旗等联明抗清。顺治三年（1646）四月二十三日，引军包围兴安州城，五月十三日占领州城，设立抗清政权，但很快在优势清军的围攻下失败，顺治四年（1647）兴安州署重新迁回。顺治四年为丁亥年，故安康志书一般称此事件为"丁亥之变"。

② （清）刘应秋著，郑继猛等校注：《一砚斋集校注》，陕西师范大学出版社2012年版，第58页。

③ （明）贾鸿洙辑：《周雅续》卷十五，明崇祯刻本，第33—34页。

④ 民国《无棣县志》卷一《疆域志·古迹》，《中国地方志集成·山东府县志辑》，凤凰出版社2004年影印本，第24册，第27页上栏。

宰桃花岭之作。①《明诗纪事》收录杨巍《晚秋桃岭再集》《桃花口》等诗亦与此桃花岭有关。由诗题可知，此诗为杨巍索题，作者应请而作。"主人天之官，公门士如簇"是桃花岭主人身居高位的证明，而堂堂太宰竟索诗于一位少年，可见刘绍基名气之大。

诗人虽然年少，完成这类交际应酬之作倒也得心应手，又如《凤旂篇》：

> 江南太史何英英，王马翩翩步澥瀛。昼锦持裁作斑彩，酿来盘露当金茎。乘传当年梁苑客，皇华周道青蜩鸣。先驱县官负弩矢，太守以下皆郊迎。此日晴光绽卿霭，空香袅袅觉春生。把酒当歌自起舞，跽上高堂难老彭。绀瞳寿母师何母，翠发仙翁旧老彭。龙沙洲高江水绿，牛斗原旁杖星明。嫦娥月中堕灵药，句曲谣者茅初成。枣大如瓜桃如斛，白石在釜芝在铛。七子㯶罗碧虬馔，五英阙横紫鸾笙。玉女投壶供电笑，挥杯奏技须容城。乘鹓骖鹤长烟里，瑞鸟祥花满玉京。②

此为祝寿之作，题下小注曰"为彭学士二尊人寿"，彭学士所指何人今已不可确考。这类交际应酬之作固然笔法老成，功力可见，但毕竟带有应景色彩，真正能体现作者内心情感的是其赠答亲友的作品，如《送伯休兄归》一诗云：

> 乡心萦别恨，泪浓未行先。帆落屏中月，人归镜里天。汀花香屑气，津藻曲尘烟。好句怜春草，悬知梦惠连。③

按：前文已述刘绍基字"伯良"，则此处的"伯休"或为绍基兄长之字。首联"乡心萦别恨，泪浓未行先"奠定伤感基调，颔联、颈联描写送别的画面，离愁别绪萦绕其间，尾联遥想别后梦中思念。全诗笼罩浓浓

---

① 时人题咏之作如焦竑《题杨太宰桃花岭》二首、欧大任《题杨太宰桃花岭》、温纯《题杨太宰桃花岭》、张周田《题杨太宰桃花岭》、汤显祖《咏杨太宰桃花岭图卷》、孙维城《寄题杨太宰桃花岭》、屠隆《桃花岭歌为杨太宰赋》等。

② （明）贾鸿洙辑：《周雅续》卷十五，明崇祯刻本，第35—36页。

③ （明）贾鸿洙辑：《周雅续》卷十五，明崇祯刻本，第37页a。

的离别氛围，充满了对兄长恋恋不舍的深情厚谊。

又如《送曰可下第归临川二首》，是诗人为安慰朋友落第而作，诗曰：

> 客子长安挽不留，霜风敝满黑貂裘。舌存尚有谈天口，金尽那禁炊玉忧。短铗欲歌无主纳，长门有赋倩谁收。当年季子燕还日，曾把阴符著意筹。
>
> 十月燕南柳鞞黄，销魂揽泪把离觞。屠龙有技悲天远，射虎无心论羽长。此去寒云迷北国，他时明月满西堂。东山莫惜惊人句，雁足时时待八行。①

金榜题名乃人生四喜之一，反之，科考下第自是失落不已。"短铗欲歌无主纳，长门有赋倩谁收""屠龙有技悲天远，射虎无心论羽长"表达了他对朋友怀才不遇的遭遇深感惋惜不平。但他更希望朋友不要气馁，重新振作起来，"此去寒云迷北国，他时明月满西堂"是他对朋友的安慰、鼓励和真诚祝愿。"东山莫惜惊人句，雁足时时待八行"，期望朋友别后常常来信，不舍之情溢于言表，可见对友谊的珍重。

刘绍基存世诗作中，还有悼亡哀逝之作，如下面这首《哭长公姚大》：

> 天道何冥冥，日月如转毂。喆人忽云逝，慷慨发长哭。天樛老天年，兔以不鸣戮。才与不才间，人生宜何逐。忆昔与君游，高阳狂击筑。意气露胆肝，襟期沦骨肉。不能为雄飞，而乃为雌伏。造物本忌人，夷贫回死速。卧病才一朝，溘然梦倚木。垂白有高堂，谁为供饘粥。少妻啼毳帷，稚子号襁褓。釜鱼甑生尘，伤哉贫可掬。荧荧少微星，夜陨吴门陆。纸帐冷梅花，布衾不掩腹。同调惜知音，琴沉榻为覆。君身不可亲，君颜犹在目。大莫隔幽明，累然一塚蠹。②

诗人称朋友为"喆人"，引之为"知音""同调"，朋友卧病不久便

---

① （明）贾鸿洙辑：《周雅续》卷十五，明崇祯刻本，第37页a—b。
② （明）贾鸿洙辑：《周雅续》卷十五，明崇祯刻本，第34页a—b。

溘然长逝,诗人痛失知己,发出了"天樗老天年,凫以不鸣戮。才与不才间,人生宜何逐"的诘问。诗中,作者为朋友的离世哀伤惋惜,怨愤"造物忌人",孰料自己也未能逃脱"夷贫回死速"的命运,可谓一语成谶。

综上,刘绍基存世诗作中提及的交往对象有杨巍、彭学士、伯休兄、曰可、姚大等,此外还有《上陈怀云御史》中的陈怀云,详见下文考述。

三 人生贵适意,不为身后名——思想考

刘应秋将其伯父比作"长吉""子安",既赞其有李贺、王勃之才,又惜其薄命而著述散佚。幸而存有这些诗歌,记录了诗人某时某刻的所感所悟,堪补史阙。由此,我们或可管窥诗人的思想情怀之一斑。

刘绍基天资过人,少有盛名,诗作不时流露出少年得志的自信,如《上陈怀云御史》:

> 弄印要掀铁是肝,四其声落禁云寒。凌霜气拥屈轶砌,冲斗光飞獬豸冠。柏寺有花皆判黑,松厅无草不流丹。鲰生雅搂何蕃志,愿展清河一笑看。①

按:陈怀云,即陈子贞,字以成,号怀云。江西南昌人,万历八年(1580)进士,与刘绍基之父刘卿为同年。万历九年(1581)任溧水令,以政绩卓著拜御史,后督学江南,官至福建巡抚。何蕃,唐代太学生,纯孝仁勇。此诗为刘绍基写给朝廷官员陈怀云御史的自荐诗,时刘亦为太学生。与一般的干谒求助之作不同,这首诗字里行间透漏出一股少年才子的自信,"鲰生雅搂何蕃志,愿展清河一笑看",表达了自己不凡的志向。这种心志在作者的其他诗作中亦有流露,如《遥望太和遂有已登之梦》云"诗就游仙三百首,书藏证圣五千言"②,可见诗人对自己才学的自信。

凡才子,桀骜不驯者居多,刘绍基也不例外,请看以下二诗:

> 亭亭晴嶂尽星罗,削壁峻嶒挂茑萝。猿摘松花来石室,鸟衔枫叶

---

① (明)贾鸿洙辑:《周雅续》卷十五,明崇祯刻本,第38页a。
② (明)贾鸿洙辑:《周雅续》卷十五,明崇祯刻本,第38页b。

第一章 作者考

下岩阿。扫云峰底堪觞咏，留月台边足啸歌。更有大人迹尚在，至今旦夕鬼神呵。(《南岩宫》)①

"扫云峰底堪觞咏，留月台边足啸歌"，诗人洒脱不羁、无拘无束的豪情跃然纸上。

  回帆夹口一槌挝，雨霁新寒卧画艖。但得会心何论客，若多欣赏便宜家。白云满地松花老，秋水连天燕子斜。短谒野人刘子骥，前身的是老梅花。(《麇中》)②

"但得会心何论客，若多欣赏便宜家"，反映诗人不拘小节，随遇而安的人生态度。

最能体现诗人人生价值取向的是这首《古诗》，诗曰：

  人生贵适意，不为身后名。我来游楚岳，问道学长生。山川相映发，草木如相迎。日暮跃鳞上，时鸟变新声。神交王子敬，心契陶渊明。懒笑嵇中散，啸惊阮步兵。哈坐弄麈柄，熟读《阴符经》。白云如可摘，乘之往志城。③

按："啸惊阮步兵"句用孙登"苏门啸"之典故，《阴符经》是道教经书，涉及养生要旨、气功、食疗等方面。诗中提到的几位历史人物如王献之、陶潜、嵇康、阮籍，皆魏晋名士。面对世人孜孜以求的功名，诗人的态度是"人生贵适意，不为身后名"，故而他"神交王子敬，心契陶渊明"，"懒笑嵇中散，啸惊阮步兵"，洒脱不羁的形态跃然纸上。

又如《天柱峰》一诗云："高高天柱矗玄清，鬼斧曾经运蜀丁。铁槛索牵悬渡影，石梯屧响步虚声。三公拱待开图画，五老朝宗列障屏。下望方城皆蚁穴，岂应复去误浮生。"④ 可见诗人对世间浮名何其不屑。

从存世诗歌还可以看出诗人对历史、人事的独特认识，如《咏史》

---

① （明）贾鸿洙辑：《周雅续》卷十五，明崇祯刻本，第38—39页。
② （明）贾鸿洙辑：《周雅续》卷十五，明崇祯刻本，第38页b。
③ （明）贾鸿洙辑：《周雅续》卷十五，明崇祯刻本，第38页a。
④ （明）贾鸿洙辑：《周雅续》卷十五，明崇祯刻本，第39页a。

一诗云：

> 项羽军鸿门，沛公来谢时。玉玦示者三，羽意终不移。项庄拔剑舞，良出语哙知。拥盾入军门，交戟尽仆敬。披帷西向立，眥裂发如支。问客何为者，参乘汉有司。赐之生彘肩，切而立啖之。壮士能饮乎，与酒一斗巵。臣死且不辞，巵酒安足辞。秦有虎狼心，天下皆叛离。沛公入咸阳，秋毫无所私。遣将守关者，惧有他盗驰。大王听细说，功高乃见疑。亡秦之续耳，窃为大王嗤。言已俱如厕，沛公去独骑。向微屠狗人，天命讵可期。①

按："鸿门宴"为楚汉相争的过程中的一个重要转折。此事件涉及的历史人物有项羽、刘邦、范增、张良、项庄、项伯等，而诗人的着眼点却在樊哙，他的勇敢无畏和理直气壮蒙蔽了项羽，使得刘邦顺利逃脱。而这位振振有词，在鸿门宴上这场政治的角逐中发挥了重要作用、被项羽称赞为壮士的人，其原来的职业不过是位屠狗之夫。结尾一句"向微屠狗人，天命讵可期"，表达出诗人对"英雄不问出身"和"历史发展具有偶然性"观点的认同。

又如《读雒廷评谏疏》一诗云：

> 事烈知人忌，名芳是圣恩。挂冠归地肺，拂袖叫天阍。沟壑如余喘，刍荛尚有言。愚臣痴恋阙，北望两眸昏。②

按：雒廷评即雒于仁，曾任大理寺评事，向万历皇帝上《酒色财气四箴疏》以谏。地肺，即终南山。《史记·夏本纪》正义引《括地志》云："终南山，……一名地肺山，在雍州万年县南五十里。"③ 刍荛，割草打柴之人。《诗经·大雅·板》一诗云："先民有言，询于刍荛。"④ 刍荛之言，指普通百姓的浅陋言辞。"沟壑如余喘，刍荛尚有言"，表达了对直言进谏的肯定。

---

① （明）贾鸿洙辑：《周雅续》卷十五，明崇祯刻本，第35页a。
② （明）贾鸿洙辑：《周雅续》卷十五，明崇祯刻本，第37页a。
③ （汉）司马迁：《史记》卷二，中华书局点校本2013年修订本，第83页。
④ 周振甫译注：《诗经译注》，中华书局2002年版，第447页。

诗人还有一些以宫中女子的生活为题材的诗作,如《代答》一诗云:

  嫁得萧郎大有情,青鸾无日不双鸣。不知翡翠楼前路,能得君王几度行。①

又如《宫词》一诗云:

  睡觉雕窗百感生,强教鹦鹉念心经。掀帘恰与宫官语,忽地连呼驾到声。②

表达了作者对宫中女子寂寞生活的同情。

  从刘绍基存世诗作来看,很少有热衷功名、追求建功立业之作,或许与他尚未登科入仕的人生经历有关。或许他也写过这类作品,只是未能流传下来而已。由于资料所限,我们已无从确考,仅能通过史志文献的寥寥记载和存世的 23 首诗歌来略作推测。透过这些资料,呈现在我们面前的是一个少年得志、自信满怀的书生,一位通达世故而又超然洒脱的智者,一个才比"谪仙"却命若"子安"的年轻诗人。无疑,他只是文学史上的一颗平凡之星,没有耀眼夺目的光芒,却有着属于自己的独特痕迹。或许,他是一类人的缩影,数千年的文学史上光芒四射的巨星毕竟是少数,更多的是像刘绍基一样的普通作者,他们用文字书写生活,记录历史,留给后人思索与启迪。

---

① (明)贾鸿洙辑:《周雅续》卷十五,明崇祯刻本,第 36 页 a—b。
② (明)贾鸿洙辑:《周雅续》卷十五,明崇祯刻本,第 36 页 b。

第二章

作者小传考

例　　言

　　《周雅续》收录诗人凡 82 位，皆附以二十余字左右小传，涉及作者字号、籍贯、科考及仕宦的基本信息。据笔者考证，其中 27 位作者小传中存在字号或官职空缺、科考年代讹误等疏失。此小传所言官职多指其最后所任者，编纂者为求行文雅致，皆以古称，不便于今天的读者阅读。兹依据相关文献，对该书的作者小传逐一进行完善，具体工作有三：其一，原传信息缺失或讹误者予以校正考辨，以【校考】别之；其二，原传官职信息不详之处予以发明，并附列记载诗人生平事迹之文献，以【笺证】明之；其三，原传多未涉及作者著述情况，凡可考者均作补充，厘清著述存佚，版本稀见者注明馆藏信息，以【订补】附之。

　　本章的研究建立在对 82 位作者生平著述进行全面考证的基础上，尤其侧重挖掘那些一直鲜为学界关注、湮没在文献深处的诗人信息，以及今人虽有关注、但研究远远不够，甚至存在疏失的作者。力求以《周雅续》小传为切入点，为读者提供一份准确可靠、查阅便捷的明代陕西诗人基本生平著述资料。按：下文各节中作者排序以收录先后为次。

第一节　别集存世作者的小传考

李梦阳

　　李梦阳，字献吉，号空同，庆阳人。弘治壬子解元，年二十一。癸丑进士。官学宪，谥文毅。

【笺证】

弘治壬子：弘治五年。

癸丑：弘治六年。

官学宪：李梦阳举弘治六年进士，授户部主事，官至江西提学副使。

事迹见《明史》卷二八六、明崔铣《洹词》卷六《江西按察司副使空同李君墓志铭》等。

【订补】

《四库全书总目》卷一二四著录《空同子》一卷、卷一七一著录《空同集》六十六卷，皆有传本。

张纮

张纮，字季昭，号鹦庵，富平人。洪武初，举明经。官太宰。死靖难。

【笺证】

官太宰：张纮初为东宫侍书，升通政司左参议，历官云南布政使，建文时官至吏部尚书。

事迹见《明史》卷一五一、《国朝献征录》卷二四。

【订补】

《四库全书总目》卷五二著录《云南机务抄黄》一卷，今有传本；卷一七五著录《冢宰文集》一卷；雍正《陕西通志》卷七五著录《鹦庵集》，并注曰："今亡。三原王端毅公恕尝拾其遗文，为《鹦庵拾遗集》。"① 今存《张鹦庵先生集》二卷，系其八世孙张嘉胤辑、嘉靖七年商州学正王道刻本，台北"故宫博物院"有藏本，《原国立北平图书馆甲库善本丛书》据以影印，收录于第 702 册。

王恕

王恕，号介庵，一称石渠，三原人。正统戊辰进士。官太宰。谥端毅，世称王三原。

---

① 雍正《陕西通志》卷七五《经籍第二》，《文渊阁四库全书》，商务印书馆（台北）1986 年影印本，第 555 册，第 528 页下栏。

【笺证】

正统戊辰：正统十三年。

官太宰：王恕官至吏部尚书。

事迹见《王文恪公集》卷二九、《王端毅文集》卷六、《弇州山人续稿》卷八八、《国朝献征录》卷二四、《明史》一八二、《明儒学案》卷九、《吾学编》卷三七。

【订补】

王恕著有《王端毅文集》《王端毅公奏议》《玩易意见》《石渠意见》传世。雍正《陕西通志》还著录《诗集》十五卷、《谏议录》一百卷，今未见。

王九思

王九思，字敬夫，号渼陂，鄠县人。弘治丙辰进士。官检讨。

【笺证】

弘治丙辰：弘治九年。

官检讨：王九思举弘治九年进士，选庶吉士，授检讨，官至吏部郎中。瑾败，以瑾党谪寿州同知，后勒致仕。

事迹见《国朝献征录》卷二二、《李中麓闲居集》文集卷十。

【订补】

雍正《陕西通志》卷七五著录《渼陂集》《渼陂续集》《碧山乐府》，今有传本。

张凤翔

张凤翔，字光世，号伎陵，洵阳人。弘治己未进士。官户部。

【笺证】

弘治己未：弘治十二年。

官户部：张凤翔以进士授官户部主事，病归，卒。

事迹见《皇明词林人物考》卷四、《本朝分省人物考》卷一〇五。

【订补】

《千顷堂书目》卷二一著录有《张伎陵集》七卷。南京图书馆藏明嘉靖刻本《张伎陵集》，残本，仅存卷一至卷三，《四库全书存目丛书》据以影印，收录于第51册；山东大学图书馆藏有明刻本《张伎陵集》，足本，七卷。《盛明百家诗》收录《张伎陵集》一卷。

康阜

康阜，字德瞻，武功人，年止十九。海兄。
【笺证】
事迹见康海《对山集》卷三八《先兄德瞻墓志铭》。
【订补】
雍正《陕西通志》卷七五、《千顷堂书目》卷二一著录《康德瞻集》四卷，今藏于国家图书馆。

康海

康海，字德涵，号对山，一称浒西，武功人。弘治壬戌状元，官修撰。
【笺证】
弘治壬戌：弘治十五年。
事迹见《国朝献征录》卷二一、万斯同《明史》卷三八八。
【订补】
雍正《陕西通志》卷七五著录其撰有《对山集》《沜东乐府》《武功志》，皆有传本。

吕柟

吕柟，字仲木，号泾野，高陵人。正德戊辰状元。官少宗伯。赠尚书，谥文简。
【笺证】
正德戊辰：正德三年。
官少宗伯：吕柟官至礼部侍郎。
事迹见《国朝献征录》卷三七、《明史》卷二八二、《溪田文集》卷五。
【订补】
吕柟著有《泾野先生文集》《泾野先生别集》传世。《四库全书总目》还著录有《周易说翼》三卷、《尚书说要》五卷、《毛诗说序》六卷、《春秋说志》五卷、《礼问》二卷、《四书因问》六卷、《泾野子内篇》二十七卷、《周子钞释》三卷、《张子钞释》六卷、《二程子钞释》十卷、《朱子钞释》二卷。

胡缵宗

胡缵宗，字世甫，一字思孝，号可泉，秦州人。正德戊辰进士。官都宪。

【笺证】

正德戊辰：正德三年。

官都宪：胡缵宗官终副都御史，巡抚山东。

事迹见《国朝献征录》卷六一，《明史》卷二〇二，《本朝分省人物考》卷一〇五、乾隆《甘肃通志》卷三六等。

【订补】

著有诗文集《鸟鼠山人小集》十六卷、《后集》二卷、《拟汉乐府》八卷、《拟涯翁拟古乐府》二卷，学术著作《愿学编》二卷、《春秋本义》十二卷、《近取编》二卷，修纂方志《秦州志》《安庆府志》《巩郡记》，编纂诗文选集《秦汉文》《唐雅》《雍音》，皆有传本。

韩邦奇

韩邦奇，字汝节，号苑雒，朝邑人。正德戊辰进士，官大司马。

【笺证】

正德戊辰：正德三年。

官大司马：韩邦奇官终南京兵部尚书。

事迹见《国朝献征录》卷四二、《明史》卷二〇一、《冯少墟集》卷二二、《明儒学案》卷三、雍正《陕西通志》卷五五。

【订补】

著有《苑洛集》二十二卷传世。《四库全书总目》还著录有《苑洛志乐》二十卷、《洪范图解》二卷、《易占经纬》四卷、《禹贡详略》、《乐律举要》一卷、《苑洛语录》六卷、《见闻考随录》、《易学启蒙意见》五卷。

韩邦靖

韩邦靖，字汝庆，号五泉，朝邑人，邦奇弟。正德戊辰进士，官少参。

【笺证】

正德戊辰：正德三年。

官少参：韩邦靖官终山西布政使司参议。

事迹见《苑洛集》卷八、《渼陂集》卷十三、《明史》卷二〇一、雍正《陕西通志》卷六十。

【订补】

著有《韩五泉诗》四卷、《朝邑志》二卷，皆有传本。

南大吉

南大吉，字元善，号瑞泉，渭南人。正德辛未进士，官太府。

【笺证】

正德辛未：正德六年。

官太府：南大吉官至绍兴太守。

事迹见《明儒学案》卷二九、雍正《陕西通志》卷五七。

【订补】

著有《瑞泉南伯子集》二十二卷，重庆图书馆藏有此集之残本。另有今人点校整理本《南大吉集》。[①] 雍正《陕西通志》还著录有《渭南志》十八卷、《绍兴志》、《少陵纯音》十卷。

马理

马理，字伯循，号溪田，三原人。正德甲戌会魁，官勋卿，谥忠宪。

【笺证】

正德甲戌：正德九年。

官勋卿：马理官至南京光禄寺卿。

事迹见《国朝献征录》卷七一。

【订补】

著有《溪田文集》十一卷、《周易赞义》等存世。

张原

张原，字佩兰，号玉坡，三原人。正德甲戌进士，官给谏。

---

① 参见（明）南大吉著，李似珍点校《南大吉集》，西北大学出版社2015年版。

【笺证】

正德甲戌：正德九年。

官给谏：张原官至兵科给事中。

事迹见《国朝献征录》卷八十、《明史》卷一九二、雍正《陕西通志》卷六十。

【订补】

著有《玉坡奏议》收入《四库全书》，另有《黄花集》七卷传世。

刘储秀

刘储秀，字士奇，号西陂，咸宁人。正德甲戌进士，官大司马。

【笺证】

正德甲戌：正德九年。

官大司马：刘储秀官至兵部尚书。

事迹见《国朝列卿纪》卷一一九、雍正《陕西通志》卷六十。

【订补】

著有《西陂集》四卷，今有传本。

张治道

张治道，字孟独，号太微，咸宁人。正德甲戌进士，官比部。

【笺证】

正德甲戌：正德九年。

官比部：张治道官终刑部主事。

事迹见《国朝献征录》卷四七。

【订补】

著有《太微集》十二卷、《太微后集》四卷、《嘉靖集》八卷，《长垣县志》九卷，今皆有传本。

孙一元

孙一元，字太初，号太白山人，不知秦何人，空同有传。

【笺证】

空同有传：明万历三十年长洲邓云霄刻本《空同集》卷五八有《太白山人传》。

事迹见《明史》卷二九八、《名山藏》卷九六等。

【订补】

著有《太白山人漫稿》传世。

马汝骥

马汝骥，字仲房，号西玄，绥德人。正德丁丑进士，官少宗伯，赠尚书，谥文简。

【笺证】

正德丁丑：正德十二年。

官少宗伯：官至吏部侍郎。

事迹见王维桢《槐野先生存笥稿》卷十二、《明史》卷一七九、《皇明书》卷三八、《列朝诗集》丙集第十六、乾隆《绥德州直隶州志》卷六。

【订补】

今有《西玄集》十卷、《西玄诗集》一卷传世。

胡侍

胡侍，字承之，号蒙溪，咸宁人。正德丁丑进士，官少卿。

【笺证】

正德丁丑：正德十二年。

官少卿：胡侍正德十二年举进士，正德十三年授刑部云南司主事，十六年升广东司员外郎，嘉靖元年晋鸿胪寺右少卿，三年谪补山西潞州同知，四年下诏狱，后斥为民，嘉靖十七年诏复其官。

事迹见《国朝献征录》卷七六、《明史》卷一九一、雍正《陕西通志》卷六十。

【订补】

著有《胡蒙溪诗集》十一卷、《胡蒙溪文集》四卷、《胡蒙溪续集》六卷，《墅谈》六卷，《真珠船》八卷，今皆有传本。

许宗鲁

许宗鲁，字伯诚，号少华，长安人。正德丁丑进士，官都宪。

【笺证】

正德丁丑：正德十二年。

官都宪：许宗鲁举正德十二年进士，选庶吉士。正德十四年授云南道御史，嘉靖元年按宣大。二年升佥事，湖广提学。三年升副使，兵备霸州。六年复改湖广提学，八年升太仆少卿，十一年升大理少卿，不久升任佥都御史，巡抚保定。嘉靖十七年复佥都御史，驻昌平，不久升任副都御史，巡抚辽东。嘉靖三十一年致仕归。

事迹见《国朝献征录》卷六二、《皇明词林人物考》卷六、雍正《陕西通志》卷六十。

【订补】

著有《少华山人文集》十三卷、《前集》十三卷、《后集》九卷、《续集》十五卷，今有传本。

王讴

王讴，字舜夫，号□□，白水人。正德丁丑进士，官佥宪。

【校考】

□□：底本此处为空格，约缺二字。清丁丙《善本书室藏书志》卷三七著录："《王彭衙诗》九卷。嘉靖刊本。明王讴撰。讴，字舜夫，别号彭衙山人。"①

【笺证】

正德丁丑：正德十二年。

官佥事：王讴举正德十二年进士，除工部主事，改刑部员外，官至山西按察司佥事。

事迹见雍正《陕西通志》卷六三。

【订补】

著有《王彭衙诗》九卷。今存万历十四年刻本《王彭衙诗》九卷，南京图书馆、台北"国家图书馆"有藏本。另有今人整理本《王彭衙诗》。②

---

① （清）丁丙：《善本书室藏书志》卷三七《集部十六》，《续修四库全书》，上海古籍出版社1996年影印本，第927册，第619页上栏。

② 参见（明）王讴著，孙武军点校，贾三强审校《王彭衙诗》，《陕西古代文献集成》，陕西人民出版社2017年版，第7辑。

何栋

何栋，字伯直，号太华，长安人。正德庚辰进士，官总督。

【校考】

正德庚辰进士：据《皇明贡举考》卷六，何栋于正德十五年庚辰（1520）二月会试中式，正德十六年辛巳（1521）五月，殿试赐为二甲第五十名进士。按：正德十五庚辰二月会试，中式者三百五十名。由于当时武宗在南京，至十二月才病还，故当年未举行殿试。次年三月，武宗崩。四月，世宗即位。五月，殿试，廷对者三百三十人。见《明武宗实录》卷一八三"正德十五年二月丙戌"条，《明世宗实录》卷二"正德十六年五月丙寅、己巳"条及《明清进士题名碑录索引》。

【笺证】

官总督：何栋正德为十六年进士，嘉靖初选授河南道御史，调宜兴知县，嘉靖五年升顺天通判，嘉靖七年转工部郎中。历右通政太仆寺卿，以左佥都御史抚大同，左迁四川参议。二十九年用荐起右副都御史，提督蓟州，次年加兵部右侍郎，转左侍郎，官终都察院右都御史兼兵部左侍郎。

事迹见《国朝献征录》卷五八、雍正《陕西通志》卷五九、《国朝列卿纪》卷一一六、《重刻三渠先生集》卷十四。

【订补】

雍正《陕西通志》卷七五著录《太华诗集》《督府奏疏》《水部填云》，今存《太华山人集》四卷，藏于国家图书馆。

王用宾

王用宾，字元兴，号三渠，咸宁人。正德庚辰进士，官太宰。

【校考】

正德庚辰进士：据《皇明贡举考》卷六，王用宾于正德十五年庚辰（1520）二月会试中式，正德十六年辛巳（1521）五月，殿试赐为二甲第一百一十名进士。参见"何栋"条【校考】。

【笺证】

官太宰：王用宾正德十六年考中进士，授翰林院编修，历礼部尚书兼学士，改南京吏部尚书，升太子太保。

事迹见雍正《陕西通志》卷六十、《万姓统谱》卷四五。

【订补】

雍正《陕西通志》卷七五著录《王三渠集》十四卷，《澹生堂藏书目》著录有《三渠王先生集》十六卷。今存万历二十九年刻本《三渠先生集》十四卷附录一卷，藏于美国哈佛大学哈佛燕京图书馆；天启二年《重刻三渠先生集》十六卷附录一卷，藏于国家图书馆。

金銮

金銮，字在衡，号白屿，陇西人。布衣，寓金陵。

【校考】

銮：《列朝诗集》丁集第七、《明诗综》卷四三、《明诗纪事》戊签卷二十二等亦作"鸾"。

【笺证】

事迹见《列朝诗集》丁集第七。

【订补】

万斯同《明史》卷一三七著录《徙倚轩集》二卷。今存明任近臣刻本《徙倚轩诗集》一卷，台北"国家图书馆"、台北故宫博物院有藏本。《原国立北平图书馆甲库善本丛书》第758册收录《徙倚轩诗集》一卷，系据明任近臣刻本影印。另《盛明百家诗》收《金白屿集》一卷。

赵时春

赵时春，字伯仁，号浚谷，平凉人。嘉靖丙戌会元，年十八。官都宪。

【笺证】

嘉靖丙戌：嘉靖五年。

官都宪：赵时春举嘉靖五年进士，选庶吉士，改兵部主事。以建言下狱，寻补翰林编修，又以上疏放归。会边警，起领民兵，擢右佥都御史，巡抚山西。

事迹见《世经堂集》卷十、《名山藏》卷七六、《列朝诗集》丁集第一、《明史》卷二〇〇。

【订补】

著有《浚谷先生集》《稽古绪论》《平凉府志》，今有传本。

杨爵

杨爵，字■■，号斛山，富平人。嘉靖己丑进士。官御史。赠勋卿，谥忠介。

【校考】

■■：底本原为长条形墨丁，约缺二字。据《明儒学案》卷三《忠介杨斛山先生爵》、《国朝献征录》卷六五《监察御史赠光禄寺少卿斛山杨先生爵传》、《名山藏》卷七七《臣林记》，杨爵字"伯修"。另，《明史》卷二〇九云杨爵字"伯珍"，《别号录》卷五云字"子修"。

【笺证】

嘉靖己丑：嘉靖八年。

官御史：杨爵举嘉靖八年进士，授行人，官至御史。

事迹见《国朝献征录》卷六五、《明史》卷二〇九、《皇明书》卷二七、《名山藏》卷七七、雍正《陕西通志》卷六十。

【订补】

雍正《陕西通志》卷七四著录《周易辨录》《中庸解》，卷七五著录《杨忠介公集》十三卷。《四库全书》收录《杨忠介集》《周易辨录》，另有《斛山杨先生遗稿》传世。

王维桢

王维桢，字允宁，号槐野，华州人。嘉靖乙未进士，官大司成。

【笺证】

嘉靖乙未：嘉靖十四年。

官大司成：王维桢举嘉靖十四年进士，选庶吉士，历翰林侍读。迁南国子祭酒，便道省母，会关中地大震，遂殁。

事迹见《明史》二八六、《明儒学案》卷十二。

【订补】

著有《槐野先生存笥稿》《司成遗翰》，今有传本。

乔世宁

乔世宁，字景叔，号三石，耀州人。嘉靖□□解元，戊戌进士。官大参。

【校考】

□□：底本此处为空格，约缺二字。据《皇明三元考》卷十、雍正《陕西通志》卷三一，乔世宁为嘉靖四年乙酉科解元，空格处二字应为"乙酉"。

【笺证】

戊戌：嘉靖十七年。

官大参：乔世宁举嘉靖十七年进士，授南京户部主事，以佥事按川南，升湖广督学，嘉靖二十九年为河南参政，后擢四川按察使，以忧归。

事迹见雍正《陕西通志》卷五七、《本朝分省人物考》卷一〇四。

【订补】

《明史·艺文志》著录《丘隅集》十九卷、《耀州志》十一卷、《五台山志》一卷，皆有传本。

南轩

南轩，字叔后，号阳谷，渭南人，逢吉子。嘉靖癸丑进士。官宪副。

【笺证】

嘉靖癸丑：嘉靖三十二年。

官宪副：南轩举嘉靖三十二年进士，除刑部主事，改吏部，擢四川副使，官终山东左参议。

事迹见《喙鸣诗文集》文集卷十七、《歇庵集》卷十七、雍正《陕西通志》卷五七。

【订补】

雍正《陕西通志》卷七五著录《渭上稿》二十五卷，《渭上续稿》十一卷，《四库全书总目》卷四八著录《通鉴纲目前编》二十五卷，皆有传本。万历十六年刻本《渭上稿》二十五卷藏于台北"国家图书馆"，《明别集丛刊》据以影印，收录于第3辑第52册；万历二十年刻本《渭上续稿》十一卷藏于国家图书馆。

马自强

马自强，字体乾，号乾庵，同州人。嘉靖癸丑进士。官大学士。谥文庄。

【笺证】

嘉靖癸丑：嘉靖三十二年。

官大学士：马自强举嘉靖三十二年进士，授检讨，升国子祭酒，为东宫讲读。神宗即位，擢礼部右侍郎，充日讲官，升尚书，进文渊阁大学士。入阁未久，卒于位。

事迹见《明史》卷二一九、《明名臣言行录》卷七二、《王文肃公文集》卷四、雍正《陕西通志》卷五五。

【订补】

《澹生堂书目》卷十三著录《马文庄公集》二十卷、《明史·艺文志》著录《马自强文集》二十卷，不存。今有《马文庄公集选》十五卷传世。

张蒙训

张蒙训，字子成，号惇物，耀州人。嘉靖间乡贡。官广文。

【笺证】

嘉靖间乡贡：据雍正《陕西通志》卷三一，张蒙训为嘉靖十三年甲午科举人。

官广文：据《皇明词林人物考》卷八，张蒙训"嘉靖甲午以春秋魁省试，乃后就官襄阳教谕，遂卒于襄阳"[1]。

事迹见《皇明词林人物考》卷八。

【订补】

雍正《陕西通志》卷七五著录《张惇物集》二卷，陕西省图书馆有藏本。

东汉

东汉，字希节，渭南人。官宪副。科名未详。

【笺证】

官宪副：据王维桢《槐野先生存笥稿》卷十二《亚中大夫长芦都转运盐使司运使渭川东公行状》，东汉历任池州、镇江两府同知，南京户部

---

[1] （明）王兆云辑著：《皇明词林人物考》卷八《张子成》，《四库全书存目丛书》，齐鲁书社1996年影印本，史部，第112册，第107页下栏。

员外郎，九江、南昌两府知府，官终长芦都转运盐使司运使。

科名未详：清黄掌纶《长芦盐法志·附编》援证六下"（明）运使"条云"东汉，字希节，华州人。进士，嘉靖七年任。"① 辛德勇先生《渭川诗集》一文中云东汉为正德初年进士。② 上述资料皆未说明其考中进士的确切时间。然考诸相关文献，东汉似未曾考中进士。据雍正《陕西通志》卷三一，东汉为弘治十一年戊午（1498）科举人。王维桢《亚中大夫长芦都转运盐使司运使渭川东公行状》云："戊午，果中乡试高等。当是时，人谓公进士可一捷，而公亦以探囊视进士。乃五试有司，竟不合，岂非命哉。正德辛未，渭川公始就选吏部，授池州府同知。语人曰：'吾母老矣，俟必第能养，吾惧薤露之先晞也。且皋夔稷卨咸焯焯，若是从何第出哉！夫人贵自树立耳。'"③ 又，《本朝分省人物考》卷一〇四云："（东汉）戊午中乡试高等，五试南宫不第。正德辛未，始就选吏部，授池州府同知"。④ 综上可知，东汉似未中进士，直接由吏部考选做官。查《皇明贡举考》及《明清进士题名碑录索引》，弘治十一年至正德六年辛未，进士科共考五次，分别为弘治十二年、十五年、十八年，正德三年、六年，此五科皆未见东汉其名。综上可确定，东汉未曾中进士。事迹见明王维桢《槐野先生存笥稿》卷十二。

【订补】

著有《渭川诗集》二卷。此书较为罕传，辛德勇先生曾于1994年在北京琉璃厂中国书店购得明嘉靖刻本《渭川诗集》，共上下两卷。⑤

温纯

温纯，字希文，号亦斋，三原人。嘉靖甲子解元，乙丑进士。官总宪。赠少保，谥恭毅。

---

① （清）黄掌纶《长芦盐法志·附编》，《续修四库全书》，上海古籍出版社1996年影印本，第840册，第527页下栏。

② 参见辛德勇《渭川诗集》，《中国典籍与文化》1997年第4期。

③ （明）王维桢《槐野先生存笥稿》卷十二，《明别集丛刊》，黄山书社2015年影印本，第2辑，第75册，第382页上栏。

④ （明）过庭训《本朝分省人物考》卷一〇四《陕西西安府二》，《续修四库全书》，上海古籍出版社1996年影印本，第536册，第64页下栏。

⑤ 参见辛德勇《渭川诗集》，《中国典籍与文化》1997年第4期。

【笺证】

嘉靖甲子：嘉靖四十三年。

乙丑：嘉靖四十四年。

官总宪：嘉靖四十四年进士，由寿光知县征拜户科给事中，寻转吏科，晋兵科都给事中，屡迁至左都御史。

事迹见《亦玉堂稿》卷十、《明史》卷二二〇、雍正《陕西通志》卷五五。

【订补】

《四库全书》收录《温恭毅公集》三十卷，雍正《陕西通志》卷七四另著录《大婚礼汇纪》。

乔因阜

乔因阜，字□□，号寿斋，耀州人，世宁子。隆庆戊辰会魁。官通政。

【校考】

□□：底本此处为空格，约缺二字。雍正《浙江通志》卷一一七《职官七》"北关户部分司"条："……乔因阜，字思绵，耀州人。已上隆庆间任。"[1] 《皇明词林人物考》卷八："张蒙训，字子成，别号惇物山人，关中耀州人也。先生诗、文集各一卷，盖观察乔三石先生所选，其子太仆君思绵刻之以传者也。"[2] 按：乔三石，即乔世宁。太仆君思绵，即乔因阜。综上可知，乔因阜，字思绵。

【笺证】

隆庆戊辰：隆庆二年。

官通政：乔因阜举隆庆二年进士，历官浙江提学佥事、太仆寺少卿，官至南京右通政。

事迹见《国朝列卿纪》卷一五三、乾隆《续耀州志》卷七。

【订补】

雍正《陕西通志》卷七五著录《远志堂集》。今存万历三十七年乔氏

---

[1] 雍正《浙江通志》卷一一七《职官七》，《文渊阁四库全书》，商务印书馆（台北）1986 年影印本，第 522 册，第 164 页上栏。

[2] （明）王兆云辑著：《皇明词林人物考》卷八《张子成》，《四库全书存目丛书》，齐鲁书社 1996 年影印本，史部，第 112 册，第 107 页下栏。

远志堂刻本《远志堂集》十三卷，中国科学院图书馆、陕西省图书馆、台北故宫博物院有藏本。另有《原国立北平图书馆甲库善本丛书》之影印本，收录于818册。

王庭譔

王庭譔，字■■，号莲塘，华州人。隆庆庚午乡贡，年十七。万历庚辰探花。官修撰。

【校考】

■■：底本此处为长条形墨丁，约缺二字。据冯琦《宗伯集》卷十七《故承务郎翰林修撰莲塘王公墓表》，王庭譔字敬卿。

【笺证】

隆庆庚午：隆庆四年。

万历庚辰：万历八年。

官修撰：万历八年登进士第，选庶吉士，授编修，迁修撰。

事迹见《宗伯集》卷十七、《温恭毅集》卷十。

【订补】

著有《松门稿》八卷传世，雍正《陕西通志》卷七四另著录《左氏臆说》。

冯从吾

冯从吾，字仲好，号少墟，长安人。万历己丑进士。官大司空。赠宫保，谥恭定。

【笺证】

万历己丑：万历十七年。

官大司空：万历十七年进士，选庶吉士，授御史。抗章言帝失德，遭廷杖。寻告归，家居二十五年。光宗立，起为尚宝卿，累迁工部尚书。

事迹见《明史》二四三、《启祯野乘一集》卷一、《明儒学案》卷二一、《东林列传》卷十三、雍正《陕西通志》卷五七。

【订补】

雍正《陕西通志》卷七五著录其撰有《冯恭定公集》二十二卷、《续集》四卷，编有《关中四先生要语》四卷、《关学编》六卷、《学翼》等。《四库全书》收录《冯少墟集》二十二卷，《元儒考略》四卷。《四库全书总目》还著录有《冯子节要》十四卷、《古文辑选》六卷。

南师仲

南师仲，字子兴，号玄象，渭南人，轩叔子。万历乙未进士。官大宗伯。

【笺证】

万历乙未：万历二十三年。

官大宗伯：万历三十二年登进士第，选庶吉士，官翰林院至礼部尚书。

事迹见（光绪）新续渭南县志》卷八、雍正《陕西通志》卷六三。

【订补】

《传是楼书目》著录《玄象山馆诗草》十五卷。雍正《陕西通志》另著录《增订关中文献志》八十卷、《渭南志》二十五卷、《元（玄）麓堂文集》五十卷、《集杜诗》五卷。《玄象山馆诗草》今有国家图书馆藏本，存卷一至卷十；青海图书馆藏本，存卷三至卷七、卷十一至卷十五、附录。

来俨然

来俨然，字望之，号小涧，三原人。万历乙未进士。官兵部。

【笺证】

万历乙未：万历二十三年。

官兵部：万历二十三年登进士第，初授太和知县，移寿春，调曲周，擢兵部职方司主事。

事迹见雍正《陕西通志》卷五七、乾隆四十八年《三原县志》卷九、民国《临榆县志》卷十八、民国《太和县志》卷七。

【订补】

《四库全书总目》别集类存目著录《自愉堂集》十卷，今有传本。

朱敬鑨

朱敬鑨，字进父，号志川。秦藩宗尉。万历间人。

【笺证】

秦藩宗尉：明宗室成员，据《四库全书总目》卷一七九存目"《梅雪轩诗稿》四卷"条，朱敬鑨为秦愍王樉八世孙，万历中任秦王府奉国中尉。

【订补】

《四库全书总目》别集类存目著录《梅雪轩诗稿》四卷,今有传本。

来复

来复,字阳伯,号星海,三原人,俨然子。万历丙辰进士。官方伯。

【笺证】

万历丙辰:万历四十四年。

官方伯:举万历四十四年进士,起家户部主事,升郎中,历官布政使,兵备扬州。

事迹见雍正《陕西通志》卷六三、乾隆四十八年《三原县志》卷八、《池北偶谈》卷二十、《列朝诗集》丁集第十六。

【订补】

乾隆四十八年《三原县志》卷十八著录《留余草》《阅余草》《劳余草》《清源近稿》,皆未见传本。今有《来阳伯先生诗集》二十卷、《来阳伯文集》二十卷传世。

赵崡

赵崡,字屏国,号季石,盩厔人。万历己酉乡贡。

【笺证】

万历己酉:万历三十七年。

事迹见《列朝诗集》丁集第十、雍正《陕西通志》卷六三、乾隆《盩厔县志》卷八。

【订补】

著有《石墨镌华》六卷《附录》二卷,收录于《四库全书》。

张三丰

张三丰,名一全,宝鸡人。永乐初以仙术显,世称张邋遢。

【笺证】

事迹见《国朝献征录》卷一一八

【订补】

清李西月编有《张三丰先生全集》八卷,卷五专收张三丰诗,今有传本。

释鲁山

释鲁山，秦人。与李、何同时。

【笺证】

李、何：李梦阳、何景明。

事迹见钱谦益《列朝诗集》闰集第二。

【订补】

钱谦益《绛云楼书目》卷四著录《野庵集》，万斯同《明史》卷一三七著录《野庵诗集》三卷，今未见。《盛明百家诗》收录《释鲁山集》一卷。

第二节　别集已佚作者的小传考

王九峰

王九峰，鄠县人，九思弟。正德戊辰进士，官宪副。

【笺证】

正德戊辰：正德三年。

官宪副：王九峰官至山西按察司副使。

事迹见明王九思《渼陂集》卷十四、雍正《陕西通志》卷六十。

【订补】

《千顷堂书目》卷二二、万斯同《明史》卷一三六著录有《白阁山人遗稿》，雍正《陕西通志》卷七五著录"《白阁山人遗稿》《奏议》，俱兵备道鄠县王九峰撰"[1]。乾隆《鄠县新志》卷四云"所著有《白阁集》行世"[2]。按：其兄王九思《明故中宪大夫山西等处提刑按察司副使白阁山人王寿夫墓志铭》云："其古文诗存者无几，与奏疏数篇刻诸木，题曰

---

[1] 雍正《陕西通志》卷七五《经籍第二》，《文渊阁四库全书》，商务印书馆（台北）1986年影印本，第555册，第533页下栏。

[2] 乾隆《鄠县新志》卷四《人物第六上》，《中国地方志集成·陕西府县志辑》，凤凰出版社2007年影印本，第4册，第57页上栏。

《白阁山人遗稿》云。"①。又《白阁山人遗稿序》云:"……及举进士,为御史、郡守,力未暇以为,间亦应酬述作,乃复弃去,不甚省录。及为按察副使以归,方将极力为矣,乃又不幸死,呜呼惜哉!兹掇其遗者与奏议数首刻之,传之子孙。"② 据此可知,《白阁山人遗稿》包括《奏议》在内,故雍正《陕西通志》的著录不确切。而乾隆《鄠县新志》卷四之"《白阁集》"亦即《白阁山人遗稿》。《白阁山人遗稿》今不存。

吕经

吕经,字道夫,号九川,宁州人。正德戊辰进士,官都宪。

【笺证】

正德戊辰:正德三年进士。

官都宪:吕经嘉靖年间官至都察院右副都御史,巡抚辽东,以边事编戍茂州卫。隆庆初,诏复其官。

事迹见《明史》卷二〇三、《苑洛集》卷七、《浚谷先生集》卷六、乾隆《甘肃通志》卷三五、《对山集》卷二八、《棠陵文集》卷二等。

【订补】

《陇右著作录》著录《谏垣存稿》《治蒲说》《使边录》《两边图》《懿迹图》《群书考证》《节孝堂集》,今不存。《千顷堂书目》卷八著录《河中书院图记》一卷。

管楫

管楫,字汝济,号平田,咸宁人。正德辛未进士,官都宪。

【笺证】

正德辛未:正德六年。

官都宪:管楫官至右副都御史,巡抚山东。

事迹见雍正《陕西通志》卷五七、《国朝列卿记》卷一二一。

【订补】

《四库全书总目》《续文献通考》著录《平田诗集》二卷,《千顷堂

---

① (明)王九思著,姜妮点校,贾三强审校:《渼陂集》卷十四,《陕西古代文献集成》,陕西人民出版社2017年版,第9辑,第208页。

② (明)王九思著,姜妮点校,贾三强审校:《渼陂集》卷九,《陕西古代文献集成》,陕西人民出版社2017年版,第9辑,第144页。

书目》著录《平田稿》二卷，今不存。

吕颛

吕颛，字幼通，号定原，宁州人，经兄子。嘉靖■■解元，年二十二。癸未进士。官大京兆。

【校考】

经兄子：嘉靖《庆阳府志》卷十二云："吕颛，宁州人，经之侄。"① 乾隆《甘肃通志》卷三五云："吕颛，字幼通，经犹子。幼失怙，随伯父读书京师。"② 可知吕经为吕颛伯父。又明方豪《吕母王孺人寿序》云："王太孺人者，予同年道夫（按：吕经字）之母，赠礼科给事中北村翁之内也。北村翁蚤谢，道夫与弟道言尚幼，家甚窘。"③ 由此可知，吕颛当为吕经弟（字道言）之子，故此作"经兄子"，误。

嘉靖■■解元：底本"嘉靖"下二字原为长条形墨丁，约缺二字。按：此谓嘉靖某年解元。而据乾隆《甘肃通志》卷三五"吕颛，……举正德己卯，乡试第一，嘉靖二年进士"知"解元"即此所谓"乡试第一"，亦知小传中"癸未"即此所谓"嘉靖二年"。又《皇明贡举考》卷六"己卯正德十四年两京十三藩乡试解元"条有"陕西吕颛"，下小注曰："宁州，学生，易，癸未。"④ 可确证吕颛为正德十四年己卯科解元。故小传中"嘉靖■■"，当为"正德己卯"之误。

【笺证】

官大京兆：吕颛初授户部主事，升刑部员外郎、郎中，出知河南卫辉府，调山东东昌，历云南左布政使，官终应天府尹。

事迹见《万姓统谱》卷七五、《国朝列卿纪》卷一四一、《国榷》卷五九、乾隆《甘肃通志》卷三五。

---

① 嘉靖《庆阳府志》卷十二《仕籍》，《稀见中国地方志汇刊》，中国书店 1992 年影印本，第 9 册，第 457 页上栏。

② 乾隆《甘肃通志》卷三五《人物》，《文渊阁四库全书》，商务印书馆（台北）1986 年影印本，第 558 册，第 353 页下栏。

③ （明）方豪：《棠陵文集》卷二，《四库全书存目丛书》，齐鲁书社 1997 年影印本，集部，第 64 册，第 371 页上栏。

④ （明）张朝瑞辑：《皇明贡举考》卷六，《四库全书存目丛书》，齐鲁书社 1996 年影印本，史部，第 269 册，第 711 页上栏。

【订补】

《陇右著作录》卷五著录《仕进录》《上都篇》《诸子说括》《省垣稿》《世谱增定》《希夷三要》《参同契抄释》《定原集》，今多已不存。《天一阁书目》卷二著录《百泉书院志》四卷，大连图书馆有藏本。

左思忠

左思忠，字■■，号■■，耀州人。嘉靖癸未进士。官■■。

【校考】

字■■，号■■：底本"■■"原为长条形墨丁，约缺二字。当分别为左思忠字、号。据《国朝献征录》卷二六《吏部员外郎左君思忠墓志铭》可知[1]，左思忠字"长臣"，号"石皋"。[2]《千顷堂书目》卷二三著录左思忠《石皋集》四卷，后注曰"字舜臣，耀州人"[3]。万斯同《明史》卷一三七著录左思忠《石皋集》四卷，亦注曰"字舜臣"[4]。则似又有一字曰"舜臣"。

官■■：底本"官"下原为长条形墨丁，约缺二字。据《吏部员外郎左君思忠墓志铭》知，左思忠初授山东莱阳知县，历官至吏部郎中。

【笺证】

嘉靖癸未：嘉靖二年。

事迹见《国朝献征录》卷二六。

【订补】

《千顷堂书目》卷二三、雍正《陕西通志》卷七五著录《石皋集》四卷，今未见传本。

---

[1] 《国朝献征录》卷二六《吏部员外郎左君思忠墓志铭》未署撰者名，据贾三强先生考证，其作者当为张治道。参见贾三强《清·雍正〈陕西通志·经籍志〉著录文集研究》，三秦出版社2011年版，第269页。国家图书馆藏明嘉靖三十一年刻本张治道《嘉靖集》卷六收录此文。

[2] 参见《国朝献征录》卷二六，《四库全书存目丛书》，齐鲁书社1996年影印本，史部，第101册，第366页上栏。

[3] （清）黄虞稷：《千顷堂书目》卷二三，《文渊阁四库全书》，商务印书馆（台北）1986年影印本，第676册，第560页上栏。

[4] （清）万斯同：《明史》卷一三七《艺文五》，上海古籍出版社2008年影印本，第3册，第524页上栏。

张问仁

张问仁，字■■，号■■，西宁人。嘉靖丙戌进士。官■■。

【校考】

字■■：底本"字"下原为长条形墨丁，约缺二字。据乾隆《西宁府新志》卷二七，张问仁字"以元"。

号■■：底本"号"下原为长条形墨丁，约缺二字。张问仁号今不可考。

官■■：底本"官"下原为长条形墨丁，约缺二字。张问仁举嘉靖三十五年进士，初任阳城县令，升工部主事，晋工部员外郎，擢山东东兖佥事。嘉靖四十四年升任直隶昌平兵备参议，后遭谗去官。

【笺证】

嘉靖丙戌：嘉靖三十五年。

事迹见乾隆《西宁府新志》卷二七、光绪《昌平州志》卷九。

【订补】

《陇右著作录》著录有《闷子集》《河右集》，今不存。

李一元

李一元，字伯会，号■■，咸宁人。嘉靖间官长史。

【校考】

■■：底本原为长条形墨丁，约缺二字。考诸相关史料，未见李一元号之明确记载。嘉庆《咸宁县志》卷十五著录其撰有《李初冈诗集》，则"初冈"或为其号。

【笺证】

官长史：万历《四川总志》卷二《蜀府·官僚·长史》云："李一元，陕西人。"[①] 据此可知，李一元曾任职蜀府长史。

事迹见万历《四川总志》卷二。

【订补】

嘉庆《咸宁县志》卷十五著录《李初冈诗集》，今不存。

---

① 万历《四川总志》卷二，《四库全书存目丛书》，齐鲁书社1996年影印本，史部，第199册，第225页上栏。

来聘

来聘，字■■，号■■，三原人。嘉靖乙未进士，官宪副。

【校考】

字■■：底本"字"下原为长条形墨丁，约缺二字。嘉靖《重修三原志》卷六："嘉靖十四年韩应龙榜进士二名：来聘，字安国，永清里人，治《诗经》。"① 乾隆四十八年《三原县志》卷九云："来聘，字安国，嘉靖中进士……历官四川按察使。"② 据此可知，来聘字"安国"。

号■■：底本"号"下原为长条形墨丁，约缺二字。明来复《先考承德兵部职方司主事小涧先生行状》云："……御史公三子，其次讳聘曰云峰公、次讳贺曰碧涧公者，同举于乡。云峰公成进士，累官宪副。"③ 按：碧涧公，即来聘之弟来贺。据明来俨然《自愉堂集》卷二《同奉训大夫山东青州府君莒州知州前山西大同府同知进阶朝列大夫碧涧先生来公行状》知来贺字奉国，碧涧为其号，则此处"云峰"当为来聘之号。又乾隆四十八年《三原县志》卷十八云"《云峰近稿》，来聘著"，可进一步为证。

【笺证】

嘉靖乙未：嘉靖十四年。

官宪副：来聘嘉靖十四年考中进士，授行人，擢御史，值朝廷议大礼，受廷杖，左迁丹棱知县，历官四川按察使。

事迹见乾隆四十八年《三原县志》卷九。

【订补】

乾隆四十八年《三原县志》卷十八著录《云峰近稿》，今不存。

刘凤池

刘凤池，字■■，号东陵，渭南人。嘉靖乙未进士，官■■。

---

① 嘉靖《重修三原志》卷六《人物二》，《中国地方志集成·陕西府县志辑》，凤凰出版社2007年影印本，第8册，第61页下栏。

② 乾隆四十八年《三原县志》卷九《人物三》，《中国地方志集成·陕西府县志辑》，凤凰出版社2007年影印本，第8册，第370页。

③ （明）来复：《来阳伯文集》卷六，《明别集丛刊》，黄山书社2015年影印本，第5辑，第50册，第183页上栏。

【校考】

字■■：底本"字"下原为长条形墨丁，约缺二字。据道光《重辑渭南县志》卷十五，刘凤池字"文甫"。

官■■：底本"官"下原为长条形墨丁，约缺二字。康熙《章邱县志》卷四"县令"条云："刘凤池，陕西渭南人，由进士嘉靖十九年二月到任"。[1] 雍正《泽州府志》卷三三"宦绩·高平县"载："刘凤池，渭南人，进士，嘉靖间任。……当道荐其才，擢兵曹。"[2] 雍正《陕西通志》卷五九云："刘凤池，渭南人，嘉靖中进士，有文武才，任兵部主事。"[3] 道光《重辑渭南县志》卷十五云："刘凤池，字文甫……嘉靖中成进士，历试高平、章邱二邑。时边事未萌，乃独缮城池，教武勇，士气聿振。……奏授兵部职方主事，赞画宣大军务。……会以忤口见谪，识者惜之。"[4] 综上知，刘凤池历官章丘、高平县令，官至兵部职方主事，以忤口见谪。

【笺证】

嘉靖乙未：嘉靖十四年。

事迹见雍正《陕西通志》卷五九、道光《重辑渭南县志》卷十五、光绪《新续渭南县志》卷八。

【订补】

雍正《陕西通志》卷七五、道光《重辑渭南县志》卷十一著录《东陵集》，未见传本。

南逢吉

南逢吉，字■■，号姜泉，渭南人，大吉弟。嘉靖戊戌进士。官宪副。

---

[1] 康熙《章邱县志》卷四《官师志》，《北京图书馆古籍珍本丛刊》，书目文献出版社1995年影印本，第22册，第309页下栏。

[2] 雍正《泽州府志》卷三三《秩官志》，《中国地方志集成·山西府县志辑》，凤凰出版社2005年影印本，第32册，第257页下栏。

[3] 雍正《陕西通志》卷五九《人物五·勇略下》，《文渊阁四库全书》，商务印书馆（台北）1986年影印本，第554册，第605页上栏。

[4] 道光《重辑渭南县志》卷十五《宦业传》，《中国地方志集成·陕西府县志辑》，凤凰出版社2007年影印本，第13册，第291—292页。

【校考】

■■：底本原为长条形墨丁，约缺二字。《千顷堂书目》卷二三著录南逢吉《姜泉集》十四卷，后注曰"字元真，渭南人"①。《本朝分省人物考》卷一〇四："南逢吉，字元真，渭南人。"②《国朝献征录》卷九七收录马自强撰《山西按察司副使南公逢吉志铭》："姜泉南公，渭南人也。讳逢吉，字元真，一字元命，别号以丰原之泉名，故学者称姜泉先生。"③ 据以上资料知，南逢吉字"元真"，另有一字曰"元命"。

【笺证】

嘉靖戊戌：嘉靖十七年。

官宪副：南逢吉举嘉靖十七年进士，授礼部主事，出知保宁府，升云南督学副使命，改知归德府。后升副使，备兵雁门，以飞语罢官。

事迹见《国朝献征录》卷九七、《本朝分省人物考》卷一〇四、《雒闽源流录》卷十五、雍正《陕西通志》卷五七。

【订补】

雍正《陕西通志》卷七五著录《姜泉集》十四卷、《越中述传》四卷，今不存。另校注《会稽三赋》，今有传本。

吕颛

吕颛，字幼诚，号芹谷，宁州人，泾子。嘉靖戊戌进士。官太府。

【校考】

泾子：据赵时春《登州府知府吕君墓志铭》，吕颛为吕经之子。"泾"当为"经"之形近而讹。

【笺证】

嘉靖戊戌：嘉靖十七年。

官太府：吕颛举嘉靖十七年进士。授刑部司主事，升南刑部山西司郎中，擢襄阳府知府，官终登州府知府。

---

① （清）黄虞稷：《千顷堂书目》卷二三，《文渊阁四库全书》，商务印书馆（台北）1986年影印本，第676册，第572页下栏。

② （明）过庭训《本朝分省人物考》卷一〇四《陕西西安府二》，《续修四库全书》，上海古籍出版社1996年影印本，第536册，第77页上栏。

③ （明）焦竑辑：《国朝献征录》卷九七，《四库全书存目丛书》，齐鲁书社1996年影印本，史部，第105册，第496页下栏。

事迹见《浚谷先生集》卷十、乾隆《甘肃通志》卷三五。

【订补】

《陇右著作录》卷五著录《诸书释义》《芹谷集》，今不存。

王鹤

王鹤，字子皋，号薇田，长安人。嘉靖甲辰进士，官大京兆。

【校考】

号薇田：《掖垣人鉴》卷十四谓王鹤"号于野"。

【笺证】

嘉靖甲辰：嘉靖二十三年。

大京兆：王鹤举嘉靖二十三年进士，为行人，迁工科给事中，上疏论时政，忤旨廷杖。升吏科都给事中，历太常少卿，提督四夷馆，终应天府尹。

事迹见雍正《陕西通志》卷六十，《掖垣人鉴》卷一四。

【订补】

王鹤奉使朝鲜之诗作收录于《皇华集》，今有传本。《千顷堂书目》卷二四著录《见薇堂集》八卷、《澹生堂藏书目》著录《王薇田滑稽杂编》一卷，皆不存。

罗廷绅

罗廷绅，字□□，号小山，淳化人。嘉靖癸丑进士。官大府。

【校考】

□□：底本此处为空格，约缺二字。隆庆《淳化志》卷七云："罗廷绅，字公书，楫之曾孙。丙午举人，癸丑进士。"① 据此知，罗廷绅字公书。又该志卷末附罗廷绅作所撰《叙淳化志后》，题署曰"赐进士出身前四川保宁府知府邑人罗廷绅公书撰"②，可进一步为证。

【笺证】

嘉靖癸丑：嘉靖三十二年。

---

① 隆庆《淳化志》卷七《人物志》，《中国地方志集成·陕西府县志辑》，凤凰出版社2007年影印本，第9册，第418页下栏。

② 隆庆《淳化志》卷末《叙淳化志后》，《中国地方志集成·陕西府县志辑》，凤凰出版社2007年影印本，第9册，第432页下栏。

官大府：授户部贵州司主事，升四川司员外，山西司郎中，奉敕督理蓟辽粮储，官终保宁府知府。

事迹见隆庆《淳化志》卷七、乾隆《淳化县志》卷二十。

【订补】

乾隆《淳化县志》卷二十载其著有《小山志》，今不传。

周宇

周宇，字子大，号槐村，咸宁人。嘉靖乙酉乡贡。官户部。

【笺证】

嘉靖乙酉：嘉靖三十八年。

官户部：周宇举嘉靖三十八年举人，授直隶安康推官。擢户部主事，奉敕督理山西三关。寻疾，辞。

事迹见雍正《陕西通志》卷六三、嘉庆《咸宁县志》卷六。

【订补】

著有《认字测》《字考启蒙》传世，嘉庆《咸宁县志》卷十五另著录《槐村集》二十四卷、《委巷录》十四卷、《园与目游》一卷、《乐府》一卷、《困言》四卷、《三百篇叠字》一卷、《周氏族谱》，未见传本。

王庭诗

王庭诗，字■■，号莲洲，华州人。乡贡，时年十六。嘉靖乙丑进士。官方伯。

【校考】

■■：底本此处为长条形墨丁，约缺二字。据雍正《陕西通志》卷五七下、康熙《续华州志》卷三，王庭诗字言卿。

【笺证】

乡贡：据雍正《陕西通志》卷三一，王庭诗为嘉靖四十年辛酉（1561）科举人。

嘉靖乙丑：嘉靖四十四年。

官方伯：王庭诗举嘉靖四十四年进士，授内黄令，迁礼部主事，历湖广左布政。

事迹见康熙《续华州志》卷三、雍正《陕西通志》卷五七。

【订补】

雍正《陕西通志》卷七五著录《长春圃稿》《秀岩诗稿》，今未见传本。

文豳风

文豳风，讳运开，字时泰，三水人。隆庆间明经。官广文。以子仪部封。

【笺证】

文豳风：文运开，号豳风，《周雅续》裁定者文翔凤之祖父，故此小传讳其名。

官广文：文运开隆庆中贡，初授汉中府训道，升任冀州学正，后以疾归。

事迹见雍正《陕西通志》卷六三。

【订补】

雍正《陕西通志》卷六三载其著《江汉集》《京野集》，今不存。

盛讷

盛讷，字■■，号凤冈，潼关人。隆庆辛未进士。官少宰。赠大宗伯。

【校考】

■■：底本此处为长条形墨丁，约缺二字。据万斯同《明史》卷三一七、明俞汝楫《礼部志稿》卷四二，盛讷字敏叔。

【笺证】

隆庆辛未：隆庆五年。

官少宰：盛讷举隆庆五年进士，改庶吉士，授编修。秩满进侍读，寻以洗马直经筵，再迁祭酒，转少詹事，充日讲官。万历二十年，由詹事拜礼部右侍郎。寻改吏部，为正史副总裁。以母忧归。

事迹见万斯同《明史》卷三一七、《国朝献征录》卷二六、雍正《陕西通志》卷六十。

【订补】

《千顷堂书目》著录《玉堂日记》《闻见漫录》，雍正《陕西通志》著录《定敏轩集》，皆未见传本。

文少白

文少白，讳在中，字德充，三水人，豳风翁子。隆庆庚午解元，年十九。万历甲戌进士。官仪部。

【笺证】

文少白：文在中，号少白，文翔凤之父，故此处讳其名。

豳风翁：文运开，号豳风，文在中之父，文翔凤之祖。

隆庆庚午：隆庆四年。

万历甲戌：万历二年。

官仪部：文在中举万历二年进士，初授淮安府教授，升国子监博士，历仕仪部主事。以忤冯当降调，寻迁长沙通判，不久挂冠归里。

事迹见雍正《陕西通志》卷六三、同治《三水县志》卷四。

【订补】

雍正《陕西通志》卷七五著录有《观宇》《观宙》《天经》《天雅》《天典》《天引》《天朔》《天极》各三十六帙，今未见传本。

南宪仲

南宪仲，字子章，号次原，渭南人，轩仲子。万历甲戌进士。官县令。

【笺证】

万历甲戌：万历二年。

官县令：南宪仲举万历二年进士，授枣强令。未及迁擢，卒于官。

事迹见道光《重辑渭南县志》卷十三、乾隆《枣强县志》卷七。

【订补】

《千顷堂书目》卷二十五、万斯同《明史》卷一三七著录《广川集》四卷，雍正《陕西通志》卷七五、道光《重辑渭南县志》卷十一著录《广川集》八卷，今不存。

王道纯

字希文，号熙宇，长安人。万历甲戌进士。官宪副。

【笺证】

万历甲戌：万历二年。

官宪副：雍正《陕西通志》卷三十"万历二年甲戌孙继皋榜"："王道纯，长安人，副使。"① 雍正《四川通志》卷三十"副使"条："王道纯，长安，进士。……以上万历中任。"② 可知王道纯曾任职四川，官副使。雍正《陕西通志》卷七五著录"《王道纯文集》"，其下小注云"长安人，官按察使"。又，嘉庆《长安县志》卷二七："王道纯，字希文，登万历甲戌进士。授刑部主事，审决无枉。恤刑三晋，尤多所平反。擢四川按察副使，治兵松潘，悉心经理。亡何，以科臣疏论归里。"③ 综上，王道纯曾任四川按察副使。

【订补】

雍正《陕西通志》卷七五著录《王道纯文集》，今不存。

李三才

李三才，字■■，号修吾，临潼人，迁通州。万历甲戌进士。官大司农。

【校考】

■■：底本此处为长条形墨丁，约缺二字。据《明史》卷二三二、《列朝诗集》丁集第十一，李三才字"道甫"。《明诗别裁集》卷九、《明诗综》卷五七云"字道夫"。

【笺证】

临潼人，迁通州：李三才的籍贯，《明清进士题名碑录索引》载其为武功右卫军籍，陕西临潼人。④《明史》卷二三二《李三才传》云"顺天通州人"⑤。康熙《通州志》卷十云："李三才，字道甫，号修吾，父某，

---

① 雍正《陕西通志》卷三十《选举一》，《文渊阁四库全书》，商务印书馆（台北）1986年影印本，第552册，第637页下栏。
② 雍正《四川通志》卷三十《职官》，《文渊阁四库全书》，商务印书馆（台北）1986年影印本，第560册，第625页下栏。
③ 嘉庆《长安县志》卷二十七《先贤传下》，《中国地方志集成·陕西府县志辑》，凤凰出版社2007年影印本，第2册，第648页上栏。
④ 朱保炯、谢沛霖编：《明清进士题名碑录索引》，上海古籍出版社1997年版，第1210页。
⑤ （清）张廷玉等：《明史》卷二三二，中华书局1974年点校本，第6061页。

由陕西临潼徙居张家湾。"① 综上可知，李三才祖籍陕西临潼，后迁通州。

万历甲戌：万历二年。

大司农：李三才万历二年登进士第，授户部主事，历郎中，谪东昌推官，迁南礼部主事，转郎中，出为山东按察佥事，历河南参议副使，调山西，召为大理少卿，以右佥都御史总督漕运，加户部尚书。以事落职为民。天启中，起南户部尚书，未上任，卒。

事迹见《明史》卷二三二、《畿辅人物志》卷十、《列朝诗集》丁集第十一、雍正《陕西通志》卷六十。

【订补】

万斯同《明史》卷一三七著录《双鹤轩诗集》《鹩鹩轩集》，康熙《通州志》卷十另载其著有《灼艾集》《无自欺堂稿》《诚耻录》，今皆未见传本。

王图

王图，字则之，号衷白，耀州人。万历丙子解元，年二十。丙戌进士。官大宗伯。赠宫保，谥文肃。

【笺证】

万历丙子：万历四年。

丙戌：万历十四年。

官大宗伯：万历十四年进士，选庶吉士，授检讨，以右中允掌翰林院事，累迁吏部侍郎掌翰林院，天启中官至礼部尚书。

事迹见《明史》卷二一六、《东林列传》卷十六、《牧斋初学集》卷四八、《明名臣言行录》卷七四。

【订补】

雍正《陕西通志》卷七五著录《醉绿馆集》，《牧斋初学集》卷四八《故礼部尚书兼翰林院学士协理詹事府事赠太子太保谥文肃王公行状》云其撰有《文集》《奏议》若干卷，《文体颇评》《史记侧》《讲筵日录》《玉堂制草》《颖客偶谈》又若干卷。今皆未见。

---

① 康熙《通州志》卷十《人物志·流寓》，《中国地方志集成·北京府县志辑》，凤凰出版社2002年影印本，第6册，第580页下栏。

武之望

武之望，字叔卿，号阳纡，临潼人。万历戊子解元，己丑进士，官总督。

【笺证】

万历戊子：万历十六年。

己丑：万历十七年。

官总督：万历十七年登进士第，授令霍丘、江都，皆有能名。擢吏部，寻主文选，直忤当路，改兵曹。后备兵海盖，调永平。历诸卿，晋大中丞，巡抚登莱。以少司马总督陕西三边军务。未几，卒于官。

事迹见雍正《陕西通志》卷六十、乾隆《江都县志》卷十四。

【订补】

著有《济阴纲目》《医帜疹科》《重订举业卮言》传世。雍正《陕西通志》卷七五另著录《扣缶集》《鸡肋编》《海防要疏》，今已不存。

周传诵

周传诵，字叔远，号达庵，咸宁人，宇子。万历己丑进士。官方伯。

【校考】

叔远：亦有作"淑远"者，如雍正《陕西通志》卷六十："周传诵，字淑远，西安左卫人。"① 《礼部志稿》卷四二"主事"："周传诵淑远，陕西西安左卫人，万历己丑进士。"② 明冯从吾《少墟集》卷十有《跋周淑远诗》一文，③ 卷十七有《戊申莫春偕王惟大郡丞宜化汝刺史刘孟直郡丞杨工载进士周淑远大参张去浮学博宜叔尚文学讲学太华山中同志至三百

---

① 雍正《陕西通志》卷六十《人物六·直谏》，《文渊阁四库全书》，商务印书馆（台北）1986 年影印本，第 554 册，第 674 页上栏。

② （明）俞汝楫：《礼部志稿》卷四二，《文渊阁四库全书》，商务印书馆（台北）1986 年影印本，第 597 册，第 788 页上栏。

③ 参见（明）冯从吾《少墟集》卷十，《文渊阁四库全书》，商务印书馆（台北）1986 年影印本，第 1293 册，第 182—183 页。

余众》一诗。①

【笺证】

万历己丑：万历十七年。

官方伯：举万历十七年进士，历仪制司主事、精膳司郎中，官至湖广左布政。

事迹见雍正《陕西通志》卷六十、《关学编》卷六。

【订补】

嘉庆《咸宁县志》卷十五著录《薜萝山房集》，今不存。另，《关学编》卷六云其著有《西游漫言草》，亦未见传本。

费逵

费逵，字伯鸿，号■■，咸宁人。万历壬午乡贡。官州守。

【校考】

■■：底本此处为长条形墨丁，约缺二字。费逵号今不可考。

【笺证】

万历壬午：万历十年。

官州守：据雍正《陕西通志》卷三一，费逵曾任澧州知州。

【订补】

嘉庆《咸宁县志》卷十五著录《归来轩稿》，今未见传本。

刘绍基

刘绍基，字伯良，号■■，兴安人。万历间太学，年二十余。

【校考】

■■：底本此处为长条形墨丁，约缺二字。刘绍基号今不可考。

年二十余：刘绍基的享年，嘉庆《安康县志》卷十三、《山南诗选》等均载为"十九"。详见本书下编第一章第六节考述。

事迹见嘉庆《安康县志》卷十三、《山南诗选》卷一。

【订补】

雍正《陕西通志》卷七五著录《听溪山房集》《太岳行吟集》《扪虱

---

① 参见（明）冯从吾《少墟集》卷十七，《文渊阁四库全书》，商务印书馆（台北）1986年影印本，第1293册，第312页。

散谈》。刘应秋《听溪山房集序》①、今人编《安康县志》另载其著有《画舫谈余录》《唾玉》②，皆不传。

韩期维

韩期维，字光宋，号梅野，鄠县人。万历甲辰进士。官县令。

【笺证】

万历甲辰：万历三十二年。

官县令：据乾隆《鄠县新志》卷四，韩期维以进士授河南新郑知县，甫三月，卒于公署。

事迹见梁尔升《元扈山房集》卷十九、乾隆《鄠县新志》卷四。

【订补】

《千顷堂书目》卷十二、万斯同《明史》卷一三五著录《晴窗缀语》四卷，乾隆《鄠县新志》卷四著录《晴窗缀语》二册，另著录有《蒯緱集》五册、《三益馆稿》二册、《于麟绝句解》二册，今皆不传。

张我英

张我英，字■■，号西华，西安卫人。万历间贰师。

【校考】

■■：底本此处为墨丁，约缺二字。张我英之字今不可考。

【笺证】

贰师：雍正《陕西通志》卷三三"明武会举"条："万历三十五年丁未科：张我英，西安左卫人，副将。"③ 文翔凤《周雅续序》云"采著欲其博获也，故及宗人、弁士，而继之以羽衲，虽傍流不厌"④。按：弁士，即武官。

事迹见雍正《陕西通志》卷三三。

---

① 参见万安祥，李厚之校注《重续兴安府志校注》，安康市汉滨区档案史志局2005年编印，第327页。

② 参见安康市地方志编纂委员会编《安康县志》第三十五篇《人物》，陕西人民教育出版社1989年版，第867—868页。

③ 雍正《陕西通志》卷三三《选举四·武科》，《文渊阁四库全书》，商务印书馆（台北）1986年影印本，第552册，第829页下栏。

④ （明）贾鸿洙辑：《周雅续》卷首《周雅续序》，明崇祯刻本。

【订补】

雍正《陕西通志》卷七五著录《武经注解》，嘉庆《咸宁县志》卷十五著录《窥豹集》《七书张注》，皆不存。

葛节妇

葛节妇，三水人，少白先生女。有《君子亭诗赋》三百余首，手钞书六十卷。

【笺证】

葛节妇：葛文氏，文在中之女，文翔凤之姊。夫亡守节十四年。

少白先生：文在中，号少白。

事迹见《列朝诗集》闰集第四、乾隆《淳化县志》卷二二、雍正《陕西通志》卷六六、同治《三水县志》卷八、文翔凤《南极篇》卷一三。

【订补】

《列朝诗集》闰集第四著录《君子亭诗赋》三百余首，手钞书六十卷。雍正《陕西通志》卷七五著录《君子堂集》、《幽居草》、《九骚》诸篇。按：《九骚》诸篇，收录于《周雅续》及《列朝诗集》。《幽居草》《君子堂集》（又称《君子亭诗赋》《君子亭集》《君子亭草》）及文氏手钞书，今皆未见传本。

武恭人

武恭人，宁州人，勋卿文翔凤内子。封恭人。

【笺证】

勋卿文翔凤：文翔凤官至南光禄寺少卿。

事迹见《列朝诗集》闰集第四。

【订补】

《陇右著作录》卷五著录《交爱轩集》，今不存。

第三节　无别集作者的小传考

张才

张才，字□□，号□□，西安卫人。嘉靖甲辰进士。官□□。

【校考】

字□□：底本"字"下原为空格，约缺二字。据乾隆《西安府志》卷四二、《静志居诗话》卷十二、《明诗纪事》己签卷八，张才字茂参。

号□□：底本"号"下原为空格，约缺二字。张才号今不详。

官□□：底本"官"下原为空格，约缺二字。乾隆《西安府志》卷四二"嘉靖二十三年甲辰秦鸣雷榜"："张才，后卫人。佥事道。"[1] 万历《金华府志》卷十"国朝通判"条："张才，字茂参，陕西西安人。进士。嘉靖三十二年由河南佥事左迁。"[2] 乾隆《兖州府志》卷十二"同知"条："张才，西安卫人。进士。"[3]《静志居诗话》卷十二："张才，字茂参，西安卫人。嘉靖甲辰进士，历官按察佥事。"[4]《明诗纪事》己签卷八："才字茂参，西安卫人，嘉靖甲辰进士，授户部主事，历员外、郎中，出为佥事。"[5] 综上可知，张才曾历任户部主事、员外、郎中、按察佥事、金华府通判、兖州同知等。

【笺证】

嘉靖甲辰：嘉靖二十三年。

事迹见万历《金华府志》卷十、《明诗纪事》己签卷八。

---

[1] 乾隆《西安府志》卷四二《选举志》，《中国地方志集成·陕西府县志辑》，凤凰出版社2007年影印本，第1册，第573页下栏。

[2] 万历《金华府志》卷十一《官师》，《四库全书存目丛书》，齐鲁书社1996年影印本，史部，第176册，第628页下栏。

[3] 乾隆《兖州府志》卷十二《职官志》，《中国地方志集成·山东府县志辑》，凤凰出版社2004年影印本，第71册，第219页下栏。

[4] （清）朱彝尊著，黄君坦点校：《静志居诗话》卷十二，人民文学出版社1990年版，第353页。

[5] （清）陈田辑：《明诗纪事》己签卷八，《续修四库全书》，上海古籍出版社2002年影印本，第1711册，第371页下栏。

周鉴

周鉴，字■■，号霁川，平凉人。嘉靖壬子解元，癸丑进士。官都宪。

【校考】

■■：底本原为长条形墨丁，约缺二字。据乾隆《甘肃通志》卷三五、《皇明三元考》卷十一，周鉴字子明。

【笺证】

嘉靖壬子：嘉靖三十一年。

癸丑：嘉靖三十二年。

官都宪：周鉴举嘉靖三十二年进士，授刑部主事，升佥事，督学四川、山东。升河南左布政使，迁右副都御史。

事迹见乾隆《甘肃通志》卷三五。

邵升

邵升，字■■，号东溪，凤翔人。嘉靖■■乡贡。官■■。

【校考】

字■■：底本"字"下为长条形墨丁，约缺二字。据康海《对山集》卷四四《有明诗人邵晋夫墓志铭》，邵升字晋夫。

嘉靖■■：底本"嘉靖"下为长条形墨丁，约缺二字。据《皇明三元考》卷九、乾隆《凤翔府志》卷八，邵升为正德二年丁卯（1507）科解元。此处"嘉靖"当为"正德"，"■■"当为"丁卯"。

官■■：底本"官"下为长条形墨丁，约缺二字。据康海《有明诗人邵晋夫墓志铭》，邵升正德二年中陕西乡试第一，次年会试不第。正值刘瑾为其侄女求婚，有人荐其为婿，邵升百计求免弗得。"乃克自树立，略不与一人通，终日闭户抪膺读书而已。后瑾伏诛，天子以晋夫无所预事，赦为编民。"[①] 由此看来，邵升似未有仕宦经历，待考。

【笺证】

事迹见《对山集》卷四四。

[①] （明）康海著，金宁芬校点：《对山集》卷四四，社会科学文献出版社 2016 年版，第 573 页。

李时芳

字惟荣，号两山，武功人。万历甲戌进士。官观察。

【笺证】

万历甲戌：万历二年。

官观察：举万历二年进士，历河南府知府，万历十二年八月，升山西岢岚道按察副使。

事迹见雍正《陕西通志》卷三十、光绪《岢岚州志》卷十一。

刘复初

字贻哲，号天虞，高陵人。万历壬午解元，癸未进士。官乐卿。

【笺证】

万历壬午：万历十年。

癸未：万历十一年。

官乐卿：万历十一年登进士第，授户部主事，调兵部，擢淮安同知，后持宪川泸，寻敕驻阳和、顺义，以东事调蓟门，内召升太常寺卿。未几，告归，不复起。据明佚名《太常续考》卷七，刘复初天启四年任太常卿。

事迹见《赵忠毅公诗文集》卷十二、雍正《陕西通志》卷五七、乾隆《潞安府志》卷十七、光绪《高陵县续志》卷五。

朱惟燿

朱惟燿，字伯明，号海亭。秦藩将军。万历间人。

【笺证】

秦藩将军：朱惟燿为明宗室成员，任秦王府将军。清顾炎武《亭林诗文集》卷二《朱子斗诗序》云："余闻万历以来宗室中之文人莫盛于秦，秦之宗有七子……七子者，惟燿伯明、惟焢叔融、……怀䶮季凤、谊漇伯闻与子斗为七，皆号能诗。"[①] 按："惟燿伯明"即朱惟燿。《华岳全集》卷八收录其《华山四首》，注曰："朱惟燿，字伯明，号海亭，秦

① （清）顾炎武撰，华忱之点校：《顾亭林诗文集》，中华书局1983年第2版，第34页。

王孙。"①

文在兹

文在兹，字德任，号少玄，三水人，少白先生弟。万历辛丑进士。官庶常。

【笺证】

少白先生：文在中。

万历辛丑：万历二十九年。

官庶常：文在兹万历二十九年登进士第，选庶吉士。不二载，以终养归，卒。

事迹见同治《三水县志》卷四、卷七。

武用望

武用望，字伯燮，号孕华，宁州人。万历间明经。官广文。

【笺证】

官广文：《古今图书集成·明伦汇编·闺媛典》卷三三六载文太青妻武氏小传云："武氏，……训导用望之女，……适三水光禄卿文翔凤"。② 又，康熙《宁州志》卷三云："武用望，……金华训导，膺首荐，待迁，卒于官。"③ 可知武用望曾任金华训导。

康万民

康万民，字■■，号■■，武功人，海孙。万历间诸生。

【校考】

■■：底本此处为墨丁，约缺二字。《四库全书总目》卷一四八著录："《璇玑图诗读法》一卷，湖北巡抚采进本。明康万民撰。万民，字

---

① （明）张维新等纂：《华岳全集》卷七，《续修四库全书》，上海古籍出版社1996年影印本，第722册，第347页上栏。

② （清）蒋廷锡等辑：《古今图书集成·明伦汇编·闺媛典》卷三三六《闺藻部列传四》，中华书局1934年影印本，第420册，第44页a。

③ 康熙《宁州志》卷五《人物》，《中国地方志集成·甘肃府县志辑》，凤凰出版社2008年影印本，第14册，第398页。

无沴，武功人，海之孙也。"①《石墨镌华》卷首有康万民所撰序文，题署曰"万历戊午冬十月二日有蘩康万民无沴撰"②。综上可知康万民字"无沴"。又据民国《武功县志稿簿》，康万民另有一字曰"公逊"。③

【订补】

《四库全书》收录《璇玑图诗读法》，分上、下两卷，系作者解读苏蕙织锦回文诗而作，非自撰诗文集。《八千卷楼书目》卷十五著录《璇玑图诗读法》一卷，雍正《陕西通志》卷七五著录《增读织锦回文诗》一卷，《澹生堂藏书目》著录《织锦回文诗谱》二卷，《善本书室藏书志》卷二十三著录《读织锦回文法》一卷。按：以上文献中著录的书名、卷数虽异，实为同一书。现存相关文献无康万民自撰诗文集的记载。

---

① （清）永瑢等：《四库全书总目》卷一四八，中华书局1965年版，第1274页。
② （明）赵峋：《石墨镌华》卷首《石墨镌华序》，清长塘鲍氏刻《知不足斋丛书》本。
③ 参见民国《武功县志稿簿》卷六《人物》，《咸阳经典旧志稽注》，三秦出版社2010年版，第217页。

结　语

　　明思宗崇祯初年，学识深邃、颇有才情的清苑（今河北保定）人贾鸿洙由河南副使调任陕西而担任提学副使一职，在出色完成教育邦士等本职工作之余，出于保存陕西乡邦文献以翼经明道的目的，组织后学才俊先编纂出一部明代陕西一省之诗歌总集，又邀请出身于诗礼世家、学问淹博的三水（今陕西旬邑）人文翔凤和时任长安县令的乐安（今山东广饶）人孙三杰再加以裁定和参阅而定稿，并大约在崇祯五年（1632）刻印成书，题名曰《周雅续》。

　　作为一省一代的地方性总集，《周雅续》收录了明代82位陕西籍诗人的诗赋作品2709首，其中诗歌2677首，为全书的主体部分，赋32首。所选录的作者，大致以时代排序，既有明代陕西诗坛各个发展阶段的名家，也有名不甚显的普通诗人，本着"采著欲其博获"的原则，僧道、武弁、宗室、闺秀等特殊身份的诗人也被选录其中。从地域分布来看，大部分为今陕西省境内诗人，也收录了部分今甘肃庆阳、平凉、天水及青海西宁等地的诗人。无论是从综合研究诗人群体创作的方面看，还是从个案研究诗人个体创作的方面看，这都为研究明代陕西地域文学提供了较为翔实的作家名单。选录的诗歌有酬唱赠答、自抒怀抱、纪游览胜、咏史怀古等各类题材。总之，无论从收录作者的时空分布广泛性，还是从收录作品的题材丰富性、体裁多样性来说，《周雅续》一书的内容含量都是《明清两朝诗钞》《关中文献略》《山南诗选》等现存其他收录明代陕西诗人诗歌的总集或选本所无法企及的。

　　陕西是明代文学复古思潮发起的重镇，前七子中的三位重要人物李梦阳、康海、王九思都是陕西人，在正德、嘉靖年间的文坛上独领风骚。此后，其文学复古思想一直深深地根植于这块土地中，不仅影响着整个有明一代陕西籍作家的文学创作，也影响外来作家的文学主张。三位编纂者崇拜李梦阳而浸淫文学复古思想颇深，选录的诗歌中有不少就反映出追求复古的陕西诗人在文学创作时对古典诗歌现实主义创作风格和传统的继承，尤其明显地呈现出宗唐学杜的痕迹，从而表现出符合时代风气的高度一致性。《周雅续》也收录了反映当代史事、揭露现实社会及士大夫自抒怀抱之作，以及描绘陕西风土人情之作，则赋予了这部诗歌总集以深广的历史文化内涵。

在《周雅续》的82位作者当中，有诗文集传世者仅43人，《周雅续》有助校勘传世别集的异文，以及从多角度理解诗意。《周雅续》收录无别集或别集失传的作者39人的诗赋作品931首，其中仅有少量作品见载于其他典籍。这些作品是今人或多或少能借以了解和研究诗人面貌、创作成就的主要资料，也是对保存陕西乡邦文献方面的巨大贡献。

通过对张问仁、吕颛、王鹤、南宪仲、王图、刘绍基等因其别集失传而一直鲜为学界关注的作者的家世、生平、思想及著述的考察，可以发现这些在明代陕西地域诗歌史上虽算不得名家，更在整个明代文学史上无亮点的作家，一旦被置于特殊的时代和地域的文化背景中加以研究，却也往往有着不一样的思想风貌和艺术见解。通过对82位作者小传的考订可以获知很多史料未载的诗人生平事迹等相关信息，对考察那些湮没在文献深处的明代陕西作家生平创作等情况大有裨益。也只有通过对这样一个个具体而微的作家的深入研究，今日才能探索出最接近明代陕西地域文学发展的原貌。从现有的研究状况来看，这条道路还很漫长，还有更多的"隐蔽"作家亟待去挖掘。

谨望本书对《周雅续》的研究，能够为进一步深入系统地展开有关明代陕西作家总体性研究提供有价值的文献信息，从而有助于全面地了解明代陕西地域文学乃至明代诗歌史。但囿于才疏学浅及资料有限，在考证作者的家世、生平、著述上难免有所遗漏或疏失，在分析诗歌作品时亦难免有文不逮意、意不称物之处，凡此种种不足，恳请专家学者予以批评指正。

主要参考书目

一 诗文集（按朝代排序）

（唐）白居易著，朱金城笺校：《白居易集笺校》，上海古籍出版社1988年版。

（唐）李白著，葛景春选注：《李白诗选》，中华书局2005年版。

（唐）刘禹锡著，瞿蜕园校点：《刘禹锡全集》，上海古籍出版社1999年版。

（唐）王建著，尹占华校注：《王建诗集校注》，上海古籍出版社2020年版。

（唐）韦应物著，陶敏等校注：《韦应物集校注》，上海古籍出版社2011年版。

（明）敖文祯：《薜荔山房藏稿》，《续修四库全书》，上海古籍出版社2002年影印本，第1359册。

（明）曹学佺编：《石仓历代诗选》，《文渊阁四库全书》，商务印书馆（台北）1986年影印本，第1391、1392、1393、1394册。

（明）陈仁锡：《陈太史无梦园初集》，《四库禁毁书丛刊》，北京出版社2000年影印本，集部，第60册。

（明）陈子龙等辑：《皇明诗选》，华东师范大学出版社1991年影印本。

（明）方应选：《方众甫集》，《四库全书存目丛书》，齐鲁书社1997年影印本，集部，第170册。

（明）冯从吾：《少墟集》，《文渊阁四库全书》，商务印书馆（台北）1986年影印本，第1293册。

（明）冯从吾著，刘学智等点校：《冯从吾集》，西北大学出版社2015年版。

（明）冯琦：《宗伯集》，《四库禁毁书丛刊》，北京出版社2000年影印本，集部，第15册。

（明）高出：《镜山庵集》，《四库禁毁书丛刊》，北京出版社2000年影印本，集部，第31册。

（明）耿志炜：《逸园新诗》，《四库全书存目丛书》，齐鲁书社1997年影印本，集部，第185册。

（明）顾起元：《遁园漫稿》，《四库禁毁书丛刊》，北京出版社2000年影印本，集部，第104册。

（明）韩邦奇：《苑洛集》，《文渊阁四库全书》，商务印书馆（台北）1986年影印本，第1269册。

（明）韩邦奇著，魏冬点校：《韩邦奇集》，西北大学出版社2015年版。

（明）韩邦靖著，李凤霞校注，贾三强审校：《韩五泉诗》，《陕西古代文献集成》，陕西人民出版社2017年版，第7辑。

（明）胡侍：《胡蒙溪诗集》，《明别集丛刊》，黄山书社2015年影印本，第2辑，第39册。

（明）胡缵宗编：《雍音》，《四库全书存目丛书》，齐鲁书社1997年影印本，集部，第292册。

（明）胡缵宗：《鸟鼠山人小集》，《明别集丛刊》，黄山书社2015年影印本，第2辑，第10册。

（明）黄居中：《千顷斋初集》，《续修四库全书》，上海古籍出版社2002年影印本，第1363册。

（明）贾鸿洙辑：《周雅续》，北京大学图书馆藏明崇祯刻本。

（明）贾鸿洙辑：《周雅续》，西北大学图书馆藏明崇祯刻本。

（明）金铉：《金忠节公文集》，《四库未收书辑刊》，北京出版社2000年影印本，第6辑，第26册。

（明）康海著，金宁芬校点：《对山集》，社会科学文献出版社2016年版。

（明）康海著，余春柯点校，贾三强审校：《康对山先生集》，《陕西古代文献集成》，陕西人民出版社2017年版，第8辑。

（明）李梦阳：《空同集》，《文渊阁四库全书》，商务印书馆（台北）1986年影印本，第1262册。

（明）李梦阳著，郝润华校笺：《李梦阳集校笺》，中华书局2019年版。

（明）鹿善继：《鹿忠节公集》，《续修四库全书》，上海古籍出版社2002年影印本，第1373册。

（明）来复：《来阳伯先生诗集》，《明别集丛刊》，黄山书社2015年影印本，第5辑，第50册。

（明）来复：《来阳伯文集》，《明别集丛刊》，黄山书社2015年影印本，第5辑，第50册。

（明）来复著，敬晓庆点校，贾三强审校：《来阳伯诗集》，《陕西古代文献集成》，陕西人民出版社2018年版，第19辑。

（明）来复著，丁俊丽点校，吴敏霞审校：《来阳伯文集》，《陕西古代文献集成》，陕西人民出版社2018年版，第19辑。

（明）来俨然：《自愉堂集》，《四库全书存目丛书》，齐鲁书社1997年影印本，集部，第177册。

（明）刘城：《峄桐集》，《四库禁毁书丛刊》，北京出版社2000年影印本，集部，第121册。

（明）刘储秀：《刘西陂集》，《明别集丛刊》，黄山书社2015年影印本，第2辑，第21册。

（明）刘荣嗣：《简斋先生集》，《四库禁毁书丛刊》，北京出版社2000年影印本，集部，第46册。

（明）吕柟著，米文科点校：《吕柟集·泾野先生文集》，西北大学出版社2015年版。

（明）马理著，许宁等点校：《马理集》，西北大学出版社2015年版。

（明）马理著，李月辰点校，赵望秦审校：《溪田文集》，《陕西古代文献集成》，陕西人民出版社2018年版，第17辑。

（明）马汝骥著，潘晓玲点校，赵望秦审校：《西玄集》，《陕西古代文献集成》，陕西人民出版社2017年版，第9辑。

（明）马自强：《马文庄公文集选》，《明别集丛刊》，黄山书社2015年影印本，第2辑，第93册。

（明）南大吉著，李似珍点校：《南大吉集》，西北大学出版社2015年版。

（明）南师仲：《玄象山馆诗草》，国家图书馆藏明万历十七年刻本。

（明）南轩：《渭上稿》，《明别集丛刊》，黄山书社2015年影印本，第3辑，第52册。

（明）乔世宁：《丘隅集》，《明别集丛刊》，黄山书社2015年影印本，第2辑，第80册。

（明）阮大铖著，胡金望等校点：《咏怀堂诗集》，黄山书社2006年版。

（明）沈一贯：《喙鸣文集》，《续修四库全书》，上海古籍出版社2002年影印本，第1357册。

（明）沈一贯：《喙鸣诗集》，《续修四库全书》，上海古籍出版社2002年影印本，第1357册。

（明）孙承宗：《高阳集》，《四库禁毁书丛刊》，北京出版社2000年影印本，集部，第164册。

（明）孙一元：《增定太白山人漫稿》，国家图书馆藏明万历二十五年张睿卿刻三十九年增刻本。

（明）孙一元：《太白山人漫稿》，《明别集丛刊》，黄山书社2015年影印本，第2辑，第21册。

（明）陶望龄：《歇庵集》，《续修四库全书》，上海古籍出版社2002年影印本，第1365册。

（明）王九思著，姜妮点校，贾三强审校：《渼陂集》，《陕西古代文献集成》，陕西人民出版社2017年版，第9辑。

（明）王九思著，姜妮点校，贾三强审校：《渼陂续集》，《陕西古代文献集成》，陕西人民出版社2017年版，第9辑。

（明）王讴著，孙武军点校，贾三强审校：《王彭衙诗》，《陕西古代文献集成》，陕西人民出版社2017年版，第7辑。

（明）王世贞：《弇州四部稿》，《文渊阁四库全书》，商务印书馆（台北）1986年影印本，第1280册。

（明）王恕著，张建辉等点校：《王恕集》，西北大学出版社2015年版。

（明）王庭譔：《松门稿》，《四库全书存目丛书》，齐鲁书社1997年影印本，集部，第167册。

（明）王庭譔著，高璐笺注，贾三强审校：《松门稿》，《陕西古代文献集成》，陕西人民出版社2017年版，第10辑。

（明）王维桢：《槐野先生存笥稿》，《续修四库全书》，上海古籍出版社 2002 年影印本，第 1344 册。

（明）王维桢著，吴敏霞等点校：《槐野先生存笥稿》，《陕西古代文献集成》，陕西人民出版社 2018 年版，第 18 辑。

（明）魏大中：《藏密斋集》，《四库禁毁书丛刊》，北京出版社 2000 年影印本，集部，第 45 册。

（明）温纯：《温恭毅集》，《文渊阁四库全书》，商务印书馆（台北）1986 年影印本，第 1288 册。

（明）温纯：《温恭毅公文集》，《明别集丛刊》，黄山书社 2015 年影印本，第 3 辑，第 79 册。

（明）温日知：《屿浮阁诗赋集》卷七，《明别集丛刊》，黄山书社 2015 年影印本，第 5 辑，第 2 册。

（明）文翔凤：《南极篇》，《四库禁毁书丛刊》，北京出版社 2000 年影印本，子部，第 11 册。

（明）文翔凤：《皇极篇》，《四库禁毁书丛刊》，北京出版社 2000 年影印本，集部，第 49 册。

（明）许宗鲁：《少华山人文集十五卷前集十三卷后集九卷》，《原国立北平图书馆甲库善本丛书》，国家图书馆出版社 2013 年影印本，第 754、755 册。

（明）杨爵：《杨忠介集》，《文渊阁四库全书》，商务印书馆（台北）1986 年影印本，第 1276 册。

（明）杨爵：《斛山先生遗稿》，《明别集丛刊》，黄山书社 2015 年影印本，第 2 辑，第 40 册。

（明）杨爵著，陈战峰点校：《杨爵集》，西北大学出版社 2015 年版。

（明）叶向高：《苍霞草》，《四库禁毁书丛刊》，北京出版社 2000 年影印本，集部，第 124 册。

（明）叶向高：《苍霞余草》，《四库禁毁书丛刊》，北京出版社 2000 年影印本，集部，第 125 册。

（明）尹台：《洞麓堂集》，《文渊阁四库全书》，商务印书馆（台北）1986 年影印本，第 1277 册。

（明）于若瀛：《弗告堂集》，《四库禁毁书丛刊》，北京出版社 2000 年影印本，集部，第 46 册。

（明）俞宪编：《盛明百家诗》，《四库全书存目丛书》，齐鲁书社1997年影印本，集部，第304、305、306、307、308册。

（明）张原著，王小芳点校，贾三强审校：《玉坡张先生黄花集》，《陕西古代文献集成》，陕西人民出版社2017年版，第7辑。

（明）朱瞻基：《大明宣宗皇帝御制集》，《四库全书存目丛书》，齐鲁书社1997年影印本，集部，第24册。

（明）朱敬鑨：《梅雪轩诗稿》，《四库全书存目丛书》，齐鲁书社1997年影印本，集部，第158册。

（明）张凤翔著，魏耕原点校：《张伎陵集》，《陕西古代文献集成》，陕西人民出版社2017年版，第7辑。

（明）张光孝：《左华丙子集》，《四库未收书辑刊》，北京出版社2000年影印本，第6辑，第21册。

（明）张治道：《嘉靖集》，《原国立北平图书馆甲库善本丛书》，国家图书馆出版社2013年影印本，第720册。

（明）赵崡：《石墨镌华》，清长塘鲍氏刻《知不足斋丛书》本。

（明）赵时春：《浚谷先生集》，《四库全书存目丛》，齐鲁书社1997年影印本，集部，第87册。

（明）赵时春著，杜志强整理：《赵时春诗词校注》，巴蜀书社2012年版。

（明）赵时春著，杜志强整理：《赵时春文集校笺》，天津古籍出版社2012年版。

（明）钟惺著，李先耕等点校：《隐秀轩集》，上海古籍出版社1992年版。

（清）陈田辑：《明诗纪事》，《续修四库全书》，上海古籍出版社2002年影印本，第1710、1711、1712册。

（清）陈元龙编：《历代赋汇》，凤凰出版社2004年影印本。

（清）杜濬：《变雅堂遗集》，《续修四库全书》，上海古籍出版社2002年影印本，第1394册。

（清）顾嗣立编：《元诗选·二集》，《文渊阁四库全书》，商务印书馆（台北）1986年影印本，第1470册。

（清）顾炎武著，华忱之点校：《顾亭林诗文集》，中华书局1983年第2版。

（清）黄宗羲编：《明文海》，中华书局1987年影印本。

（清）李元春编：《关中两朝诗钞》，陕西师范大学图书馆藏道光十二年刻本。

（清）李元春编：《关中两朝诗钞补》，陕西师范大学图书馆藏道光十六年刻本。

（清）李元春编：《关中两朝诗钞又补》，陕西师范大学图书馆藏道光十六年刻本。

（清）李元春编：《关中两朝赋钞》，陕西师范大学图书馆藏道光十二年刻本。

（清）刘绍攽编：《二南遗音》，《四库全书存目丛书》，齐鲁书社1997年影印本，集部，第412册。

（清）刘应秋著，郑继猛等校注：《一砚斋集校注》，陕西师范大学出版社2012年版。

（清）钱谦益撰集，许逸民等点校：《列朝诗集》，中华书局2007年版。

（清）钱谦益著，钱曾笺注，钱仲联标校：《牧斋初学集》，上海古籍出版社1985年版。

（清）沈德潜、周准编：《明诗别裁集》，上海古籍出版社1979年版。

（清）孙奇逢：《夏峰先生集》，《四库禁毁书丛刊》，北京出版社2000年影印本，集部，第118册。

（清）王昶辑，王兆鹏校点：《明词综》，辽宁教育出版社1997年版。

（清）王士禛著，袁世硕主编：《王士禛全集》，齐鲁书社2007年版。

（清）温仪著，孙亚男点校，赵望秦审校：《纪堂遗稿》，《陕西古代文献集成》，陕西人民出版社2018年版，第20辑。

（清）温自知：《海印楼集》，民国二十五年《温氏丛书》铅印本。

（清）熊文举：《侣鸥阁近集》，《四库禁毁书丛刊》，北京出版社2000年影印本，集部，第120册。

（清）朱彝尊辑：《明诗综》，中华书局2007年版。

（清）严如煜辑：《山南诗选》，陕西师范大学图书馆藏清光绪十三年刻本。

（清）张豫章等编：《御选宋金元明四朝诗·御选明诗》，《文渊阁四库全书》，商务印书馆（台北）1986年影印本，第1442、1443、1444册。

余冠英选注：《汉魏六朝诗选》，中华书局2012年版。
赵季辑校：《足本皇华集》，凤凰出版社2013年版。
赵宗福选注：《历代咏青诗选》，青海人民出版社1986年版。
周振甫译注：《诗经译注》，中华书局2002年版。

二　史传、笔记、书目、年谱

（汉）司马迁：《史记》，中华书局点校本2013年修订本。

（宋）王钦若等编纂，周勋初等校订：《册府元龟》，凤凰出版社2006年版。

（元）脱脱等：《宋史》，中华书局1985年点校本。

（明）冯梦龙辑：《甲申纪事》，《四库禁毁书丛刊》，北京出版社2000年影印本，史部，第33册。

（明）过庭训：《本朝分省人物考》，《续修四库全书》，上海古籍出版社1996年影印本，第533、534、535、536册。

（明）胡正言：《印存玄览》，《四库全书存目丛书》，齐鲁书社1995年影印本，子部，第75册。

（明）焦竑辑：《国朝献征录》，《四库全书存目丛书》，齐鲁书社1996年影印本，史部，第100、101、102、103、104、105、106册。

（明）雷礼辑：《国朝列卿纪》，《四库全书存目丛书》，齐鲁书社1996年影印本，史部，第92、93、94册。

（明）钱㵒：《甲申传信录》，北京古籍出版社2002年版。

（明）沈德符撰，杨万里校点：《万历野获编》，上海古籍出版社2012年版。

（明）王世德：《崇祯遗录·逆贼奸臣录》，《四库禁毁书丛刊》，北京出版社2000年影印本，史部，第72册。

（明）王兆云辑著：《皇明词林人物考》，《四库全书存目丛书》，齐鲁书社1996年影印本，史部，第112册。

（明）文翔凤著，马君毅点校，赵望秦审校：《河汾教》，《陕西古代文献集成》，陕西人民出版社2017年版，第6辑。

（明）萧彦：《掖垣人鉴》，《四库全书存目丛书》，齐鲁书社1996年影印本，史部，第259册。

（明）严从简著，余思黎点校：《殊域周咨录》，中华书局1993年版。

（明）俞汝楫：《礼部志稿》，《文渊阁四库全书》，商务印书馆（台北）1986年影印本，第597册。

（明）张朝瑞辑：《皇明贡举考》，《四库全书存目丛书》，齐鲁书社1996年影印本，史部，第269册。

（明）张弘道等辑：《皇明三元考》，《四库全书存目丛书》，齐鲁书社1996年影印本，史部，第271册。

《明神宗实录》，台北"中研院"历史语言研究所1962年影印本。

（清）震钧：《天咫偶闻》，北京古籍出版社1982年版。

（清）丁丙：《善本书室藏书志》，《续修四库全书》，上海古籍出版社1996年影印本，第927册。

（清）范邦甸：《天一阁书目》，《续修四库全书》，上海古籍出版社1996年影印本，第920册。

（清）葛万里：《别号录》，《文渊阁四库全书》，商务印书馆（台北）1986年影印本，第1034册。

（清）谷应泰撰，河北师范学院历史系点校：《明史纪事本末》，中华书局2015年版。

（清）黄掌纶：《长芦盐法志》，《续修四库全书》，上海古籍出版社1996年影印本，第840册。

（清）黄虞稷：《千顷堂书目》，《文渊阁四库全书》，商务印书馆（台北）1986年影印本，第676册。

（清）黄宗羲著，沈芝盈点校：《明儒学案》（修订本），中华书局2008年第2版。

（清）嵇璜：《续文献通考》，《文渊阁四库全书》，商务印书馆（台北）1986年影印本，第630册。

（清）计六奇撰，魏得道等点校：《明季北略》，中华书局1984年版。

（清）李佐贤：《书画鉴影》，《续修四库全书》，上海古籍出版社1996年影印本，第1085册。

（清）梁维枢：《玉剑尊闻》，《四库全书存目丛书》，齐鲁书社1995年影印本，子部，第244册。

（清）平步青：《霞外捃屑》，《续修四库全书》，上海古籍出版社1996年影印本，第1163册。

（清）钱谦益：《列朝诗集小传》，上海古籍出版社2008年第2版。

（清）钱谦益：《绛云楼书目》，《续修四库全书》，上海古籍出版社1996年影印本，第920册。

（清）秦瀛：《己未词科录》，《续修四库全书》，上海古籍出版社1996年影印本，第537册。

（清）屈大均：《皇明四朝成仁录》，《四库禁毁书丛刊》，北京出版社2000年影印本，史部，第50册。

（清）任温编，严炘重刊：《关中文献略》，陕西省图书馆藏清道光五年刻本。

（清）盛枫辑：《嘉禾征献录》，《四库全书存目丛书》，齐鲁书社1996年影印本，史部，第125册。

（清）孙奇逢：《孙征君日谱录存》，《续修四库全书》，上海古籍出版社1996年影印本，第559册。

（清）谈迁著，张宗祥点校：《国榷》，中华书局1958年版。

（清）汤斌编：《征君孙先生年谱》，《北京图书馆藏珍本年谱丛刊》，北京图书馆出版社1999年影印本，第65册。

（清）万斯同：《明史》，上海古籍出版社2008年影印本。

（清）王士禛著，文益人校点：《池北偶谈》，齐鲁书社2007年版。

（清）徐乾学：《传是楼书目》，《续修四库全书》，上海古籍出版社1996年影印本，第920册。

（清）永瑢等：《四库全书总目》，中华书局1965年版。

（清）张岱：《石匮书》，《续修四库全书》，上海古籍出版社1996年影印本，第320册。

（清）张廷玉等：《明史》，中华书局1974年点校本。

（清）邹漪：《启祯野乘一集》，《四库禁毁书丛刊》，北京出版社2000年影印本，史部，第40册。

（民国）丁宝铨辑：《傅青主先生年谱》，《北京图书馆藏珍本年谱丛刊》，北京图书馆出版社1999年影印本，第69册。

（民国）张维编：《陇右著作录》，《中国西北文献丛书》，兰州古籍书店1992年影印本，第3辑，第1、2册。

（民国）赵尔巽等：《清史稿》，中华书局1977年点校本。

崔建英辑订：《明别集版本志》，中华书局2006年版。

杜泽逊撰，程远芬编索引：《四库存目标注（附索引）》，上海古籍出版社 2007 年版。

李正德等：《陕西著述志》，三秦出版社 1996 年版。

沈津：《美国哈佛大学哈佛燕京图书馆藏中文善本书志》，上海辞书出版社 1999 年版。

台北"中央图书馆"编：《明人传记资料索引》，中华书局 1987 年影印本。

赵金炎编注：《孙武故里史料集成》，齐鲁书社 2001 年版。

中国古籍善本书目编辑委员会编：《中国古籍善本书目·集部》，上海古籍出版社 1998 年版。

中国古籍总目编纂委员会编：《中国古籍总目·集部》，中华书局 2012 年版。

朱保炯、谢沛霖编：《明清进士题名碑录索引》，上海古籍出版社 1980 年版。

［日］末松保和编：《李朝实录》，日本学习院东洋文化研究所 1953 年影印本，第 25 册。

三 地方志

嘉靖《重修三原志》，《中国地方志集成·陕西府县志辑》，凤凰出版社 2007 年影印本，第 8 册。

嘉靖《庆阳府志》，《稀见中国地方志汇刊》，中国书店 1992 年影印本，第 9 册。

万历《金华府志》，《四库全书存目丛书》，齐鲁书社 1996 年影印本，史部，第 176 册。

万历《顺天府志》，《四库全书存目丛书》，齐鲁书社 1996 年影印本，史部，第 208 册。

万历《四川总志》，《四库全书存目丛书》，齐鲁书社 1996 年影印本，史部，第 199 册。

隆庆《淳化志》，《中国地方志集成·陕西府县志辑》，凤凰出版社 2007 年影印本，第 9 册。

康熙《朝邑县后志》，《中国地方志集成·陕西府县志辑》，凤凰出版社 2007 年影印本，第 21 册。

康熙《畿辅通志》，《文渊阁四库全书》，商务印书馆（台北）

1986 年影印本，第 506 册。

康熙《宁州志》，《中国地方志集成·甘肃府县志辑》，凤凰出版社 2008 年影印本，第 14 册。

康熙《蒲城县志》，《中国地方志集成·陕西府县志辑》，凤凰出版社 2007 年影印本，第 26 册。

康熙《三水县志》，《咸阳经典旧志稽注》，三秦出版社 2010 年版。

康熙《通州志》，《中国地方志集成·北京府县志辑》，凤凰出版社 2002 年影印本，第 6 册。

康熙《续华州志》，《中国地方志集成·陕西府县志辑》，凤凰出版社 2007 年影印本，第 23 册。

康熙《章邱县志》，《北京图书馆古籍珍本丛刊》，书目文献出版社 1995 年影印本，第 22 册。

雍正《浙江通志》，《文渊阁四库全书》，商务印书馆（台北）1986 年影印本，第 522、523 册。

雍正《陕西通志》，《文渊阁四库全书》，商务印书馆（台北）1986 年影印本，第 551、552、553、554、555、556 册。

雍正《四川通志》，《文渊阁四库全书》，商务印书馆（台北）1986 年影印本，第 560、561 册。

雍正《泽州府志》，《中国地方志集成·山西府县志辑》，凤凰出版社 2005 年影印本，第 32 册。

乾隆《长沙府志》，《湖湘文库》（甲编），岳麓书社 2008 年影印本。

乾隆《淳化县志》，《中国地方志集成·陕西府县志辑》，凤凰出版社 2007 年影印本，第 9 册。

乾隆《凤翔府志》，《中国地方志集成·陕西府县志辑》，凤凰出版社 2007 年影印本，第 29 册。

乾隆《甘肃通志》，《文渊阁四库全书》，商务印书馆（台北）1986 年影印本，第 558 册。

乾隆《鄠县新志》，《中国地方志集成·陕西府县志辑》，凤凰出版社 2007 年影印本，第 4 册。

乾隆《泾阳县志》，《中国地方志集成·陕西府县志辑》，凤凰出版社 2007 年影印本，第 7 册。

乾隆《三水县志》，《咸阳经典旧志稽注》，三秦出版社 2010 年版。

乾隆《西安府志》,《中国地方志集成·陕西府县志辑》,凤凰出版社2007年影印本,第1册。

乾隆《西宁府新志》,《中国地方志集成·青海府县志辑》,凤凰出版社2008年影印本,第1册。

乾隆《兴安府志》,《中国地方志集成·陕西府县志辑》,凤凰出版社2007年影印本,第54册。

乾隆《续耀州志》,《中国地方志集成·陕西府县志辑》,凤凰出版社2007年影印本,第27册。

乾隆《兖州府志》,《中国地方志集成·山东府县志辑》,凤凰出版社2004年影印本,第71册。

乾隆《枣强县志》,《中国地方志集成·善本方志辑》,凤凰出版社2014年影印本,第1编,第11册。

乾隆《盩厔县志》,《中国地方志集成·陕西府县志辑》,凤凰出版社2007年影印本,第9册。

乾隆三十一年《三原县志》,陕西师范大学图书馆藏清乾隆三十一年刻本。

乾隆四十八年《三原县志》,《中国地方志集成·陕西府县志辑》,凤凰出版社2007年影印本,第8册。

嘉庆《安康县志》,《中国地方志集成·陕西府县志辑》,凤凰出版社2007年影印本,第53册。

嘉庆《长安县志》,《中国地方志集成·陕西府县志辑》,凤凰出版社2007年影印本,第2册。

嘉庆《咸宁县志》,《中国地方志集成·陕西府县志辑》,凤凰出版社2007年影印本,第3册。

道光《重修伊阳县志》,《中国地方志集成·河南府县志辑》,上海书店2013年影印本,第64册。

道光《重辑渭南县志》,《中国地方志集成·陕西府县志辑》,凤凰出版社2007年影印本,第13册。

咸丰《重修兴化县志》,《中国地方志集成·江苏府县志辑》,凤凰出版社2008年影印本,第48册。

同治《三水县志》,《中国地方志集成·陕西府县志辑》,凤凰出版社2007年影印本,第10册。

光绪《保定府志》,《中国地方志集成·河北府县志辑》,上海书店2006年影印本,第31册。

光绪《岢岚州志》,《中国地方志集成·山西府县志辑》,凤凰出版社2005年影印本,第17册。

光绪《新续渭南县志》,《中国地方志集成·陕西府县志辑》,凤凰出版社2007年影印本,第13册。

光绪《广州府志》,《中国地方志集成·广东府县志辑》,上海书店2003年影印本,第2册。

宣统《新修固原直隶州志》,《中国地方志集成·宁夏府县志辑》,凤凰出版社2008年影印本,第9册。

民国《清苑县志》,《中国地方志集成·河北府县志辑》,上海书店2006年影印本,第29册。

民国《无棣县志》,《中国地方志集成·山东府县志辑》,凤凰出版社2004年影印本,第24册。

民国《莱阳县志》,《中国地方志集成·山东府县志辑》,凤凰出版社2004年影印本,第53册。

民国《续修广饶县志》,《中国地方志集成·山东府县志辑》,凤凰出版社2004年影印本,第29册。

民国《武功县志稿簿》,《咸阳经典旧志稽注》,三秦出版社2010年版。

安康市地方志编纂委员会编:《安康县志》,陕西人民教育出版社1989年版。

陕西省地方志编纂委员会编:《陕西省志·文化艺术志》,陕西人民出版社2005年版。

万安祥校注:《兴安州志校注》,安康市汉滨区档案史志局2005年编印。

万安祥、李厚之校注:《重续兴安府志校注》,安康市汉滨区档案史志局2005年编印。

《旬邑文库》编委会编:《旬邑文库·旧志稽注卷(下)》,三秦出版社2016年版。

四　现代专著

陈宝良:《明代儒学生员与地方社会》,中国社会科学出版社

2005 年版。

陈广宏：《竟陵派研究》，复旦大学出版社 2006 年版。

陈书录：《明代诗文创作与理论批评的演变》，凤凰出版社 2013 年版。

杜慧月：《明代文臣出使朝鲜与〈皇华集〉》，人民出版社 2010 年版。

方光华：《关学及其著述》，西安出版社 2003 年版。

葛承雍：《秦陇文化志》，上海人民出版社 1998 年版。

郝润华：《李梦阳生平与作品考论》，人民出版社 2019 年版。

何宗美：《文人结社与明代文学的演进》，人民出版社 2011 年版。

黄永年：《古籍整理概论》，上海书店 2013 年版。

霍志军：《陇右地方文献与中国文学地图的重绘》，人民出版社 2019 年版。

胡文楷、张宏生：《历代妇女著作考》（增订本），上海古籍出版社 2008 年版。

贾三强：《清·雍正〈陕西通志·经籍志〉著录文集研究》，三秦出版社 2011 年版。

金宁芬：《康海研究》，崇文书局 2004 年版。

李圣华：《初明诗歌研究》，中华书局 2012 年版。

李圣华：《晚明诗歌研究》，人民文学出版社 2002 年版。

梁启超：《中国近三百年学术史》，江西教育出版社 2014 年版。

廖可斌：《明代文学复古运动研究》，商务印书馆 2008 年版。

刘坡：《李梦阳与明代诗坛》，南京大学出版社 2013 年版。

刘学智：《关学思想史》，西北大学出版社 2015 年版。

罗宗强：《明代文学思想史》，中华书局 2013 年版。

钱基博：《明代文学》，岳麓书社 2011 年版。

秦晖、韩敏、邵宏谟：《陕西通史·明清卷》，陕西师范大学出版社 1997 年版。

宋佩韦：《明文学史》，商务印书馆 1934 年版。

孙学堂：《明代诗学与唐诗》，齐鲁书社 2012 年版。

田培栋：《明清时期陕西社会经济史》，首都师范大学出版社 2000 年版。

徐朔方、孙秋克：《明代文学史》，浙江大学出版社 2006 年版。

左东岭等：《中国诗歌通史·明代卷》，人民文学出版社 2012 年版。

张兵、李子伟：《陇右文化》，辽宁教育出版社 1998 年版。

赵馥洁：《关学精神论》，西北大学出版社 2015 年版。

赵宗福：《青海历史人物传》，青海人民出版社 2002 年版。

朱则杰等：《〈全清诗〉探索与清诗综合研究》，浙江大学出版社 2020 年版。

后　记

　　本书是在我同名博士毕业论文的基础上修改而成的。步入陕西古代文献研究这一领域，缘于博士入学不久，我在恩师赵望秦先生的指导下，参与西北大学贾三强教授主持的陕西省十二五规划古籍整理重大项目"陕西古代文献集成（初编）"课题。这个领域于我而言原本陌生，但实际接触之后我对之产生了浓厚的兴趣。在赵老师的鼓励和指导下，我承担了明代陕西诗歌总集《周雅续》一书的点校，并最终将毕业论文的选题定为《周雅续》研究。

　　《周雅续》成书刊刻于明崇祯年间，国内仅存两部，此前学界鲜有关注。2012年底，我利用寒假时间前往北京大学图书馆阅读、抄录此书，从此开始了辛苦而快乐的访书历程。除了《周雅续》本书，它的编纂者及书中收录的82位陕西籍作者的所有相关别集，皆成为我努力搜集和阅读的对象，而这些别集多深藏在各地图书馆中尚未被整理过，它们深深地吸引着我去一睹其真容，进而走近明代陕西士人的日常生活及精神世界。为此我竭尽所能，多次走访国内收藏《周雅续》及相关作者别集的图书馆。那些为寻访古籍、查阅资料而流连于北京大学图书馆、国家图书馆、南京图书馆、陕西省图书馆、辽宁省图书馆、西北大学图书馆及母校陕西师范大学图书馆的日子，已成为我学生时代最美好的回忆。至今仍记得，冬日晴朗的午后，我端坐在北大图书馆温暖的古籍阅览室，和煦的阳光映照在古朴的阅读架上，翻开那些历经数百年而保存完好的古书，轻轻触摸着如玉的纸张，如漆的墨迹，仿佛与几百年前的古人进行着心灵的对话。彼时彼刻，我沉醉其中，始悟"人生至乐，莫如读书"。

　　在搜集查阅资料的过程中，我发现明代陕西作家中，除了学界关注较多的几位名家之外，还有大量未被关注而又可圈可点的"隐蔽"作家。他们虽别集不存于世，但有不少散篇保存在《周雅续》及其他总集、他人别集或方志文献中。我在撰写毕业论文的过程中，特别注意收集这些作家的家世生平资料，辑佚其相关作品，陆续完成了对《周雅续》中录存作品较多作者的家世生平著述的详细考察及其存世作品的搜集研究。同时，厘清其他作者基本生平信息及著述存佚，考察各书目失载别集的馆藏情况，为今后此领域的相关研究提供便利，亦是本论文写作的初衷及前期的基本工作。这些构成了我论文下编的主体内容，于是我的论文便形成了现在的框架，即上编的《周雅续》专书研究和下编的相关明代陕西作家研究。

2016年5月，我通过博士毕业论文答辩。在论文的送审和答辩过程中，匿名外审及参与答辩的诸位专家对我的论文给予了充分肯定，也提出了非常好的建议。2017年6月，我来大连大学文学院任教，原本计划在工作稳定下来之后，尽快完成博士论文的修订。然而在工作的最初三年里，我的大部分时间精力都投入到了本科及研究生的教学中，面对那一张张朝气蓬勃的面孔，一双双求知若渴的眼睛，他们的一丝期待或赞许，都令人乐而忘疲，惬意而满足。时光飞逝，不经意间蓦然回首，论文的修订竟已搁置四载。2020年底，我读博期间整理点校的《周雅续》一书，到了三校阶段，我利用寒假的时间将40多万字的点校稿重头至尾仔细校对了一遍。校稿的过程中，我又重新沉浸在《周雅续》及陕西古代文献的世界，恍若当年在母校的图书馆心无旁骛撰写毕业论文的感觉，这让我意识到应该克服一切困难，一鼓作气完成毕业论文的修改与完善。于是，2021年春节刚过，我便全力以赴着手毕业论文的修订。

如今书稿即将付梓，回首往事，感慨万端，更多的是洋溢心头的温暖。论文撰写过程中，恩师赵望秦先生对论文的思路、框架和方法，提出了很多宝贵的指导性意见，针对我写作过程中暴露的知识结构"短板"，先生总能"对症下药"，经常从家里拿来自己的藏书供我阅读和查阅资料。论文初稿完成后，先生逐字逐句修改，每次我从先生办公室捧回"批红"满满的修改稿，总是感动得热泪盈眶，同时又为自己愚钝常累先生辛苦劳累而羞愧自责。先生学识渊博、治学严谨而又为师有道，对学生要求严格却从不轻易批评，稍有进步便会适时予以鼓励，谆谆教诲有如春风化雨。我的另一位恩师郭芹纳先生一直关心我的成长和进步，郭先生是我的硕士导师，待我如同自家儿女，他殷切期望我能学有所成，并竭尽所能在学业和生活上帮助我。两位恩师以德育人、以学为乐的精神和境界深深影响着我，为我在从教及治学道路上如何前行树立了最好的榜样。

读书期间，我慈爱的双亲和善解人意的妹妹给予了我极大的精神支持和充足的物质保障，使我在漫长的求学生涯里没有任何后顾之忧。我的爱人卢庆全先生为了让我有更充裕的时间完成论文写作及修订，在学业和工作同样繁忙的情况下，默默承担着大量的家务和琐事，在我迷茫困惑的时候，他无论多忙，总会放下自己的事，同我一起分析探讨，最终找到解决的办法。这份耐心和支持，让我逐渐克服急躁，以一种平和从容的心态来面对生活。师兄周喜存、王培峰、张海燕，师妹王璐、刘璇、孙亚男、李云飞、李月辰、殷陆陆，师弟高文智、马君毅等诸位同门学友，在论文的修订过程中或指点迷津，或热心提供资料，每次都是有求必应，令我受益良多。

由于现实中各种条件所限，遗憾亦在所难免。比如，一些珍藏在地方图书馆的古籍善本和私人收藏的家谱族谱，我虽竭力寻访却无缘寓目，只能等待日后条件具备再深入研究，或能有新的发现和收获。聊以慰藉的是，在搜集《周雅续》一书相关资料的过程中，我陆续积累了大量明清陕西地区家族文献，在本书定稿的同时，我的另一部书稿《明代三水文氏家族研究及稀见文献整理》也基本成型。为此，我特别感谢贾三强老师最初给予我参与陕西古代文献整理项目实践的机会，并对所有为保护整理古代典籍文献，弘扬优秀传统文化而默默耕耘奉献的学者致以深深的敬意。

最后，衷心感谢中国社会科学出版社所有编辑老师的辛苦付出；感谢大连大学学科建设经费的资助；感谢大连大学人文学部各位领导、同事的关心和支持。这本小书将激励我在古代地域文献研究的学术道路上加倍努力，继续前行。

赵金丹记于大连大学明德楼
二〇二一年五月